KB003394

로
스
트

로스트 : 에드윈 드루드의 미스터리

초판 1쇄 인쇄 2017년 03월 20일
초판 1쇄 발행 2017년 03월 30일

지은이 찰스 디킨스
옮긴이 정의솔
펴낸곳 B612북스
펴낸이 권기남

주소 경기 고양시 일산동구 일산로30, 1322호
전화 031) 912-4607
팩스 031) 912-4608
E-mail b612books@naver.com
홈페이지 blog.naver.com/b612books
출판등록일 2012년 3월 30일(제2012-000069호)
ISBN 978-89-98427-08-5 03840

* 책값은 뒤표지에 표시되어 있습니다.

* 이 도서의 국립중앙도서관 출판예정도서목록(CIP)은 서지정보유통지원시스템 홈페이지(http://seoji.nl.go.kr)와 국가
  자료공동목록시스템(http://www.nl.go.kr/kolisnet)에서 이용하실 수 있습니다.(CIP제어번호: CIP2017001575)

The Mystery Of

Edwin Drood

로스트

찰스 디킨스 장편소설

에드윈 드루드의 미스터리

B612 북스

차례

에드윈 드루드: 고아. 재스퍼의 조카. 부모의 결정에 따라 어릴 때 로사 버드와 약혼한 사이. 로사와 결혼한 후 이집트로 가서 아버지가 경영하던 회사에서 일할 예정이다.

존 재스퍼: 클로이스터햄 대성당의 성가대 지휘자. 게이트하우스에서 혼자 살고 있다. 에드윈 드루드의 삼촌이자 후견인. 로사 버드의 음악 교사. 은밀하게 로사를 사랑한다.

셉티머스 크리스파클: 클로이스터햄 성당의 소참사회원. 네빌의 멘토.

로사 버드: 고아. '수녀의 집' 학생. 에드윈 드루드의 약혼녀. 에드윈은 로사를 '이쁜이'라고 부른다.

네빌 랜들래스: 고아. 쌍둥이 남매의 오빠. 사일론 출신. 허니썬더 씨의 소개로 크리스파클 씨에게 보내져 교육을 받는다. 쉽게 흥분하는 성격. 로사에게 홀딱 반한다.

헬레나 랜들래스: 고아. 네빌의 쌍둥이 여동생. '수녀의 집' 학생이 된다. 로사의 친구.

토마스 삽시: 익살맞게 우쭐대는 경매인. 에드윈 드루드가 실종될 즈음 클로리스터햄의 시장이 된다.

더들스: 석공. 클로이스터햄 대성당 묘지에 대해 어느 누구보다 많이 알고 있다.

데퓨티(혹은, 윙크스): 둘 다 가명이고 본명은 아무도 모른다. '2페니의 여인숙'의 종업원. 고아 소년. 더들스가 술에 취해 집으로 돌아가지 않을 때 돌을 던져 그를 집으로 돌려보낸다.

크리스파클 부인: 소참사회원 셉티머스 크리스파클 신부의 어머니. '어여쁜 양치기 도자기 인형'으로 묘사된다.

허니썬더: 런던 박애협회 회장. 네빌과 헬레나의 후견인.

그루져스: 런던에서 법률고문, 지대수금대행 등의 일을 하고 있는 나이 많은 독신으로 로사의 후견인이다.

버저드: 그루져스의 조수. 희곡을 썼다. 대처리가 클로이스터햄에 나타나면서 자리를 비운다.

타르타르: 퇴역 해군 장교.

딕 대처리: 클로이스터햄에 나타난 백발의 노신사. 토프 부인의 집에 하숙하며 이 마을에 정착하고 싶다는 의지를 보이지만, 뭔가 복잡한 사정이 있는 듯한 수수께끼의 인물.

빠금 공주 마마: 런던에서 재스퍼가 자주 찾는 아편굴을 운영하는 까칠한 여자.

수석사제: 클로이스터햄 대성당의 최고령 성직자.

토프: 클로이스터햄 성당 관리인.

토프 부인: 성당 관리인의 아내. 재스퍼에게 식사를 제공하고 대처리에게 하숙집을 내준다.

미스 트윙클튼: '수녀의 집' 여교사.

티셔 부인: 미스 트윙클튼의 조수.

빌리킨 부인: 버저드의 미망인 사촌. 로사와 트윙클튼에게 하숙집을 내준다.

성

재스퍼의
게이트하우스

토프 씨의 집/
대처리의 하숙집

대성당

하이 스트리트

소참사회원 사택

수석사제의 집

포도원

샵시 씨의 집

여행자의
2페니여인숙

| 클로이스터햄

1부

차가운 겨울의 전율이 금이 간
울퉁불퉁한 돌바닥의 작은 물웅덩이를 지나
한바탕 눈물을 떨구듯
거대한 느릅나무 사이를 지나간다.

1장
새벽

    고대 영국의 대성당 마을[1]이라고? 어떻게 고대 영국의 대성당 마을이 여기에 있을 수 있지! 그 유명한 오래된 대성당의 거대한 회색 사각 탑이라고? 그게 어떻게 여기에 있을 수 있어! 공중에 뾰족하게 서 있다는 녹슨 창은 어디를 둘러봐도 보이지 않아. 그 창은 누가 무슨 목적으로 세운 걸까? 어쩌면 술탄의 명령으로 터키의 도적들을 하나씩 꼬챙이에 꿰듯 꿰려고 세워 놓았는지도 몰라. 심벌즈가 울리면 술탄의 긴 행렬은 궁전으로 향한다. 만 개의 언월도가 햇빛에 번쩍이고 3천 무희가 꽃을 흩뿌린다. 그 뒤를 형형색색의 장식을 두른 수많은 하얀 코끼리들과 수행원들이 따른다. 여전히 대성당 탑은 어울리지 않는 곳에 서 있고, 무시무시한 창끝에서 몸부림치는 형체 또한 보이지 않는다. 잠깐! 이 창은 굴러 떨어져 엉망이 된 낡은 침대 틀 기둥 꼭대기에 있는 녹슨 창만큼이나 부실한 창인가? 졸린 웃음이 나는 시간은 이런 생각을 하는 데 바쳐야 한다.

흐트러진 의식을 환상적으로 꿰어 맞추던 한 남자가 머리끝부터 발끝까지 몸을 떨다 결국 자리에서 일어나더니, 두 팔로 떨리는 몸을 간신히 지탱하고 주위를 둘러본다. 작은 방들 중에서도 제일 더럽고 갑갑한 방이다. 비참한 정원에서 이른 아침의 빛줄기가 너덜너덜한 커튼 사이로 새어 들어온다. 남자는 옷을 입은 채로 무게를 이기지 못하고 주저앉은 침대 틀 위에 놓인 크고 보기 흉한 침대에 가로로 누워 있다. 중국인과 인도 선원, 그리고 수척한 여자 한 명도 옷을 입을 채로 같은 침대에 세로가 아닌 가로로 누워 있다. 중국인과 선원은 잠이 들었거나 정신이 혼미한 상태고, 여자는 일종의 파이프 같은 것에 불을 붙이기 위해 입으로 바람을 불어 넣는다. 여자가 야윈 손으로 파이프를 가리고 바람을 불어 넣을수록 빨간 불꽃이 일며 어스름한 새벽에 빛을 던져 남자에게 여자의 모습을 보여 준다.

"하나 더?" 여자가 성마른 목소리로 속삭인다. "하나 더 할래요?"

남자가 이마에 손을 얹고 주위를 둘러본다.

"당신 한밤중에 들어와서 여태까지 다섯 개나 피웠어." 만성적인 불평을 하며 여자가 계속한다. "한심스럽군, 한심스러워. 미리가 니무 아파! 댁이 오고 나서 둘이 더 왔어. 힘들어 죽겠어, 장사는 안 되고! 부두에 중국인도 별로 없고, 인도 선원은 더 없고, 배도 안 들어와! 자기, 여기 하나 더 있어. 지금 시세가 엄청 높다는 거 알지? 콩알 만큼에 3실링 6펜스나 한다고! 혼합비결을 아는 사람은 나뿐이라는 거 (중국인 잭은 나만큼 잘 하지 못해) 알지? 자기, 그만큼 값을 쳐 줄 거지?"

여자가 말을 하듯이 파이프에 바람을 불어 넣어 불꽃을 일으키고는 내용물을 크게 들이마신다.

"아이고 가슴이야! 폐가 망가졌나봐! 당신 거 이제 거의 다 됐어. 한심하군. 한심해. 병신같이 손이 떨려! 댁도 곧 나처럼 될 거야. 가끔 이런 혼잣말을 하곤 하지. '저 남자 거 하나 더 준비해 줘야지, 아편 시세를 생각해서 값도 쳐 줄 거야'라고 말이야. 아이고 머리야! 자기, 이것 봐. 내가 싸구려 잉크병으로 만든 파이프야. 이거야. 이런 식으로 한입 크기로 맞춘 다음 이 작은 뿔 수저로 골무에서 혼합물을 빼내서 채워. 아, 머리 아파! 아편을 하기 전엔 16년을 줄기차게 술로 보냈지. 하지만 아편은 괜찮아. 배고픔을 달래 주거든."

여자가 남자에게 거의 빈 파이프를 건네고는 다시 땅으로 꺼지듯 눕더니 얼굴을 바닥으로 향하고 돌아누웠다.

남자는 비틀거리며 침대에서 일어나 재떨이 돌에 파이프를 올려놓고 누더기 커튼을 열며 세 명의 친구를 혐오스러운 눈빛으로 바라본다. 그는 여자가 아편으로 인해 중국인과 모습이 흡사해졌다는 것을 알아차린다. 중국인의 광대뼈, 눈, 이마, 안색이 그대로 여자의 얼굴에도 나타난다. 중국인이 자신의 많은 신들이나 악마들과 씨름하는 듯 끔찍한 고함을 지르고 무시무시하게 으르렁거린다. 인도 선원은 웃으며 침을 흘린다. 여주인은 조용하다.

'도대체 이 여자는 무슨 환영을 보는 걸까?' 잠에서 깨어난 남자가 여자의 얼굴을 자신에게로 돌려 그녀를 내려다보며 생각한다. '수많은 푸줏간들과 선술집들과 많은 신뢰의 환영? 끔찍스러운 손님들의 증가와 이 끔찍한 침상이 다시 제대로 되는 것과 이 끔찍한 정원이 깔끔해지는 환영? 도대체 아편을 얼마나 많이 해야 저 지경이 되는 걸까? 뭐?'

여자의 중얼거림을 들으려고 남자가 귀를 기울인다.

"알아들을 수가 없어!"

여자의 얼굴과 사지에서 일어나는, 어두운 하늘의 번쩍이는 번개 같은 경련을 지켜볼수록 전염의 기운이 그를 엄습한다. 그가 난로 옆에 놓인 안락의자—어쩌면 이런 위급한 상황을 대비해서 비치된—로 물러나 이 불결한 전염의 기운이 가실 때까지 의자를 꼭 붙들고 앉아 있어야만 할 정도로.

그때 남자가 침대로 돌아와서 중국인을 덮치더니 양손으로 그의 목을 움켜쥐고 난폭하게 흔든다. 중국인은 공격해 오는 남자의 손을 움켜잡고 저항하다 숨을 헐떡거리며 항의한다.

"뭐라고?"

남자가 움직임을 멈추고 귀를 기울인다.

"알아들을 수가 없어!"

중국인의 조리 없는 말을 미간을 찌푸리며 듣던 남자가 움켜쥔 손을 천천히 풀고 인도 선원에게로 향하더니 그를 바닥으로 끌어내린다. 바닥으로 떨어지던 선원이 반쯤 일어선 자세로 남자를 노려보고는 맹렬한 기세로 팔을 휘저으며 있지도 않은 칼을 빼려고 한다. 그제야 여자가 불상사를 방지하기 위해 이미 칼을 가져갔음이 분명해 진다. 자리에서 일어난 여자가 선원을 말리고 타이르다 졸린 듯 둘이 나란히 바닥으로 나가떨어질 때 그가 아닌 여자가 입은 드레스 안에서 칼이 보이기 때문이다.

둘은 서로에게 아무런 이유도 없이 계속해서 시끄럽게 지껄인다. 어쩌다 뚜렷하게 들리는 단어에도 순서나 의미는 전혀 없다. 그러자 둘을 지켜보던 남자가 "알아들을 수가 없어!"를 반복하며 당연하다는 듯 고개를 끄덕이고 음울한 미소를 짓는다. 그리고 그는 탁자 위에 은전 몇 개를 올려놓고 모자를 찾아서 부서진 계단을 더듬어 내려가 계단

밑 캄캄한 구석에 놓인, 쥐로 들끓는 침대에 누워 있는 문지기에게 인사를 건네고 밖으로 나간다.

*

그날 오후, 오래된 대성당의 거대한 회색 사각 탑이 지칠 대로 지친 이 여행자의 시야에 들어온다. 저녁기도 예절시간을 알리는 종소리가 들린다. 남자가 대성당의 열린 문으로 서둘러 달려가는 것으로 보아 저녁기도에 꼭 참석해야 하는 것 같다. 성가대원들이 때로 얼룩진 흰색 성가대복을 급하게 입고 있을 때 남자가 들어와서 자신의 가운을 입고 입장 행렬에 낀다. 곧이어 성물 관리인이 성단소와 지성소를 가르는 철창문을 닫고, 대열에 있던 사람들 모두가 황급히 자기 자리를 찾아가 고개를 숙이자 "악을 행하는 자는……." 하고 기도문이 불만 가득한 천둥소리를 내며 천장의 대들보와 아치 사이로 울려 퍼진다.

2장
수석사제, 그리고 참사회

차분하고 성직자 같은 떼까마귀를 관찰해 본 사람이라면 누구라도, 새들이 해질녘 자신들의 보금자리로 돌아갈 때 그들 중 두 마리가 갑자기 무리에서 벗어나 오던 길을 되돌아가 따로 자리를 잡고 서성인다는 것을 알아차렸을 것이다. 이들의 행동은, 무리에서 벗어난 척하는 것이 정치적 통일체에게 얼마나 중요한 지를 단순한 인간들에게 가르쳐 준다.

이런 사실을 증명하듯, 사각 탑이 있는 오래된 대성당에 기도가 끝나고, 성가대가 앞 다투어 밖으로 나오고, 덕망 높은 까마귀처럼 보이는 다양한 참사회원들이 해산하는 가운데 이들 중 두 명이 다시 계단을 올라가 '대성당 구역'을 걷는다.

하루가 저물며 한 해도 저물어 간다. 기우는 태양은 수도원 폐허 뒤편에서 차갑게 불타고, 대성당 벽을 기어오르는 담쟁이덩굴은 진홍색

잎들의 절반이 길 위로 우수수 떨어진 상태다. 오후에 비가 내린 후 차가운 겨울의 전율이 금이 간 울퉁불퉁한 돌바닥의 작은 물웅덩이를 지나 한바탕 눈물을 떨구듯 거대한 느릅나무 사이를 지나간다. 떨어진 잎들이 사방에 수북이 쌓인다. 낙엽들 중 일부가 겁에 질려 도망치듯 낮은 아치의 대성당 문 안으로 피난처를 찾지만, 성당을 나오던 두 명의 남자가 발로 그들을 밀어낸다. 이 일을 마치고 그들 중 한 명이 큼지막한 열쇠로 문을 잠그는 동안 다른 한 명은 악보집을 손에 든 채 잰걸음으로 앞서간다.

"토프, 저 사람 재스퍼 씨 아닌가?"

"네, 수석사제님."

"늦게까지 남아 있었군."

"네, 수석사제님. 제가 함께 남아 있었습니다. 오늘 그 사람 상태가 별로였어요."

"토프, 수석사제님께는 별로가 아니라 '안 좋다'라고 해야지." 젊은 떼까마귀가 낮은 목소리로 참견한다. 마치 '평신도나 낮은 서열의 성직자에게는 문법이 틀려도 괜찮지만, 수석사제님께는 안 되네'라는 말처럼 들린다.

수석 성당지기이자 오락담당자로서 여행모임에서 높은 대접을 받는 것에 익숙했던 토프 씨는 어떤 지적도 듣지 못한 것처럼 조용히 이를 거부한다.

"언제 어떻게 재스퍼 씨가 몸이 안 좋은지—크리스파클 씨의 말처럼 안 좋다, 라고 하는 것이 좋기 때문에—" 수석사제가 되풀이한다. "언제 어떻게 몸이 '안 좋은'지……."

"네, 안 좋다, 라고 하겠습니다." 토프 씨가 정중하게 말한다.

"몸이 안 좋단 말이지, 토프?"

"네, 재스퍼 씨가 헉헉댔습니다……."

"토프, '헉헉댔다'라고 하면 안 되지." 크리스파클 씨가 좀 전과 같은 목소리로 참견한다. "수석사제님께는 제대로 된 말이 아니야."

"숨 쉬기 힘들어했다고 하는 편이 더 적당하겠지." 수석사제가 (자신을 공경하는 말에 기분 좋은 기색도 없이) 말한다.

"재스퍼 씨가 숨을 몰아쉬었습니다." 토프 씨가 어려운 고비를 이렇게 요령 있게 넘긴다. "막 들어와서는 악보를 꺼내는 것조차 힘들어했는데, 아마도 그래서 좀 짜증이 난 것 같습니다. 정신도 '혼미'한 것 같았어요." 토프 씨가 지적하려면 하라는 듯이 도전적으로 크리스파클 신부를 바라보며 이 단어를 입 밖으로 낸다. "그리고 제가 여태껏 한 번도 본 적 없는 멍한 표정이었습니다. 정작 그는 심각하게 생각하지 않는 것 같았지만요. 하지만 시간이 좀 지나서 물을 한 모금 마시니까 '혼미'한 상태에서 깨어나더군요." 토프 씨는 '이미 한 번 사용해서 성공했으니 또 사용하겠다'는 식으로 그 단어를 강조하며 반복한다.

"재스퍼 씨가 집으로 돌아갈 땐 기운을 차렸나?" 수석사제가 물었다.

"네, 신부님. 기운을 차리고 집으로 돌아갔습니다. 그가 회복이 돼서 다행이에요. 그렇지 않아도 비가 와서 날이 쌀쌀했거든요. 게다가 오후엔 대성당 안이 눅눅하고 축축해서 그랬는지 그 사람 몸을 덜덜 떨더라고요."

세 사람 모두 '대성당구역' 건너편 성문 아래로 뚫린 길 위의 오래된 석조 게이트하우스를 바라본다. 격자창을 통해 금세 어두워지고 있는 바깥으로 불빛이 흘러 나와서 건물 전면을 덮고 있는 담쟁이의 그림자가 생긴다. 깊고 낮은 대성당 종소리가 시간을 알리자 근처의 무덤과 탑, 그리고 깨어진 틈과 오랜 세월에 표면이 닳은 동상 사이로 바람의 물결이 엄숙하게 퍼져 나간다.

"재스퍼 씨는 조카와 함께 있나?" 수석사제가 묻는다.

"아니요, 신부님." 성당지기가 답한다. "하지만 조카가 오기로 되어 있습니다. 그림자 하나가 보이는군요. 이쪽으로 난 창문과 하이 스트리트 쪽을 내려다보는 창문 사이에 서 있는 것 보이시죠? 지금 커튼을 묶고 있습니다."

"그래, 그렇군." 수석사제가 얘기를 끝낼 채비를 하며 말한다. "재스퍼 씨가 조카에게 지나치게 마음을 쓰지 않았으면 하네. 우린 절대 애정의 지배를 받아선 안 돼. 우리가 애정을 지배해야지. 종소리가 들리는 걸 보니 안타깝지만 벌써 저녁 시간이군. 크리스파클 씨, 집에 가기 전에 재스퍼 씨 좀 챙겨 주겠나?"

"물론이죠, 수석사제님. 그에게 가서 신부님께서 몸이 어떤지 궁금해 하신다고 전할까요?"

"그렇게 하게. 물론이지. 몸이 괜찮은지 궁금해 한다고. 알고 싶어 한다고 말이야."

흔쾌히 답한 수석사제는 평소 기분 좋을 때 하듯이 그의 특이한 모자를 젖히다시피 하며, 부인과 딸이 함께 살고 있는 오래되고 아늑한 붉은 벽돌집의 붉은색 식당 쪽으로 발걸음을 옮긴다.

금발에다 장밋빛 피부를 가진 대성당의 소참사회원 크리스파클 씨는 주변의 모든 강을 헤엄쳐 봤을 정도로 건강하다. 그는 아침 일찍 일어나는 데다 음악에 재능이 있고, 모범적이고, 쾌활하고, 친절하고, 성격 좋고, 사교적이고, 자족하는, 소년 같은 사람이다. 크리스파클 씨는 최근까지 이교도 윤리를 '개인지도'했는데, 한 후원자가 (아들을 잘 가르쳐줘서 고맙다며) 지금의 참사회 자리를 알선해 주었다. 차를 마시러 집으로 가던 길에 그가 게이트하우스에 들른다.

"재스퍼, 몸이 안 좋다고 토프에게 전해 들었네."

"아! 별거 아닙니다! 이 정도는 아무것도 아니에요."

"좀 피곤해 보이는데."

"그래 보이나요? 아, 피곤한 것 같진 않아요. 다행히 그런 느낌은 없어요. 토프가 과장해서 말한 것 같아요. 아시잖아요, 성당과 관련된 모든 일에 열을 올리는 게 토프의 장기인 걸요."

"수석사제님께는 자네가 이젠 괜찮아졌다고—수석사제님이 따로 당부하셔서—말씀드려도 되겠나?"

"물론이죠. 감사하다고 전해 주세요." 그가 미소를 머금고 대답한다.

"드루드가 온다고 들었네. 다행이야."

"이제 곧 도착할 겁니다."

"그가 오는 게 의사가 오는 것보다 낫지."

"그가 의사 열 명보다 낫죠. 제가 그 친구는 좋아하지만, 의사나 진찰은 그 반대니까요."

재스퍼 씨는 스물여섯 살 정도로 거무스름한 피부와 풍성하고 잘 정돈된 검은 머리에 구레나룻이 나 있다. 어두운 피부색을 가진 사람들이 대체로 그렇듯 그는 실제보다 나이가 더 들어 보인다. 깊고 듣기 좋은 목소리에다 잘 생기고 체격도 좋지만, 태도는 약간 침울한 편이다. 방도 좀 침울한 편인데, 방이 그의 태도에 영향을 주었는지도 모른다. 방은 대체로 그늘이 져 있다. 해가 밝게 비추는 날에도 구석의 그랜드 피아노나 스탠드의 악보집, 벽에 세워진 책장, 벽난로 장식 선반 위에 걸린 아름다운 여학생의 미완성 초상에 거의 빛이 닿지 않는다. 이 그림의 주인공은 흘러내리는 갈색 머리를 파란 리본으로 묶고 어린아이처럼 뾰로통한 표정에다 자만심과 자의식도 상당해 보이지만, 놀라운 미모를 지녔다. (이 그림에서 예술성은 추호도 찾아볼 수 없지만, 화가가 이 주인공을 익살맞게―거의 복수심에 불타서 그렸다고 할 만큼―묘사한 것은 분명하다.)

"재스퍼, 오늘밤 '수요 전위 뮤지컬 모임'에 참석하지 못하게 돼서 안타깝네만, 그래도 집에서 쉬는 게 제일일 거야. 그럼 좋은 밤 되게. 주님의 축복도 듬뿍 받고!" 소참사회원 셉티머스 크리스파클 신부가 현관으로 향하며 노래를 부른다. "말해 주오, 양~치기여, 마~알~해 주오. 말 해~~, 나의~의~의 플로~오~오라~아가 이 길로 지나가는 걸 본 적이 (본 적이, 본 적이, 본 적이) 있나요!" 그는 리듬감 있게 자신을 표현하며 현관을 지나 아래층으로 향한다.

층계 끝에서 셉티머스 신부가 누군가와 인사말을 건네는 소리가 들린다. 재스퍼 씨가 귀를 기울이다 의자에서 일어나더니 들어오는 젊은 친구를 덥석 잡고 외친다.

"에드윈!"

"잭! 반가워!"

"코트를 벗고 여기 자리에 앉아. 발이 젖지는 않았어? 부츠를 벗어. 얼른 부츠를 벗어."

"나 하나도 안 젖었어. 잭, 아이 취급 하지 마. 아이 취급은 질색이란 말이야."

재스퍼 씨는 마음속의 열의와는 반대로, 가만히 서서 외투와 모자와 장갑을 벗는 젊은 친구를 물끄러미 바라본다. 에드윈을 바라볼 때면 언제나 나타나는 온전히 집중하는 표정―갈망, 경계, 엄격함과 헌신적인 애정이 섞인―이 드디어 재스퍼의 얼굴에 나타난다. 그가 에드윈을 바라볼 때면 주의가 흐트러지는 법이 없다.

"잭, 이제 됐어. 이제 좀 앉아 볼까? 잭, 저녁은?"

재스퍼 씨가 한쪽에 있는 문을 열어서 쾌적하고 밝은 작은 내실을 보여 준다. 그곳에서 한 미모의 부인이 식탁을 차리는 중이다.

"잭, 대단해!" 젊은 친구가 손뼉을 치며 외친다. "이것 봐, 잭! 근데, 도대체 누구 생일인데?"

"네 생일이 아니란 건 알지." 궁금하다는 표정으로 재스퍼 씨가 대답한다.

"내 생일이 아니란 걸 안다고? 그래, 내 생일이 아니란 건 나도 알지! 우리 이쁜이² 생일인 걸!"

에드윈의 시선이 벽난로 위에 걸린 스케치에 고정된다. 무심코 쳐다보았을 뿐인데도 그 스케치에는 어떤 묘한 힘이 있었다.

"우리 이쁜이의 생일이야, 잭! 이쁜이가 오래오래 행복하게 살라는 의미에서 축하주 한잔 해야지. 삼촌, 이리로 와서 이 충실하고 총명한 조카를 식탁으로 데려가 줘."

소년(거의 소년이나 다름없으니까)이 재스퍼의 어깨에 손을 얹자 재스퍼 씨가 그의 어깨에 정중하면서도 유쾌하게 손을 얹고 둘은 식탁으로 행진해 간다.

"세상에! 토프 부인이 여기 계시네!" 소년이 외친다. "그동안 더 아름다워지셨어요!"

"에드윈, 내겐 신경 쓰지 마." 성당지기의 부인이 대꾸한다. "난 혼자라도 괜찮아."

"혼자 두기엔 너무 아름다우세요. 자, 키스 한 번 해주세요. 우리 이 쁜이의 생일이거든요."

"에드윈, 내가 에드윈의 애인이라면 정말 예뻐할 텐데." 인사를 받은 토프 부인이 얼굴을 붉히며 대꾸한다. "사실 삼촌이 에드윈한테 너무 골몰해 있어. 에드윈을 너무 대단하게 생각해. 에드윈이 여자들을 부르기만 하면 모두가 달려올 거라고 생각하는 것 같아."

"토프 부인, 깜박하셨군요." 유쾌한 미소를 지으며 식탁에 자리를 잡고 앉은 재스퍼 씨가 말참견을 한다. "그리고 네드, 너도 잊은 것 같아. 삼촌과 조카라는 단어는 여기서 금지된 걸로 합의했거늘! 이에 우리는, 주의 거룩한 이름은 찬미를 받을 지어다!"

"잭, 꼭 수석사제님 같아! 에드윈 드루드 증인입니다! 잭, 고기 좀 잘라 줘. 난 잘 못 하니까."

에드윈이 재치 있게 화제를 돌리자 식사가 시작된다. 식사가 진행되는 동안 특별한 대화는 없다. 마침내 식사가 끝나고 호두가 담긴 접시와 제대로 빛깔이 나는 셰리주 한 병이 식탁에 오른다.

"잭." 젊은 친구가 말문을 연다. "정말 삼촌이라고 부르면 우리 사이가 어색해질까? 난 그렇게 생각하지 않는데."

"네드, 삼촌이란 기본적으로 조카보다 훨씬 나이가 많은 법이야." 재스퍼가 대답한다. "그냥 그렇게 느껴져."

"기본적으로? 아마도! 대여섯 살 차이 나는 경우는 어때? 대가족들 중에는 심지어 조카보다 어린 삼촌도 있잖아. 우리도 그런 경우였으면 좋았을 텐데!"

"왜?"

"그럼, 내가 대장 노릇을 할 테니까. '걱정이여 사라져라!'의 가사처럼, 젊은이는 나이가 들어 현명해지고 노인은 흙으로 돌아가게 되잖아. '걱정이여 사라져라!' 잠깐! 잭, 아직 마시지 마."

"왜?"

"왜냐고 묻다니. 우리 이쁜이 생일인데, 축사도 안 했잖아! 잭, 우리 이쁜이가 오래오래 행복하게 살도록 기원하는 것 말이야."

소년이 뻗은 손을 다정하게 웃으며 쓰다듬고, 재스퍼 씨가 어질어질한 느낌과 생각을 마셔 버리듯 조용히 축배를 들이켠다.

"우리 이쁜이를 위하여! 위하여! 위하여! 잭, 우리 이제 이쁜이 얘기 좀 해보자. 아, 여기 호두까기가 두 개 있네? 하나는 이리 주고, 하나는 잭이 써." 딱. "잭, 이쁜이는 요즘 어떻게 지내?"

"음악적으로? 잘하고 있어."

"잭은 정말 너무 좋은 말만 해! 하지만 내가 알지. 그 애, 산만한 편이지?"

"마음만 제대로 먹는다면 뭐든 잘 배울 텐데."

"'만약' 마음을 먹는다면! 바로 그거야. 근데, 마음을 안 먹지?"

딱! 재스퍼 씨가 호두를 깬다.

"외모는 어때, 잭?"

"네가 그린 스케치와 똑같아." 초상화를 쳐다보며 골똘히 생각하는 표정을 하고 재스퍼 씨가 대꾸한다.

"내가 봐도 잘 그린 그림이야." 젊은 친구가 흡족한 표정으로 스케치를 흘깃 쳐다보며, 한쪽 눈을 감고 호두까기의 다리를 허공에서 수평으로 맞춰 구도를 조정한다. "내 기억 속의 이미지와 비교해도 그렇게 다르지 않아. 하긴 저 표정을 너무 자주 봐서 제대로 포착한 것 같아."

딱! 에드윈 드루드가 호두를 깬다.

딱! 재스퍼 씨가 호두를 깬다.

"사실은," 에드윈이 호두 조각을 소스에 찍으며 자랑하듯 말을 잇는다. "이쁜이를 보러 갈 때면 그 애한테서 항상 저 표정이 보여. 처음엔 보이지 않다가도 나랑 있으면 꼭 생겨. (초상화를 향해) 그래 내가 원인이란 걸 알지. 이 쌀쌀맞은 새침데기. 바보!" 에드윈이 초상화를 향해 호두까기를 휘두른다.

딱! 딱! 딱. 재스퍼 씨가 천천히 호두를 깬다.

딱. 에드윈 드루드는 단숨에 호두를 깬다.

두 사람 다 말이 없다.

"잭, 입이 붙은 거야?"

"네드, 네 입은 어디 갔는데?"

"아니, 근데 사실……, 그게 있잖아…….”

재스퍼 씨가 궁금하다는 듯 진한 눈썹을 치켜 올린다.

"이런 문제에 있어서 선택할 기회가 없다는 건 너무하잖아? 잭, 바로 그게 문제야! 내가 자신하건대, 만약 선택의 기회가 주어진다면, 세상의 모든 여자애들 중에서 이쁜이를 선택할 거야."

"하지만 넌 선택할 필요가 없잖아."

"그게 불만이야. 왜 돌아가신 아버지와 이쁜이의 선친께서는 우리가 결혼하도록 미리 정해 놓으신 거야? 왜─제기랄 왜, 라고 하고 싶지만 그 분들을 위해 참겠어─왜 그냥 우리에게 맡기지 않은 거야?"

"쯧쯧쯧, 이 친구야." 재스퍼 씨가 부드럽게 꾸짖는 듯한 어조로 충고한다.

"쯧쯧쯧? 그래, 잭에겐 이게 별일 아니겠지. 잭의 삶은 다른 누군가가 사소한 것 하나까지 미리 설계해 놓지 않았으니까. 잭은 누군가에게 자신을 억지로 떠미는 것 같은 불편한 느낌 없이, 또 누군가가 자신에게 억지로 떠밀리는 것 같은 불안감 없이, 스스로 선택할 수 있잖아. 잭에게는 삶이 자연 그대로 먹는 딸기 같은 거잖아. 누가 씻어서 입에 넣어 주는 게 아니고……."

"그래, 에드윈. 계속해 봐."

"잭, 혹시 내 말에 기분 나빴어?"

"왜 네 말에 기분이 나쁘겠어?"

"맙소사, 잭. 안색이 너무 안 좋아! 눈에 이상한 막 같은 게 있는데."

억지로 미소를 지으며, 마치 에드윈을 안심시키고 나서 조용히 회복할 시간을 벌려는 듯, 재스퍼 씨가 에드윈에게로 오른손을 뻗는다. 잠시 후 그가 힘없는 목소리로 말한다.

"가끔씩 통증—아니 극심한 고통—이 밀려와. 그래서 아편을 시작한 지 좀 됐어. 나도 모르게 아편 기운이 검은 구름처럼 덮치며 지나가곤 해. 지금의 이건 아편 기운이야. 곧 사라질 거야. 저쪽을 봐. 그럼 더 빨리 회복될 거야."

겁에 질린 표정으로, 에드윈이 재스퍼의 말에 따라 시선을 돌려 벽난로의 재를 바라본다. 난롯불을 응시하던 재스퍼의 눈빛은 온화해지기는커녕 더욱 강렬해진다. 그러더니 안락의자의 손잡이를 움켜잡으며 잠깐 동안 뻣뻣하게 경직된 채로 앉아 있다가, 이마에 구슬 같은 땀방울이 맺히고 거친 숨을 한 번 몰아쉬고 나서야 원래 상태로 돌아왔다. 그가 의자에 꺼지듯 몸을 묻고 조용히 기력을 회복하는 동안 조카는 부드러우면서도 부산한 손길로 삼촌을 보살핀다. 기력을 되찾은 재스퍼가 조카의 어깨에 손을 얹고는 말의 내용과는 달리 가벼운 어조로—사실 약간 농담조로—에드윈에게 말한다.

"어느 집에나 남들이 모르는 추악한 비밀이 있다고들 하지. 하지만 넌, 나는 예외일 거라고 생각했구나."

"잭, 정말 그렇게 생각했어. 하지만 생각해 보니 이쁜이의 집이나 우리 집에도—만약 그 애나 나한테 집이란 게 있다면……."

"아까 (무심코 내가 네 말을 끊기 전에) 네가 하려던 말은, 내 삶이 정말 조용하고 평화롭기만 하다는 거였지? 내 주위엔 소란이나 소동도 없고, 정신을 산만하게 하는 교류나 이해타산도 없고, 위험이나 변화도 없고, 나의 일이자 즐거움인 내가 추구하는 예술에만 헌신하는 삶이라고 말이야."

"잭, 정말 그렇게 말하려고 했어. 하지만, 있잖아. 나도 그랬지만, 잭도 자신에 대해 중요한 몇 가지를 빼먹었어. 예를 들면, 잭은 이 대성당에서 평신도 지휘자인지 평신도 사목자인지 정확한 명칭은 모르겠지만, 아무튼 그런 직책으로 너무나 존경 받고 또 성가대를 멋지게 지휘한다는 평판을 얻고 있잖아. 게다가 자신의 세계를 스스로 선택한 후 이 유서 깊고 색다른 곳에서 독보적인 위치까지 차지하고, 천부적인 교육적 재능(수업을 싫어하는 이쁜이도 잭 같은 스승은 없다고 했어!)에다 연줄까지 대단하지."

"그래, 네가 무슨 말을 하려는지 알겠어. 근데, 난 그 모든 게 정말 지겨워."

"지겹다고, 잭?" 무척 당혹스러워하며 그가 말한다.

"정말 지겨워. 단조로움으로 가득 찬 이 삶이 나를 야금야금 갉아 먹고 있어. 우리 대성당 미사가 너한테는 어떻게 들리니?"

"아름답지! 천상의 소리 같아!"

"나한테는 지옥의 소리처럼 들려. 정말 지긋지긋해. 아치 사이로 울려 퍼지는 내 목소리가 이 지겨운 일상을 비웃는 것 같아. 예전에 이 음울한 곳에서 일생을 비참하게 기계처럼 살아간 수도승도 나만큼 지겹지는 않았을 거야. 그는 대성당 의자와 책상에 악마들을 조각하며 위안을 얻었겠지. 하지만 난 어떻게 해야 하나? 내 심장에 악마들을 새기며 위안을 얻어야 할까?"

"잭, 나는 잭이 삶에서 자신에게 꼭 맞는 자신만의 길을 확실히 찾았다고 생각했어." 에드윈 드루드가 의자에서 몸을 앞으로 굽혀 그의 마음을 이해한다는 듯 재스퍼의 무릎에 손을 얹고 근심에 찬 표정으로 대꾸한다.

"네가 그렇게 생각한다는 거 알고 있어. 모두들 그렇게 생각하지."

"그래, 그럴 거야." 에드윈이 마음속의 생각을 무심코 말한다. "이쁜이도 그렇게 생각해."

"언제 그렇게 말했지?"

"내가 지난 번 여기 왔을 때. 언젠지 알지? 3개월 전."

"어떤 식으로 말했는데?"

"아 그냥, 잭의 제자가 됐다고 했어. 그리고 이게 잭의 천직이라고."

에드윈이 초상화를 힐끗 쳐다보는데, 재스퍼가 이를 놓치지 않는다.

"아무튼, 네드." 재스퍼가 심각함 가운데서도 명랑함을 잃지 않으며 말을 잇는다. "직업에 날 맞춰야겠지. 겉으로 보기엔 전과 별반 차이가 없을 거야. 다른 직업을 찾기엔 너무 늦었어. 오늘 얘기한 건 우리만의 비밀이야, 알겠지?"

"잭, 비밀은 맹세코 지킬게."

"너를 신뢰해서 얘기한 거야, 왜냐하면……."

"알아, 걱정하지 마. 왜냐하면 우린 절친한 친구 사이고, 내가 잭을 좋아하고 신뢰하는 만큼 잭도 나를 좋아하고 신뢰하니까. 손을 이리 내봐, 잭."

자리에서 일어난 두 사람은 서로의 눈을 들여다보며 서로의 양손을 잡았다. 그리고 삼촌이 조카의 손을 잡은 채로 말한다.

"이젠 알겠지? 정확히 뭐라고 부르는지 모르겠지만, 단조로운 일상의 불쌍한 성가대 지휘자도—그리고 자신에게 꼭 들어맞는 곳에서도—야망, 포부, 초조함과 불만 같은 걸로 힘들어할 수 있다는 걸 말이야."

"응, 알겠어, 잭."

"그리고 잊지 않고 기억할 거지?"

"잭, 진심으로 묻는 거야? 잭이 그토록 마음을 담아서 한 말들을 내가 잊을 것 같아?"

"그렇다면 내가 한 말들을 미래에 대한 하나의 경고라고 생각하렴."

에드윈이 붙잡고 있던 손을 놓고 한 걸음 뒤로 물러서며 재스퍼가 한 말의 의미를 잠깐 동안 생각해 본다. 그리고는 감동에 겨워 말한다.

"잭, 난 그저 깊이 없고 가벼운 인간에 불과해. 머리도 그리 좋지 않고. 하지만 알다시피 난 아직 젊고, 어쩌면 나이가 들면서 더 나은 인간이 될 수도 있겠지. 내가 어떤 사람이든 간에, 내 안에 감수성이란 것이 있다면, 잭이 오늘 힘든 중에도 사심 없이 마음을 드러내고 내게 해준 경고를 마음 깊이 새기고 싶어."

이 말을 듣고 있는 재스퍼 씨의 표정과 온 몸은 완전히 경직되어 마치 숨이 멈춘 것처럼 보였다.

"잭. 오늘 보니까, 잭이 많이 힘들어하고 평소와 달리 감정에 휩싸여 있다는 걸 알겠어. 물론 잭이 날 몹시 아낀다는 건 알고 있지만, 이렇게까지 나를 위해 고통을 감수할 줄은 몰랐어."

재스퍼 씨는 다시 숨을 쉬기 시작하며, 아무 일 없었다는 듯 어깨를 들썩이고는 웃으며 오른팔을 내저었다.

"그만 둬, 잭. 아무렇지 않은 척 하지 마. 부탁이야. 난 정말 진지하거든. 잭이 말한 그 병적인 심리 상태가 너무나도 견디기 힘들다는 걸 알겠어. 하지만 잭, 내가 그렇게 될 가능성에 대해서는 걱정하지 마. 그렇게 되지는 않을 거야. 몇 달 후엔 학교에서 이쁜이를 데리고 나와서 결혼할 거야. 그리고 함께 동양으로 가서 기술자로 일할 거야. 지금은 서로 티격태격 하지만, 그건 우리 미래가 이미 정해져 있어서 새로울 게 없으니 어쩔 수 없이 그러는 거고, 일단 결혼하고 나면 분명 멋진 결혼 생활을 할 거야. 잭, 아까 식사하면서 인용한 옛 노래를 보면 말이지(잭보다 옛 노래를 더 잘 아는 사람이 누가 있겠어?). 아내는 춤추고 나는 노래하며 매일이 즐겁다, 라는 가사가 나오잖아. 결혼해서도 이쁜이는 분명 여전히 예쁘고 착한 '건방진 아가씨'일 거야." 에드윈이 다시 초상화를 향해 말한다. "이쁜아, 너의 이 우스꽝스러운 그림을 태워 없애고 네 음악선생님께는 다른 그림을 그려 드릴 거야."

재스퍼 씨가 턱을 괴고 명상에 잠긴 듯한 온화한 표정으로 열변을 토하는 에드윈의 생기발랄한 모습 하나하나를 주의 깊게 지켜본다. 재스퍼 씨는 그가 너무나도 사랑하는 이 젊은 혈기에 매료된 듯 조카의 말이 끝난 후에도 그를 계속해서 바라본다. 그가 조용히 미소를 지으며 말한다.

"그래서, 내 경고에 귀를 기울이지 않겠단 말이지?"

"맞아, 잭."

"경고에 귀를 기울일 수가 없단 말이지?"

"그래, 잭. 잭의 경고에 귀를 기울일 수가 없어. 게다가 난 위험에 처했다는 생각도 들지 않아. 그리고 잭이 그렇게 생각하는 것도 싫어."

"우리 밖으로 나가서 성당 마당을 좀 거닐까?"

"물론 좋지. 대신 잠깐 '수녀의 집'에 들러서 선물 꾸러미를 하나 주고와도 괜찮겠지? 별건 아니고 이쁜이에게 줄 장갑이야. 이쁜이 나이수만큼 준비했어. 좀 시적이지 않아, 잭?"

재스퍼 씨는 표정의 변화 없이 중얼거린다. "'인생에서 아무리 좋은 것도 거기에 비하면 아무것도 아니야,' 네드."

"꾸러미는 여기 내 코트 주머니에 있어. 오늘밤에 줘야 해. 오늘이 지나면 시적인 여운이 사라지거든. 밤에 찾아가는 건 규칙에 어긋나지만, 꾸러미를 두고 오는 건 괜찮아. 나 준비됐어, 잭!"

재스퍼 씨가 일어나자 두 사람은 함께 밖으로 나간다.

3장
수녀의 집

이 오래된 대성당 마을에 이름을 하나 지어 줄 필요가 있다. 이유는 추후에 이야기가 전개되면서 분명해질 것이다. 마을의 이름은 클로이스터햄이라고 해두자. 클로이스터햄은 한때 드루이드교도들에게는 다른 이름으로, 로마인들에겐 물론 또 다른 이름으로, 색슨족과 노르만족에게도 각기 다른 이름으로 알려져 있었다. 그래서 먼지 앉은 오래된 연대기에서 수 세기 동안의 마을 이름쯤은 대수롭지 않다.

오래된 도시 클로이스터햄은 떠들썩한 세상사를 좋아하는 사람에게는 적합하지 않은 곳이다. 대성당 지하 납골당에서 흘러나오는 흙냄새가 곳곳에 배어 있는 이 단조롭고 조용한 도시에는, 수도원 묘지의 자취가 사방에 널려 있어서 아이들이 수도원장과 수녀원장의 분골에 채소를 키우고 수녀들과 수사들의 진토로 진흙파이를 만들어 가지고 놀 정도다. 한편 성당 근처 밭에서도 가끔 농부들이 한때 권세를 누렸던 재무담당, 대주교들, 주교들의 뼈를 발견하곤 한다. 그럴 때면 하나같이 동화책에 나오는 도깨비가 우연히 찾아온 방문객의 뼈를 갈아 빵을 만들어 먹으려 할 때와 같은 기세가 된다.

이 나른한 도시 클로이스터햄의 거주자들 대부분은 이미 변화는 모두 지나갔고, 더는 찾아올 변화가 없으며, 간혹 예외가 있긴 하지만 아주 드물다고 여기는 듯하다. 이는 오랜 역사에서 나온 특이한 신념으로, 자취도 찾기 어려운 옛 시절로부터 내려온 산물이다. 클로이스터햄의 거리는 너무도 조용해서 (반면에 일단 소리가 나면 크게 울려 퍼지지만) 여름날 상점들에 쳐 둔 차양조차도 감히 제대로 펄럭이지 못한다. 두리번거리며 이 길을 지나가는 햇볕에 그을린 부랑자들은, 빨리 걸으면 이 숨 막히는 곳에서 그만큼 더 빨리 벗어날 수 있다는 듯이 걸음을 재촉한다. 클로이스터햄의 거리는 사실 들어가고 나오는 길고 좁은 길 하나뿐이라고 해도 과언이 아니어서 이곳에서 벗어나는 건 그리 어렵지 않다. 도시의 나머지는 대부분 별 볼 일 없는 정원들로 이뤄졌고, 포석이 깔린 큰길도 없다. 예외적으로 포석이 깔린 곳은 대성당 및 '대성당구역'과 퀘이커교도의 집단 주거지뿐이다. 후자에는 유색 포석으로 된 길이 있고, 퀘이커교도의 모자처럼 생긴 확인 표식이 구석에 세워져 있다.

한마디로 말해 지나간 과거의 도시가 바로 클로이스터햄이다. 이곳에는 거친 소리를 내는 대성당의 종과 대성당 탑 위를 맴돌며 거친 소리로 까악 거리는 까마귀들이 있고, 그 아래 지상의 성당에는 더 거친 갈라진 목소리를 가진 까마귀의 모습을 한 성직자들이 있다. 오래된 벽의 파편들, 성인을 기리는 예배당, 참사회당, 수녀원, 수도원이 어울리지 않게 이 도시 일반인들의 집과 정원 사이에 세워진 모습은, 마치 교회와 가족의 개념이 뒤죽박죽 혼재된 주민들의 머릿속과도 흡사하다. 도시 안에서 보이는 모든 것들은 과거의 것들이다. 클로이스터햄의 유일한 전당포의 주인은 효력이 지난 옛 주식을 보증도 없이 오랫동안 판매해 왔다. 그가 파는 물건들 중 그나마 더 값나가는 물건이라고 해 봤자 언뜻 보기에도 느린 윤기 없는 낡은 시계, 다리가 맞지 않는 변색한 설탕집게, 짝이 맞지 않는 형편없는 도서 전집이 전부다. 클로이스터햄에서 생명의 증거를 가장 분명하고도 풍성하게 보여 주는 것은 정원마다 자라고 있는 채소들이다. 축 처져서 우울해 보이는 극장에도 작고 보잘것없지만 뜰이 있어서, 계절에 따라 주홍색 콩이나 굴 껍질들 사이로 악취가 나는 악귀들이 방문하곤 한다.

클로이스터햄의 중심부에 '수녀의 집'이 있다. 이 유서 깊은 벽돌 건물의 현재 명칭으로 보아 이곳이 과거 수녀원으로 쓰였다는 전설로부터 유래했음은 의심의 여지가 없다. 내부의 오래된 정원을 보호하며 서 있는 깔끔한 문에는 '여학생을 위한 사립학교—미스 트윙클튼'이라고 적힌 번쩍이는 황동 문패가 붙어 있다. 무척이나 낡고 헐은 건물 전면에 비해 지나치게 번쩍이는 황동 문패는, 상상력이 풍부한 사람이 처음 본다면 젊은 시절 멋쟁이였던 노인이 나이 들어 시력을 잃어가는 눈에 크고 현대적인 안경을 쓴 모습을 떠올릴 법도 하다.

과거에는 순종적인 수녀들이 이 건물의 낮은 천장 들보에 부딪히지 않으려고 항상 고개를 숙이고 다녔을까? 치장을 위해 구슬로 목걸이를 만드는 대신 고행의 의미로 묵주 알을 세며 길고 낮은 창가에 앉아 있었을까? 혹시 대자연의 법칙에 저항하지 않고 순결을 저버렸다는 이유로 건물의 튀어나온 벽이나 이상한 각도의 벽안에 생매장 당한 사람은 없었을까? 이런 질문은 학교 안을 어슬렁거리는 유령들(과연 있는지는 알 수 없으나)에게는 관심사일지 모르겠지만, 미스 트윙클튼이 6개월 단위로 기입하는 회계장부에는 전혀 관련성이 없는 사안이다. 이러한 문제들은 장부의 주 항목은 물론이고 부가 항목과도 관련이 없다. 학교에서 시학과를 운영하는 이 숙녀의 낭송회 목록에는 그런 수익성 없는 질문은 전혀 해당 사항이 없는 것이다.

술에 만취하거나 최면에 걸린 경우 종종 서로 다른 의식 상태가 각각의 진로에 따라 평행하게 진행되는 경우가 있는데(예를 들어 술에 취해 시계를 어딘가에 따로 챙겨 두었다면, 다시 술에 취해야만 시계를 둔 장소를 기억해 낼 수 있다), 미스 트윙클튼도 이처럼 서로 다른 두 가지의 의식 상태로 존재한다. 매일 밤 여학생들의 취침시간이 되면 미스 트윙클튼은 머리를 단장하고 눈 화장을 매만지며 여학생들이 한 번도 본 적 없는 생기발랄한 숙녀로 거듭난다. 미스 트윙클튼은 매일 밤 같은 시각에 전날 밤의 화제를 다시 꺼내며 클로이스터햄의 남녀 간의 스캔들을 사람들과 주고받는다. 이는 낮 상태의 미스 트윙클튼이었다면 완전히 생소할 내용이다. 그녀는 스캔들과 더불어 턴브리지 웰스 시절(야간에는 간단하게 '웰스'라고 부르는)에 대해서도 이야기한다. 특히 이 시절에는 세련된 한 신사(밤에는 그녀가 '어리석은 포터스'라고 다정하게 부르는)가 그녀에게 마음을 고백한 적이 있는데, 낮 시간의 학구적인 미스 트윙클튼이었다면 절대 깨닫지 못할 일이다. 미스 트윙클튼의 이 두 가지 상태 모두를 잘 알고 거기에 맞춰 이야기 상대가 되어 주는 사람이 바로 티셔 부인이다. 허리가 불편하고 한숨 쉬는 습관이 있는 그녀는 항상 소리 죽여 이야기하는 공손한 태도를 지닌 미망인이며, 여학생들의 복장 챙기는 일을 담당한다. 티셔 부인을 보면 과거에는 좀 더 괜찮은 삶을 살았을 거라는 느낌이 든다. 아마도 이 때문에 하인들이 돌아가신 티셔 씨가 미용사였다고 철썩 같이 믿는 것 같다.

'수녀의 집'에서 가장 사랑 받는 여학생은 로사 버드 양으로, 물론 로즈버드라고 불린다. 그녀는 예쁘고 아이 같은 구석이 있는 데다 엉뚱함까지 훌륭하게 겸비했다. 미스 버드가 부모님의 유언에 따라 남편감이 이미 정해져 있다는 것과 성인이 되면 그녀의 후견인이 두 사람을 결혼시키기로 되어 있다는 것을 알기 때문에, 여학생들은 미스 버드에게 어색하지만 (로맨스와 결부되어) 특별한 관심을 보인다. 미스 트윙클튼의 경우 그녀가 교육자적인 상태에 있을 때는 이 숙녀의 사랑스러운 어깨선을 쳐다보며 그녀의 로맨틱한 운명에 대한 생각을 떨쳐버리려 노력하기도 하고, 이 가혹한 운명을 지닌 제자의 불행에 대해 생각에 잠기기도 한다. 하지만 어쩌면 어리석은 미스터 포터스의 닿지도 않은 손길 때문인지 미스 트윙클튼의 노력은 허사로 돌아가서, 결국 여학생들이 자신들의 침실에서 '미스 트윙클튼은 정말 겉과 속이 달라!'라고 이구동성으로 외치는 결과만 가져오고 만다.

로즈버드의 미래의 남편이 그녀를 만나러 올 때만큼 '수녀의 집'이 술렁이는 경우도 없다. (법적으로 이 특권이 그녀에게 보장되어 있고, 만약 미스 트윙클튼이 이의를 제기한다면 그녀가 바로 외국으로 추방된다고 학생들은 알고 있다.) 그의 초인종이 울리거나 울릴 거라고 예상되는 순간이 오면 창가의 여학생들은 모두 창밖을 내다보고, 노래를 부르던 학생들은 모두 박자를 틀리고, 불어 수업은 엉망진창이 되어 파티에 술병이 돌듯 벌점 딱지가 난무한다.

에드윈과 재스퍼가 재스퍼의 집에서 저녁식사를 한 다음날 오후 '수녀의 집'에 벨이 울리자 여느 때처럼 학교가 술렁인다.

"에드윈 씨가 로사 양을 찾아왔습니다."

하녀가 이렇게 알린다. 미스 트윙클튼이 슬픈 표정의 모범을 보이며 로사를 향해 말한다. "로사, 내려가 보렴." 모두의 시선을 받으며 로사가 아래층으로 내려간다.

에드윈 드루드 씨는 미스 트윙클튼의 응접실에서 기다린다. 이 우아한 방에서 공부와 직접적으로 관련이 있는 것은 지구의와 천구의뿐이다. 이 의미 깊은 모형들은 미스 트윙클튼이 자신의 개인 시간에도 교육자의 의무감으로 학생들에게 전달할 지식을 찾아 '떠돌이 유대인'처럼 지구 구석구석과 하늘까지도 올라갈 각오가 되어 있다는 것을 (부모들과 후견인들에게) 넌지시 내비친다.

최근 새로 온 하녀는 로사 양과 약혼한 이 젊은 신사를 본 적이 없어서 열린 문의 경첩 사이로 그를 훔쳐보다가 꺼림칙한 생각이 들어 부엌 층계를 비틀비틀 내려간다. 그 사이 로사는 실크 앞치마를 머리에 둘러 얼굴을 가린 채 깜찍한 작은 유령 같은 모습을 하고 응접실로 들어선다.

"아, 정말 말도 안 돼!" 유령이 이렇게 말하며 움직임을 멈춘다. "그만둬, 에디!"

"뭘 그만두라는 거야, 로사?"

"더는 가까이 오지 마, 부탁이야. 정말 어처구니없어."

"로사, 뭐가 어처구니없다는 거야?"

"전부 다. 약혼자가 있는 고아라는 것도 어처구니없고, 여자애들과 하인들이 사람 하나 보려고 천장 위의 생쥐처럼 돌이다니는 것도 어처구니없고, 이렇게 호출 당하는 것도 어처구니가 없어!"

이렇게 불평하는 동안 유령은 입가에 엄지손가락을 대고 있는 것처럼 보인다.

"이쁜이, 정말 애정 어린 환영인데?"

"기다려. 제대로 환영해 줄게. 그래, 어떻게 지내?" (그녀가 이내 묻는다.)

"널 보러 오기 전보다 지금이 확실히 더 낫다고 얘기할 수가 없군."

에드윈의 거듭되는 질책에 유령이 앞치마 끝자락을 올려 검게 반짝이는 뾰로통한 눈빛으로 그를 쳐다보다가 재빨리 앞치마로 얼굴을 가리며 소리친다.

"맙소사! 머리카락 절반을 잘라 버리다니!"

"머리 전체를 잘라버렸더라면 더 나았을 지도 모르지." 에드윈이 문제의 머리카락을 쥐어뜯으며 사나운 눈빛으로 거울을 쳐다보고는 초조하게 발을 구른다. "나 그냥 갈까?"

"아니, 에디. 아직 갈 필요 없어. 여자애들이 모두 에디는 왜 갔느냐고 물을 거야."

"로사, 제발 부탁인데 머리에서 그 말도 안 되는 앞치마 좀 내리고 제대로 인사해 줄 수 없어?"

아이 같이 조그만 머리에서 앞치마를 걷어 내며 로사가 대답한다. "에디, 잘 왔어. 이제 만족해? 우리 악수해. 안 돼, 키스는. 입에 신맛나는 사탕이 있거든."

"이쁜아, 날 보게 돼서 좋기는 한 거야?"

"아, 물론 어마어마하게 좋아. …자 앉아 봐. …트윙클튼 선생님!"

보통 학교에 손님이 찾아오면 미스 트윙클튼은 몇 분을 주기로 그들을 직접 방문하거나 티셔 부인을 보내서 뭔가 찾는 시늉을 하며 예를 갖추는 의식을 치른다. 오늘은 그녀가 응접실을 우아하게 들어왔다 나가며 가볍게 얘기한다. "안녕하세요, 드루드 씨? 정말 반가워요. 잠시 실례할게요. 핀셋이 어디 있나…여기 있군요. 그럼."

"어젯밤에 두고 간 장갑 받았어, 에디. 정말 마음에 들어. 너무 예뻐."

"그나마 다행이군." 투덜거리며 약혼자가 대꾸한다. "최소한의 격려지만, 감사히 받겠어. 그래, 이쁜이. 생일은 어떻게 보냈어?"

"즐겁게 보냈지! 모두한테서 선물도 받고. 맛있는 음식도 먹고. 밤에는 무도회도 열고."

"파티와 무도회라. 나 없이도 잘 돌아가는 것 같군."

"신나게 잘 돌아가고 있지!" 약간의 주저함도 없이 로사가 당연하다는 듯 외친다.

"그렇단 말이지! 어떤 음식이 있었어?"

"타르트랑 오렌지, 젤리, 그리고 새우."

"무도회에 파트너도 있었어?"

"물론 우리끼리였지. 하지만 어떤 애들은 서로 상대방의 오빠라고 가장하고 춤을 추기도 했어. 너무 재미있었어!"

"혹시 그 중에……."

"에디로 가장한 사람도 있었느냐고? 당연하지!" 로사가 기쁨에 겨워 웃으며 소리친다. "에디가 첫 번째였는 걸."

"누군지 몰라도 제대로 해냈길 바라." 에드윈이 미심쩍은 듯이 말한다.

"아, 훌륭하게 해냈어! …있잖아, 난 에디와는 춤을 추지 않을 거야."

예상치 못한 발언에 에드윈이 이유를 말해 줄 수 있느냐고 묻는다.

"왜냐하면 에디가 너무 지겨워졌거든." 이렇게 대답했지만, 에드윈의 불쾌한 표정을 보고 달래는 듯한 투로 바로 덧붙인다. "에디도 나만큼 지겨워했잖아."

"로사, 내가 그런 말 한 적이 있어?"

"그런 말 한 적이 있느냐고? 한 번도 없어. 그저 행동으로 보여 줬지. '아, 그녀는 정말 행동으로 잘 보여 줬어!'" 로사가 마치 가짜 약혼녀를 본 것처럼 갑자기 흥분해서 소리친다.

"사악하고 건방진 여자애 같은데." 에드윈이 말한다. "그래서 우리 이쁜이가 생일을 이 낡은 학교에서 보낸 거군."

"그래, 맞아!" 로사가 손뼉을 치고 한숨을 짓더니 아래를 내려다보며 고개를 젓는다.

"로사, 기분이 좋지 않은 것 같은데."

"이 초라하고 낡은 곳이 안쓰러운 거야. 왠지, 어린 나이에 내가 멀리 떠나면 이곳이 날 그리워할 것 같아."

"로사, 어쩌면 우리 여기서 그만두는 게 나을 지도 모르겠어."

순간 밝은 표정으로 그를 쳐다본 후, 그녀가 고개를 저으며 한숨을 내쉬고는 다시 아래를 내려다본다.

"다시 말하면, 이쁜아. 우리가 파혼하는 거지?"

그녀가 고개를 끄덕이고는 잠시 후 갑자기 이렇게 말한다. "하지만, 우리가 반드시 결혼해야만 한다는 거 알잖아. 에디, 여기서 결혼해야 해. 그렇지 않으면 저 불쌍한 여자애들이 엄청나게 실망할 거야!"

순간 사랑이라기보다는 연민의 표정이 에드윈의 얼굴에 나타난다. 그가 표정을 바꾸며 묻는다. "로사, 우리 산책하러 나갈까?"

로사는 곰곰이 생각에 잠겨 결정을 못하는 듯 했지만, 이내 표정이 밝아진다. "그래, 에디. 산책하러 가자! 앞으로 어떻게 할 지 내가 알려 줄게. 에디는 누군가 다른 사람과 약혼한 척 하고, 난 누구와도 약혼하지 않은 척 하는 거야. 그럼 더는 싸우지 않을 거야."

"그렇게 하면 우리 사이가 멀어지는 걸 막을 수 있을 것 같아, 로사?"

"확신해. 쉬! 창밖을 보는 척해. …티셔 부인!"

우연을 가장하며, 고상한 모습의 티셔 부인이 실크 드레스를 입은 전설 속의 미망인 귀부인처럼 방안으로 바스락 소리를 내며 들어선다. "드루드 씨, 건강하게 잘 지내시죠? 안색을 보니 물을 필요조차 없겠네요. 제가 방해한 건 아니죠? 종이칼이 필요해서…아, 고마워요!" 그녀가 종이칼을 들고 사라진다.

"에디, 날 위해 이 한 가지는 꼭 해줘." 로즈버드가 말한다. "우리가 거리로 들어서면 난 길 바깥쪽에 에디는 학교 건물 담 쪽에 꼭 붙어서 걸어야 해."

"물론이지, 로사. 그게 네가 원하는 거라면. 이유를 물어도 될까?"

"아, 왜냐하면 난 여자애들이 에디를 보는 걸 원치 않아."

"날씨가 맑긴 하지만, 원한다면 우산을 들어서 가릴 수도 있어."

"선생님, 바보 같은 소리 마세요. 반짝반짝 윤이 나는 가죽 부츠를 신은 것도 아니면서." 로사가 뾰로통한 표정으로 어깨를 들썩인다.

"여자애들이 날 보더라도 부츠는 알아채지 못할 거야." 에드윈이 갑자기 자신의 부츠에 불쾌함을 느끼며 아래를 내려다본다.

"선생님, 그 애들이 놓치는 건 절대 없어요. 무슨 일이 벌어질지 눈에 보여. 어떤 애들은 내 경우를 기울삼아 윤이 나는 부츠를 신지 않은 애인과는 무슨 일이 있어도 약혼하지 않겠다고 하겠지('걔들도' 말할 자유는 있으니까). 잠깐! 들어 봐. 미스 트윙클튼이야. 내가 외출 허락을 받아올게."

정말 미스 트윙클튼이 다가오는 소리가 들린다. 그녀가 누군가와 일상적인 대화를 나누며 지나간다. "내 방 작업 테이블에서 자개로 된 단추 상자를 본 게 확실해?" 로사가 외부 산책 허가를 요청하자 미스 트윙클튼이 흔쾌히 승낙한다. 이 어린 남녀는 에드윈 드루드 씨의 문제가 심각한 부츠가 사람들 눈에 띄지 않도록 모든 주의와 노력을 기울이며 '수녀의 집'에서 나온다. 이러한 노력이 미래 에드윈 드루드 부인의 마음에 평화를 가져다주길 우리 모두 기원하자.

"어느 길로 갈까, 로사?"

로사가 대답한다. "'기쁨 덩어리' 상점에 가고 싶어."

"어디……?"

"선생님, 터키식 과자 상점이랍니다. 맙소사, 에디. 아는 게 하나도 없네? 기술자라면서 '그것도' 모른단 말이야?"

"이봐, 로사. 내가 그걸 어떻게 알겠어?"

"왜냐하면, 그 집 사탕을 내가 무척 좋아하거든. 근데, 생각해 보니 약혼자가 아닌 척 한다는 걸 깜빡 잊고 있었네. 맞아, 사탕에 대해서 에디는 조금도 알 필요가 없어. 신경 쓰지 마."

에디가 침울한 표정을 지으며 과자 상점으로 끌려간다. 상점에서 로사가 과자를 사서 에디에게 권한 후(그는 화를 내며 거절한다), 핑크색 장갑을 벗어 옆에 개어 두고 열심히 과자를 먹기 시작한다. 그리고 이따금씩 조그마한 손가락으로 과자에서 묻어나는 '기쁨 가루'를 장밋빛 입술에서 닦아낸다.

"자, 이제 마음씨 좋은 에디인 척 해봐. 에디, 약혼했다고 들었는데?"

"그래 약혼한 상태야."

"약혼자는 착해?"

"매력 있어."

"키가 커?"

"굉장히 커!" 로사는 키가 작다.

"멍청할 것 같아." 로사가 조용히 의견을 제시한다.

"뭐라고? 전혀 그렇지 않아." 그가 반박한다. "멋진 여성이야. 굉장한 여성이라고."

"분명 코가 클 거야." 로사가 다시 조용히 의견을 개진한다.

"물론 작지 않아." 바로 대답이 돌아온다(로사의 코는 작다).

"창백하고 긴 코 중간에 붉은 혹이 있는, 그런 코 알지." 만족해서 고개를 끄덕이고 조용히 과자를 즐기며 로사가 말한다.

에드윈이 다정함을 약간 담아 말한다. "로사, 넌 그런 코를 '몰라.' 왜냐하면 그녀의 코는 네가 말하는 코랑 다르거든."

"창백한 코가 아니라고, 에디?"

"그래." 에드윈은 로사의 의견에 동의하지 않기로 작정한다.

"그럼 붉은 코야? 아! 난 붉은 코는 싫어. 하지만 물론 화장으로 감출 수 있겠지."

"화장으로 감추는 건 질색이야." 에드윈이 화를 내며 말한다.

"그래? 정말 바보 같은 여자군! 모든 일에 그렇게 멍청해?"

"아니, 멍청한 구석은 전혀 없어."

로사가 잠깐 말을 멈추고 묘한 표정으로 에드윈을 살피다가 말한다.

"그리고 이 똑똑한 사람은 에디와 함께 이집트에 가려고 한단 말이지?"

"맞아. 현명하게도 공학기술의 업적에 관심이 있지. 특히 미개발 국가를 완전히 바꿀 수 있는 기술에 대해서는 더욱 관심이 많아."

"대단하군!" 어깨를 으쓱하며 놀랍다는 듯이 로사가 웃는다.

"못마땅한 게 있어?" 그가 요정 같은 로사에게로 눈길을 돌리며 묻는다. "로사, 그녀가 관심을 가지는 게 불만이야?"

"불만이냐고? 아, 에디! 정말로 그녀가 보일러나 그런 것들을 싫어하지 않는다고?"

"그녀가 보일러에 대해 바보 같은 혐오감이 없다는 건 말해 줄 수 있어." 그가 화가 나서 힘주어 대꾸한다. "하지만 그런 것들에 대해 어떤 견해를 가지고 있는지는 모르겠어. 사실 '그런 것들'이란 게 뭔지 모르겠군."

"하지만, 그녀가 아랍인이나 터키인이나 아프리카인을 싫어하지 않아?"

"물론이지." 단호하게 대답한다.

"적어도 피라미드는 '물론' 싫어하겠지? 맞지, 에디?"

"로사, 그녀가 왜 피라미드를 싫어하겠어?"

"아! 미스 트윙클튼이 지루하게 피라미드에 대해 얘기하는 걸 들어보면 알 텐데." 로사가 과자를 즐기며 흡족해 한다. "지겨운 무덤들! 이시스, 이비스, 체옵스, 파라오…신경 쓰는 사람 아무도 없어! 그리고 벨조니라던가 하는 사람이 있었지? 박쥐와 흙으로 거의 질식할 뻔 하다가 사람들이 다리를 끌어내서 살아난 사람 말이야. 학교에서 애들이 모두 '그가 잘못됐으면 좋겠어, 질식했으면 좋겠어'라고들 하지."

두 사람은 오래된 '대성당구역'을 불만스러운 표정을 지으며 팔짱은 끼지 않고 나란히 거닌다. 가끔 멈춰 서서 쌓인 낙엽에 발자국을 깊게 남기기도 한다.

"그래, 생각해 보면," 긴 침묵 끝에 에드윈이 말한다. "우리 더는 이렇게 계속할 수 없어, 로사."

로사가 고개를 끄덕이며 약혼 진행을 원치 않는다고 말한다.

"로사, 우리의 상황을 생각하면 당연히 그런 생각이 들지."

"어떤 상황?"

"말하면, 또 트집을 잡겠지."

"에디야말로 트집을 잡겠지. 옹졸하기는."

"옹졸하다고! 마음에 드는군!"

"그렇다면 내 맘엔 '안 들어.' 그래, 그게 내 솔직한 심정이야." 로사가 입을 삐죽 내민다.

"그래. 내 잘못이야, 로사. 넌 내가 택한 직업에 대해 함부로 말하고, 내가 가려는 곳을······."

"설마 피라미드에 매장되려는 건 아니겠지?" 우아한 눈썹을 치켜 올리며 로사가 말을 가로막는다. "거기 묻힐 의도라고는 말한 적 없잖아. 그게 에디의 의도라면, 왜 내게 미리 얘기하지 않았어? 에디의 계획을 내가 느낌으로 알 수는 없잖아?"

"이봐, 로사. 내 말이 무슨 뜻인지 잘 알잖아, 이 아가씨야."

"그럼 왜 그 붉은 코의 거대한 꼴불견 여자에 대해 얘기한 거야? 그 여자, 그 코에 화장을 정말 정말 '잔뜩'할 거라고!" 비장하면서도 우스꽝스럽게 로사가 울화를 터뜨린다.

"무슨 말을 해도 말꼬리기 잡히는군." 에드윈이 한숨을 내쉬며 포기한 듯 말한다.

"선생님, 항상 틀린 말만 하는데 어떻게 말꼬리가 안 잡히겠어요?

그리고 벨조니 말인데. 아마 죽었을 거야. 정말 죽었으면 좋겠어. 근데, 왜 그의 다리나 질식 사고에 관심을 갖는 거지?"

"로사, 이제 돌아가야 할 시간이야. 그렇게 즐거운 산책은 아니었지?"

"즐거운 산책? 선생님, 지긋지긋한 산책이었어요. 내 방으로 돌아가자마자 계속해서 울다가 무용 수업에 못 갈 수도 있어. 다 에디 책임이야!"

"우리 화해하고 친구로 남자, 로사."

"아!" 고개를 저으며 로사가 진심어린 눈물을 쏟는다. "친구가 되는 게 '가능'하다면 좋겠어! 친구가 될 수 없으니까 서로 힘 든 거야. 에디, 난 어른들이 하는 가슴앓이를 하기엔 아직 어리지만, 어떨 땐 정말 가슴이 아파. 내 말에 기분 나빠하지 마. 에디도 이런 마음의 고통을 자주 느낀다는 거 알고 있어. 만약 우리의 미래가 정해지지 않고 가능성으로만 남아 있었다면 우리 둘 다 훨씬 좋았을 텐데. 에디, 나 지금 심각해. 장난치는 거 아니야. 이번 한 번만 우리 자신을 위해, 그리고 다른 사람들을 위해 참아 내자."

에드윈은 자신이 평소에 가지고 있던 고민이 상대방에게 전염된 것 같아 일순간 불쾌감을 느꼈지만, 버릇없는 아이 같던 로사가 보여 준 성숙한 여성의 일면으로 인해 마음이 누그러져서 두 손으로 손수건을 눈에 대고 아이처럼 훌쩍이는 로사를 지켜본다. 그녀가 점차 차분함을 되찾고 감정에 휩싸였던 자신의 모습에 아이처럼 웃을 수 있게 되자 에드윈은 그녀를 느릅나무 아래 벤치로 인도한다.

"이쁜아, 하나 깨달은 게 있어. 난 내 일 외엔 똑똑한 면이 없어. … 사실 지금 생각해 보니, 일에 똑똑한 건지도 확실히 모르겠어. 하지만 옳은 일을 하며 살고 싶어. 너 외에…아니, 어쩌면 너를, …아, 하고 싶은 말이 있는데 어떻게 전해야 할지 정말 모르겠어. 하지만 헤어지기 전에 꼭 하고 싶은 말이 있어…너 외엔 어느 누구와도…….”

“안 돼, 에디! 마음은 고맙지만, 안 돼. 그만해!”

두 사람은 대성당 창문 바로 근처에 있었다. 바로 그때 성가대의 목소리와 오르간 연주 소리가 장엄하게 흘러나온다. 이 음악 소리를 듣던 에드윈은 문득 전날 밤 재스퍼와 나눈 비밀이 떠올라, 그가 토로한 마음의 갈등과 이 음악 소리가 얼마나 대조되는지 생각해 본다.

“잭의 목소리를 구별해 낼 수 있으면 좋을 텐데.” 에드윈이 여러 가지 상념에 잠겨 낮은 목소리로 말한다.

“학교로 데려다 줘.” 약혼녀가 그의 손목에 재빨리 가녀린 손을 얹고 재촉한다. “사람들이 모두 곧 나올 거야. 우리 자리를 뜨자. 아, 정말 웅장한 화음이야! 하지만 멈춰서 들을 여유가 없어. 어서 떠나!”

‘대성당구역’을 벗어나자 로사가 걸음을 늦춘다. 두 사람은 이제 팔짱을 끼고 오래된 하이 스트리트를 따라 ‘수녀의 집’을 향해 무겁고 신중한 걸음을 뗀다. 사람이 눈에 띄지 않는 학교 정문 근처에서 에드윈이 허리를 굽혀 로즈버드의 얼굴 쪽으로 고개를 숙인다.

로즈버드가 아이 같은 여학생으로 돌아가서 웃으며 에드윈을 질책한다. “하지 마, 에디! 키스는 너무 어색해. 대신 손을 이리 줘. 손에 키스를 불어 넣어 줄게.”

에디가 손을 내민다. 로사는 그 손에 가벼운 숨결을 불어 넣어 보낸 후 숨결을 담은 듯한 손을 들여다보며 말한다.

“이제 그 안에서 뭐가 보이는지 말해 봐.”

“뭐가 보이느냐고?”

"참나, 이집트인들은 손을 들여다보며 모든 종류의 유령들을 다 볼 수 있다고 들었는데. 행복한 '미래'가 보여?"

확실한 건, 학교 문이 열리며 한 사람은 학교 안으로 들어가고 다른 한 사람은 학교에서 멀어져 가는 사이, 둘 중 어느 누구에게도 행복한 '현재'는 보이지 않는다는 것이다.

4장
삽시 씨

    형편없는 인간이란 그칠 줄 모르는 아둔함과 자만심—인간의 다른 자질들과 마찬가지로 틀에 박힌 자질—으로 가득한 부류라고 볼 때, 클로이스터햄 최고의 형편없는 인간은 경매인 토마스 삽시 씨다.

    삽시 씨는 항상 수석사제에게 잘 보이려고 특별하게 옷을 차려 입는데, 이따금 수석사제로 오인한 사람들에게 인사를 받기도 하고 언젠가는 동행사제도 없이 방문한 주교인 줄 알고 사람들이 길에서 주교님이라고 인사를 건넨 적도 있다. 삽시 씨는 자신의 이러한 부분과 함께 목소리와 스타일에 대해서도 대단한 자부심을 지녔다. 그는 물품 경매 중에 경매하는 성물들의 성스러운 느낌과 닮은 목소리를 내려고 한 적까지 있었다. 그런 삽시 씨가 공매를 마칠 때면 앞에 모인 중개인들에게 강복을 내리는 듯한 분위기로 끝마치는데, 정작 수석사제—겸손하고 자격이 있는—는 이에 훨씬 못 미친다.

삽시 씨에게는 추종자가 많다. 실제 주민 다수는, 그의 지혜로움에 대해 의심하는 사람들까지도, 삽시 씨가 클로이스터햄의 자랑이라는 견해를 가지고 있다. 장중하면서도 둔한 느낌이 있지만 말과 움직임에서는 거침이 없고, 특히 대화중에 보이는 손의 움직임은 상대방에게 성사를 주는 듯하다. 50대 후반으로 불룩하게 나온 배에다 양복 조끼의 허리 사이로 살집이 드러나는 그는, 부유하다는 평판이 자자하고, 선거에서는 온전히 자신의 이익을 기준으로 투표하고, 자신 외에 도덕성 있는 사람은 없다고 믿으며 만족스러워한다. 이게 사실이 아니라면 어떻게 이 얼간이 같은 삽시 씨가 클로이스터햄과 사회전체의 자랑이 아닐 수가 있겠는가?

삽시 씨의 저택은 하이 스트리트에 위치해 있고 그 건너편은 '수녀의 집'이다. 저택은 '수녀의 집'과 비슷한 시기에 지어졌고, 군데군데 현대적으로 개축한 흔적은 마치 몰락해 가는 세대가 '흑사병과 열병' 대신 산소와 빛을 갈구하는 듯 느껴진다. 현관에는 실물 절반정도의 크기로 삽시 씨 부친의 나무 조각상이 곱슬머리 가발을 쓰고 가운을 입은 채 경매를 진행하는 모습으로 서 있다. 그 고상함과 손가락의 모양, 망치, 단상의 자연스러운 형태는 그동안 감탄의 대상이 되어 왔다.

삽시 씨는 자신의 평범한 거실에 앉아 포장된 뒷마당을 쳐다본 후 울타리로 둘러싼 정원을 바라본다. 벽난로 앞—난롯불을 피우기에 아직 이른 계절이지만, 쌀쌀한 가을 저녁엔 기분 좋은 일이다—테이블에 포도주가 한 병 놓여 있고, 그의 초상화와 고급스런 벽시계와 기압계가 인상적이다. 인상적인 이유는 그에게는 인류 전체보다 자신이, 날씨보다 자신의 기압계가, 시간보다 자신의 시계가 더 중요하기 때문이다.

삽시 씨 옆 테이블 위에는 비문의 초고와 기타 문서들이 놓여 있다. 비문을 훑어보며 고상한 어투로 읽어 내려가던 삽시 씨가 양복 조끼에 엄지손가락을 꽂고 방안을 천천히 거닐며 문서의 내용을 조용히 암송하는데, 우아하지만 너무 작은 소리여서 들리는 단어라고는 '에델린다'가 전부다.

테이블 위의 쟁반에는 세 개의 포도주 잔이 놓여 있다. 하녀가 들어와서 "나리, 재스퍼 씨가 오셨습니다."라고 알린다. 삽시 씨가 손을 흔들며 "안으로 모시게."라고 하고 포도주 잔 두 개를 가져온다.

"선생, 만나서 반갑네. 이 집에 선생을 처음 모시게 된 걸 자축하려던 참이네." 삽시 씨는 이런 식으로 자신의 집에 경의를 표한다.

"호의 감사합니다. 저야말로 영광이며 자축하고 싶습니다."

"선생, 말씀 고맙네. 하지만, 확언컨대 이 누추한 집에 선생이 와 줘서 정말 흡족하네. 이런 말은 아무에게나 하지 않네." 삽시 씨가 형언하기 어려운 도도함을 풍기며 이렇게 말한다. "자네 같은 사람들이 나 같은 사람을 흡족하게 할 수 있다는 게 쉽게 믿어지지 않겠지만, 사실이네."

"선생님, 오래 전부터 알고 지내고 싶었습니다."

"선생이 남다른 안목을 지닌 사람이라는 평판을 전부터 들어서 잘 알고 있네. 내가 잔을 채워 주지." 이렇게 말하고 삽시 씨가 자신의 잔을 채운다.

"프랑스인들이 쳐들어오면,
도버해협에서 쳐부수리라!"

이 축배사는 삽시 씨가 어릴 적에 유행하던 애국의 문구인데, 그는 지금까지도 그 문구가 적절하다고 철썩 같이 믿는다.

"선생님." 재스퍼가 미소를 띤 채 경매인이 난롯불 앞으로 다리를 뻗는 것을 지켜보며 말한다. "세상일에 대해 모르는 게 없으시군요."

"선생, 세상은 좀 안다고 할 수 있지. 그렇고말고." 삽시 씨가 껄껄 웃으며 대꾸한다.

"그러한 지식에 대한 선생님의 명성에 항상 감명을 받고 존경해 왔습니다. 그래서 선생님을 알게 되길 바라게 됐죠. 클로이스터햄은 너무 좁습니다. 그 안에 웅크리고 앉아서 바깥세상은 전혀 모르고 지내다 보니 정말 답답하게 느껴집니다."

"내가 외국에 나가지 않고 여기 있으면, 젊은이." 삽시 씨가 말을 멈추며 묻는다. "재스퍼 씨, 내가 젊은이라고 불러도 괜찮겠나? 한참 손아래니까."

"물론이죠."

"내가 외국에 나가지 않고 여기 있으면 외국이 나한테 온다네. 그동안 외국이 사업을 통해서 왔는데, 내게 여러 좋은 기회를 줬지. 물품을 조사하거나 홍보책자를 만든다고 가정해 보세. 가령 프랑스의 벽시계가 있다고 치면 전에 한 번도 본 적 없지만, 즉시 손을 대고 '파리!'라고 말하는 걸세. 중국제 찻잔과 접시가 보이면 개인적으로 전혀 모르지만, 손을 대고 '북경, 난경, 광동'이라고 말하지. 일본이나 이집트도 마찬가지고 동인도에서 들여온 죽제품과 백단향[3]도 마찬가질세. 모두 손을 대 보지. 북국에서 온 물건에 손을 대 본 적도 있어. '에스키모의 창, 쉐리주 반 파인트에 낙찰!'이라고도 해봤네."

"정말입니까? 선생님, 사람과 물건에 대한 지식을 얻는 데는 아주 좋은 방법이군요."

"선생, 잘 듣게." 삽시 씨가 극도의 자기만족감을 드러내며 다시 말을 잇는다. "자기자랑은 해봐야 소용없어. 어떻게 지금의 자신이 되었는지를 보여 주는 것이 바로 자신을 증명하는 방법이지."

"정말 흥미롭군요. 그런데, 돌아가신 사부인에 대해 나눌 말씀이 있다고 하셨죠."

"맞네." 삽시 씨가 두 개의 잔을 모두 채우고 술병을 다시 넣어 둔다. "하찮은 일이지만, 안목 높은 선생의 의견을 청하고 싶네. 하지만 그 전에, 9개월 전에 사별한 아내의 인품에 대해 먼저 알려 주는 게 어쩌면 필요할 것 같네."

재스퍼 씨가 포도주 잔으로 입을 가리고 하품을 하다가 흥미롭다는 표정을 지으려고 애쓴다. 하지만 크게 벌어진 입과 눈물이 고인 눈 때문에 하품의 기색은 쉽게 가시지 않는다.

"5,6년 전에," 삽시 씨가 말을 계속한다. "마음을 열었네. 누군가가 내 마음에 들어올 수 있도록 한껏 마음을 넓히고—지금 내 마음이 얼마나 더 넓어졌는지는 너무 거창한 주제라 다음 기회로 미루고—배우자를 찾기 위해 주위를 둘러보기 시작했네. 남자가 혼자 지내는 건 좋은 일이 아니니까."

재스퍼 씨는 이 독창적인 생각을 마음에 새기려는 것처럼 보인다.

"아내의 결혼 전 이름은 브로비티였네. 당시 시내에 있는 여학교의 교사였지. '수녀의 집'과 경쟁관계였다고 할 순 없지만, 동등한 관계였다고는 볼 수 있네. 당시 내 경매에 그녀가 휴일이나 휴가 기간에 열심히 따라다닌다는 소문이 있었네. 사람들은 그녀가 내 경매 스타일을 동경한다고도 했지. 점차 시간이 흐르면서 브로비티 학생들의 구술 숙제에 내 스타일이 나타난다는 걸 사람들이 눈치 채기 시작했네. 그러다가 한 무지하고 정신 못 차리는 신분 낮은 부모가 내 이름을 들먹이며 이의를 제기했다는 악의로 가득 찬 소문까지 돌았지. 하지만 난 이 소문을 믿지 않네. 제정신을 가졌다면 도대체 어떤 인간이 세상의 손가락질을 받는 그런 짓을 하겠나?"

재스퍼 씨가 고개를 저으며 그럴 일은 절대 없을 거라고 생각한다. 자신의 장황한 말에 도취한 삽시 씨는 이미 다 찬 재스퍼 씨의 잔을 채우려다 자신의 빈 잔에 포도주를 따른다.

"젊은이, 미스 브로비티는 위대한 지성을 공경하는 사람이었네. 세상에 대한 해박한 지식을 존중했지. 내가 그녀에게 청혼하자 그녀는 놀라움과 존경으로 '아 당신은!'이라는 딱 한마디 말밖에 할 수 없었네. 해맑은 눈으로 나를 쳐다보며 투명한 손을 꼭 쥔 채 창백한 모습을 하고는, 내가 계속해 보라고 해도, 한마디도 하지 않았네. 그녀의 학교를 처분하고 우린 세상에서 가장 가까운 사이가 됐지. 하지만 그 후에도 그녀는 내 지성에 대한 높은 평가에 걸맞은 단어를 찾지 못해. 마지막 날까지도 (신장이 악화되었던) 그녀는 처음처럼 나를 당신이라고만 불렀네."

경매인의 목소리가 깊어지는 가운데 재스퍼 씨는 눈을 감았다. 그러다가 갑자기 눈을 뜨고는 "아!" 하고 조용히 외친다. 마치 '거 참!'이라는 말을 외치려는 자신을 억제하는 듯하다.

다리를 뻗고 포도주와 난롯불을 즐기며 진지한 목소리로 삽시 씨가 말한다. "아내가 죽은 후 보다시피 난 그녀의 죽음을 외로이 애도하며 지냈네. 막막한 허공에다 대고 혼잣말을 하면서 지냈다고 할 수 있지. 스스로에 대한 자책은 아니지만, 자문을 하기도 한다네. '내가 그녀의 수준에 맞췄다면 어땠을까? 남편을 그렇게 높이 쳐다볼 필요가 없었다면 신장이 좀 더 나아지지 않았을까?'라고 하며 말이야."

기분이 많이 가라앉은 재스퍼 씨가 "그럴 운명이었다는 생각이 듭니다."라고 말한다.

"그래, 그 외에 우리가 할 수 있는 건 없지." 삽시 씨가 동의한다. "계획하는 건 인간의 몫이고 계획을 이루는 건 하늘의 몫이니까. 다른 식으로 표현할 수도 있겠지만, 이게 내 생각이네."

재스퍼 씨가 작은 목소리로 동의한다.

"재스퍼 씨, 드디어 아내의 비석이 제조가 거의 끝나 건조 중이니," 경매인은 자신이 준비한 초고를 재스퍼 씨에게 보여 주며 말을 잇는다. "내가 만든 비문에 대해 (좀 전에 말했듯이 공을 많이 들였네) 안목 높은 선생의 의견을 듣고 싶네. 직접 들고 보게. 내용도 적합해야하지만 한 줄 한 줄 보기에도 좋아야 하네."

그의 말에 따라 재스퍼 씨가 비문을 읽는다.

에델린다,
이 도시의 경매인, 감정사, 부동산 중개인인
토마스 삽시 씨의 존경심 넘치는 부인.
그녀의 남편은
자신이 세상에 대한 넓은 지식에도 불구하고
그녀가 남편에게 가진 끝없는 존경심의 깊이를
온전히 알지는 못했다.
낯선 자여, 멈추고 자문하라.
당신도 같은 마음인지.
그렇지 않다면 부끄러운 줄 알아라.

삽시 씨가 자리에서 일어나 난로를 뒤로 한 채, 안목 높은 재스퍼 씨가 이 비문을 읽고 어떤 반응을 보이는지 지켜보고 있을 때, 하녀가 다시 들어와서 이렇게 알린다. "나리, 더들스가 왔습니다." 삽시 씨가 바로 세 번째 포도주 잔을 꺼내 잔을 채우며 말한다. "더들스를 안으로 들이게."

"훌륭합니다!" 재스퍼 씨가 비문을 건네며 말한다.

"선생이 보기에도 괜찮은가?"

"괜찮은 정도가 아닙니다. 감동적이고, 특색이 있는 데다 완벽합니다."

경매인은 마치 요금을 받고 영수증을 건네는 사람처럼 고개를 끄덕인다. 그리고 방으로 들어오는 더들스에게 몸을 덥히라며 포도주를 한 잔 권한다.

더들스는 묘비, 무덤, 비석을 주로 다루는 석공으로 머리끝부터 발끝까지 돌가루 빛깔이다. 클로이스터햄에서 그보다 더 유명한 사람은 없다. 이 도시를 대표하는 난봉꾼으로 그가 대단한 장인이라는 사실을 모르는 사람은 있어도 그가 술고래라는 사실은 모두가 알고 있다. 대성당 납골당에 대해 어느 권위자보다 더 잘 알고 있으며 과거에도 그보다 더 잘 아는 사람은 없었을 것이다. 대성당의 일상적인 수리 공사를 담당하며 언제든지 대성당을 드나들 수 있었던 그는, 클로이스터햄의 아이들이 납골당에 들어오지 못하게 막거나 술에 취해 잠을 쫓으려고 이 비밀스러운 곳에 자주 오게 되면서 납골당에 대한 지식이 쌓이기 시작했다고 한다. 어쨌든 그는 납골당에 대해 많은 것을 알고 있고, 그동안 벽과 버팀목과 포장길의 금이 가거나 깨진 곳을 수리하며 여러 가지 이상한 광경들을 목격해 왔다. 그는 종종 자신을 3인칭으로 칭하는데, 어쩌면 막연하게 느껴지는 자신의 정체성 때문에 그러는 것일 수도 있고, 어쩌면 높은 신분을 가진 사람들이 3인칭으로 부르는 경우를 모방해서 그러는 것일 수도 있다. 가령, 오래 전에 이 묘지에 매장된 유력자에 대해 그가 목격한 신기한 광경을 말할 때면 이렇게 얘기한다. "더들스가 이 늙은이의 관을 열었지. 그러자 이 늙은이가 눈을 뜨고 더들스를 쳐다보며 '네 이름이 더들스냐? 그동안 얼마나 기다린 줄 아느냐?'라고 말하고는 가루로 변해 버렸어." 더들스는 항상 접자를 주머니에 넣고 망치를 손에 든 채 대성당 구석구석을 두드리며 고치고 다닌다. 그리고는 성당관리인 토프에게 이렇게 말한다. "토프, 여기 늙은이가 또 하나 있어!" 그러면 토프는 수석사제에게 이 새롭게 확인된 무덤에 대해 보고한다.

뿔 단추가 달린 조잡한 플란넬 옷에다 끝이 너덜너덜한 노란색 목도리를 두르고 황갈색의 낡은 모자를 쓴 채 석공이라는 천직에 어울리는 회색 부츠를 신고 다니는 더들스는, 집시와 같은 삶을 살면서 저녁식사를 천에 싸서 꾸러미로 들고 다니며 누구의 묘비든 가리지 않고 그위에 앉아 식사를 한다. 더들스의 이 식사꾸러미는 클로이스터햄에서 모르는 사람이 없을 정도로 유명하다. 그가 꾸러미 없이 사람들의 눈에 띄는 경우는 없을 뿐만 아니라 몇 차례 술에 취해 인사불성이 되어 구속되었을 당시 판사 앞에서도 꾸러미가 더들스 곁을 떠나지 않았기 때문이다. 하지만 더들스가 심하게 술에 취하는 경우는 그리 흔치 않았다. 보통 때 이 늙은 독신자는 아직 공사 중인 작고 낡은 구멍 같은 집에서 사는데, 도시 성벽에서 훔쳐온 돌로 집을 짓는다는 소문이 있다. 이 집으로 가는 길에 채석장이 있다. 묘비, 항아리, 커튼 등의 모양으로 석화하는 돌조각들이 발목까지 잠길 정도로 쌓여 있고, 돌기둥들이 조각상으로 변화하는 여러 단계를 볼 수 있는 곳이다. 이곳에서 일하는 직공들 중 두 명은 쉬지 않고 돌을 쪼개고, 다른 두 명은 마주 보며 돌을 재단한다. 그들은 휴식을 취하기 위해 마치 '시간과 죽음'을 상징하는 태엽을 감은 기계인형처럼 상자 모양의 그늘진 곳을 규칙적으로 드나든다.

더들스가 자신의 포도주 잔을 비우자 삽시 씨가 자신이 지은 비문을 더들스에게 보여 준다. 더들스는 별다른 반응 없이 주머니에서 자를 꺼내 비문의 길이를 재어 보는데, 손에 묻은 돌가루가 종이에 옮겨 묻는다.

"삽시 씨, 이건 묘비에 쓸 건가요?"

"그러네, 비문이네." 삽시 씨는 이 평민이 단어를 알아들을 때를 기다린다.

"8분의 1인치면 되겠고." 더들스가 말한다. "재스퍼 씨, 안녕하신가요?"

"안녕하신가, 더들스?"

"묘지병의 기운이 좀 있지만, 직업이 직업이니 당연하죠."

"류마티즘 말이지?" 삽시 씨가 날이 선 어조로 말한다(더들스가 자신의 비문을 기계적으로 받아 들자 짜증이 난 것이다).

"삽시 씨, 류마티즘이 아니라 묘지병을 말한 거요. 류마티즘과는 달라요. 재스퍼 씨는 더들스의 의미를 알 거요. 추운 겨울 새벽 해가 밝게 비추기 전에 묘지 사이를 계속해서 돌아다니면 그 병에 걸리죠. '평생을 매일 같이 걸어 다니면'이라는 교리문답에 나오는 말처럼요. 재스퍼 씨는 더들스의 말이 무슨 의미인지 알 거요."

"뼛속까지 차가워지는 곳이죠." 재스퍼 씨가 몸을 부르르 떨며 맞장구를 친다.

"신자들이 따뜻한 숨을 내쉬는 지상의 성당 안에서도 그렇게 추운데." 더들스가 대꾸한다. "지하의 습기와 늙은이들의 차가운 숨결로 가득한 납골당에서 더들스가 얼마나 혹독한 추위를 겪을지는 두 분의 판단에 맡기죠……. 삽시 씨, 이거 바로 작업에 들어가야 하나요?"

어서 빨리 출판하고 싶은 작가의 심정으로 삽시 씨가 최대한 빨리 작업해 달라고 요청한다.

"그렇다면 제게 열쇠를 주는 게 낫겠네요." 더들스가 말한다.

"왜, 이걸 묘비 안에 새기려는 건 아니겠지?"

"어디다 새길지는 더들스가 누구보다 더 잘 알아요, 삽시 씨. 클로이스터햄에 사는 아무에게나 물어보세요. 더들스가 제대로 알고 일을 하는지 그렇지 않은지."

삽시 씨가 자리에서 일어나 서랍에서 열쇠 하나를 꺼내더니 벽에 숨겨진 철로 된 금고를 열고 다른 열쇠 하나를 꺼낸다.

"더들스가 작품을 손보거나 완성할 때는 묘비 안이든 바깥이든 작품을 사방에서 바라보고 제대로 됐는지 확인하죠." 더들스가 끈질기게 설명한다.

그 열쇠는 크기가 큰 편이다. 더들스는 자를 플란넬 바지 옆 주머니에 집어넣고 플란넬 외투의 단추를 푼 다음 안주머니를 열어 열쇠를 집어넣는다.

"대단하군! 더들스." 재스퍼가 재미있다는 표정을 하고 외친다. "주머니가 한둘이 아니규!"

"거기에 다른 열쇠도 가지고 다니죠. 만져 봐요!" 그가 다른 큰 열쇠 두 개를 보여 준다.

"삽시 씨의 열쇠도 줘 보게. 이게 확실히 셋 중에 제일 무겁군."

"내 생각엔, 셋 다 무거울 거요." 더들스가 말한다. "셋 다 묘비에 딸린 열쇠죠. 모두 더들스의 작품을 여는 열쇠요. 더들스는 일감에 딸린 열쇠는 대개 보관을 하죠. 자주 사용은 안 하지만."

"그런데," 한가롭게 열쇠를 살펴보던 재스퍼가 문득 생각이 떠올라서 말한다. "전부터 물어보려고 했던 건데, 항상 잊어버렸던 거네. 사람들이 자네를 스토니 더들스라고 부르는 거 알지?"

"클로이스터햄에서는 다들 더들스라고 부르는데요, 재스퍼 씨."

"물론 그건 알지. 하지만 아이들이 가끔……."

"아, 그 짓궂은 아이들 얘기라면……." 더들스가 퉁명스럽게 말을 가로막는다.

"나도 그 애들은 신경 쓰지 않아. 단지, 며칠 전 성가대에서 얘기가 나왔는데, '스토니'가 '토니'를 뜻하는 것인지에 관한 거였네." 열쇠들을 부딪쳐 소리를 내며 재스퍼 씨가 말한다.

('재스퍼 씨, 열쇠를 함부로 다루지 말아요.')

"아니면, '스토니'가 '스티븐'을 뜻하는 것인지." 열쇠로 번갈아가며 소리를 내며 재스퍼 씨가 말한다.

('재스퍼 씨, 당신은 그걸로 조율관 하나도 못 만들 거요.')

"아니면, 자네의 직업에서 그 이름이 온 것인지. 뭐가 사실인가?"

세 개의 열쇠를 손에 들고 그 무게를 가늠해 보던 재스퍼 씨가 난롯불 앞에서 숙이고 있던 고개를 들고 온화한 표정을 지으며 더들스에게 열쇠를 건넨다.

하지만 퉁명스러운 구석이 있는 데다 항상 심리상태를 분간하기 어려우며 품위에 신경을 많이 쓰고 모욕감을 쉽게 느끼는 스토니 더들스는, 두 개의 열쇠를 주머니에 하나씩 넣고 단추를 채운 다음 들어올 때 의자 뒤에 걸어 두었던 식사꾸러미를 챙겨 들고는, 마치 먹이를 소화 시키기 위해 쇠를 먹는다는 타조처럼 꾸러미에 세 번째 열쇠를 매달고 질문에 대답도 없이 방을 나간다.

삽시 씨의 제안으로 두 사람은 주사위놀이를 하며 담소를 나눈 뒤 저녁으로 차가운 비프로스트와 샐러드를 들면서 늦게까지 멋진 저녁 시간을 보낸다. 밤늦게까지도 삽시 씨의 지혜의 샘물은 고갈되지 않았지만, 재스퍼 씨가 다음에 또 좋은 말씀을 들으러 오겠다고 하자 삽시 씨는 자신이 오늘 나눠 준 삶의 지혜를 곰곰이 생각해 보라는 의미에서 그를 더는 붙잡지 않고 보내 준다.

5장
더들스 씨와 그의 친구

'대성당구역'을 지나 집으로 돌아가던 존 재스퍼는, 도시락 꾸러미 외에는 아무것도 들지 않은 채 낡은 수도원 건물을 둘러싼 묘지의 철 책에 기대 서 있는 스토니 더들스의 놀라운 광경을 보고 걸음을 멈춘 다. 넝마를 걸친 흉측하게 생긴 남자아이 하나가 마치 달빛을 받아 구 분이 잘 되는 표적인 것처럼 그에게 돌을 던진다. 소년이 던지는 돌은 더들스를 맞히기도 하고 못 맞히기도 하지만, 더들스는 어느 쪽도 상 관하지 않는 것 같다. 반면 이 흉물스러운 녀석은 더들스를 맞힐 때마 다 앞니가 반이나 빠져서 그렇게 하기에 편리한 들쭉날쭉한 틈 사이로 승리의 휘파람을 분다. 더들스를 맞히지 못할 때면 녀석은 '또 놓쳤어!' 라고 외치며 실패를 만회하기 위해 더욱 정교하고 맹렬하게 그를 겨냥 한다.

"너 지금 저 사람한테 무슨 짓이야?" 재스퍼가 그늘에서 달빛이 비치는 곳으로 나오며 묻는다.

"그를 장닭 맞추기 표적으로 삼는 거지." 흉물스러운 녀석이 대답한다.

"그 돌들을 이리 줘."

"날 붙잡으려고 하면 당신 목구멍에다 돌을 쳐 박을 거야." 재스퍼가 잡으려고 하자 소년이 몸을 피하며 말한다. "당신 조심하지 않으면 눈을 갈겨 주겠어!"

"작은 악마로군. 저 남자가 너한테 뭘 잘못했어?"

"집에 가지 않으려고 해."

"그게 너랑 무슨 상관이야."

"아저씨가 너무 늦게까지 집에 안 가고 있을 때 내가 돌로 맞혀서 집으로 돌아가게 하면 그가 내게 페니를 줘." 소년이 말한다. 그리고는 낡고 헤져 너덜거리는 부츠를 신은 채로 반쯤은 발부리에 걸리고 반쯤은 춤을 추며 어린 야만인처럼 소리 높여 노래를 부른다.

"위디 위디 웬!
붙잡으면~내가~갖꼬~가야지
위디 위디 위!
도망~안~가면~내가~가야지
위디 위디, 장닭아 경고야!"

─노래를 마치며 녀석이 더들스에게 돌을 하나 더 던진다.

더들스가 집에 가지 않을 경우를 대비해서 둘 사이에 미리 합의가 된 것으로 보인다.

존 재스퍼가 녀석에게 고갯짓으로 따라오라는 신호를 보내고(물리
적인 힘을 행사해서 데려오는 건 소용이 없다는 판단에서), 비몽사몽
의 스토니 더들스가 깊은 사색을 즐기고 있는 철책 쪽으로 걸어간다.

"이것, 이 아이 아시오?" 도대체 이걸 뭐라고 불러야 할지 몰라서 재
스퍼가 난감한 표정으로 묻는다.

"데퓨티[4]예요." 그가 고개를 끄덕이며 말한다.

"그게 녀석의 이름인가?"

"데퓨티, 맞아요." 더들스가 동의한다.

"난 가스웍스 가든에 있는 '여행자의 2페니' 여인숙에서 하인으로 일
해." '이것'이 설명한다. "거기서 일하는 하인들은 모두 데퓨티라고 불
러. 여인숙이 다 차고 손님들이 모두 잠자리에 들면 돈을 더 벌라고 밖
으로 나와." 그리고는 녀석이 길 쪽으로 나가 목표를 겨냥하며 다시 노
래를 부르기 시작한다.

"위디 위디 웬!
붙짬으면~내가~갖꼬~가야지"

"잠깐!" 재스퍼가 외친다. "내가 바로 옆에 서 있을 땐 돌을 던지지
마. 그렇지 않으면 가만 두지 않을 거야! 이리 오게, 더들스. 오늘 밤엔
내가 집으로 데려다 주겠네. 자네 꾸러미를 이리 주겠나?"

"절대 안 돼요." 꾸러미를 고쳐 들며 더들스가 대답한다. "더들스는
선생이 이리로 오는 동안 이곳에서 그의 작품들에 둘러싸여 명상을 하
고 있었어요. 선생의 매부인 유명한 작가처럼." 철책 안쪽의 달빛을 받
아 차갑고 하얗게 빛나는 한 석관을 가리키며 그가 말한다. 그가 "삼시

부인."이라고 말하며 헌신적이었던 부인의 비석을 가리킨다. "이전에 있던 사제."라고 하며 부서진 기둥을 가리킨다. "세상을 떠난 조세 감정인."이라고 하며 비누 모양의 돌 위에 놓인 꽃병과 수건을 가리킨다. "작고한 존경받던 제빵사."라고 하며 묘석을 가리킨다. "모두 여기에 안전하게 있죠. 모두가 더들스의 작품들이에요. 일반인용 묘지 쪽에는 풀과 가시나무만 있어서 얘기할만한 게 없어요. 가난한 사람들의 묘지라서 곧 잊혀요."

"저 데퓨티라는 것이 우리 뒤에 있는데," 뒤를 돌아보며 재스퍼가 말한다. "우릴 따라오는 건가?"

더들스와 데퓨티의 관계는 상황에 따라 달라진다. 갑자기 도는 술기운에 더들스가 휘청거리자 데퓨티가 길 바깥쪽에 서서 방어 자세를 취한다.

"너, 오늘 밤에는 시작하기 전에 위디 경고를 안 줬어." 문득 상처 입은 기억이 떠오른 것인지 아니면 상처 입는 상상을 하는 것인지 더들스가 이렇게 말한다.

"어르신, 거짓말이야. 경고했어." 그가 아는 단 한 가지의 공손한 단어를 사용하며 데퓨티가 반박한다.

"선생." 어느새 상처 입은 기억을 잊은 더들스가 다시 휘청거리며 재스퍼를 향해 말한다. "저 아이는 야생아 피터[5]의 동생이요! 하지만 내가 저 아이에게 삶의 목표를 줬죠."

"겨냥해서 맞출 목표 말인가?" 재스퍼 씨가 묻는다.

"그렇소, 선생." 더들스가 흡족해 하며 대꾸한다. "겨냥해서 맞출 목표. 저 애를 내가 거둬서 목표를 준 거요. 그전에는 어땠는지 아세요? 망나니였죠. 하는 일이 뭐였는지 아세요? 모든 걸 깨고 부수는 거였죠.

결과는 유치장에 갇히는 게 고작이었어요. 이제 내가 훨씬 나은 목표를 준 거예요. 돌로 사람이나 물건, 말, 개, 고양이, 새, 돼지를 맞출 것이 아니라 돈 되는 표적에 돌을 던지라고 한 거지. 이제 반 페니씩 꾸준히 모으면 1주일에 3페니를 모을 거예요."

"저 애한테 경쟁자가 없진 않을 것 같은데."

"여러 명 있었어요. 하지만 녀석이 모두 돌로 쫓아버렸죠. 내가 짜낸 이 계획이 어떻게 돼 가고 있는지 나도 모르겠어요." 그가 다시 갑자기 술기운을 느끼며 생각에 잠겨 말을 잇는다. "정확히 이걸 뭐라고 부르는지 모르겠네요. 소위 말하는 '공교육'의 일종은 아니죠."

"아니지." 재스퍼가 답한다.

"내가 봐도 아니에요." 더들스가 맞장구를 친다. "그렇다면 이름은 붙이지 말아요."

"녀석이 여전히 우리 뒤에 오는데," 어깨너머로 뒤를 보며 또다시 재스퍼가 말한다. "우릴 따라오는 거지?"

"지름길로 가려면 '여행자의 2페니' 여인숙을 지나갈 수밖에 없어요." 더들스가 말한다. "그럼 거기에다 녀석을 떨궈 버리면 돼요."

그들은 계속 길을 간다. 데퓨티는 군 대열의 마지막에 배치된 사격 명령을 받은 사수처럼 외딴 길가의 벽이란 벽과 기둥이란 기둥에 모조리 돌을 던져 이 늦은 시각의 적막을 깬다.

"납골당에 뭔가 새로운 게 있나, 더들스?" 존 재스퍼가 묻는다.

"오래된 게 있느냐는 말이죠?" 더들스가 짜증 섞인 목소리로 반문한다. "새로운 건 없는 곳이니까요."

"내 말은 새로 발견한 게 있느냐는 말이네."

"예전에 있던 지하 소성당의 군데군데 무너진 계단을 따라 내려가 일곱 번째 기둥 아래에서 늙은이를 하나 찾아냈는데, 그곳에 주교의 지팡이도 함께 있었어요. 벽 속의 통로와 계단과 문들의 크기로 봐서 주교들이 드나들 때 그 지팡이들이 많이 걸리적거렸을 텐데! 두 주교가 만나면 분명 상대방의 주교관에 지팡이가 걸리기도 했을 거예요."

그의 의견에 사실 여부는 언급하지 않고, 재스퍼가 자신의 동행자—머리끝부터 발끝까지 오래된 모르타르와 석회와 돌가루를 뒤집어쓴 더들스—를 훑어본다. 마치 그의 특이한 삶에 대해 낭만적인 관심이 생긴 것처럼 보인다.

"자네 참 묘한 사람이야."

이 말을 칭찬으로 받아들이는 것인지 아니면 그 반대로 느끼는 것인지에 대해서는 일언반구도 없이 더들스가 퉁명스럽게 대꾸한다. "선생도 묘한 사람이오."

"그래! 나도 자네처럼 흙내로 가득한 데다 춥고 변화라곤 찾아볼 수 없는 곳에서 일하지. 맞아. 하지만 대성당과 자네의 관계에는 훨씬 더 많은 비밀과 흥미로운 구석이 있어. 사실, 제자나 도제처럼 자네를 따라다니며 자네가 일하는 구석구석을 구경하고 싶은 생각이 들기 시작하네."

스토니 더들스가 막연한 태도로 대답한다. "좋아요. 필요하면 어디서 더들스를 찾을 수 있는지는 모두가 알아요." 이 말은 정확한 사실은 아니지만 대체로 맞는다고 할 수 있다. 더들스는 항상 돌아다니며 일하기 때문이다.

"내게 주로 드는 생각은," 재스퍼가 자신의 낭만적인 관심의 주제에 대해 계속 얘기한다. "사람들이 어디에 매장되어 있는지를 자네가 놀랄 만큼 정확하게 찾아낸다는 것이네—자네 갑자기 무슨 일 있나? 그

꾸러미가 방해가 되는군. 이리 주게나."

더들스가 걸음을 멈추고 뒤로 약간 물러서며 (이때 그의 동작을 빠짐없이 지켜보던 데퓨티가 즉시 길 쪽으로 부산하게 움직이는데) 주위에 자신의 꾸러미를 올려놓을 장소를 찾아서 내려놓는다.

"내 망치만 건네줘요." 더들스가 말한다. "내가 보여 줄 테니까."

덜그럭, 덜그럭. 망치가 건네진다.

"자, 여길 봐요. 재스퍼 씨, 음악을 연주할 때 음을 고르죠?"

"그렇지."

"나도 내 일을 소리로 해요. 망치를 가지고 두드리죠."(여기서 그가 포석을 망치로 때리자 지켜보던 데퓨티는 마치 자신의 머리가 위험하다는 듯이 저 멀리로 도망친다.) "탁, 탁, 탁, 하고 두드리죠. 여긴 단단해요! 옆으로 가면서 계속 두드리죠. 여전히 단단해요. 다시 두드려요. 텅! 하고 빈 소리가 나요! 끈질기게 다시 두드려요. 텅 빈 곳 가운데서 단단한 곳의 소리가 나요. 탁, 탁, 탁. 더 잘 두드려 보죠. 빈 곳 가운데 단단한 곳, 단단한 곳 가운데 텅 빈 곳이 또 나오네요. 바로 이 자리에요! 납골당 석관 속의 부스러져가는 늙은이가 바로 여기 있어요!"

"놀랍군!"

"심지어 이런 일도 있었죠." 더들스가 자신의 자를 꺼내며 말한다. (그 사이 데퓨티가 가까이 다가온다. 마치 곧 보물이 발견되어 자신을 부로 이끌 거라고, 저 유명한 사형 선고의 문구처럼 보물을 발견한 사람이 교수형을 당해 보물이 그의 목에 증거물로 매달려 있을 거라고 믿는 것처럼 보인다) "이 망치를 내가 작업 중인 벽이라고 칩시다. 2, 4, 2면 6이고." 그가 포석 위에서 길이를 잰다. "이 벽 안으로 6피트 되는 지점에 삽시 부인이 있는 거요."

"정말 삽시 부인이 있다는 건가?"

"그렇다고 칩시다. 삽시 부인의 경우 벽이 더 두껍긴 하지만요. 더들스가 망치로 대표되는 벽을 두드리고는 뭔가 심상치 않은 소리를 듣고 '벽 사이에 뭔가 있어!'라고 했죠. 아니나 다를까 6피트 공간에 직공들이 모르고 쓰레기를 남겨 둔 거예요!"

재스퍼가 "그 정도의 정확성은 천부적인 재능이야."라고 말한다.

"난 재능이라고 부르기 싫어요." 더들스가 재스퍼의 평가를 호의적으로 받아들이지 않고 대꾸한다. "내가 스스로 노력해서 얻은 거요. 더들스가 깊이 묻힌 지식을 파내고, 안 되면 뿌리째 뽑아내서 찾은 거요─어이, 데퓨티!"

"위디!" 데퓨티가 다시 멀찌감치 떨어져서 갈라진 목소리로 대답한다.

"반 페니 동전 받아. '여행자의 2페니'에 도착하면 오늘 밤엔 내 근처에 얼씬거리지 마."

"경고!" 데퓨티가 동전을 받고 이 대단해 보이는 단어로 동의를 대신한다.

'여행자의 2페니'라는 낡아서 허물어져가는 2층짜리 목조 건물이 위치한 좁은 뒷골목으로 가려면 일행은 한때 수도원에 속했던 한때 포도밭이었던 곳을 지나가게 된다. 이 여인숙은 여행자들의 도덕성만큼이나 뒤틀리고 변형이 심한 외관을 지녔다. 문 위로 군데군데 격자무늬 현관의 잔재가 보이고 정원 앞의 투박한 울타리는 사람들이 발로 밟아서 엉망이 되었다. 건물의 외관은 마치 이 여인숙의 정서적인 매력에 이끌려 (혹은 낮 동안에 난롯불이 있는 곳이 너무 좋아서) 떠나기 힘들어진 여행자들이 여정을 계속하기 위해 어쩔 수 없이 건물의 목재를 난폭하게 떼어내 기념으로 가져간 듯한 느낌이 든다.

여인숙처럼 보이려고 이 초라한 곳의 창문에는 진부한 붉은 커튼 조각들이 달려 있다. 이런 넝마 조각들을 통해 내부의 답답한 공기 속에서 희미하게 타고 있는 싸구려 등잔으로부터 흘러나오는 빛이 지저분한 반투명의 느낌으로 보인다. 더들스와 재스퍼가 여인숙 근처에 다다르자 현관 위에 매달린 종이로 만든 등불이 그들을 맞아 준다. 등불에 적힌 글씨로 보아 이곳이 어떤 곳인지 알 수 있다. 대여섯 명의 흉측한 몰골을 한 남자 아이들이 일행을 맞아 주는데—숙박인인지, 하인인지, 심부름꾼인지 알 수 없지만—이들은 마치 사막의 독수리 떼가 모여들듯이 데퓨티의 냄새에 이끌리듯 밖으로 나와서 데퓨티에게 그리고 서로에게 돌을 던지기 시작한다.

"그만 둬, 이 야만인들!" 화를 내며 재스퍼가 소리친다. "우릴 지나가게 놔 둬!"

이 말을 듣고 아이들이 고함을 지르며 돌을 던진다. 이러한 행동은 최근 영국 사회에 경찰 규정이 만들어지면서 생긴 풍습, 즉 과거 돌에 맞아 순교한 스테판 성인의 시절로 돌아간 것처럼 기독교인들에게 사방에서 돌을 던지는 풍습에 따른 것이다. 더들스가 이 어린 야만인들을 향해 "얘들은 삶의 목표가 없어."라고 말하고 골목길을 따라 내려간다.

골목길 모퉁이에 다다른 재스퍼는 분노에 차서 그의 동행자가 괜찮은지 점검하고 뒤를 돌아본다. 모든 것이 고요하다. 바로 그 순간 돌이 날아와서 그의 모자에 맞고, 멀리서 "일어나—장닭! 경고야!"라는 외침과 함께 마치 지옥에서 온 수탉의 소리 같은 울음소리가 들린다. 재스퍼가 모퉁이를 돌아 안전한 곳으로 피하며 더들스를 집으로 데려간다.

더들스는 마치 완성되지 않은 무덤으로 향하려는 듯 자신의 집 마당에 가득한 돌들 사이를 비틀거리며 집으로 걸어 들어간다.

다른 길을 통해 자신의 게이트하우스에 도착한 존 재스퍼는 조용히 열쇠로 문을 열고 안으로 들어가 아직 난롯불이 타고 있음을 확인한다. 그가 자물쇠로 잠긴 찬장에서 특이한 모양의 파이프를 꺼내 담배가 아닌 다른 무언가로 그 안을 채우고 작은 도구로 아주 조심스럽게 내용물을 조절했다. 그리고 2층에 있는 두 개의 방으로 향하는 짧은 계단을 올라간다. 하나는 자신의 침실이고 다른 하나는 조카의 침실이다. 각 방에는 등불이 있다.

조카는 흐트러짐 없이 조용히 누워서 자고 있다. 존 재스퍼는 불을 붙이지 않은 파이프를 손에 들고 한참 동안 서서 조카의 모습을 물끄러미 내려다본다. 그리고는 조용한 발걸음으로 자신의 방으로 가서 파이프에 불을 붙이고 한밤중에 아편이 불러다주는 '환영들'에게 자신을 맡긴다.

2부

아름다운 하계용 드레스의 모든 색깔과 주름은 물론이고,
젖은 긴 머리와 슬프도록 아름다운 젊은 시체를 침대에 누이는 동안
여태껏 그녀의 머리카락에 붙어 있던 꽃잎까지도
로사의 기억 속에 지워지지 않고 남아 있다.

6장
소참사회원 사택의 박애정신

아침 일찍 클로이스터햄 '보'로 가서 살얼음을 깨고 강물에 머리를 담가 심신에 활력을 불어넣은 셉티머스 크리스파클 신부(일곱 번째를 의미하는 셉티머스라는 이름은, 연약한 골풀 양초가 불이 붙자마자 꺼지듯 위로 여섯 명의 형제가 태어나자마자 모두 죽었기 때문에 붙여진 이름이다)가 거대한 벽거울 앞에서 엄청난 기량과 기술을 동원한 권투 연습으로 자신의 혈액순환을 돕고 있었다. 거울에 비친 산뜻하고 건강한 셉티머스 신부의 모습에는 멋진 기교의 건제 동작과 정확성을 자랑하는 스트레이트 펀치뿐만 아니라 순수하고 인정어린 박애심도 밝고 환하게 드러났다.

아직 아침식사 전이어서 크리스파클 부인—셉티머스 신부의 아내가 아니라 어머니—은 이제 막 아래층으로 내려와 식사가 준비되기를 기다리고 있었다. 셉티머스 신부는 권투장갑을 낀 채로 이 아름다운 노부인의 얼굴을 감싸고 다정하게 키스를 한 후 다시 거울을 향해 왼손으로 방어 자세를 취한 다음 오른손으로 크게 펀치를 날렸다.

"셉트, 너 언젠가 일을 저지르고 말 거야." 그를 보며 노부인이 말했다.

"저지르다니, 뭘요?

"거울을 깨거나 혈관이 터지거나."

"맙소사. 그런 말씀 마세요, 어머니. 아무 일도 없을 거예요. 숨도 가쁘지 않은데요. 보이시죠?" 그가 운동을 마치기 전 온 힘을 다해 공격과 방어 동작을 취한 뒤 끝으로 '챈서리' 기술—권투 전문가들이 사용하는 소위 '기품 있는 예술'이라는 용어로, 상대의 머리를 겨드랑이에 끼고 때리는 기술—을 동원해 노부인의 모자에 공격을 퍼붓는 시늉을 하지만, 사실 모자에 달린 라벤더와 체리 모양의 리본이 흔들리지도 않을 만큼 가벼운 터치를 가한 것이 전부였다. 상대가 굴복하자 관대하게 그녀를 놓아준 셉티머스 신부가 권투장갑을 서랍에 넣고 생각에 잠겨 창밖을 바라보려는 순간 하인이 들어왔다. 그는 하인이 세숫물과 식사준비를 할 수 있도록 자리를 내주었다. 준비가 끝나고 하인이 나가자 노부인이 일어나서 주기도문을 낭송한다. 아들은 소참사회원이라는 자신의 위치에도 불구하고 그 옆에 함께 서서 머리를 숙이고 그녀의 기도를 듣는다. 지금까지 이 모자 둘만의 아름다운 아침식사 기도 모습을 다른 사람은 아무도 본 적이 없다. 이 아들이 네 살 하고도 5개월 적부터 마흔 살 하고도 5년이 된 지금까지 한결 같은 모습으로 이어져 온 전통이다.

초롱초롱한 눈, 아담한 체격, 쾌활하면서도 차분한 표정, 화사하면서도 자신에게 꼭 어울리는 드레스를 입고 있는 도자기 인형과 같은 드레스를 걸친 노부인보다 더 예쁜 사람—젊은 아가씨는 제외하고—이 어디 있겠는가? 마음씨 착한 소참사회원은 여느 때처럼 '아무도 없지'라고 생각하며 오랜 기간 미망인으로 지내온 어머니의 맞은편에 앉았다. 이럴 때 그녀의 심정은, 항상 그녀의 마음을 제대로 전달하는 다음의 세 단어로 집약될 수 있다. '내 아들 셉트!'

이 모자는 클로이스터햄 소참사회원 사택의 아침식사에 너무도 잘 어울리는 사람들이다. 대성당 뒤편 조용한 곳에 위치해 있는 사택은 신기하게도 까마귀의 울음소리나 드물게 지나가는 사람들의 발소리와 대성당의 종소리나 오르간 소리가 완벽한 적막보다도 더 고요하게 느껴지는 곳이다. 이곳은 수세기 동안 중세 기사들의 약탈의 시기를 거쳤고, 힘없는 농민들이 고된 노동으로 죽어가던 시절도 거쳤고, 권위 있는 수도승들이 때로는 선을 때로는 악을 행하던 시기도 거쳤지만, 그러한 역사를 뒤로 하고 지금은 훨씬 나은 시기를 보내고 있었다. 아마도 이 사택에서는, 과거에도 그랬고 지금도 곳곳에 배어 있는 신성하고 고요한 분위기와 평온하고 낭만적인 마음가짐과 서글픈 이야기나 비극적인 연극을 접할 때 생기는 연민과 용서의 바탕이 되는 마음가짐을 가장 잘 느낄 수 있을 것이다.

아침식사를 하는 아름다운 크리스파클 부인과 셉티머스 신부의 주위에는 오랜 세월을 거치며 색이 곱게 바랜 붉은 **벽돌 담**버락, 깊게 **뿌**리내린 담쟁이, 격자무늬 창, 장식 판자 벽으로 된 방들, 구석구석에 올린 참나무 들보와 석벽으로 둘러싼 정원이 있다.

왕성한 식욕을 보이며 소참사회원이 물었다. "어머니, 편지에 뭐라고 적혀 있어요?"

어여쁜 노부인은 자신이 읽고 나서 식탁에 올려놓았던 편지를 아들에게 건넸다.

노부인은 안경 없이도 글을 읽을 수 있는 자신의 시력에 대해 무한한 자부심을 가지고 있었다. 아들도 그 상황을 자랑스러워했고, 어머니의 자부심이 배가 되도록 자신은 안경 없이 글을 읽을 수 없다며 없는 사실을 꾸며대기까지 한 상황이었다. 그래서 그는 이 엄청나게 큰 안경이 자신의 코와 식사를 불편하게 할 뿐만 아니라 편지의 정독을 심각하게 지연시킨다고 추정했다. 사실 그는 안경의 도움 없이도 현미경과 망원경에 견줄만한 시력을 가졌기 때문이다.

"물론, 허니썬더 씨로부터 온 편지야." 팔짱을 끼며 노부인이 말했다.

"그렇군요." 아들은 서투르게나마 계속해서 편지를 읽어 내려갔다. "'박애주의의 안식처 런던 본부, 수요일. 친애하는 크리스파클 부인께. 오늘 저는 의자인…….' 저는 의자라고?"

"저는 의장의." 노부인이 말했다.

셉티머스 신부가 안경을 벗으며 소리를 질렀다.

"거 참, 뭐라고 적힌 거야?"

"진정하거라, 셉트." 노부인이 대꾸했다. "네가 맥락을 몰라서 그래. 이리 주렴."

안경을 벗게 된 것을 기뻐하며(안경을 쓰면 눈물이 나기 때문에), 그리고 하루가 다르게 시력이 나빠진다고 중얼거리며 아들이 어머니에게 편지를 건넸다.

"'오늘 저는,'" 노부인이 또박또박 정확하게 읽어 내려갔다. "'의장의 자격으로 이 편지를 드립니다. 금일 회의에서 의장을 맡을 예정입니다.'"

셉티머스 신부는 반쯤은 항의하는 얼굴로 반쯤은 호소하는 얼굴을 하고 벽에 기대 서 있는 의자들을 바라보았다.

"'우리는 현재,'" 노부인이 평이하게 편지를 읽어 내려갔다. "'저희 본부에서 중앙 및 지방 '박애주의자' 협의회 회의를 열고 있습니다. 이 협의회에서 만장일치로 제가 의장의 자리를 맡게 되었습니다.'"

셉티머스가 숨을 편안하게 쉬며 중얼거린다. "아! 원한다면 맡게 해주세요."

"'저는 단 하루도 낭비하지 않고 두꺼운 보고서를 읽고 이단자를 배척하며…….'"

"정말 놀라운 건," 온화한 소참사회원이 나이프와 포크를 내려놓고 신경질적으로 귀를 만지작거리며 끼어든다. "이 '박애주의자들'은 항상 누군가를 배척하려 한다는 거예요. 또 하나 놀라운 건 그들이 항상 무력으로 이단자를 내쫓는다는 거죠."

"'이단자를 배척하며,'" 노부인이 다시 읽기 시작한다. "'우리의 작은 사업을 시작하고 있습니다. 그리고 제가 돌보는 네빌 랜들레스와 헬레나 랜들레스와 함께 그들의 교육에 대한 문제로 얘기를 나눴습니다. 그들은 제가 제안한 계획에 따르기로 했습니다. 좋든 싫든 양질의 교육을 받아야 하니까요.'"

"그리고 또 하나 놀라운 건," 소참사회원이 같은 어조로 말한다. "이 '박애주의자들'은 동료 인간들의 뒷덜미를 쥐고 평화의 길로 밀어붙이는 데는 선수죠……. 말씀 중간에 끼어들어서 죄송해요, 어머니."

"'그러므로 부인, 이번 월요일에 네빌이 기숙하며 수학할 목적으로 그곳에 도착할 예정이오니, 부인의 자제분 셉티머스 신부님께 전해 주시기 바랍니다. 같은 날 헬레나도 부인과 자제분이 추천해 주신 '수녀의 집'에 입학하기 위해 네빌과 함께 클로이스터햄에 도착합니다. 헬레나의 입학 수속과 학비에 대해서도 준비를 부탁드립니다. 지난번 런던에 사는 언니를 방문하러 오신 부인을 처음 뵌 이후, 이들의 교육에 대해 부인과 편지로 의견을 주고받았습니다. 그때 부인께서 알려 주신 교육 조건들 그대로 진행하겠습니다. 셉티머스 신부님께 안부 전해 주십시오. (박애주의 안에서) 루크 허니썬더 형제 드림.'"

"그렇다면, 어머니." 귀를 좀 더 문지르고 셉티머스가 말했다. "이 일을 진행하도록 하죠. 학생을 들일 방도 있고 학생에게 할애할 시간과 의지도 있으니까요. 허니썬더 씨 자신이 학생이 아니어서 다행이에요. 편견이 지나쳤나요? 한 번도 본 적 없는데. 체격이 큰 사람인가요?"

"크다고 할 수 있지." 약간 망설인 후 노부인이 대답했다. "하지만 그의 목소리는 그보다 훨씬 크단다."

"그 사람 체격에 비해서요?"

"다른 사람에 비해서."

"그렇군요!" 셉티머스가 대꾸한다. 그리고는 마치 차 향기와 햄, 토스트, 계란 냄새가 더는 식욕을 자극하지 않는다는 듯 아침식사를 마친다.

동생과 꼭 닮아서 둘을 널찍한 벽난로 선반 양쪽 끝에 장식으로 세워 두기에 딱 좋을 것 같은 또 하나의 도자기 인형인 크리스파클 부인의 언니는, 런던 자치운영위원단에서 고위직을 맡은 성직자의 부인으로 아이는 없다. 허니썬더 씨는 크리스파클 부인이 최근 언니를 연례 방문했을 때 한 자선행사를 통해 그녀를 알게 되었다. 이 자선행사는 어린 고아들이 맛있는 음식과 더불어 '박애주의자들'의 오만함도 함께 경험한 곳이었다. 새로 오는 두 학생에 대해 크리스파클 부인과 아들이 아는 건 이게 전부였다.

"어머니." 이 학생들에 대해 생각해 보고 크리스파클 씨가 말했다. "이 젊은이들이 오면 제일 먼저 우리가 할 일은 그들의 마음을 편하게 해주는 거예요. 동의하시죠? 왜냐하면 그들 마음이 불편하면 우리 마음도 편할 수 없으니까요. 지금, 재스퍼의 조카 에드윈이 이곳에 내려와 있어요. 비슷한 사람들끼리 통하는 법이니까, 젊은이들끼리 서로 통할 거예요. 그 정중한 친구를 저녁식사에 초대해서 이 오빠와 여동생 남매를 만나게 해주는 거죠. 그렇게 되면 세 사람이네요. 조카를 초대하려면 재스퍼도 초대해야겠죠. 그럼 네 명에다 미스 트윙클튼과 에드윈의 장래 신붓감까지 더하면 여섯 명. 거기에 우리 둘을 합하면 여덟 명이네요. 여덟 명이 모이는 저녁식사면 어머니께 너무 무리가 될까요?"

"아홉부턴 힘들 거야, 셉트." 노부인은 불안한 기색이 역력했다.

"여덟은 절대로 넘기지 않을게요, 어머니."

"애야, 꼭 그 수에 맞는 테이블과 방으로 준비할 거다."

계획은 이렇게 마무리 되었다. 헬레나 랜들레스양의 '수녀의 집' 수속을 의논하기 위해 어머니와 함께 미스 트윙클튼을 방문한 크리스파클 씨는 그녀와 로사를 저녁식사에 초대했다. 미스 트윙클튼은 지구의와 천구의를 힐끗 쳐다보며 그걸 저녁 초대에 가져갈 수 없다는 사실을 안타까워했지만, 결국 현실을 받아들였다. 집으로 돌아온 어머니와 아들은 네빌 군과 헬레나 양이 저녁식사 때에 맞춰 도착할 수 있도록 출발과 도착 시각에 대한 분명한 설명을 '박애주의자'에게 보냈다. 이제 소찬사회원의 사택은 스프를 만들기 위한 국물 냄새로 진동하기 시작했다.

예전에는 클로이스터햄을 지나가는 철도가 없었다. 삽시 씨는 철도가 지나가는 일은 절대 없을 것이고, 절대 있어서도 안 된다고 했다. 하지만 놀랍게도 근래에는 고속열차가 클로이스터햄을 지나가지만, 정차할 가치도 없다는 듯 삑 소리를 울리고는 하찮다는 듯 먼지를 휘날리며 지나친다. 간선철도가 전국 방방곡곡의 이름도 들어보지 못한 목적지들로 향하면서 이 노선이 실패하면 주식시장이 망하고(철도에 투자했던 주식으로 인해), 이 노선이 성공하면 교회와 국가가 망하고(사람들이 모두 행락지로 빠져 나가기 때문에), 법질서에도 영향이 있을 거란 예측이 난무했다. 이런 소문만으로도 이 도시의 교통은 흔들리기 시작했다. 사람들은 언제부턴가 큰길 대신 그동안 '개 조심'이라고 적혀 있어서 한 번도 다녀본 적이 없는 샛길로까지 다니기 시작했다.

크리스파클 씨는 이 한심한 샛길로 가서 승합마차가 오기를 기다렸다. 작고 땅딸막한 승합마차는 어울리지 않게 큰 짐—마치 어마어마하게 큰 망루를 실은 아기코끼리처럼—을 지붕에다 싣고 왔다. 당시 이 승합마차는 클로이스터햄과 외부 세계를 매일 같이 오갔다. 마차가 둔한 소리를 내며 멈추는 사이 크리스파클 씨는 마부석 옆에 앉은 덩치 큰 승객 때문에 다른 건 거의 아무것도 볼 수가 없었다. 그는 팔꿈치를 쭉 펴서 무릎에 손을 얹은 채 마부를 불편하게 압박하며 그를 노려보고 있었다.

"여기가 클로이스터햄입니까?" 승객이 큰 소리로 묻는다.

"맞습니다." 마부가 마구간지기에게 고삐를 넘겨주고 아픈 듯 몸을 주무르며 대답했다. "도착해서 이렇게 반가운 건 처음이네요."

"마차 주인에게 앉는 곳을 좀 더 넓히라고 하십시오." 승객이 다시 말한다. "윤리적으로—법적으로는 엄청난 벌금이 걸려 있기도 하고—직원에게 편의를 제공할 의무가 있습니다."

손으로 몸을 만지던 마부가 불안한 표정을 지었다.

"내가 당신을 깔고 앉았습니까?" 승객이 물었다.

"그랬어요." 마부가 정말 싫었다는 듯이 대답했다.

"이 카드를 받으십시오, 친구 분."

"받을 생각 없습니다." 마부는 카드를 받지 않고 시큰둥한 표정으로 카드를 바라보았다. "그게 내게 무슨 도움이 되죠?"

"우리 협회의 회원이 되는 겁니다." 승객이 대답했다.

"그걸로 뭘 얻을 수 있죠?" 마부가 물었다.

"의형제를 얻죠." 승객이 거친 목소리로 대답했다.

"고맙수다." 마부가 마차에서 내리며 아주 천천히 대꾸했다. "우리 어머니께서는 자식은 나 하나로 족하다고 했고, 나도 나 하나로 족합니다. 형제는 필요 없수다."

"하지만 좋든 싫든 형제는 있어야 합니다." 승객도 마차에서 내리면서 말했다. "난 당신의 형제입니다."

"이보세요!" 마부가 한심하다는 듯 짜증을 냈다. "이거 지나치지 않습니까! 버러지도……."

순간 크리스파클 씨가 끼어들어 마부를 옆으로 데려가더니 온화한 목소리로 꾸짖는다. "이보게, 조! 평정심을 잃지 말게, 이 친구야." 조가 안정을 되찾자 크리스파클 씨가 승객을 돌아보며 "허니썬더 씨이신가요?" 하고 묻는다.

"그렇소, 선생."

"크리스피클이라고 합니다."

"셉티머스 신부이십니까? 반갑습니다. 네빌과 헬레나는 안에 있습니다. 제 일 때문에 좀 늦어졌습니다. 신선한 공기도 마실 겸 아이들과 함께 내려왔는데, 밤에 돌아가려고 합니다. 그러니까, 선생이 셉티머스 신부시군요?" 그가 실망한 표정으로 크리스파클 씨를 머리끝부터 발끝까지 훑어보며 안경 끝에 달린 리본을 마치 꼬챙이를 돌리듯 돌리는데, 안경은 바로 그 목적으로 쓰는 것 같았다. "그렇군요! 더 나이든 분을 기대했습니다만."

"조금만 기다리세요." 크리스파클 씨가 재치 있게 농담으로 대구했다.

"네?" 허니썬더 씨가 반문했다.

"시시한 농담이었습니다. 반복할 가치도 없습니다."

"농담이었나요? 아, 난 농담은 알아듣지 못합니다." 얼굴을 찌푸리며 허니썬더 씨가 대구했다. "내게 농담은 소용없어요. 참, 아이들이 어디 있지? 헬레나! 네빌! 이리 오너라! 크리스파클 씨께서 너희를 만나러 오셨다."

보기 드문 외모를 지닌 호리호리한 청년과 숙녀다. 둘은 많이 닮았다. 둘 다 거무스름하고 윤기 있는 피부에다. 특히 숙녀는 거의 집시와 같은 느낌이 났다. 남매 모두 뭔가 길들여지지 않은 사냥꾼 같은 분위기를 풍겼지만, 한편으로는 사냥을 당하는 입장 같은 분위기도 묻어났다. 날씬하고 유연한 데다 눈과 팔다리의 움직임이 빨랐다. 수줍은 면과 반항적인 면이 반반씩 섞여 있었고, 강렬한 표정과 마치 웅크리거나 비약하기 직전에 멈추는 것과 같은 일시 정지의 순간이 표정과 몸 전체에서 가끔 느껴졌다. 크리스파클 씨가 처음 5분간의 인상을 머릿속에 정리해 보았다면 '글자 한 자' 틀리지 않고 이렇게 적었을 것이다.

그는 허니썬더 씨를 무거운 마음으로 (사람이 늘어 힘들어할 어머니에 대한 미안함으로) 저녁식사에 초대한 후 헬레나 랜들레스에게 팔을 내주었다. 그녀와 그녀의 오빠는 이 오래된 거리를 함께 걸으며, 크리스파클 씨가 대성당과 수도원의 유적을 손으로 가리켜 알려 줄 때마다 대단히 즐거워하며, 마치 열대의 나라에서 온 아름다운 야만족 포로들처럼―크리스파클 씨는 계속 머릿속에 이 모든 것을 정리했다―모든 것을 궁금해 했다. 허니썬더 씨는 길 한가운데로 걸으며, 남매를 어깨로 밀치며, 큰 소리로 미래에 대한 자신의 계획에 대해 얘기했다. 그 계획이란 영국의 모든 실업자들을 잡아다가 구치소에 집어넣은 다음 겁을 주고 위협해서 '박애주의자들'로 변화시키는 것이었다.

일행이 집에 도착했을 때, 크리스파클 부인은 이 소수의 일행에게 달린 크고 시끄러운 혹 하나를 보고 자신이야말로 자선의 손길이 절실하다고 느꼈다. 협회에서도 항상 얼굴에 난 부스럼 같은 존재였던 이 혹은 소참사회원의 사택에서도 염증을 일으키는 종양 역할을 담당했다. 그가 동료 인간들에게 '너희의 영혼과 육체를 저주하라. 그리고 이리로 와서 축복을 받아라!'라고 하며 떠들어댔다는 것은, 그에게 반대하는 이단자들이 우스갯소리로 한 주장이기 때문에 사실 그대로 받아들이기는 힘들었다. 하지만 여전히 그의 박애주의는 힘으로 강요하는 식이어서 박애주의인지 증오인지 구분하기가 어려웠다. 이를테면 군대를 폐지해야 하지만, 먼저 자신의 의무를 충실히 이행한 장교들을 모두 불러다가 의무 이행이라는 범죄로 군법에 회부해서 그들을 총살시켜야 한다. 전쟁을 없애야 하지만, 먼저 전쟁을 일으켜 사람들을 전향시킨 다음 전쟁을 좋아한다는 명목으로 그들을 구속해야 한다. 사형을 폐지해야 하지만, 먼저 이에 반대하는 모든 입법자들과 배심원들과 판사들을 지구상에서 쓸어 없애야 한다. 모든 이가 동의해야 하며 동의하지 않거나 동의할 수 없는 자는 모두 제거해야 한다. 형제를 사랑해야 하지만, 먼저 그를 무기한 괴롭히고 (마치 그를 증오하는 것처럼) 온갖 욕을 해주어야 한다. 무엇보다 개인적으로나 자신을 위해서 아무것도 해서는 안 된다. '박애주의의 안식처' 사무실에 가서 회원으로, '프로 박애주의자'로 이름을 올려야 한다. 그리고 구독료를 내고 회원카드와 리본과 메달을 받고 항상 협회의 강령에 따라 생활하며 언제나 허니썬더 씨가 말하는 바와, 경리부장이 말하는 바와, 부 경리 부장이 말하는 바와, 위원회와 부위원회에서 정한 바와, 서기와 부서기가 말한 바에 따라 생활해야 한다. 또한 만장일치로 의결된 다음과 같은 결의문을 낭독해야 정식회원의 효력이 발생했다. "본 '박애주의자'의 결사체는 협회에 속하지 않은 모든 이의 비도덕성을 분노와 경멸과 극도의 혐오감을 가지고 바라보며, 그들에게 사실에 대한 근거 없이 불쾌하고 모욕적인 언사를 최대한 많이 한다."

저녁식사는 완전한 실패작이었다. '박애주의자'가 테이블의 균형을 흐트러트리고, 동선을 가로막아 식사를 돕는 하인들을 방해하고, 토프 씨의 머리 위로 접시와 음식을 건네는 바람에 토프 씨는 정신이 없을 지경이었다. 어느 누구도 다른 사람과 얘기조차 나눌 수 없었다. 회사에서 회의 중에 개인의 존재는 인정하지 않는다는 듯 그기 혼자 띠빌렸기 때문이다. 그는 셉티머스 신부를 연설의 상대 혹은 자신의 연설용 모자를 걸어 둘 모자걸이 정도로 취급하며, 이런 부류의 연설가들이 흔히 그러듯이, 습관적으로 상대를 약하고 몹쓸 사람으로 대하기까지 했다. 예를 들면 아무 죄 없는 크리스파클 씨는 입을 열지도 않았고 심지어 입을 열 생각조차 없었는데, 이 '박애주의자'는 "선생, 그렇게 말하면 스스로 바보가 되는 겁니다."라고 말했다. 또 그는 "자, 선생. 이제 선생의 꼴이 어떤지 보십시오. 도망갈 구석이 없죠. 그동안 사기와 거짓으로 연명하다가 비열함이 견줄 자가 없더니, 이젠 세상에서 가장 저급한 인간 앞에 무릎을 꿇고 자비를 구하며 울부짖고 협박하는 위선까지 가지셨군요!" 이 불운한 소참사회원이 분노와 당혹감으로 눈 길을 어디에 둬야 할지 모르는 동안 그의 훌륭한 어머니는 눈물을 글 썽이며 분노를 참고 자리에 앉아 있었다. 나머지 일행은 모두 맛도 형 체도 저항력도 없는 흐느적거리는 젤리처럼 돼 버렸다.

하지만 허니썬더 씨의 출발이 임박했을 때 모두가 그에게 박애정신 을 쏟아 부어서 이 저명한 인사는 분명 더할 나위 없이 흡족했을 것이 다. 토프 씨는 그가 원한 시각보다 한 시간이나 일찍 특별히 따뜻한 차 를 준비했고, 크리스파클 씨는 그가 마차 시각에 늦지 않도록 시계를 손에서 놓지 않고 계속 점검했다. 네 명의 젊은이들은 만장일치로 대 성당의 시계가 15분이 아니라 45분을 알렸다고 확인했고, 미스 트윙클 튼은 승합마차까지 실제로 걸어서 5분 걸리는 거리를 25분 거리로 추 정했다. 일행 모두가 애정 어린 손길로 그가 외투를 서둘러 입도록 도 와 달빛 아래로 그를 밀어내는 모습은, 마치 뒷문에 와 있는 기병대를 피해 도망치는 매국노를 돕는 것과 같았다. 크리스파클 씨와 그의 새 학생은 함께 '박애주의자'를 승합마차까지 배웅했다. 그가 감기라도 걸 릴까 걱정됐던 그들은 출발 시각까지 아직 30분이 남아 있었지만, 그 를 바로 마차 안으로 밀어 넣고 자리를 떠났다.

7장
비밀 이야기들

"선생님, 저는 저 신사 분에 대해 아는 게 거의 없어요." 돌아오는 길에 네빌이 소참사회원에게 말했다.

"자네 후견인에 대해 아는 게 거의 없다는 건가?" 소참사회원이 되물었다.

"거의 아무것도 몰라요."

"어떻게 그가……."

"제 후견인이 되었느냐고요? 말씀드리죠. 우리(저와 제 동생)가 사일론[6] 출신인 걸 아시죠?"

"사실, 몰랐네."

"그럴지도 모른다고 생각하고 있었어요. 그곳에서 계부와 함께 살았죠. 어머니는 우리가 어릴 때 돌아가셨어요. 그동안 저희는 비참한 삶을 살았죠. 어머니가 돌아가시면서 그를 우리의 후견인으로 세우셨는데, 그는 저희에게 식사 한 끼 옷 한 벌도 아까워하는 치사한 구두쇠였어요. 그가 죽으면서 우리를 이 남자에게 넘겼는데, 그저 제가 아는 건 아마도 친구나 아는 사람이라서 넘긴 것 같아요. 이 사람 이름이 늘 책 같은 데 나와 있어서 눈에 띈 것 같아요."

"최근 일인 것 같은데?"

"아주 최근이에요. 저희 계부는 잔인하고 가혹한 사람이었죠. 그가 죽어서 다행이에요. 안 그랬으면 제가 그를 죽였을지도 몰라요."

크리스파클 씨가 갑자기 걸음을 멈추고 경악해서 자신의 새 제자를 바라보았다.

"저 때문에 놀라셨어요, 선생님?" 금세 순종적인 태도로 변하며 그가 말했다.

"자네 말이 너무 충격적이네. 너무 충격적이라 입에 담을 수도 없어."

그들이 다시 걷는 동안 고개를 숙이고 있던 제자가 말했다. "선생님께서는 그자가 선생님의 여동생을 두들겨 패는 걸 본 적 없으시죠. 전 그가 제 여동생을 두들겨 패는 걸 한두 번 본 게 아니에요. 절대 잊지 못할 거예요."

"무슨 일이 있어도," 크리스파클 씨가 말한다. "심지어 비열한 처사로 인해 사랑하는 여동생이 눈물을 흘리게 되는 경우라도," 의분에 찬 크리스파클 씨의 목소리에서는 자신의 의도와는 달리 준엄함이 사라져갔다. "방금 자네가 한 그런 끔찍한 말은 정당화되지 않네."

"그린 말을 해서 죄송합니다. 특히 선생님께 그런 말을 사용해서. 없었던 일로 해주세요. 하지만, 괜찮다면 한 가지 알려 드릴게 있어요. 방금 제 동생의 눈물에 대해 말씀하셨죠. 제 동생은 몸이 누더기가 되도록 맞을지언정 절대 그에게 자신을 울릴 수 있다는 생각이 들게 하지는 않았을 거예요."

크리스파클 씨는 머릿속에 정리해 두었던 내용들을 다시 떠올리고는 네빌의 말에 놀라지도 않았고 그것을 궁금해 하지도 않았다.

"선생님, 어쩌면 이상하다고 생각할지 모르겠네요." 주저하는 목소리였다. "제가 이렇게 빨리 선생님께 속마음을 털어놓으며 제 자신을 변호하는 말을 들어 달라고 부탁드린 것 말이에요."

"변호라고?" 크리스파클 씨가 되물었다. "네빌 군, 내게 자신을 변호할 필요는 없네."

"필요하다고 생각합니다, 선생님. 변호해야만 합니다. 선생님께서 제 성격을 더 잘 알 수 있도록 말이죠."

"네빌 군. 자네 성격 파악은 내게 맡기는 게 어떤가?"

"선생님께서 원하시는 게," 실망한 젊은이가 갑자기 퉁명스럽게 말했다. "선생님께서 원하시는 게 제 충동을 막는 거니까, 선생님 말씀에 따라야겠죠."

자신을 향한 이 짧은 말에서 알 수 없는 무언가가 느껴져 세심한 크리스파클 씨는 마음이 편치 않았다. 그 말에 딱히 의도가 섞인 건 아니었지만, 비뚤어져가는 어린 마음에, 그리고 어쩌면 자신이 그 마음을 지도하고 개선하는데, 도움이 될 네빌의 신뢰를 잃을 수도 있다는 느낌이 들었다. 창문으로 비치는 불빛이 보일 정도로 집에 가까워졌을 때 그가 걸음을 멈췄다.

"네빌 군, 우리 오던 길을 돌아가서 한두 번 더 오가는 건 어떨까? 그렇지 않으면 자네가 네게 하려던 얘기를 마칠 시간이 없을 걸세. 내가 자네를 막으려 한다는 건 자네의 성급한 판단이네. 사실은 그와 정반대야. 속마음을 털어놓으라고 권하고 싶네."

"이미 선생님께서도 모르는 사이에 제게 권하셨어요. 제가 이곳에 처음 왔을 때부터요. 마치 제가 이곳에 1주일은 있었던 것처럼 '처음 왔을 때'라고 말했군요. 사실 저희(저와 제 동생)는 선생님과 싸우고 선생님을 공격하고, 또 도망치려고 이곳에 왔어요."

"그게 사실인가?" 할 말을 잃고 크리스파클 씨가 물었다.

"선생님이 어떤 분인지 저흰 전혀 몰랐어요. 아시겠죠?"

"물론 몰랐겠지." 크리스파클 씨가 말했다.

"그리고 이전에 만났던 사람들 중에 저희 마음에 드는 사람을 한 번도 본 적이 없기 때문에, 저흰 선생님을 좋아하지 않기로 작정했죠."

"정말인가?" 크리스파클 씨가 다시 말했다.

"하지만, 선생님. 지금은 선생님이 좋아요. 선생님의 가족과 선생님께서 저희를 맞아 주신 태도는 이전에 겪었던 어떤 것과도 비교할 수 없어요. 이렇게 선생님과 우연히 단둘이 있게 되고, 허니썬더 씨가 떠난 후 주위의 모든 것이 너무도 고요하고 평화롭고, 클로이스터햄은 오래되어 장중하고 아름다운 데다 달마저 그 위를 비추고 있어요. 이 모든 것들이 제 마음을 연 것 같아요."

"무슨 말인지 잘 알겠네, 네빌 군. 그런 좋은 영향을 받았다니 다행이군."

"한 가지, 아까 제 결점에 대해 말씀드렸는데 제 동생도 그럴 거라고 생각하진 마세요. 우리의 역경을 동생은 저보다 훨씬 잘 극복해 냈으니까요. 저 대성딩의 탑이 이 굴뚝보다 훨씬 높은 것처럼요."

크리스파클 씨의 생각에는 꼭 그런 것 같지만은 않았다.

"선생님, 저는 어릴 적부터 엄청난 증오심을 억누르며 지내야만 했어요. 그래서 비밀과 복수심이 많아졌죠. 늘 무자비한 억압 속에서 지내다 보니 약할 땐 거짓말과 비열한 수단에 의지하게 돼요. 그동안 교육, 자유, 돈, 옷, 삶의 필수품들, 아이라면 모두가 누리는 즐거움과 사춘기에 누구나 누리는 물건들조차도 박탈당한 채로 지내왔어요. 그 때문에 제게는 그게 감정인지, 기억인지, 아니면 직관력인지 아무튼 도대체 뭔지 모를―심지어 뭐라고 불러야 할지도 모르겠어요!―극도로 부족한 부분이 생겼어요. 선생님께서 여태까지 봐 온 다른 젊은이들의 내면에서 선생님께서 도움을 주고자 하셨던 바로 그 무언가가."

'분명 맞는 말이야. 하지만, 좋은 징조는 아니야.' 크리스파클 씨는 생각했다. 두 사람은 다시 발길을 돌렸다.

"마지막으로, 선생님. 그동안 비천한 노예근성을 가진 열등한 인종들 사이에서 자란 까닭에 제게도 그들과 닮은 구석이 생겼을 겁니다. 잘은 모르겠지만, 가끔 그들 핏속에 흐르는 맹수 같은 흉악함이 제게도 있는 건 아닐까 하는 생각이 들어요."

'방금 자네 말속에 비친 잔인함처럼.'라고 크리스파클 씨는 생각했다.

"선생님. 제 동생(저와 쌍둥이인)에 대해 마지막으로 선생님께시 아셔야 할 건, 저희의 비참한 삶에서 그 어떤 것도 동생의 정신을 꺾진 못했다는 거예요. 저는 자주 겁에 질렸지만요. 저희가 도망칠 때마다 (6년 동안 네 번 도망쳤는데, 금세 잡혀서 잔혹한 처벌을 받았죠), 도주를 계획하고 이끈 건 동생이었어요. 그때마다 동생은 남자아이의 옷을 입고 남자처럼 대담하게 행동했죠. 일곱 살 때 처음 도망쳤을 거예요. 하지만 지금도 기억나요. 동생이 머리를 짧게 잘라야 했는데, 제가 주머니칼을 잃어버렸죠. 동생이 얼마나 필사적으로 머리를 뽑고 이빨로

끊으려고 했는지. 선생님, 더는 말씀드릴 게 없어요. 그저 선생님께서 부족한 저를 넓은 마음으로 이해해 주길 바랄 뿐이에요."

"네빌 군, 그 점은 안심하게." 소참사회원이 대꾸했다. "난 필요 이상의 설교는 하지 않네. 자네의 신뢰를 설교로 보답하고 싶지도 않고. 하지만, 이것 하나는 앞으로도 명심하게. 내가 좋은 결실을 맺기 위해선 자네의 도움이 꼭 필요하다는 걸. 그건 자네가 주님의 도움을 청하는 것으로만 가능하네."

"네, 선생님. 제 몫을 열심히 하겠습니다."

"그럼, 난 내 몫을 열심히 하겠네. 진심일세. 우리의 노력에 주님의 축복이 함께 하길!"

어느새 그들은 사택 현관에 다다랐다. 안에서는 쾌활한 목소리와 웃음소리가 들렸다.

"들어가기 전에 한 번 더 돌아갔다 오세." 크리스파클 씨가 말했다. "물어볼 게 있네. 아까 나에 대한 생각을 바꿨다고 했는데, 자네뿐만 아니라 자네 여동생의 생각도 포함해서 얘기한 건가?"

"물론입니다. 선생님."

"네빌 군, 내가 말을 되받는 것 같지만, 내가 자네들을 만난 이후로 자네가 동생과 얘기할 기회는 전혀 없었던 것 같은데. 허니썬더 씨가 너무 달변이라 그가 혼자서 식사시간을 독점한 것 같네. 혹시 동생의 생각을 제대로 알지 못하고 얘기한 건 아닌가?"

네빌이 자랑스러운 듯 미소를 지으며 고개를 젓는다.

"선생님께서는 아직 저와 제 동생이 말 한마디 없이—거의 쳐다보지도 않고—서로를 얼마나 완벽하게 이해하는지 몰라요. 동생은 지금 제가 말씀드린 그대로 생각하고 있을 뿐만 아니라 제가 이 기회를 이용해 동생과 저의 생각을 선생님께 말씀드린다는 것도 알고 있을 거예요."

크리스파클 씨가 믿기지 않는다는 듯 그의 얼굴을 쳐다본다. 하지만 그의 표정에서 사실이라는 믿음이 너무 확고하게 드러나서 크리스파클 씨는 바닥을 내려다보며 생각에 잠겼다. 어느새 두 사람은 다시 문 앞에 도착했다.

"선생님, 이번엔 제가 부탁드릴게요. 다시 한 번 돌아갔다 오는 건 어떨까요?" 젊은이가 얼굴에 약간의 홍조를 띠며 말했다. "좀 전에 허니썬더 씨가 달변이라고 말씀하셨던가요?" (약간 수줍어하며 물었다.)

"그래, 달변이라고 했지."

"하지만 허니썬더 씨가 달변가가 아니었다면 제가 이렇게 물을 필요조차 없을 거예요. 선생님, 그 에드윈 드루드 씨가, 그 이름이 맞죠?"

"맞네." 크리스파클 씨가 말했다.

"지금, 아니면 예전에 선생님께 가르침을 받았나요?"

"한 번도 가르친 적은 없네. 그는 친척인 재스퍼 씨를 방문하려고 이곳에 왔네."

"버드 양도 그의 친척인가요?"

(지금 갑자기 시건방지게 도대체 왜 이걸 묻는 거지?'라고 크리스파클 씨는 생각했다.) 그리고 큰소리로 두 사람의 약혼에 대해 자신이 아는 바를 네빌에게 얘기해 주었다.

"아, 바로 그거였군!" 젊은이가 말했다. "이제 그가 왜 그녀를 자기 거라도 되는 것처럼 대하는지 알겠어!"

이 말은 분명 그의 혼잣말이어서, 크리스파클 씨는 마치 편지를 쓰고 있는 어떤 사람 뒤에서 그 편지의 내용을 훔쳐본 것 같은 느낌이 들

정도였다. 이내 두 사람은 집안으로 들어갔다.

그들이 거실로 들어섰을 때 재스퍼 씨는 피아노 앞에 앉아 있었고, 로즈버드 양은 반주에 맞춰 노래를 부르고 있었다. 악보 없이 반주를 하던 그는 로사가 자꾸 음을 틀리자 그녀의 입 모양을 주의 깊게 쳐다보며 이따금씩 기조 음을 살짝 알려 줬다. 헬레나는 팔짱을 낀 채 재스퍼 씨를 주의 깊게 바라보고 있었다. 크리스파클 씨는 좀 전에 네빌이 했던 말처럼 헬레나와 네빌 사이에 즉각적으로 생각이 교류되는 것을 보았거나 본 것처럼 느꼈다. 네빌은 로사의 맞은편 피아노에 몸을 기대고 로사가 노래하는 모습에 감탄한 듯 그녀를 쳐다보았다. 크리스파클 씨는 양치기 소녀 도자기 인형 옆에 앉았다. 에드윈 드루드는 미스 트윙클튼의 부채를 접었다 폈다 하며 그녀의 비위를 맞췄는데, 그녀에게서는 작품을 전시하는 작품 소유주의 모습이 엿보였다. 이는 성당지기인 토프 씨도 매일 대성당 미사 중에 보이는 모습이었다.

노래는 계속됐다. 곡은 서글픈 이별의 장면에 이르렀고, 가녀린 목소리는 더욱 애절해졌다. 재스퍼가 로사의 예쁜 입술을 쳐다보며 속삭이듯 낮은 목소리로 한 음을 계속해서 가리키자 로사의 목소리가 떨리기 시작했다. 결국 그녀가 울음을 터뜨리며 손으로 얼굴을 가린 채 소리쳤다. "더는 못하겠어요! 무서워요! 여기서 데려가 줘요!"

헬레나가 재빨리 로사를 소파에 눕혔다. 몸에 손도 대지 않은 것처럼 날렵했다. 로사 옆에 무릎을 꿇고 앉은 그녀가 한 손을 로사의 입에 대고 다른 한 손으로는 사람들을 제지하며 이렇게 말했다. "아무것도 아니에요. 이젠 괜찮아요. 1분간 로사에게 말을 걸지 마세요. 그럼 나아질 거예요."

그 순간 재스퍼는 건반 위에 손을 올려놓고 마치 연주를 다시 시작하려고 기다리는 사람처럼 자세를 취했다. 심지어 그는 다른 사람들이 모두 자리를 잡고 서로 위안의 말을 주고받을 때에도 주위를 둘러보지 않았다.

"이쁜이가 사람들 앞에서 노래하는 것에 익숙하지 않아서 그래요." 에드윈 드루드가 말했다. "긴장해서 버틸 수가 없었던 거죠. 게다가, 잭. 너무 깐깐한 잭이 많은 요구를 해서 겁을 먹었을 거야. 당연하지."

"당연하죠." 헬레나가 따라했다.

"봐, 잭. 들었지? 랜들레스 양, 똑같은 상황이라면 당신도 잭이 두렵 겠죠?"

"절대 그런 일은 없을 거예요." 헬레나가 대답했다.

재스퍼가 손을 내리고 어깨너머로 랜들레스 양을 쳐다보며 자신의 인품을 옹호해 준 것에 대해 감사를 표했다. 그리고는 다시 피아노 위에 손을 올려놓고 이번에는 건반을 두드리는 시늉만 했다. 그동안 그의 어린 제자는 창가로 옮겨져 바깥 공기를 마시며 기력을 회복하고 있었다. 그녀가 다시 자리로 돌아왔을 때 재스퍼의 자리는 비어 있었다. "이쁜아, 잭은 갔어." 에드윈이 말했다. "널 겁 준 괴물이라는 딱지가 싫었던 거야." 아무 말도 없던 로사가 갑자기 에드윈의 말에 한기를 느낀 듯 몸을 떨었다.

미스 트윙클튼이 크리스파클 부인을 향해 '수녀의 집' 바깥에서 시간을 보내기에는 늦은 시각이라고 하며, 장래 영국의 아내와 어머니들 (뒤의 단어는 남이 들으면 안 된다는 듯이 목소리를 낮추고)의 교육을 맡고 있는 사람으로서 (다시 목소리를 키우며) 방탕함 대신 모범을 보여야 한다고 말하자, 두 젊은이가 숙녀들의 배웅을 자청했다. 그들의 배웅은 금세 끝났고, '수녀의 집'은 문을 닫았다.

아이들은 모두 방으로 돌아가고 혼자 남은 티셔 부인이 새로 온 학생을 맞았다. 로사와 방을 함께 쓰게 된 헬레나는 티셔 부인으로부터 아주 작은 소개나 설명도 들을 필요가 없었다. 티셔 부인은 로사에게 모든 것을 맡기고 방을 나갔다.

"정말 안심이야." 헬레나가 말했다. "하루 종일, 아이들이 날 못 살게 하면 어쩌나 하고 마음 졸였거든."

"아이들은 그리 많지 않아." 로사가 대꾸한다. "착한 애들이야. 적어도 다른 애들은 착해. 내가 보장해."

"너에 대해서는 내가 보장해." 그녀는 타오르는 듯한 검은 눈으로 로사의 작고 사랑스러운 얼굴을 살피며 부드러운 손길로 로사를 쓰다듬었다. "내 친구가 돼 줄 거지?"

"그러고 싶어. 근데, 네 친구가 된다는 게 너무 이상한 것 같아."

"왜?"

"아, 난 너무 꼬마 같은데 넌 너무 여성스럽고 아름다워. 나 같은 건 뭉개버릴 정도의 결단력과 힘이 있어 보여. 네 옆에 있으면 난 너무 작아져서 눈에 보이지도 않을 거야."

"로사, 난 지금까지 보살핌이라곤 받아 본 적도 없고 교육도 받지 못한 그저 방치된 존재였어. 아는 게 하나도 없다는 걸 뼈아프게 느껴. 나의 무지함이 정말 부끄러워."

"그런데도 내게 그걸 털어놓다니!" 로사가 말했다.

"이 귀여운 친구야, 어떻게 그걸 털어놓지 않을 수 있겠어? 넌 정말 끌리는 구석이 있거든."

"글쎄, 정말 그럴까?" 로사의 뾰로통한 표정은 절반은 반농담조였지만, 나머지는 진심이었다. "안타깝게도 에디 선생은 그걸 못 느낀단 말이야!"

물론 로사와 그 젊은 신사와의 관계는 소참사회원 댁에서 이미 전해 들어서 알고 있었다.

"분명 널 진심으로 사랑하고 있을 거야!" 헬레나가 만약 그렇지 않으면 한방 먹일 것 같은 기세로 외쳤다.

"음……, 확신은 없지만, 아마 그럴 거야." 로사가 다시 뽀로통해졌다. "난 그 부분에 대해 말할 자격이 없어. 내 잘못일 거야. 그에게 잘해 주지 못한 것 같아. 하지만 너무 어처구니없는 걸!"

헬레나의 눈빛이 무엇이냐고 물었다.

"우리가 말이야." 그녀의 물음에 대답하듯 로사가 말했다. "우린 너무 어처구니없는 커플이야. 게다가 우린 항상 싸우기만 해."

"왜?"

"왜냐하면 우리 둘 다 우리가 어처구니없다는 걸 알기 때문이지!" 로사가 세상에서 이보다 더 확실한 건 없다는 듯이 대답했다.

헬레나가 모든 걸 다 안다는 듯한 표정으로 상대를 가만히 바라보았다. 그리고는 갑자기 손을 뻗으며 말했다.

"내 친구가 돼 줄 거지?"

"물론이야, 헬레나." 로사가 진심에서 우러난 애정 가득한 목소리로 대답했다. "우아한 너에게 나 같은 꼬마가 좋은 친구가 될 수 있을지 모르겠지만, 할 수 있는 데까지 해볼게. 너도 내 친구가 돼 줘. 난 나자신을 잘 모르겠어. 그래서 날 이해할 수 있는 친구가 정말 필요해."

헬레나가 로사에게 키스하며 그녀의 양손을 잡고 물었다.

"재스퍼 씨는 누구야?"

로사가 시선을 피하며 대답한다. "에디의 삼촌이자 내 음악선생님."

"그를 사랑하지 않아?"

"싫어!" 로사가 두 손에 얼굴을 묻고 공포에 질려 몸을 떨었다.

"그가 널 사랑하는 건 알지?"

"부탁이야, 그런 말 하지 마!" 로사가 바닥으로 꺼지듯 무릎을 꿇고 헬레나를 붙잡았다. "그가 너무 무서워. 끔찍한 유령처럼 생각 중에 계속 나타나. 절대로 그에게서 벗어날 수 없을 것 같아. 그 사람 얘길 하면 그가 저 벽을 뚫고 들어올 것만 같은 느낌이 들어." 실제로 그녀는 그가 뒤에 서 있지 않을까 하는 두려움에 주위를 둘러보았다.

"좀 더 얘기해 봐, 로사."

"응, 얘기할게. 넌 강하니까. 하지만, 내가 얘기하는 동안 날 꺼안고 있어 줘. 그리고 얘기가 끝나고 나서도 나와 함께 있어 줘."

"아, 로사. 네 말을 들으니 그가 마치 뭔가 불길한 방법으로 널 위협한 것 같아."

"한 번도 나한테 그런 걸 말로 표현한 적은 없어. 한 번도."

"그가 실제로 어떻게 했는데?"

"눈으로 날 노예처럼 조종해. 말 한마디 하지 않고도 눈빛으로 강요해. 자기 마음을 이해하라고. 위협하는 말은 입 밖에 내지도 않지만, 눈빛으로 내게 비밀을 지키라고 강요해. 내가 연주할 때면 내 손에서 절대 눈을 떼지 않아. 내가 노래할 때면 내 입술에서 절대 눈을 떼지 않고. 틀린 곳을 교정할 때나 음을 알려 줄 때, 그 음을 통해 내게 구애하면서 그 비밀을 지키라고 명령하는 거야. 그의 눈을 피하려고 해도 그가 억지로 자신의 눈을 보게 해. 가끔 그의 눈이 이상한 막으로 덮일 때가 있는데, 소름 끼치는 꿈속을 헤매는 것 같아 보여. 그럴 때 가장 많이 위협해. 자신이 바로 옆에 앉아 있다는 걸 기억하라고 강요하면서. 그럴 때가 가장 끔찍해."

"로사, 그 위협이 뭐라고 생각해? 그가 뭘 위협하는 거야?"

"모르겠어. 한 번도 그게 뭔지 감히 생각도, 아니 궁금해 해본 적도 없어."

"그 일이 오늘 저녁에도 일어난 거야?"

"응. 특히 오늘 저녁, 그가 노래하는 내 입을 뚫어지게 쳐다봤을 때 두려움은 물론이고 수치스럽기까지 해서 너무 상처가 됐어. 그가 마치 내게 키스하는 것 같아서 참을 수가 없었어. 그래서 소리친 거야. 이 말은 아무에게도 하면 안 돼. 에디는 그를 전적으로 신뢰하고 있어. 오늘 저녁에 네가 한 말—어떤 경우라도 그를 두려워하지 않을 거라는 그 말—이 내게, 그를 너무나 두려워하는 내게 용기를 줘서 너에게만 얘기하는 거야. 날 껴안아 줘! 나와 함께 있어 줘! 너무 두려워서 혼자 있을 수가 없어."

매달리는 팔과 가슴 위로 윤기가 흐르는 집시의 얼굴이 떨궈졌고, 야성적인 검은 머리가 아이 같은 모습을 보호하듯 감쌌다. 강렬한 검은 눈동자에 불길이 이는 듯 했지만, 이내 부드러워지며 연민과 애정의 눈빛으로 바뀌었다. 그 불길의 대상이여, 그녀의 눈을 똑똑히 들여다보라!

8장
단검을 뽑다

　헬레나와 로사를 기숙사까지 배웅하고 네빌과 에드윈이 '수녀의 집' 안뜰로 들어서자, 마치 늙은이가 어울리지 않게 걸친 안경 같은 황동 문패가 정면에서 그들을 노려본다. 두 사람은 서로를 쳐다본 뒤 달빛이 환한 거리를 바라보며 천천히 함께 걷기 시작한다.

　"드루드 군, 이곳에 오래 머물 예정인가?" 네빌이 묻는다.

　"이번엔 잠깐 동안만 있을 거야." 그가 가볍게 대답한다. "내일 런던으로 떠나. 하지만 내년 한여름까지 가끔 올 예정이야. 그리고 아마 오랫동안 클로이스터햄을, 아니 영국을 떠나 있을 거야."

　"외국으로 나가?"

　"이집트를 잠에서 깨우러 가지." 그가 거들먹거리며 대답한다.

　"유학을 가는 건가?"

　"유학?" 그가 경멸을 담아 되묻는다. "아니 일하러, 공사일로 가. 아버지께서 경영하시던 회사의 주식을 유산으로 상속받았는데, 성년이 될 때까지 이 회사에서 일하다가 나이가 차면 주식을 좀 얻게 돼. 그때까진 잭―아까 식사 때 만났던―이 내 후견인이자 재산 관리인이야."

"크리스파클 씨께 자네의 또 다른 행운에 대해 들었네."

"또 다른 행운이라니?"

대화중에도 상대를 주시하며 수줍은 듯 넌지시 말을 꺼내는 네빌의 모습에서는 이전에 보였던 사냥꾼과 사냥감의 모습이 동시에 존재하는 것 같은 특이한 태도가 뚜렷이 보였다. 반면, 에드윈의 대답은 계속 예의라고는 찾아볼 수 없을 정도로 퉁명스럽기만 했다. 두 사람은 걸음을 멈추고 약간 흥분한 표정으로 서로를 바라본다.

"드루드 군, 내 말에 기분 상했나? 별다른 의미 없이 한 말인데."

"젠장!" 다소 빠른 걸음으로 앞서 걸으며 그가 소리친다. "이 말 많은 도시에선 모두가 그 얘기뿐이군. 내 초상화에 '약혼자의 머리'라고 써 붙여 둔 술집은 없나 모르겠어. 어쩌면 이쁜이의 초상화에 써 붙여 뒀는지도 모르지."

"크리스파클 씨가 내게 약혼 이야기를 한 건 내 책임이 아니네." 네빌이 말을 꺼낸다.

"아니지. 그 말은 맞아. 자네 책임은 아니지." 에드윈 드루드가 동의한다.

"하지만," 네빌이 계속한다. "방금 말을 꺼낸 건 내 잘못이네. 내가 그 말을 한 이유는, 자네가 약혼을 자랑 못할 이유가 없다고 여겼기 때문이네."

자, 이 두 사람의 대화는 각자의 특이한 성격으로 인해 점차 흥미진진해진다. 이미 귀여운 로즈버드에게 감명을 받은 네빌 랜들레스는 에드윈 드루드(그녀보다 수준이 한참 낮은)가 자신의 신부감을 그렇게 가볍게 여기는 것에 대해 분개하고 있다. 헬레나에게 이미 감명을 받은 에드윈 드루드는 헬레나의 오빠(그녀보다 수준이 한참 낮은)가 자신에게 그렇게 매몰차게 얘기하는 것에 대해 분개하고 있다.

에드윈은 네빌의 말에 응수하지 않을 수 없다는 생각에서 이렇게 대꾸한다. "네빌 군(크리스파클 씨를 따라하며), 사람들이 자랑스러워하는 것이 뭔지, 얘기하기 좋아하는 것이 뭔지 난 모르네. 하지만 난 사는 게 바쁜 사람이야. 근데 자네 같은 학생들은 나 같은 사람들한테 따지려고만 들지. 뭐든 아는 체 하면서 말이야."

이때쯤엔 두 사람 다 격해진 상태였다. 네빌 군은 노골적인 분노를 드러냈고, 에드윈 드루드는 속이 빤히 보이는데도 유행가를 흥얼거리며 걸음을 멈추고 달빛으로 물든 아름다운 전경에 감동하는 척 했다.

"그건 예의가 아닌 것 같은데," 마침내 네빌이 말한다. "자네가 누렸던 혜택과는 동떨어져 살다가 이제야 겨우 그걸 만회하려고 여기에 온 사람에게 이러쿵저러쿵하는 건 경우가 아니야. 잘 듣게. 자네와는 반대로 난 '바쁜 삶'은 모르고 살아왔고, 예의도 이교도들 틈에서 배우며 자랐네."

"어쩌면 최상의 예의란, 어떤 사람들 사이에서 자랐건," 에드윈 드루드가 대꾸한다. "남의 일은 상관하지 않고 자기 일에만 신경 쓰는 것 아닐까? 자네가 모범을 보이면 난 군말 없이 따르겠네. 약속해."

"자네 정말 자기 잘난 맛에 사는 군." 네빌이 화를 내며 대꾸한다. "내가 자란 곳에선 그렇게 행동하면 증명해 보라고 한다는 것 알고 있나?"

"그런 말 하고 싶은 사람이 누군데?" 에드윈이 걸음을 멈추고 경멸의 눈초리로 상대를 훑어보며 묻는다.

하지만, 이때 갑자기 누군가가 에드윈의 어깨를 잡는다. 돌아보니 재스퍼가 서 있다. 그도 '수녀의 집' 근처를 산책하다 어두운 곳에서 두 사람을 발견한 것 같다.

"네드!" 그가 말한다. "이러면 안 돼. 고성이 오가는 걸 듣고 누군가 했지. 이 친구야, 오늘 밤엔 자네가 거의 주인이나 다름없다는 걸 기억해야지. 이 도시를 대표해서 네빌 군을 손님으로 맞아야 할 사람이 이러면 되나? 그리고, 네빌 군." 재스퍼는 다른 한 손을 네빌의 어깨에 얹고 두 사람 사이에서 걷는다. "실례를 용서하게. 하지만 자네도 마음을 가라앉히게. 자, 뭐가 잘못된 건가? 아니, 얘기할 필요도 없네. 잘잘못은 따지지 마세. 자, 이제 우리 세 사람 모두 서로 이해가 된 거지?"

두 사람이 서로의 눈치를 살피는 가운데 에드윈이 침묵을 깼다. "잭, 난 감정 없어."

"저도 없어요." 네빌 랜들레스가 말한다. 하지만 그의 말에서는 약간의 거리낌, 아니 어쩌면 신중함이 느껴진다. "하지만 제 삶이 어땠는지 드루드 군이 안다면, 그의 신랄한 말이 제 가슴에 비수처럼 꽂힌다는 걸 알 겁니다."

"어쩌면," 달래는 듯한 어조로 재스퍼가 말한다. "서로 이해가 됐다고까지는 할 수 없겠군. 원망이나 조건을 붙이는 건 좋지 않아. 관용에 어긋나니까. 네드는 솔직히 감정이 없다고 하는데, 네빌 군은 어떤가?"

"저도 전혀 없어요, 재스퍼 씨." 여전히 솔직함이나 거리낌이 없는 것과는 거리가 있었다.

"그럼 일단 이렇게 정리하고! 자, 나 혼자 지내는 게이트하우스가 여

기서 가깝네. 불을 지펴 놔서 따뜻하고 포도주도 준비되어 있네. 소참
사회원 댁과도 아주 가깝고. 네드, 내일 여길 떠나니 우리 네빌 군과
함께 집에 가서 이별주 한 잔 하자고."

"대찬성이야, 잭."

"저도 대찬성입니다, 재스퍼 씨." 별로 내키지 않았지만, 네빌은 그
렇게 말해야 할 것처럼 느껴졌다. 그는 자신이 이성을 잃은 것과는 대
조적으로 에드윈 드루드는 아무런 영향도 받지 않고 침착해서 더욱 화
가 났다.

재스퍼 씨는 여전히 가운데서 두 사람과 나란히 걸으며 술자리에서
항상 부르는 '리프래인'을 멋지게 흥얼거리며 집으로 올라간다. 그가
집안으로 들어가 램프에 불을 붙이자 처음 눈에 띈 건 벽난로 선반 위
의 초상화였다. 두 젊은이의 관계를 돕기보다 서로에 대한 반감을 불
러일으키는 불편한 그림이었다. 그래서 두 사람은 그림을 보고도 아무
말도 하지 않았다. 하지만 재스퍼가 (어쩌면 두 사람 사이에 고성이 오
간 이유는 잘 모르고) 바로 그림을 주제로 삼는다.

"네빌 군, 이 그림의 주인공이 누군지 알아보겠나?" 램프를 기울여
그림을 비추며 그가 묻는다.

"알아보긴 하겠지만, 실물에 비해 너무 형편없는데요."

"아 자네, 정말 깐깐하군! 네드의 작품이네. 내게 선물로 준 거야."

"드루드 군, 미안하네." 네빌이 진심으로 사과한다. "작가가 앞에 있
는 줄 알았더라면……."

"아 선생, 그저 장난으로 그린 거야." 에드윈이 하품을 하며 말을 가
로챈다. "이쁜이 특유의 표정을 가지고 장난 좀 친 거야. 앞으로 나한
테 잘 하면 언젠가 진지한 그림을 그려 주겠네."

에드윈이 의자에 몸을 던지고는 머리 뒤로 깍지를 끼며 한가롭고도 무심한 태도로 이 말을 하자, 평소 발끈하는 성미에다 흥분까지 한 네빌은 정말 화가 났다. 재스퍼가 두 사람을 번갈아 쳐다보고는 살짝 미소를 지으며 돌아서더니 향신료를 넣어 난로 위에 데우고 있던 포도주를 젓는다. 이 포도주는 다른 포도주에 비해 유난히 많이 저어 줘야하는 것 같다.

"네빌 군. 내 생각엔," 젊은 랜들레스의 못마땅한 표정을 보고 화가 나서 에드윈이 말한다. 너무도 분명하게 드러난 네빌의 표정은 옆에 있는 초상화나 벽난로나 램프에 견주어도 손색이 없을 정도였다. "만약 자네가 사랑하는 사람의 그림을 그린다면⋯⋯."

"난 그림엔 소질 없네." 네빌이 성급하게 말을 가로막는다.

"그건 안타까운 일이지만, 자네 잘못은 아니지. 만약 그릴 수 있다면 그릴 거야. 하지만 그녀를 (실제로 어떤 모습이든) 주노, 미네르바, 다이아나, 비너스를 합쳐 놓은 것처럼 그리겠지. 그렇지?"

"난 사랑하는 사람이 없어서 뭐라 할 말이 없군."

"만약 내가," 유치한 자만심에 도취되어 에드윈이 말한다. "랜들레스 양의 초상화를 그린다면, 진심으로 말하지만, 내가 어떻게 그릴지 자네가 꼭 봐야 하네!"

"우선 내 여동생이 모델이 되겠다고 허락해야겠지? 그런데 그럴 일은 절대 없을 테니, 자네가 그릴 그림은 절대 못 보겠군. 그런 기회를 놓치다니 안타깝네."

벽난로에서 몸을 돌린 재스퍼가 네빌과 에드윈의 큰 잔에 술을 채워서 건네고 자신의 잔을 채우며 말한다.

"네빌 군, 내 조카 네드를 위해 잔을 드세. 그는 떠날 채비가 다 됐으니 그를 위해 이별주를 마셔 보세. 내 진정한 친구이자 사랑하는 네드를 위하여!"

재스퍼가 모범을 보이며 잔을 거의 비우다시피 한다. 네빌도 그를 따른다. 에드윈 드루드는 "두 사람 모두, 고마워."라고 하며 잔을 비운다.

"그를 보게!" 재스퍼가 존경과 애정을 담아 약간 놀리듯이 그에게 손을 뻗으며 소리친다. "네빌 군, 저렇게 너무도 편안하고 한가로운 모습을 보게. 세상이 모두 그 앞에 펼쳐져 있고 그는 선택만 하면 되네. 신나는 일과 재미로 가득한 데다 변화무쌍하고 흥미진진한 삶을 보게. 가정이 평화롭고 사랑이 있는 삶을!"

에드윈 드루드의 얼굴이 금세 술기운으로 새빨개졌다. 네빌 랜들레스도 마찬가지였다. 에드윈은 여전히 의자 깊숙이 몸을 묻고 머리 뒤로 깍지를 낀 채 쉬고 있다.

"얼마나 신경을 안 쓰는지 보게!" 재스퍼가 농담조로 계속한다. "바로 눈앞에 달린 황금빛으로 익은 과일을 따는 것조차도 그에게는 시시한 일이지. 그와 반대로 우리를 보게, 네빌 군. 신나는 일도, 재미도, 변화무쌍하고 흥미진진한 삶도, 가정의 평화와 사랑도 우리에겐 그림의 떡일 뿐이야(자네가 나보다 운이 좋다면 얘기는 다르겠지만. 그럴 가능성도 높지). 따분하고 지루한 이곳의 일상 외에는 아무것도 기대할 게 없네."

"잭." 에드윈이 느긋하게 말한다. "정말이지, 잭이 말한 그대로 평탄하게 닦인 삶에 대해서는 상당히 미안한 마음이야. 하지만, 우리 둘 다 알다시피 안을 들여다보면 겉으로 보이는 것처럼 쉬운 것만은 아니잖아. 어떻게 생각해, 이쁜이?" 초상화를 향해 손가락을 부딪쳐 딱 하는 소리를 내며 그가 묻는다. "우린 잘 해내야 해. 안 그래, 이쁜이? 내 말이 무슨 뜻인지 알지, 잭?"

그가 술에 취해 꼬인 혀로 걸쭉하게 말했다. 재스퍼가 어떤 말을 기대하며 조용히 네빌을 쳐다본다. 네빌도 혀가 꼬여서 말을 알아듣기 힘들다.

"드루드 군이 고생을 좀 했더라면 나았을 텐데." 그가 도전적으로 말한다.

"제발 얘기해 봐." 얼굴에서 눈만 네빌 쪽으로 돌리고 에드윈이 반박한다. "도대체 왜 드루드 군이 고생을 좀 했더라면 나았을까?"

"그래," 흥미로운 듯 재스퍼도 맞장구를 친다. "이유를 알려 주게."

"왜냐하면 고생을 통해 자신의—뭘 잘해서 얻은 것이 아닌—행운에 대해 깨달을 수 있으니까요."

재스퍼 씨가 재빨리 조카를 쳐다보며 대답을 기다린다.

"자네야말로 고생을 해본 적이나 있나?" 에드윈 드루드가 일어나 앉으며 묻는다.

재스퍼 씨가 대답을 기대하며 상대방을 재빨리 쳐다본다.

"해봤지."

"그래서 자네는 뭘 깨달았는데?"

대화가 진행되는 동안 재스퍼 씨는 계속해서 두 사람을 번갈아 쳐다본다.

"아까 말했잖아."

"그런 말 한 적 없어."

"거듭 말하지만, 아까 말하지 않았나? 자넨 자기 잘난 맛에 산다고."

"거기다 다른 말도 덧붙였던 것 같은데?"

"맞아, 다른 말도 했지."

"다시 말해 봐."

"내가 자란 곳에서는 증명해 보라고 한다고 했지."

"거기서만 그러나?" 업신여기듯이 웃으며 에드윈 드루드가 소리친다. "여기서 아주 먼 곳인 걸로 알고 있는데, 맞지? 그래 이제 알겠어! 거긴 먼 곳이니까 둘러대기에 좋겠지."

"그럼, 여기라고 해." 네빌이 화가 치밀어 응수한다. "어디든 상관없어! 자네의 꼴불견인 허영심에다가 잘난체하는 걸 더는 봐줄 수가 없군. 자신이 마치 귀하고 대단한 사람인 것처럼 말하는데, 사실 자넨 그저 별 볼 일 없는 허풍선이일 뿐이야. 별 볼 일 없는 친구고 별 볼 일 없는 허풍선이라고."

"체," 분노가 섞였지만 좀 더 침착하게 에드윈 드루드가 말한다. "자네가 어떻게 알아? 자넨 검둥이 중에 별 볼 일 없는 친구나 허풍선이는 알아볼지 모르겠지만(그런 사람들은 분명히 많이 알 거야), 백인에 대해선 문외한이야."

자신의 검은 피부색에 대한 이 모욕적인 암시에 네빌이 심하게 분노하며 에드윈 드루드에게 남은 술을 끼얹고 술잔까지 던지려던 찰나 재스퍼가 그의 팔을 잡는다.

"네드, 부탁이야! 가만히 있어!" 재스퍼가 큰소리로 외친다. 세 사람 모두가 갑자기 서로에게 달려들어 술잔이 부딪히고 의자가 넘어진다. "네빌 군, 이게 무슨 짓인가! 잔을 이리 주게. 손을 벌려 봐. 이리 '내 놔!'"

하지만 네빌은 그를 밀쳐내고 치켜든 손에 여전히 술잔을 쥔 채 극도로 화가 나서 잠시 멈춰 서 있었다. 그러다 난로의 받침쇠에 술잔을 어찌나 세게 던졌던지 물이 튀듯 사방으로 파편이 흩어진다. 그리고는 그가 집에서 나간다.

밖으로 나오자 주위가 빙빙 돌며 아무것도 실제처럼 느껴지지 않는다. 오직 그가 아는 건 자신이 모자를 쓰고 있지 않다는 것과 핏빛의 소용돌이 한가운데 서서 사생결단의 싸움을 기다리는 중이라는 것이었다.

하지만 아무 일도 일어나지 않고, 마치 분노의 발작 끝에 죽은 것 같은 달이 그를 내려다본다. 그는 머리와 심장을 증기 해머에 얻어맞은 것처럼 비틀거리며 걸어간다. 그러다가 어렴풋이 자신을 마치 창살을 비틀고 뛰쳐나가는 위험한 동물처럼 느끼며 어떻게 해야 하지? 하고 생각한다.

강물에 뛰어들까, 하는 생각이 들다가도 대성당과 그 옆의 무덤을 비추는 달빛 아래에서 동생에 대한 생각과 바로 오늘 마음을 열고 서로의 신뢰를 다짐한 좋은 분이 머리에 떠오르면 자살의 충동은 사라진다. 그가 마음을 고쳐먹고 소참사회원 사택으로 가서 조용히 문을 두드린다.

크리스파클 씨의 집은 취침 시각이 이른 편이다. 크리스파클 씨는 보통 다른 사람들이 잠자리에 든 후 조용히 피아노 반주에 맞춰 합창곡의 좋아하는 부분을 연습하는 습관이 몸에 배어 있다. 양치기 소녀 도자기 인형이 깰까봐 크리스파클 씨는 소리를 죽여 연습한다. 고요한 밤 소참사회원 사택을 지나가는 정처 없는 남풍보다도 더 조용한 목소리다.

네빌이 문을 두드리자 크리스파클 씨가 바로 응답했다. 그가 촛불을 들고 문을 열었을 때 그의 얼굴에서 명랑한 표정이 사라지고 그 자리에 경악과 실망이 들어선다.

"네빌 군! 이게 무슨 꼴인가! 어딜 갔었나?"

"재스퍼 씨 댁에 갔었어요, 선생님. 그의 조카와 함께."

"들어오게."

소참사회원이 힘 있는 손으로 네빌의 팔꿈치를 받치고 (아침 훈련에 걸맞은 과학적인 방법으로) 자신의 조그마한 서재로 그를 데려가 문을 닫는다.

"선생님, 몸이 이상해요. 무지무지 안 좋아요."

"당연하지. 술에 취했으니까."

"술에 취한 건 아닌 것 같아요, 선생님. 술을 약간 마시긴 했지만. 갑자기 이상하게 휩쓸려 간 것 같아요."

"네빌 군." 소참사회원이 서글픈 미소로 고개를 저으며 말한다. "그런 말은 전에도 들은 적 있네."

"제 생각엔—머릿속이 뒤죽박죽이긴 하지만 제 생각엔—재스퍼 씨의 조카도 저와 비슷했던 것 같아요."

"아마 그랬을 걸세." 그가 무덤덤하게 대답한다.

"서로 심하게 다퉜어요, 선생님. 그가 저를 심하게 모욕했어요. 아까 말씀드렸던 제 안의 맹수와도 같은 기질에 불을 질렀어요."

"네빌 군," 소참사회원이 부드럽지만 단호하게 말을 잇는다. "내게 얘기할 때는 주먹을 그렇게 꼭 쥐지 말게. 제발 주먹을 풀게."

"선생님, 그가 저를 자극했어요." 즉시 그의 말을 따르며 젊은이가 계속한다. "제 인내심의 한계를 넘어섰어요. 그가 처음부터 그럴 의도였는지는 확실치 않지만, 마지막에는 분명 그럴 의도였어요." 분노가 폭발하며 "화가 난 상태로 제게 쏘아 붙여서 할 수만 있었다면 그를 죽였을 거예요. 그러려고 했어요."

"다시 주먹을 쥐는군." 크리스파클 씨가 조용히 말한다.

"죄송해요, 선생님."

"아까 식사 전에 보여 줬던 자네 방 알지? 내가 다시 한 번 방으로 데려다 주겠네. 팔을 이리 주게. 조용히. 모두 잠들어 있으니까."

그가 전문가처럼 능숙하게, 초심자에겐 무리인 기술까지 섞어가며, 이전처럼 그의 손으로 네빌의 팔꿈치를 받쳐 자신의 팔의 힘으로 지탱하며 제자를 쾌적하고 정리정돈이 잘 된 방으로 데려간다. 방에 도착하자 젊은이가 의자에 몸을 던지고 책상에 팔을 뻗더니 자책하듯 그 위에 머리를 올려놓는다.

온화한 소참사회원은 원래 말없이 방을 나갈 생각이었다. 하지만 방을 둘러본 후 실의에 빠진 그의 모습을 보고는 다시 돌아와서 그의 어깨에 가볍게 손을 얹고 "잘 자게."라고 말한다. 돌아오는 건 흐느낌뿐이다. 이보다 더 나쁜 상황도 그는 많이 겪었을 것이다. 하지만 이보다 더 나은 상황은 거의 없었을 것이다.

크리스파클 씨가 계단을 내려가는데 누군가가 또 현관문을 조용히 두드리는 소리가 들린다. 그가 문을 열자 재스퍼가 네빌의 모자를 들고 서 있다.

"네빌과 끔찍한 일이 있었습니다." 재스퍼가 낮은 목소리로 말한다.

"그렇게 심했나?"

"살인적이었어요."

크리스파클 씨가 꾸짖는다. "안 돼. 그런 단어는 쓰지 말게."

"우리 에드윈이 시체가 될 뻔 했습니다. 그런 일이 벌어지지 않은 건 네빌 덕이 아니라 주님의 자비로 제가 빨리 막았기 때문이죠. 그렇지 않았다면 네빌이 그를 죽였을지도 몰라요."

이 말을 듣고 크리스파클 씨는 가슴이 철렁한다. 그는 '아! 네빌도 똑같은 말을 했는데!'라고 생각한다.

"오늘밤 제가 목격한 걸 생각하면," 재스퍼가 진지하게 덧붙인다. "제 3자의 개입 없이 저 둘만 따로 두는 건 절대 맘이 편치 않을 거예요. 정말 끔찍했어요. 그의 핏속엔 뭔가 맹수 같은 흉악한 구석이 있어요."

'아! 그도 같은 말을 했어!' 크리스파클 씨가 생각한다.

"선생님." 그의 손을 잡으며 재스퍼가 계속한다. "선생님께서도 위험한 일을 맡게 되셨군요."

"재스퍼, 내 염려는 말게." 조용히 미소를 지으며 크리스파클 씨가 대꾸한다. "나도 내 걱정은 안 하네."

"저도 제 걱정은 안 합니다." '제 걱정'이란 말을 강조하며 재스퍼가 말한다. "그의 적의의 대상은 제가 아니고 그럴 염려도 없으니까요. 하지만 선생님은 그 대상일 수도 있고, 제 소중한 조카는 실제로 그 대상이었죠. 그럼, 안녕히 주무십시오!"

크리스파클 씨는 아무도 눈치 채지 못한 사이에 자연스럽게 복도에 걸릴 권리를 획득한, 재스퍼가 건네준 네빌의 모자를 걸어두고 생각에 잠겨 침실로 향한다.

9장
덤불 속의 새들

세상에 아는 친척이라고는 단 한 명도 없는 로사는 일곱 살 이후 진정한 집이라고는 '수녀의 집'밖에 몰랐고, 어머니라고 부를만한 사람은 미스 트윙클튼 외에 없었다. 로사의 기억 속에 남아 있는 그녀의 친어머니는 자신처럼 작고 예쁜 분으로(자신과 비슷한 나이로밖에 보이지 않았을 정도로), 익사한 채로 아버지의 팔에 들려 집으로 돌아왔다. 이 치명적인 사고는 파티에서 일어났다. 아름다운 하계용 드레스의 모든 색깔과 주름은 물론이고, 젖은 긴 머리와 슬프도록 아름다운 젊은 시체를 침대에 누이는 동안 여태껏 그녀의 머리카락에 붙어 있던 꽃잎까지도 로사의 기억 속에 지워지지 않고 남아 있다. 가엾은 젊은 아버지가 절망에 몸부림치며 비애에 젖어 있던 침울한 날들도 또렷한 기억으로 남아 있다. 사고가 있고 1년째 되는 날 그도 슬픔을 이기지 못하고 끝내 세상을 떠났다.

로사의 약혼은 아버지의 대학 동창이자 친한 친구였던, 자신도 젊은 나이에 부인을 잃은 드루드 씨가 친구의 정신적 고통을 달래 주려고 제안한 것이었다. 하지만 그도 얼마 지나지 않아 누구도 피할 수 없는 순례의 길을 떠났다. 이렇게 이생에서 헤어진 젊은 부부들은 머지않아 결국 재회할 수 있었다.

이 어린 고아 소녀가 처음 클로이스터햄에 왔을 때 그녀를 둘러쌌던 연민의 분위기는 이후에도 완전히 사라지지 않았다. 그 연민의 분위기는 로사가 나이를 더 먹고 더 행복해지고 더 예뻐질수록 좀 더 밝은 색조를 띠었고, 한때는 금빛 한때는 장밋빛 한때는 하늘빛이 되었지만 여전히 그 특유의 감상적인 빛깔로 그녀를 장식했다. 그녀가 처음 이곳에 왔을 때, 사람들은 위로하려는 마음에서 그녀를 어루만지며 그녀를 실제 나이보다 훨씬 어린 나이의 아이처럼 다뤘고, 나이가 들어 더는 아이가 아닌데도 여전히 아이처럼 그녀를 귀여워했다. 그녀가 누굴 제일 마음에 들어 할지, 누구에게 이런 저런 작은 선물을 할지, 누가 이런 저런 작은 호의를 그녀에게 베풀지, 누가 그녀를 명절에 집으로 데리고 갈지, 떨어져 있을 때는 누가 그녀에게 가장 자주 편지를 쓸지, 다시 만나면 누굴 가장 반가워할지 등의 가벼운 경쟁이 '수녀의 집' 안에 질시의 감정을 약간씩 불러일으키기도 했다. 하지만 수녀들일지라도 베일과 묵주 아래 이만한 갈등이 없었다면 칭송이 자자했을 것이다.

그리하여 로사는 상냥하고 즉흥적이며 고집 세고 애교 있는 아가씨로 자라났고, 주위의 모든 이들로부터 사랑을 받는다는 점에서는 응석받이였지만 사랑을 무관심으로 보답하는 응석받이는 아니었다. 천성적으로 마르지 않는 애정의 샘을 가지고 있어서 그 용솟음치는 물로 인해 '수녀의 집'은 그동안 활기가 넘쳤고, 아직까지 그 샘의 깊이는 조금도 줄어들지 않았다. 그 샘이 마르면 무슨 일이 벌어질지, 그녀의 자유분방한 생각과 쾌활한 마음가짐이 어떤 변화를 맞게 될지는 두고 볼 일이다.

간밤에 네빌 군이 에드윈 드루드에게 맹공격을 퍼부으며, 두 젊은이 사이에 다툼이 있었다는 소식이 어떤 경로로 아침식사가 시작되기도 전에 미스 트윙클튼의 학교에 전해졌는지는 알 수 없다. 공중의 새가 전했든, 열린 창문으로 불어온 바람에 딸려 들어왔든, 제빵사가 반죽에 넣었든, 우유장수가 우유에 탔든, 하녀가 먼지를 털어낸 바닥깔개에 먼지 대신 앉아서 들어왔든 분명한 건 미스 트윙클튼이 아래층으로 내려오기도 전에 건물 구석구석에 스며들었다는 것이다. 미스 트윙클튼은 옷을 입는 도중에, 아니 고대 그리스의 여신들에게 공물을 바치는 도중에(신화를 좋아하는 부모나 후견인을 대할 때 쓰는 표현을 빌자면) 티셔 부인을 통해 이 소식을 접했다.

랜들레스 양의 오빠가 에드윈 드루드 씨에게 병을 던졌대요.

랜들레스 양의 오빠가 에드윈 드루드 씨에게 나이프를 던졌다는군.

나이프는 포크를 연상시키므로 다음에는 '랜들레스 양의 오빠가 에드윈 드루드 씨에게 포크를 던졌어'가 된다.

영국의 유명한 피터 파이퍼 얘기에서 사건의 진상을 알기 위해 물증 확보가 중요했듯이, 이 클로이스터햄의 언쟁 사건에서는 랜들레스 양의 오빠가 왜 병 또는 나이프나 포크—아니, 병과 나이프와 포크 전부. 주방장이 알기로는 이 셋 다 포함되어 있었기 때문에—를 에드윈 드루드 씨에게 던졌는지를 아는 것이 중요하다는 주장이 재기됐다.

그렇다면 그 이유를 알아보자. 랜들레스 양의 오빠가 버드 양을 동경한다고 말했대. 에드윈 드루드 씨가 랜들레스 양의 오빠에게 버드 양을 동경할 권리가 없다고 했대. 그러자 랜들레스 양의 오빠가 병, 나이프, 포크, 포도주병(아무도 포도주병에 대해 말하지 않았지만, 이제는 포도주병까지 모두의 머릿속을 날아다닌다)을 '쳐들어'(이건 주방장의 표현이다) 그 전부를 에드윈 드루드 씨에게 던졌대.

이런 소문이 돌기 시작하자 집게손가락으로 귀를 막은 가엾은 로사는 더는 얘기하고 싶지 않다고 애원하며 구석에 틀어박혔다. 반대로 랜들레스 양은 좀 더 적극적인 방법을 택했다. 미스 트윙클튼에게 자신의 오빠와 얘기를 나눌 수 있도록 허락해 달라고 요청하며, 만약 허락해 주지 않으면 무단으로라도 가겠다고 노골적으로 표시하고, 정확한 정황을 알아내기 위해 크리스파클 씨 댁을 찾았다.

학교로 다시 돌아온 랜들레스 양(그녀는 먼저 미스 트윙클튼과 비밀리에 얘기를 나누는데, 그녀가 가져온 소식에 혹시 부적합한 내용이 있으면 신중하게 걸러 내기 위해서였다)은 오직 로사에게만 무슨 일이 있었는지 알려 줬다. 그녀의 얼굴이 오빠가 받은 모욕에 대한 흥분으로 발그레했다. 하지만 그녀의 새 친구인 로사에 대한 배려로 에드윈이 오빠에게 한 극도로 모욕적인 마지막 말에 대해서는 자세한 설명 없이, 사실 로사 애인의 자기중심적인 태도 때문이었다는 부분은 빼고, 단지 '둘 사이에 무슨 말들이 오갔다'라고만 전했다. 마지막으로 랜들레스 양은 누이 특유의 진지한 태도로 오빠가 로사에게 용서를 구한다는 말을 직접 그녀에게 전하고 이 주제를 끝맺었다.

'수녀의 집'의 부산한 민심을 진정시키는 일은 미스 트윙클튼의 몫이 있다. 그래서 보통 사람이라면 교실이라고 부르겠지만, 미사여구를 동원해서 '수녀의 집' 교장의 품위 있는 언어로 '학습전용공간'이라고 명명한 곳에 미스 트윙클튼이 위엄을 갖추고 들어가 법정에 어울리는 태도로 "여러분!"하고 외치자 모두가 자리에서 일어난다. 이때에 맞춰 틸버리 항구에서 군대를 사열하는 엘리자베스 여왕의 최초의 여자 친구를 상징하듯 티셔 부인이 자신의 상관 뒤에 자리를 잡았다. 이어서 미스 트윙클튼이 말한다. "여러분. 소문이란, 저 에이본의 시인의 말에 따르면—물론 말할 필요도 없이 불멸의 '셰익스피어'를 지칭하는 말로서, 그는 또한 강의 백조라고도 불리죠. 아마도 우아한 깃털을 가진 이 새가 (제닝스 양, 똑바로 앉으세요) 죽음이 다가오면 부드럽게 운다는 고대의 미신에 근거한 것 같아요. 사실 조류학적으로 맞는지 모르겠네요—여러분. 소문이란,

'저 유명한 샤일록이라는
유태인을 그렸던'

시인의 말에 따르면, 소문은 온갖 종류의 말이 덧붙여진 것입니다. 이 클로이스터햄의 소문도 (페르디난드 양, 집중하세요) 그 점에선 타지의 유명한 소문과 차이가 없었어요. 어젯밤 이 평화로운 학교로부터 채 백 마일도 떨어지지 않은 곳에서 두 젊은이 사이에 (페르디난드 양, 말을 안 들으니 어쩔 수 없네요. 오늘 저녁 『라 퐁텐의 우화』의 처음 네 개를 원어로 적어 오세요) 언쟁이 있긴 했지만, 소문은 사실을 극도로 과장한 것입니다. 처음엔 이 무혈 다툼의 주인공 중 한 명과 관련 있는 한 다정한 젊은 친구에 대한 동정심으로 이에 놀라고 불안해 하다가 (레이놀즈 양, 핀으로 자신의 손을 찌르려 하다니 숙녀답지 않은 모습이군요) 이젠 숙녀다운 고상한 태도와는 거리가 먼 부적합한 주제로 전락하고 있어요. 사실을 꼼꼼히 조사한 결과, 소문은 전에 한 시인

이 (시인의 이름과 생일은 지글스 양이 30분 안에 알려 주도록 하세요) '아무것도 아닌 공상'이라고 표현했던 것과 다름없었어요. 이제 우리는 그 주제는 버리고 평소 일과로 돌아가서 공부에 집중해야 합니다."

그러나 이 주제는 하루 종일 사라지지 않고 주위를 맴돌다 급기야 저녁식사 시간에 페르디난드 양이 문제를 일으키고 말았다. 몰래 종이 수염을 달고 싸움의 주인공처럼 가장한 그녀가 지글스 양에게 물병을 겨냥하자 지글스 양이 수저를 들어 방어한 것이다.

로사는 이 불행한 싸움에 대해 많은 생각을 했고, 약혼 때문에 이상한 위치에 놓여 그 언쟁에 연루되었다는 생각으로 마음이 편치 않았다. 약혼자와 함께 있을 때도 불편했던 마음은 떨어져 있어도 편해지는 것을 기대하기는 어려웠다. 오늘도 그녀는 그 느낌을 떨칠 수가 없었다. 게다가 헬레나의 오빠가 사건의 당사자였던 까닭에 새로운 친구와 자유롭게 얘기할 기회마저 사라져 버렸고, 헬레나는 자신에게 민감한 이 주제를 노골적으로 피했다. 하필이면 이 중요한 시기에 로사의 후견인이 그녀를 만나러 왔다는 전갈이 왔다.

그루져스 씨는 청렴결백한 인격을 갖춘 신뢰할만한 사람이라는 점에서 후견인으로서는 적격자였지만, 그의 외모에서는 적격자의 자질이 보이지 않았다. 무미건조한 모래빛깔의 남자였던 그는 맷돌에 갈면 바로 바싹 마른 코담배가 되어 나올 것처럼 보였다. 그는, 색깔과 모양이 지저분한 노란 목도리에 달린 술 같은 듬성듬성 난 바짝 눌린 머리카락을 하고 있었다. 그건 머리카락이라기보다는 가발에 가깝지만, 과연 그런 가발을 일부러 하고 다니는 사람이 실제로 있을까? 주름이 움푹 파인 얼굴은 그 심하게 구부러진 곡선 모양으로 인해 진짜 얼굴이 아닌 만들어 놓은 얼굴 같았고, 이마에 생긴 주름은 마치 대자연의 조물주가 정교한 작품을 만들려다 중간에 포기하고 '이 사람을 완성할 만한 여유는 없어. 그대로 살게 하지 뭐'라고 한 것 같았다.

그의 상체에서는 목이 지나치게 길고, 하체에서는 발목뼈와 뒤꿈치가 너무 크며, 어색하고 주저하는 태도에다 어기적거리는 걸음걸이에 근시—아마도 이 때문에 자신의 검은 옷과는 대조적으로, 눈에 띄는 흰색 면양말을 신고 다닌다는 사실을 그가 눈치 채지 못한 것 같다—까지 있지만, 신기하게도 그루져스 씨는 전체적으로 기분 좋은 인상을 풍겼다.

미스 트윙클튼의 성스러운 방에 그녀와 함께 있다는 사실이 무척 당혹스러웠던 그루져스 씨는 그 모습을 피후견인에게 드러냈다. 이 가엾은 신사는 시험을 잘 못 본 학생처럼 불길한 예감으로 압박감을 받는 듯했다.

"로사, 다시 보게 돼서 반갑구나. 잘 지내지? 이 아가씨, 그동안 더 예뻐졌구면. 여기 의자에 앉거라."

미스 트윙클튼이 자신의 조그마한 책상에서 일어나 예의 바른 세상을 향해 말하듯 막연하지만 친절하게 묻는다. "자리를 피해 드릴까요?"

"선생님, 저 때문이라면 절대 그러실 필요 없습니다. 움직이지 말고 그대로 계세요."

"'움직이는' 건 허락해 주세요." 미스 트윙클튼이 그 단어에 애교를 담아 반복해서 말한다. "그렇게 간곡히 얘기하시니 방에 남아 있을게요. 제가 제 책상을 이 구석의 창문 쪽으로 밀어서 옮기면 방해가 될까요?"

"선생님, 방해라니요. 당치도 않습니다!"

"정말 친절하시군요……. 로사, 이런 분이 돌봐주셔서 정말 편하겠구나."

로사와 함께 벽난로 옆에 서 있던 그루져스 씨가 로사에게 말했다. "로사, 잘 지내지? 우리 아가씨, 다시 보게 돼서 정말 기쁘구나." 로사가 의자에 앉기를 기다렸다가 자신도 자리에 앉았다.

"내 방문이," 그루져스 씨가 말했다. "마치 천사들의 방문 같구나. 하지만 나를 천사에 비유하는 건 아니고."

"네." 로사가 말했다.

"절대 그런 건 아니고. 단지 내가 아주 드물게 방문한다는 뜻이었단다. 우리 둘 다 알다시피 천사들은 저 2층에 있지."

미스 트윙클튼이 주위를 둘러보았다.

"내 말은, 우리 아가씨," 미스 트윙클튼을 아가씨라고 부르는 실수를 범한 것 같아 흠칫하며 그루져스 씨가 로사의 손에 자신의 손을 얹고 말했다. "다른 여학생들을 말한 거란다."

미스 트윙클튼은 다시 글을 쓰기 시작했다.

대화의 첫 단추를 매끄럽게 채우지 못한 것 같은 느낌 때문에 그루져스 씨가 자신의 머리를 뒤에서 앞으로 쓸어내렸다. 그 모습은 마치 물속에서 잠수를 하고 나와 머리의 물기를 짜내는 것처럼 보였다. 쓸데 없어 보였지만 그에게는 오래된 친구 같은 습관이었다. 그리고는 그가 외투 주머니에서 수첩을, 조끼 주머니에서 몽당연필을 꺼냈다.

"내가," 페이지를 넘기며 그가 말했다. "내가 할 말을 좀 적어 왔단다. 말재주라곤 전혀 없어서. 괜찮다면 적어 온 걸 보면서 얘기하마. 자, '건강과 행복'이라…건강하고 행복한가, 우리 아가씨? 보기엔 그런 것 같은데."

"네, 정말 그래요."

"그건," 창가 쪽을 기웃거리며 그루져스 씨가 말했다. "오늘 내가 드디어 뵙게 된 저 분의 끊임없는 보살핌과 배려, 그리고 어머니 같은 자상함 덕분인 것 같구나."

그루져스 씨가 서투르게 꺼낸 이 말 역시 소기의 목적을 달성하는 데는 실패했다. 미스 트윙클튼은 예의상 두 사람의 대화를 듣지 않는 편이 좋겠다는 판단 아래, 펜 끝을 입에 물고 글쓰기에 몰두하며 창작의 영감을 주는 '천상의 아홉 여신' 중 누구라도 좋은 아이디어를 내려주길 기다리고 있었다.

그루져스 씨는 자신의 단정한 머리를 다시 손으로 쓸어내리고 수첩에서 '건강과 행복'에 줄을 그어 지운 후 다음 항목으로 넘어갔다.

"'파운드, 실링, 펜스'가 다음 항목이군. 젊은 아가씨에게는 따분한 주제겠지만, 중요한 주제이기도 하단다. 삶은 파운드와 실링과 펜스야. 죽음은……." 갑자기 그녀의 부모님의 죽음을 떠올린 듯한 그가 말을 멈추고 좀 더 부드러운 어조로 "죽음은 파운드, 실링, 펜스가 '아니지.'"라고 말했는데, '아니지'는 고쳐 말하려고 덧붙인 것이 분명했다.

그의 목소리는 외모만큼이나 딱딱하고 건조해서 멋있는 구석은 모두 바싹 마른 코담배에 넣어져 갈린 듯했다. 그럼에도 그의 빈약한 표현들에서는 친절함이 배어 나오는 것 같았다. 만약 대자연의 조물주가 그를 제대로 완성했다면 지금 이 순간 그의 표정에 친절함이 확연히 나타났을 것이다. 하지만 그의 이마의 주름이 펴지지 않는다면, 그의 얼굴이 일만하고 즐길 줄 모른다면, 그가 뭘 할 수 있겠는가. 가엾은 양반!

"'파운드, 실링, 펜스'라. 우리 아가씨, 용돈은 충분한가?"

필요한 게 별로 없는 로사는 용돈이 충분했다.

"빚은 없고?"

로사는 빚진다는 생각에 웃음이 났다. 세상 경험이 없는 그녀에게는 이 말이 우습고 엉뚱한 상상으로 들렸다. 그루져스 씨는 그녀가 실제로 그의 말을 재미있어하는지 확인하려고 근시의 눈으로 그녀를 살펴보았다. 그가 "아!"라고 말하며 미스 트윙클튼을 힐끗 쳐다보고는 수첩에서 파운드, 실링, 펜스에 줄을 그어 지운다. "내가 천사들 사이로 왔다고 말했는데, 정말 그렇군!"

로사는 수첩의 다음 항목이 무엇인지 짐작하고 그가 얘기하기 한참 전부터 얼굴을 붉히며 부끄러운 듯 손으로 드레스의 주름을 만지작거렸다.

"'결혼.' 험! 험!" 그루져스 씨가 손으로 머리는 물론이고 눈, 코, 입, 턱까지 쓸어내리며 의자를 가까이 끌어당겨 은밀하게 얘기했다. "로사, 이제 내가 여기까지 와서 너를 귀찮게 하는 직접적인 이유에 대해 얘기하마. 이 때문이 아니라면, 특히 나 같은 '고지식한' 사람이 함부로 여길 찾아오지는 않았을 거야. 전혀 어울리지 않는 곳에 함부로 찾아올 사람은 절대 아니란다. 이런 곳에 오면 마치 코티용 댄스[7]를 추는 무도장에 와서 어리둥절해 하는 춤추는 곰처럼 느껴지거든."

그의 볼품없는 외모와 그의 비유를 생각해 보고 로사는 한껏 웃었다.

"내 말이 무슨 뜻인지 정확히 알고 있는 것 같구나." 아주 차분하게 그루져스 씨가 말했다. "바로 그 뜻이란다. 본론으로 다시 돌아가서. 그동안 에드윈 씨가 원래 계획했던 대로 이곳을 다녀갔다고 네가 내게 정기적으로 보내는 편지에 썼었지. 그리고 네가 그를 좋아하고 그도 널 좋아한다고."

"그를 아주 '좋아'해요." 로사가 대꾸했다.

"내 말이 그 말이란다, 로사." 로사가 미약하게 강조한 부분을 제대로 듣지 못하고 후견인이 대꾸했다. "좋아. 그리고 서신교환[8]도 하고."

"서로 편지를 주고받아요." 로사가 자신들의 차이점을 떠올리고 시무룩해져서 말했다.

"내 말도 그 뜻이었단다." 그루져스 씨가 말했다. "좋아. 만사가 예정대로 진행되어 성탄절이 다가오면, 형식적이긴 하지만 우리의 은인인 저쪽에 계신 훌륭한 숙녀 분께 다음해 전반기에 학교를 떠난다고 고지해야 할 거야. 선생님과 너의 관계야 물론 일 이상의 관계겠지만, 계산은 어디까지나 계산이니까. 특히, 내가 '고지식한' 사람이라서." 그루져스 씨가 갑자기 생각났다는 듯이 말을 계속한다. "그리고, 난 다른 사람에게 뭘 주는 것에 익숙하지 않아. 그래서 말인데, 만약 결혼식에서 나를 대신해서 널 신랑에게 인도해 줄 사람이 있다면 난 감사히 그 역할을 양보하마."

로사가 바닥을 내려다보며 필요하다면 대신할 사람이 있을 거라는 생각을 내비쳤다.

"물론이다." 그루져스 씨가 말했다. "가령, 여기서 무용을 가르치는 남자 선생님이라면 어떻게 우아하게 그 역할을 제대로 하는지 알 거야. 식을 주관하는 신부님이나 너, 그리고 신랑과 다른 모든 관련자들 마음에 들도록 진행할 거고. 난……, 난 매사가 너무 서투른 사람이라서," 그루져스 씨가 간신히 말을 입 밖에 내기로 마음먹은 듯이 말했다. "실수만 할 거야."

로사는 움직이지 않고 조용히 앉아 있었다. 결혼식은 생각도 안 해

본 것 같았다.

"다음 항목은 '유언장'이군." 그가 자신의 메모에서 '결혼'을 연필로 그어 지우고 주머니에서 서류를 하나 꺼냈다. "전에 네 아버지의 유언장 내용을 알려 주긴 했지만, 이제 유언장의 증명본을 네 손에 건네주기에 적당한 시기인 것 같구나. 그리고 에드윈 씨도 그 내용을 알지만, 이제 그 증명본을 재스퍼 씨의 손에 건네주기에도 적당한 시기인 것 같고……."

"그에게 직접은 안 돼요!" 그리고는 후견인을 얼른 쳐다보며 물었다. "증명본을 에디에게 주면 안 될까요?"

"그래, 로사. 네가 원한다면 그렇게 하마. 하지만, 난 재스퍼 씨를 그의 재산 관리인으로서 얘기한 거란다."

"네, 꼭 에디에게 건네주세요." 로사가 초초해 하면서도 진지하게 말했다. "전 재스퍼 씨가 어떤 식으로든 우리 사이에 끼어드는 걸 원치 않아요."

"그가 로사의 신랑이니 그렇게 생각하는 것도 당연하겠구나. 그래 네 말대로 하는 것이 좋겠다. 사실 난 사람들이 보통 어떻게 하는지 잘 모른단다. 경험이 없거든."

로사가 궁금하다는 표정으로 그를 쳐다보았다.

"내 말은," 그가 설명했다. "난 한 번도 젊은이처럼 살아본 적이 없단다. 나이든 부모님의 외아들로 태어난 그날부터 나이가 들어 있지 않았나 싶어. 곧 죽어 없어질 사람에게는 개성을 불어 넣을 필요가 없는 거지. 내가 이 말을 하는 건 사람들이 태어날 때 보통 꽃봉오리 같은 것에 반해 난 곧 흙으로 돌아가 썩어 없어질 나무 조각으로 태어난 것 같았거든. 내가 나 자신에 대해 처음으로 자각하기 시작했을 때, 난 내가 나무 조각—아주 무미건조한 나무 조각—이라는 걸 깨달았어…….
자, 유언장의 증명본에 관해서는 네가 바라는 대로 하마. 유산에 관해
서는 이미 다 알고 있을 거야. 2백 50파운드씩 연금으로 받게 된다. 연
금에 대한 이자와 채권관련 항목들과 수표는 모두 계좌로 들어갈 거
고, 그걸 전부 계산하면 천 7백 파운드가 좀 넘는 돈이 네 수중에 있게
된다. 결혼 준비 비용은 내가 그 자금에서 빼서 쓰게 되어 있단다. 이
게 전부야."

　"한 가지 궁금한 게 있는데요," 로사가 귀여운 미간을 찌푸리며 서류
를 꺼내 들더니 그걸 열어 보지는 않고 말했다. "제 말이 맞는지 말씀
해 주시겠어요? 선생님 말씀은 법률 서류에 적힌 것보다 훨씬 이해가
잘 되거든요. 돌아가신 아버지와 에디의 아버지는 절친한 친구의 입장
에서, 에디와 제가 그분들처럼 절친한 사이가 되라는 의미에서 서로
이 계약을 맺으신 거죠?"

　"그렇지."

　"우리 둘 다 앞으로 잘 지내고 행복하라는 의미에서요?"

　"그렇지."

　"그 두 분의 관계보다 훨씬 더 가까운 사이가 되도록 말이죠?"

　"그렇지."

　"혹시라도 에디나 제가 그대로 하지 않으면 유산……."

　"걱정 마라, 로사. 생각하는 것만으로도 눈물이 맺히다니. 그런 상황
이라도—서로 결혼하지 않는 경우라도—유산은 몰수당하지 않아. 그
런 경우가 된다면 네가 성년이 될 때까지 내가 후견인으로 있을 거야.
더는 힘든 일은 없을 거다. 이미 너무나 힘든데 말이지!"

　"에디는요?"

"성년이 되면 그의 부친의 유언대로 경영을 맡게 되고 유산의 미처 리 분은 재산에 포함된단다. 네 경우와 마찬가지로."

로사는 아래를 내려다보며 발로 바닥을 문지르고, 유언장 사본의 모 서리를 입에 문 채 고개를 갸우뚱하며 당혹스러운 표정으로 앉아 있 었다.

"간단히 말해, 이 약혼은 양쪽에서 부드럽게 표현한 바람이자 감성 이자 다정한 계획이란다. 이 계획이 발전해서 성공하길 두 분이 간절 히 바랐다는 건 분명해. 사실 어렸을 때는 너희 둘 다 거기에 익숙해져 서 계획대로 진행이 됐지. 하지만 상황이 바뀌면 사정도 달라지는 법 이야. 오늘 내가 널 찾아온 이유 중에는, 아니 사실 그 주된 이유는 이 말을 해주려고 온 거란다. 두 사람의 자유의지와 두 사람의 애착과 서 로에게 적합하면서도 서로를 행복하게 해줄 수 있다는 자신감이 두 사 람에게 있을 때에만(나중에 실수로 밝혀질 수도 있지만, 그건 감수해 야 해) 약혼을 할 수 있단다(불행과 조소의 대상인 정략결혼은 제외하 고). 가령 로사의 아버지가 살아 있을 때 이 문제에 대한 확신이 사라 졌다면, 그래도 그가 마음을 바꾸지 않았을까? 그건 당치도 않은, 불합 리한, 결론이 나지 않는, 터무니없는 일이지!"

이 모든 걸 그루져스 씨는 책을 읽는 것처럼, 아니 더 정확히 말하면 수업을 반복하는 것처럼 말했다. 그런 이유로 그의 표정과 태도에서는 자연스러움이라고는 조금도 찾아볼 수 없었다.

"이제," 연필로 '유언장'을 지우며 그가 말을 잇는다. "공식적인 일은 모두 끝났지만, 아직 남은 게 있단다. 다음 항목은 '바람'이구나. 로사, 내게 바라는 것이 있느냐?"

로사가 애처로울 정도로 도움 청하기를 망설이며 고개를 저었다.

"약혼에 대해서 내가 처리해야 할 일은 없을까?"

"저⋯⋯, 저 에디와 먼저 해결하고 싶어요. 그래도 된다면." 드레스를 만지작거리며 로사가 말했다.

"물론이지. 물론이지. 모든 일은 둘이서 합의를 봐야지. 그 젊은이가 곧 도착할 예정인가?"

"오늘 아침에 떠났어요. 크리스마스에 돌아올 거예요."

"좋아. 크리스마스에 그가 돌아오면 구체적인 부분을 정리해서 나와 상의하자. 그 후에 나는 (그저 일적인 관계에 있는 지인으로서) 저쪽 창가에 앉은 훌륭한 숙녀 분과 그때까지의 수업료 등을 처리할 테니까." 그는 이 항목을 연필로 그어 지웠다. "다음 항목은 '작별'이군. 그래, 이제 난 일어서야겠구나."

"혹시," 그가 자리에서 벌떡 일어나는 사이 로사가 일어서며 말했다. "혹시, 제가 선생님께 말씀드려야 할 일이 생길 경우 크리스마스에 방문해 달라고 부탁드려도 될까요?"

"응, 그럼. 그럼." 그가 이 질문을 듣고 눈에 띄게—밝거나 어두운 표정이 없는 이에게 이런 표현을 써도 된다면—기뻐하며 대꾸했다. "난 아주 '고지식한' 사람이라 사람들이 모이는 자리에 잘 어울리지 못한다. 그래서 크리스마스 당일 계획이라고는 운 좋게 얻은 아주 '고지식한' 내 조수와 함께 샐러리 소스에다 삶은 칠면조 요리를 먹는 것뿐이란다. 노포크 지방 노르위치 근처에서 농사를 짓는 그의 아버지가 나에게 칠면조를 선물로 보내 주시거든. 우리 아가씨가 날 만나고 싶어 한다니 뿌듯하구나. 집세 징수 업무를 담당하는 나를 실제로 만나고 싶어 하는 사람은 아주 드물단다. 그래서 이런 색다른 일은 내게 기운을 불러일으키지."

그가 자신의 요청을 기꺼이 승낙하자, 고마움이 솟구친 로사가 그의 어깨에 손을 얹고 발꿈치를 들어 그에게 얼른 키스했다.

"아니, 이런 선물을!" 그루져스 씨가 외친다. "우리 공주님, 고마워! 이런 영광이 있나. 미스 트윙클튼, 로사와 아주 만족스러운 대화를 나눴습니다. 이제 폐는 그만 끼치고 저는 가보겠습니다."

"아닙니다, 선생님." 생색을 내며 미스 트윙클튼이 일어선다. "폐라니요. 당치 않습니다. 그런 말씀 마세요."

"선생님, 감사합니다. 전에 신문에서 읽은 적이 있는데," 말을 약간 더듬으며 그루져스 씨가 말했다. "저명인사가 (제가 그렇다는 건 전혀 아니고) 평범한 학교를 (여기가 그런 곳이라는 건 전혀 아니고) 방문하면 학생들을 위해 휴일을 청한다고 하더군요. 벌써 오후라서 쉬는 날로 해봤자 학생들에게 이득될 건 없을 테고, 그저 형식에 불과한 것이 되겠지요. 하지만 지금 징계 중인 학생이 있다면 혹시 제가 그 학생을 위해 요청을……."

"아, 그루져스 씨!" 미스 트윙클튼이 항의하듯 외친다. "남자 분들이란! 부끄러운 줄 아세요. 자신들만 생각하고 여자들을 악덕 훈육자로 몰아세우시는군요! 사실 페르디난드 양이 징계를 받고 『라 퐁텐의 우화』를 쓰는 중이긴 해요. 로사, 그녀에게 가서 네 후견인이신 그루져스 씨의 중재로 처벌이 면제되었다고 전해 주렴."

그리고 미스 트윙클튼은 깊이 무릎을 굽혀 인사를 했다. 그녀가 다시 우아하게 일어났을 때는 원래 서 있던 자리에서 3야드나 떨어진 곳에 있었다.

클로이스터햄을 떠나기 전에 재스퍼 씨를 방문해야겠다고 생각하고, 그루져스 씨는 게이트하우스로 가서 뒤쪽 계단을 올라갔다. 하지만, 현관에 붙은 '대성당'이라고 적힌 종이쪽지를 보고 그루져스 씨는 미사 시각임을 깨달았다. 그래서 그는 계단을 다시 내려가 수도원 폐허를 가로질러 대성당의 큰 서쪽 접문에 이르러 멈춰 섰다. 짧지만 이 청명하고 밝은 오후에 접문은 환기를 위해 열어 둔 상태였다.

"세상에," 그루져스 씨가 안을 들여다보며 말했다. "고대 시대의 목구멍을 내려다보는 것 같군."

대성당 안에서 고대 시대는 무덤과 아치형 천정을 통해 곰팡이 낀 한숨을 내쉬고 있었다. 구석구석의 침울한 그늘이 더욱 짙어지면서 돌에 낀 이끼에서 축축한 공기가 올라왔고, 스테인드글라스에서 바닥을 비추던 보석들이 해가 저물면서 사라지기 시작했다. 성단소 입구 철창문 뒤에 있는 오르간 옆 계단 위로 흰 가운을 입은 성가대원들이 희미하게 보였고, 이따금씩 연약하게 갈라진 목소리 하나가 어렴풋이 단조로운 음들을 반복하는 소리가 들렸다. 성당 바깥의 공기, 강물, 초록빛 목초지, 갈색의 불모지, 그리고 여러 언덕과 골짜기는 낙조로 붉게 물들었고, 멀리 보이는 풍차와 농장의 작은 창문들은 군데군데 밝은 황금빛을 띠었다. 성당 안은 모든 것이 무덤 같은 희뿌연 잿빛이었고, 죽어가는 듯 계속되던 단조롭게 갈라진 목소리는 갑자기 오르간과 합창단의 소리가 울려 퍼지자 음악의 홍수에 잠겨 버렸다. 곧이어 홍수가 가라앉고 그 죽어가던 목소리가 힘겨운 노력을 시도했지만 다시 일어난 홍수가 바다를 이뤄 그 목소리를 잠재우고 지붕을 때리더니, 천장의 아치 사이로 솟구쳐 성당 탑을 뚫고 나갔다. 곧이어 바다는 사라지고 적막이 흘렀다.

이제 성단소 계단에 이른 그루져스 씨가 봇물처럼 터져 나오는 합창단원들 사이에서 재스퍼 씨를 발견한다.

"무슨 문제가 있어서 오신 건 아니죠?" 재스퍼가 재빨리 그에게 말을 건다. "전갈이 있어 오신 것도 아니고요?"

"아니에요, 문제나 전갈은 없습니다. 그냥 온 겁니다. 어여쁜 로사를 만나고 집으로 돌아가는 중입니다."

"로사는 잘 지내죠?"

"더없이 잘 지내죠. 난 그저 돌아가신 그녀의 부모님께서 주선하신 이 약혼이 얼마나 훌륭한지를 그녀에게 알려 주려고 온 겁니다."

"선생님이 보시기엔 얼마나 훌륭한가요?"

그루져스 씨는 질문하는 재스퍼의 입술이 새파랗다는 걸 알아차렸지만, 그저 성당의 찬 기운 탓이려니 했다.

"난 그저 로사에게 파혼의 사유가 있다면, 그게 애정의 결핍이든 성격의 결함이든 상관없이, 두 사람 중 누구에게도 약혼을 유지할 의무가 없음을 알려 주려고 온 것뿐입니다."

"혹시 그 얘기를 로사에게 할 특별한 이유가 있었는지 여쭤 봐도 될까요?"

그루져스 씨가 다소 날카로운 음성으로 대답했다. "내 의무를 다한다는 특별한 이유가 있었죠. 단순히 그 이유입니다." 그리고 덧붙였다. "재스퍼 씨가 조카에게 대단한 애정을 가지고 있다는 건 압니다. 그리고 그를 위하는 마음이 먼저 든다는 것도 알고요. 선생 조카에 대한 의구심이나 무례한 마음과는 전혀 관련이 없으니 안심하십시오."

"명쾌하게 말씀해 주셔서 감사합니다." 나란히 걸으며 재스퍼가 다정하게 말했다.

그루져스 씨가 모자를 벗고 머리를 쓰다듬은 뒤 흡족한 듯 고개를 끄덕이고 모자를 다시 썼다.

"제가 장담하는데," 재스퍼가 웃으며 말했다. 여전히 입술이 새파랬다. 그도 그걸 의식한 듯 입술을 적시며 말했다. "제가 장담하는데, 로사에게서 네드와 파혼하겠다는 얘기를 저는 한 번도 들어 본 적이 없습니다."

"그럴 겁니다." 그루져스 씨가 대꾸했다. "이런 상황에서 이 엄마 없는 아이가 예민해질 수도 있다는 걸 우리가 이해해 줘야 합니다. 잘은 모르겠지만, 어떻게 생각하세요?"

"당연하죠."

"그렇게 말씀하시니 다행입니다. 왜냐하면," 재스퍼에 대해 로사가 한 말을 떠올리고 뭔가 방법을 찾던 그루져스 씨가 말을 계속한다. "왜냐하면, 로사는 약혼에 대한 모든 준비를 자신과 에드윈 드루드 씨 둘이서 해나가는 것이 좋겠다고 느끼는 것 같기 때문이죠, 이해하시겠습니까? 우리가 끼어드는 걸 원치 않아요."

재스퍼가 자신을 가리키고 웅얼거리며 말했다. "저를 의미하는 거군요."

그루져스 씨가 자신을 가리키며 말했다. "우리를 의미하는 겁니다. 그러니까 크리스마스에 에드윈 드루드 씨가 이곳에 오면 둘이서 의논하게 하고, 이후에 선생과 내가 일을 마무리 짓는 겁니다."

"그럼, 선생님께서는 크리스마스에 다시 오시기로 그녀와 얘기가 된 거군요." 재스퍼가 말했다. "알겠습니다, 그루져스 씨. 방금 말씀하신 것처럼 저와 제 조카 사이에는 특별한 유대가 있어서, 이 소중하고 운 좋고 행복하기 그지없는 친구 일에는 제 일보다 더 예민합니다. 하지만 말씀하신 대로 이 어린 숙녀의 마음도 이해가 됩니다. 선생님께서 제시한 대로 따르는 것이 맞습니다. 말씀대로 하죠. 그럼, 크리스마스에는 두 사람이 5월에 있을 결혼에 대한 준비를 마치고 결혼이 최종 단계로 들어가는 거군요. 그리고 그 단계에서 우리가 할 일은 없고, 우린 에드윈의 생일에 우리의 공식적인 임무를 마치도록 모든 준비를 하는 거고요."

"제가 알기로는 그렇습니다." 그루져스 씨가 동의하며 악수를 하고 떠나갔다. "두 사람에게 신의 축복이 있기를!"

"두 사람에게 신의 가호가 있기를!" 재스퍼가 외쳤다.

"전 축복이라고 했습니다만." 그루져스 씨가 어깨 너머로 쳐다보며 말했다.

"전 가호라고 했죠." 재스퍼가 대꾸했다. "차이가 있나요?"

3부

빛줄기의 방향이 꿈속에서처럼 실제로 바뀌었다는 것과

재스퍼가 그 빛줄기들 사이로 손을 비비고

발을 구르며 걸어 다니고 있다는 것을 깨달으며

고통스럽게 잠에서 깨어난다.

10장
앞길을 다지다

여자들이 남자들의 인품을 알아맞히는 능력에 대해 그동안 많은 언급이 있었다. 끈기 있게 추론해서 맞히는 것도 아니고, 만족할만한 충분한 설명을 하는 것도 아니고, 남자들의 관찰과 어긋나는데도 더없이 자신 있게 제시하는 걸로 봐서 이건 아마도 여자들의 타고난 본능적 자질인 것 같다. 하지만 그보다 덜 알려진 사실 하나는, 이 능력(다른 모든 인간 속성과 마찬가지로 오류의 가능성을 지닌)이 대개 자기 스스로 교정이 불가능하고 아무리 들여다봐도 잘못됐다는 것이 분명한 경우에도 의견 바꾸기를 완강히 거부한다는 점에서 편견과 구별이 불가능하다는 것이다. 게다가 열 중 아홉은, 혹시 누군가가 반박이라도 할 것 같으면 목격자의 진술에 문제가 있다고 판단하고 자신이 점친 결과에 더욱 집착한다.

"저, 어머니." 어느 날 소참사회원이 자신의 작은 서재에서 뜨개질을 하고 있는 어머니에게 말했다. "네빌 군에게 너무 심하게 대하시는 것 아니에요?"

"아니, 난 그렇게 생각하지 '않아,' 셉트." 노부인이 대답했다.

"어머니, 우리 그 부분에 대해 얘기 좀 해요."

"셉트, 난 대화하는 것에 전혀 불만 없다. 얘야, 나는 나를 항상 대화에 열려 있는 사람이라고 자신한단다." 노부인의 모자가 흔들렸다. 마치 '내 마음을 바꿀 테면 바꿔 봐'라고 덧붙이는 것 같았다.

"좋은 말씀이에요, 어머니." 아들이 달래듯이 말했다. "대화에 열려 있는 것만큼 좋은 건 없죠."

"물론, 그래야지." 마음이 닫힌 게 분명한데도 노부인은 이렇게 대꾸했다.

"좋아요! 그 일이 일어난 날 네빌 군은 상대의 공격을 받은 상태였어요."

"뜨끈한 포도주를 마신 상태였지." 노부인이 덧붙인다.

"포도주는 인정해요. 하지만, 그 점에 있어서는 두 사람 다 마찬가지였다고 생각해요."

"난 그렇게 생각하지 않는다."

"왜 그렇죠, 어머니?"

"왜냐하면, 그렇게 생각하지 '않으니까.'" 노부인이 대답했다. "그래도 난 대화에 열려 있다."

"하지만 어머니, 그런 식으로 말씀하시는데 어떻게 대화에 열려 있다는 거예요."

"셉트, 원망할 사람은 내가 아니고 네빌 군이야." 노부인이 단호하게 말했다.

"아, 어머니! 왜 네빌 군이에요?"

"왜냐하면," 크리스파클 부인은 모든 것에 우선하는 다음과 같은 원칙을 이유로 들었다. "술에 취해 집으로 돌아온 데다 이 집안에 먹칠을 했으니까 그렇지."

"그건 사실이에요, 어머니. 그도 그 부분에 대해선 그때도 지금도 미안해하고 있어요."

"다음날 미사가 끝난 후에 특별히 나를 배려해서 재스퍼 씨가 지휘자 가운도 벗지 않은 채 내게 와서 한 말, 간밤에 많이 놀라지 않았기를 바란다는 그 말을 난 내 기억 속에서 통째로 지우고 싶어."

"어머니, 솔직히 말해서 그렇게 결정한 건 아니지만, 가능한 한 어머니께 감춰야 한다고 생각했어요. 그 문제에 대해 재스퍼와 상의하려고, 그와 저만 알고 입을 다물자고 하려고 재스퍼를 따라 내려갔는데 그가 벌써 어머니께 얘기하고 있더군요. 그땐 이미 늦어 버렸죠."

"맞아. 너무 늦었어, 셉트. 간밤에 그의 집에서 일어난 일로 얼굴이 잿빛이 돼 있더구나."

"어머니께 비밀로 했다면 어머니 마음도 편했을 테고, 두 청년들에게도 좋았을 테고, 저도 제 판단에 따라 일을 처리할 수 있었을 거예요."

노부인이 바로 방을 가로질러 가서 그에게 키스하며 말했다. "물론이지, 셉트. 분명 그랬을 거야."

"그런데, 결국 마을의 소문거리로 번져," 어머니가 자리로 돌아와서 뜨개질을 다시 시작하는 사이 크리스파클 씨가 귀를 만지작거리며 말했다. "제 손을 떠나버렸죠."

"그때 내가 말했지, 셉트." 노부인이 대꾸했다. "네빌 군을 좋게 보지 않는다고. 다시 말하지만, 난 네빌 군을 좋게 보지 않아. 그때도 지금도 네빌 군이 선해지길 바라지만, 그렇게 될 거란 믿음은 없어." 그녀의 모자가 다시 심하게 흔들렸다.

"그렇게 말씀하시다니 안타깝네요, 어머니……."

"그렇게 말하는 나도 안타깝단다, 애야." 뜨개질을 계속하며 노부인이 말했다. "하지만, 어쩔 수 없는 일이야."

"왜냐하면," 소참사회원이 계속한다. "네빌 군이 아주 열심히 배움에 정진하고 있을 뿐만 아니라 실력도 날로 늘어가고 있고, 제게—이 말을 해도 좋을지 모르겠지만—애착을 가지고 있다는 것도 부인할 수 없기 때문이에요."

"애야, 마지막 부분은 절대 좋은 게 아니란다." 노부인이 재빨리 말했다. "만약 그가 그런 말을 대놓고 했다면, 생각했던 것보다도 더 좋지 않은 사람이구나."

"어머니, 그가 그렇게 말한 건 아니에요."

"말을 안 했다 해도," 노부인이 대꾸했다. "별로 달라질 건 없다."

크리스파클 씨는 어여쁜 도자기 같은 어머니를 쳐다보며 생각에 잠긴다. 그의 유쾌한 표정에 짜증은 조금도 드러나지 않았지만, 이 어여쁜 도자기와 깊은 논쟁은 불가능하다는 생각은 분명히 드러났다.

"게다가 그의 여동생이 없다면 그가 어떨지 생각해 보거라, 셉트. 그녀가 그에게 끼치는 영향력과 그녀의 능력이 대단하다는 걸 알잖니. 너와 공부하면서 또 동생과 공부한다는 것도 알 테고. 그녀 몫의 칭찬을 빼고 나면 그에게 남는 게 뭐가 있겠니?"

이 말을 듣고 크리스파클 씨는 잠시 생각에 잠겼다. 몇 가지 생각이 스쳐갔다. 그는 대학시절 자신이 쓴 논문 중 하나에 대해 두 남매가 심각하게 의견을 교환하던 모습을 여러 번 목격했던 기억을 떠올려 본다. 하얗게 서리가 낀 아침 추위를 뚫고 클로이스터햄 '보'로 냉수 세례를 받으러 갔을 때, 황혼의 바람을 맞으며 자신이 자주 찾던 수도원의 폐허 사이 돌출된 전망대에 올라 마을의 불빛으로 더욱 황량해진 주위를 둘러보고 있을 때, 학구적인 두 사람의 모습이 강둑을 따라 지나가곤 했었다. 그는 한 사람을 가르치지만, 사실은 두 사람이 배운다는 생각에 미쳤다. 자신도 모르는 사이에 둘 모두에게 맞춰—한 명은 매일 만나서, 다른 한 명은 제자를 통해서—설명하고 있었다. 또 자신이 원래 오만한 데다 사납다고 생각했던 헬레나에게서 연약한 요정의 모습을 보는 계기가 되었던 사건과 그녀를 통해 듣게 된 '수녀의 집'에서 떠도는 뒷소문에 대해서도 생각했다. 겉보기에 서로 너무도 다른 남매의 아름다운 관계에 대해 생각했다. 그는—어쩌면 다른 무엇보다도—아직 몇 주밖에 되지 않았지만, 이 모든 것이 자신의 삶에서 중요한 부분이 된 건 아닐까 생각했다.

셉트머스 신부가 생각에 잠길 때면 그의 어머니는 그에게 '위안이 필요'하다는 징후로 여기고, 힘을 북돋아 줄 콘스탄시아 포도주 한 잔과 집에서 만든 비스킷을 챙기기 위해 서둘러 식당의 찬장으로 향했다. 클로이스터햄과 소참사회원 사택에 더할 나위 없이 잘 어울리는 멋진 찬장이었다. 그 위에서는 치렁치렁한 가발을 쓴 헨델의 초상화가 지금 찬장에 뭐가 있는지 다 안다는 듯한 분위기를 풍기며, 그 내용물을 모두 섞어 하나의 맛있는 푸가를 만들겠다는 듯한 분위기를 풍기며, 관객을 향해 미소를 짓고 있었다. 찬장의 문도 한 번 열면 안이 다 들여다보이는 평범한 문이 아니라 공중에 자물쇠가 달린 보기 드문 찬장으로, 하나는 아래로 내리고 다른 하나는 위로 올리는 수직의 슬라이드 문 두 개가 중간에서 만나는 구조였다. 상단의 문을 아래로 내리면 (아래 칸이 더욱 궁금해지는데) 야채 절임 병들, 잼 단지들, 차와 커피 용기들, 양념 상자들, 맛있는 건조 과일과 생강편이 담긴 재미있는 모양의 용기들이 그 모습을 드러냈다. 이 멋들어진 휴식처의 거주자들 모두는 배 한가운데에 이름이 새겨져 있었다. 갈색 외투를 똑같이 입은 절임류에는 호두, 오이, 양파, 배추, 콜리플라워, 혼합야채 등의 이름이 근엄한 필체로 표기되어 다소 뚱뚱한 자신들의 모습을 과시했다. 그보다 약간 덜 남성적인 잼들은 속삭이는 듯한 여성적인 필체로 라즈베리, 구즈베리, 살구, 자두, 사과, 복숭아라고 자신을 소개했다. 이 매력덩어리들을 바짝 뒤쫓는 추격자는 하단의 슬라이드 문을 열면 보이는 오렌지인데, 잘 익지 않아 신맛이 날 경우 함께 먹을 수 있도록 옻칠을 한 설탕 통이 바로 옆에 놓여 있었다. 집에서 만든 비스킷은 이 강력한 경쟁자들 사이에서 향기로운 자두 케이크와 길다란 과자와 함께 달콤한 포도주와의 입맞춤을 기다리고 있었다. 달콤한 포도주와 강장제 병이 소중하게 모셔진 맨 아래 칸에서는 세비아 산 오렌지, 레몬, 아몬드, 캐러웨이씨의 속삭임이 들렸다. 저 놀라운 꿀벌들이 오랜 시간을 거쳐 멋진 꿀을 만들어 내듯이, 이 찬장에서는 대성당의 종소리와 오르간 소리를 들으며 오랜 세월을 거쳐 왔다는 더 없는 자부심이 느껴졌다. 일단 찬장 선반(머리, 어깨, 팔꿈치까지 한 번에 들어갈 정도로 깊숙한) 사이로 국자가 들어가기만 하면 국자는 설탕 세례를 받아 기쁨에 넘치듯 기분 좋은 얼굴이 되어 나왔다.

셉티머스 신부는 이 웅장한 찬장뿐만 아니라 메스꺼운 약초 찬장의 내용물에도 기꺼이 자신을 내줬다. 그동안 그의 뱃속을 거쳐 간 놀라운 허브차들을 살펴보면 용담, 페퍼민트, 패랭이꽃, 쑥, 파슬리, 사향, 운향, 로즈마리, 민들레와 같이 다양했다. 그가 치통이라도 있을 것 같으면 양치기 소녀 인형은 말린 약초를 쌌던 종이를 그의 장밋빛 얼굴에 얼마나 자주 싸매 주곤 했던가! 아주 미세한 뽀루지라도 이 상냥한 노부인의 눈에 띄면 얼마나 기꺼이 볼과 이마에 약초 진액을 발라 줬던가! 층계참에 위치한 이 고행소와 같은 약초 보관함에는 좁고 낮은 색 바랜 공간에 말린 잎들이 녹슨 갈고리에 매달려 있었고, 선반 위의 무서워 보이는 약병들 옆에도 펼쳐져 있었다. 셉티머스 신부는 미사 중에 제단에 바쳐지는 양처럼 순종하며 그녀를 따라가 모두가 지루해하는 미사 속의 양과 '달리' 오직 자신에게만 지루함을 선사했다. 그는 노부인에게 일거리와 즐거움을 선사하기 위해 별다른 노력 없이 그저 손과 얼굴을 말린 장미꽃잎 접시에 담고 말린 라벤더 접시에 담그기만 하면 그만이었다. 그런 다음 그는 클로이스터햄 '보'의 찬물로 자신감이 생긴 것처럼, 건강한 정신으로 무장한 것처럼 밖으로 걸어 나가곤 했다.

오늘의 경우에도 소참사회원은 멋지게 감사기도를 올린 뒤 콘스탄시아 포도주를 한 잔 마시고 어머니 마음에 쏙 들 정도로 기운이 생겨서 남은 일과를 수행하기 위해 밖으로 나갔다. 차례로 일과를 진행하다 보니 어느덧 저녁기도 예절시간이 되어 석양이 물들고 있었다. 성당 안이 무척 추웠던 까닭에 그는 예절시간이 끝나자 빠른 걸음으로 거의 뛰다시피 해서 단숨에 평소에 자주 가는 수도원 폐허 전망대에 이르렀다.

전문가다운 솜씨로 전망대를 올라간 그는 숨 가쁜 기색도 없이 아래의 강물을 내려다보았다. 클로이스터햄의 강은 바다와 가까워서 자주 해초를 토해 내곤 한다. 지난 밀물에는 해초가 평소보다 훨씬 많이 밀려왔고, 거친 물결, 시끄러운 갈매기들의 끊임없는 잠수와 자맥질, 갈색 바지선 너머로 검게 변해가는 성난 불빛이 폭풍의 밤을 예고하고 있었다. 그가 마음속으로 이 거칠고 요란한 바다와 조용한 항구 같은 소참사회원 사택을 대조하고 있을 때, 헬레나와 네빌 랜들레스가 그가 서 있는 아래쪽으로 지나갔다. 하루 종일 그들을 생각하고 있었던 그는 그들과 얘기를 나누기 위해 바로 전망대를 내려가기 시작했다. 희미한 달빛에서는 등반 전문가가 아니라면 내려가기 힘든 곳이었지만, 웬만한 등반가들보다 실력이 더 좋았던 소참사회원은 그들이 절반밖에 오지 못했을 때 벌써 전망대를 다 내려가 있었다.

"대단한 저녁이네요, 랜들레스 양! 이런 계절에 오빠와 산책하기엔 너무 춥지 않나요? 특히, 해가 지고 바닷바람이 불어올 경우엔 더욱 그렇지 않나요?"

그 반대라고 생각한 헬레나는 그들이 가장 좋아하는 산책로이자 아주 한적한 곳이라고 그에게 말했다.

"무척 한적하죠." 크리스파클 씨가 동의했다. 그는 이 기회를 놓치지 않고 그들과 함께 걷기 시작했다. "누구의 방해도 받지 않고 이야기를 나눌 수 있는 곳이죠. 지금 내가 하려는 얘기도 그런 거예요. 네빌 군, 우리 사이에 일어난 일을 동생에게 모두 얘기하는 걸로 알고 있는데 그런가?"

"네, 선생님."

"그렇다면," 크리스파클 씨가 말했다. "자네 동생은 내가 자네에게 여기 처음 온 날 밤에 일어난 불행한 일에 대해 어떤 식으로든 사과하라고 여러 번 얘기했던 것도 알고 있겠군." 그가 네빌이 아니라 헬레나를 쳐다보며 말했다. 그래서 그가 아니라 그녀가 대답했다.

"네."

"헬레나 양, 내가 그 일을 불행하다고 얘기하는 이유는," 크리스파클 씨가 말을 잇는다. "분명히 그 일로 네빌에 대한 편견이 사람들에게 생겼기 때문이에요. 너무 감정적이라 위험한 데다 분노를 자제할 수 없다는 이유로 그가 따돌림을 당하고 있어요."

"그건 분명해요. 가엾은 우리 오빠." 헬레나는 사람들의 옹졸한 처사를 유감스러워하며 동정과 연민의 눈길로 오빠를 바라본다. "선생님 말씀을 듣고 나니 확실히 알겠네요. 사람들이 매번 제 앞에서 눈치를 보며 돌려 말하거나 서로 눈빛을 주고받는 것으로 짐작하고 있었는데, 이제 확신이 서네요."

"자," 크리스파클 씨가 부드럽지만 확고한 어조로 설득하기 시작했다. "이건 정말 시정이 필요한 일이에요. 아직 네빌이 여기 온 지 얼마되지 않았고, 시간이 지나면서 이런 편견을 극복하고 사람들의 판단이 잘못됐다는 걸 증명할 것으로 믿어요. 하지만 언제가 될지도 모르는 때를 기다리는 것보다 바로 행동으로 옮기는 게 현명하지 않을까요? 게다가 정치적인 면을 떠나서도 그게 옳은 일이에요. 네빌이 잘못했다는 것에는 의심의 여지가 없으니까요."

"오빠는 공격에 대항한 거예요." 헬레나가 주장했다.

"그가 공격자였어요." 크리스파클 씨가 주장했다.

그들은 말없이 걸었다. 마침내 헬레나가 소참사회원의 얼굴을 쳐다보며 질책하듯 소리쳤다. "아, 선생님! 오빠가 자신을 못살게 하는 드루드의 발아래, 아니면 재스퍼 씨의 발아래 스스로를 내던지게 놔둘 거예요? 진심으로 그걸 원하진 않겠죠. 선생님 자신에게 닥친 일이라면 그렇게 하실 수 있겠어요?"

"헬레나, 이미 선생님께 내가 말씀드렸어." 선생님에 대한 존경의 눈빛을 띠며 네빌이 말했다. "내가 진심에서 우러나 사과를 할 수 있다면 그렇게 하겠어. 하지만, 그건 불가능해. 가식적으로 하는 건 참을 수 없어. 그런데, 헬레나. 선생님의 경우라고 가정해 보라고 하는 건 내가 한 일을 선생님께서 했다고 가정해 보라고 하는 것과 마찬가지야."

"선생님, 죄송해요." 헬레나가 말했다.

다시 기회를 놓치지 않고, 하지만 부드럽고 세심하게 크리스파클 씨가 말했다. "두 사람 모두 네빌이 잘못했다고 본능적으로 인정하잖아요? 그렇다면, 왜 거기서 멈추고 인정하지 않는 겁니까?"

"관대한 사람에게 굴복하는 것과 천박하고 비열한 사람에게 굴복하는 것은 차이가 있지 않나요?" 헬레나가 말을 더듬으며 질문했다.

관대한 소참사회원은 헬레나가 지적한 차이에 대해 논박할 말을 찾아보았다. 그 사이 네빌이 선수를 쳤다.

"헬레나, 내가 선생님을 이해시킬 수 있도록 도와줘. 조롱이나 거짓 없이 먼저 양보하는 건 불가능하다는 걸 알려 드려야 해. 사과하려면 내 본성이 먼저 바뀌어야 하는데, 난 아직 그대로야. 이루 말할 수 없을 정도로 화가 나고 모욕감을 느껴. 사실, 그날 밤을 생각하면 여전히 그때 느꼈던 분노가 그대로 느껴져."

"네빌," 소참사회원이 안색의 변화를 보이지 않고 넌지시 말했다. "또 주먹을 꾹 쥐었군. 내가 정말 싫어하는 건데."

"선생님, 죄송합니다. 저도 모르게 쥐었어요. 방금 말씀드렸듯이 전 여전히 화가 나 있어요."

"그럼 난 주먹은 쥐지 않길 바란다고 말하겠네."

"선생님, 실망시켜 드려서 죄송해요. 하지만 선생님을 속이는 건 상황을 더 악화시킬 뿐이에요. 제가, 선생님께서 저를 순화시킨 척 한다면 그건 정말 선생님을 크게 속이는 일이 될 거예요. 언젠가 선생님의 강력한 영향력이, 선생님께서도 아시는 그런 과거를 가진 이 힘든 제자까지 순화시킬 날이 올 거예요. 하지만 아직은 아니에요. 헬레나, 힘들겠지만, 언젠간 그렇게 되겠지?"

그의 말을 듣고 크리스파클 씨의 표정이 변하는 걸 지켜보며 헬레나가 대답했다. 네빌이 아니라 크리스파클 씨를 향해서. "그렇게 될 거예요." 잠시 후 오빠의 눈에서 질문하는 듯한 표정을 읽고 헬레나가 고개를 약간 숙여 긍정의 답을 했다. 그러자 그가 말을 이었다.

"선생님. 선생님께서 처음 이 주제에 대해 제게 말씀하셨을 때 마음을 열고 말씀드렸어야 했는데, 말씀드릴 용기가 없었어요. 말씀드리기가 쉽지 않아요. 어처구니없게 들릴 것 같아서 여태까지 미루고 있었고, 지금 이 순간에도 계속 그렇게 느껴져서 터놓고 얘기하기가 어려워요……. 선생님, 버드 양을 너무도 동경하고 있습니다. 그래서 에드윈이 오만함이나 무관심으로 그녀를 대하는 걸 참을 수가 없어요. 드루드에게 상처를 준 것도 그녀 때문인 것 같아요."

이 말에 경악한 크리스파클 씨가 확증을 얻기 위해 헬레나를 쳐다보았다. 헬레나의 얼굴에서는 그렇다는 표정과 함께 조언을 부탁한다는 표정이 확연하게 드러났다.

"네빌, 자네가 얘기하는 아가씨는 알다시피 곧 결혼할 사람이네." 크리스파클 씨가 엄숙하게 말했다. "따라서 자네가 그녀를 흠모하는 건 완전히 잘못된 일이야. 게다가 엄연히 약혼자가 있는 그녀를 옹호하려는 건 당치도 않아. 그리고 자네는 그들을 한 번밖에 보지 못했네. 그 동안 그녀는 자네 여동생과 친구까지 되었는데, 자네 동생은 친구를 위해서라도 자네의 이 무분별하고도 괘씸한 생각을 저지하지 않았단 말인가?"

"동생이 노력했지만, 소용없었어요. 남편이든 아니든 간에 그 친구는 이 아름다운 아가씨에 대해 제가 품고 있는 감정은커녕 그녀를 그저 인형처럼 대해요. 그렇기 때문에 그가 그녀의 상대가 될 자격이 없다고 말하는 거예요. 그에게 그녀는 하사품 같은 존재이기 때문에 제가 그녀를 희생자라고 말하는 거예요. 그래서 제가 그녀를 사랑하고, 그를 경멸하며 싫어한다고 말하는 거예요." 흥분으로 달아오른 얼굴과 격한 몸짓을 보고 동생이 그의 팔을 잡고 충고했다. "네빌, 네빌!"

그러자 정신을 차린 그가 흥분을 주체하지 못한 자신을 깨닫고 손에다 얼굴을 묻고 뉘우치며 비참해 했다.

크리스파클 씨는 주의 깊게 그를 지켜보며, 그와 동시에 앞으로 어떻게 할 것인지에 대해 곰곰이 생각하며 말없이 몇 걸음을 걸었다. 이윽고 그가 말했다.

"네빌 군, 자네의 거친 분노의 잔재를 다시 보게 돼서 참으로 마음이 아프네. 그 상태가 너무 심각해서 자네가 고백한 그 어리석은 애정을 그대로 두면 안 될 것 같네. 진지하게 고려해 본 결과, 이런 결론을 얻었네. 자네와 드루드 사이의 불화가 더는 계속되어선 안 되네. 자네의 생각을 안 이상, 그리고 자네가 내 집에 머무는 이상 두 사람을 이대로 둘 수는 없네. 자네의 그 질투에 눈이 먼 분노가 그의 인격에 대해 어떤 편견을 마음대로 지어냈을지도 모르네. 하지만, 내가 보장하네. 그가 솔직하고 착한 사람이란 걸. 이제 내가 하는 말을 잘 듣고 부탁이니 그대로 해주게. 심사숙고한 끝에, 자네 누이의 얼굴을 봐서라도 이건 인정하겠네. 자네와 드루드 둘 다 한 발짝씩 다가가서 중간에서 만나 화해할 권리가 있다는 것을. 자네가 중간지점에서 만날 수 있도록 드루드에게 먼저 화해의 제스처를 취하라고 주선하겠네. 여기까지 일이 성사되면 크리스천의 명예를 걸고 자네 쪽에서는 싸움이 끝났다고 맹세해야 하네. 그와 화해할 때 자네가 무슨 생각을 품을지는 오직 자네만이 알 걸세. 하지만, 만약 거짓이 있다면 결코 이루어지지 못할 걸세. 그 문제는 그렇고. 이제 자네의 어리석은 애정에 대해 얘기하겠네. 이 문제에 대해선 자네 둘과 나밖에 모르는 건가?"

헬레나가 낮은 목소리로 대답했다. "여기 있는 우리 세 사람 말고는 아무도 모르는 사실이에요."

"그 아가씨도 전혀 모르고?"

"절대 모르죠!"

"그렇다면, 네빌 군. 내게 엄숙히 맹세해 주겠나. 이 비밀을 지키고, 오직 그 마음을 완전히 지우도록 온 힘을 다해 노력하겠다고 말이야. 그 마음이 순간적이며 곧 지나갈 거라고 말하지 않겠네. 이 변덕스러운 마음이 혈기왕성한 젊은이들의 마음에 오르내린다고도 말하지 않겠네. 이 마음은 끈질기며 극복하기 어렵다는 걸 명심하게. 그렇기 때문에 자네는 이 맹세에 더욱 무게를 둬야 하네."

젊은이는 두세 번 말을 하려 했지만, 말은 할 수 없었다.

"이제 자네 둘이 얘기하도록 나는 이만 가보겠네. 동생을 데려다 줄 시간이네." 크리스파클 씨가 말했다. "난 내 방에 있겠네."

"부탁이에요, 조금만 더 같이 있어 주세요." 헬레나가 그에게 간청했다. "1분만 더."

"전 아무런 부탁도 하지 않았을 거예요." 네빌이 손에다 얼굴을 더욱 깊숙이 묻으며 말했다. "만약 선생님께서 저에게 그토록 인내하는 마음과 배려하는 마음을 보여 주시지 않았다면, 그토록 선하고 진실하게 대해 주시지 않았다면, 전 단 1분도 같이 있어 달라고 부탁하지 않았을 거예요. 아, 제가 어렸을 때 이런 가르침을 받았다면!"

"이제라도 선생님의 가르침을 따라가, 오빠." 헬레나가 말했다. "하늘까지라도 따라가!"

그녀의 말투에는 선량한 소참사회원의 말을 가로막는 무언가가 있었다. 그렇지 않았다면 그는 자신을 이토록 높이 받드는 말에 반박했을 것이다. 결국 그가 자신의 입에 손가락을 대고 그녀의 오빠를 바라보았다.

"선생님, 제가 진심에서 우러난 맹세를 하고 그 맹세에 거짓이 없다고 말하는 건 문제도 아니에요!" 네빌이 감동에 겨워 말했다. "제발, 바보 같은 실수로 감정을 폭발한 저를 용서해 주세요."

"용서를 빌 사람은 내가 아니네, 네빌. 용서하시는 분이 누군지는 자네도 알 걸세. 헬레나 양, 헬레나 양과 오빠는 쌍둥이죠. 똑같은 성향을 가지고 태어났고, 똑같은 역경을 거치며 어린 시절을 보냈어요. 헬레나 양이 극복한 걸 오빠가 극복하지 못할 거라고 보시나요? 그의 앞길을 가로막는 장애물이 보이시죠? 오빠가 그 장애물을 극복하는데 도움을 줄 사람이 헬레나 양 말고 누가 있겠어요?"

"선생님이 아니면 누가 할 수 있겠어요?" 헬레나가 대답했다. "선생님과 비교하면 제 영향력이나 지혜는 얼마나 보잘 것 없나요?"

"헬레나 양에게는 사랑에서 오는 지혜가 있어요." 소참사회원이 대답했다. "그 이상의 지혜는 세상에 지금까지 알려진 바가 없다는 걸 기억하세요. 저의 지혜로 말하자면, 그런 평범한 건 더는 말하지 않는 게 좋아요. 그럼, 좋은 밤 되길!"

그녀가 감사와 존경을 담아 내민 그의 손을 잡고 자신의 입술로 가져갔다.

"이런," 소참사회원이 부드럽게 "과분합니다."라고 말하고 발길을 돌렸다.

'대성당구역'으로 다시 돌아가 어둠 속에서 걸으며, 그는 자신의 약속을 실행할 최상의 방법을 찾아냈다. "그들의 주례를 맡아야겠어. 그러면 그 둘은 결혼해서 떠나면 돼! 하지만 우선적으로 처리할 문제는 이거야."

그는 우선 드루드에게 편지를 쓰는 것이 좋을지 아니면 재스퍼와 얘기를 나누는 것이 좋을지 고민해 보았다. 재스퍼가 성당 전체에서 인기가 있다는 걸 알기에 후자 쪽으로 마음이 기울던 차에 때마침 게이트하우스에 불이 켜진 것을 보고 그는 재스퍼와 얘기를 나누기로 결심했다. "쇠뿔도 단김에 빼라고 했겠다. 지금 그를 만나러 가자."

뒤쪽 계단으로 올라가 문을 두드렸지만 대답이 없자 크리스파클 씨가 살며시 문을 열고 안을 들여다보았다. 재스퍼는 벽난로 앞 긴 의자에 누워 잠들어 있었다. 그때 재스퍼가 갑자기 자리에서 벌떡 일어나더니 잠이 들지도 깨지도 않은 혼미한 상태로 소리를 질렀다. "뭐가 잘못된 거야? 누구 짓이야?" 그가 이런 행동을 보인 이유를 크리스파클 씨는 나중에야 깨닫게 된다.

"날세, 재스퍼. 잠을 깨워서 미안하네."

번득이는 눈에서 상대를 알아보았다는 표정으로 바뀌며 재스퍼가 난로 쪽으로 길을 막고 있던 의자들을 치웠다.

"정신없이 꿈을 꿨나 봅니다. 식사 후에 바로 잠이 들어서 속이 불편했는데, 깨서 다행이에요. 오시면 언제나 환영인 건 말할 것도 없고요."

"고맙네." 크리스파클 씨가 재스퍼가 내주는 의자에 앉으며 대꾸했다. "내가 방문한 이유를 듣고도 그처럼 환영할지 모르겠지만, 평화의 사자로서 평화를 추구하러 왔다는 걸 이해하게. 한마디로 말하면, 재스퍼. 두 젊은이 사이에 평화를 주선하려고 하네."

재스퍼의 얼굴에 어리둥절한 표정이 비쳤다. 또한 크리스파클 씨가 그 표정을 어떻게 받아들여야 할지 몰랐다는 점에서 매우 난해한 표정이기도 했다.

"어떻게요?" 잠시 말이 없다가 느리고 낮은 목소리로 재스퍼가 물었다.

"그 '어떻게' 때문에 자네한테 온 걸세. 자네에게 큰 부탁을 하고자 하네. 조카에게 중재해 주게나(네빌 군에게는 내가 이미 중재했네). 그에게서 그 특유의 밝은 어조로 기꺼이 화해하겠다는 짧은 편지를 하나 받아 주게. 그가 얼마나 착한 청년인지, 자네가 그에게 얼마나 큰 영향력을 가지고 있는지 알고 있네. 절대 네빌 군을 두둔할 생각은 없지만, 그가 심한 상처를 받았다는 건 우리 모두가 인정해야 하네."

재스퍼가 여전히 어리둥절한 표정을 지으며 벽난로를 향해 돌아섰다. 그를 계속 지켜보던 크리스파클 씨에게는 그의 표정이, 속으로 계산하는 듯한 표정(그럴 리가 없겠지만)이 보이는 것 같아서, 더욱 알 수 없는 표정이라고 느껴졌다.

"네빌 군에게 호의를 베푸는 게 썩 내키지 않는다는 건 알고 있네." 소참사회원이 계속 하려는데 재스퍼가 말을 가로막았다.

"당연하죠. 사실 내키지 않아요."

"물론, 그의 격한 성질이 끔찍하다는 건 인정하네. 하지만, 그와 내가 함께 극복해 나가려고 하네. 게다가 자네 조카를 향한 그의 태도에 대해 그의 다짐을 받아냈네. 만약 자네가 친절하게 중재해 준다면 그는 분명 자신의 약속을 지킬 걸세."

"크리스파클 씨는 항상 책임감 있고 믿을만한 분이시죠. 정말 그에 대해 그렇게 자신할 수 있으세요?"

"그러네."

어리둥절해 하던 난해한 표정이 사라졌다.

"그렇게 말씀하시니, 제 마음속의 두려움이 사라지고 천근만근 같던 무거운 마음이 가시네요." 재스퍼가 말했다. "중재하겠습니다."

크리스파클 씨는 자신의 신속하고도 완전한 성공에 기뻐하며 그에게 고마움을 표했다.

"막연한 두려움이 있었는데, 크리스파클 씨께서 그렇게 자신 있게 보장해 주시니 중재하도록 하겠습니다. 비웃을지도 모르겠지만, 혹시 일기를 쓰시나요?"

"하루에 한 줄, 그 정도뿐일세."

"하루에 한 줄이면 제 단조로운 삶에서는 그걸로 충분하죠. 주님도 아십니다." 책상에서 일기를 꺼내며 그가 말했다. "하지만 제 일기는, 사실 네드의 삶의 일기이기도 합니다. 이날의 일기를 보시면 아마 웃으실 거예요. 언제 썼는지 맞춰 보세요."

'자정이 지난 시각. 조금 전의 광경을 목격한 나는 내 소중한 아이에게 뭔가 끔찍한 일이 일어날 것 같아서 죽을 만큼 두렵다. 스스로 반박도 해보고 사리를 따져 보기도 하지만, 아무 소용이 없다. 나의 모든 노력이 허사다. 네빌 랜들레스의 악마 같은 분노와 그 안에 담긴 힘과 상대를 파괴하려는 야수 같은 격노에 소름이 끼친다. 그에 대한 인상이 너무도 강렬해서 그 이후로 내 소중한 에드윈이 안전하게 자고 있는지, 피에 물들어 누워 있지는 않은지 확인하기 위해 그의 방에 두 번이나 가보았다.'

"여기 다음날 아침에 쓴 것도 있습니다."

'네드가 떠났다. 평소처럼 한 치의 근심이나 의심도 보이지 않았다. 내가 조심하라고 하자 그가 네빌 랜들레스는 언제든 상대할 수 있다고 하며 웃었다. 나는 그에게, 그게 사실일지라도 악한 면에서는 그가 네빌을 따라갈 수 없다고 말해 주었다. 그는 계속해서 별거 아니라고 했지만, 나는 가능한 한 멀리까지 그와 동행한 후 무거운 마음으로 그를 보내 주었다. 이 어둡고 불길한 예감─자명한 사실에서 나온 느낌이라도 이렇게 부를 수 있다면─을 떨쳐 버릴 수가 없다.'

"그 이후의 일기들에서도 나온 것처럼," 일기의 뒷장들을 넘겨보고 일기를 다시 제자리에 꽂으며 재스퍼가 말했다. "이후에도 계속 이런 기분에 빠져들곤 했죠. 하지만 크리스파클 씨께서 안심시켜 주시니 이걸 일기에 적어 걱정될 때 꺼내 봐야겠어요."

"안정제가 됐으면 좋겠네." 크리스파클 씨가 대꾸했다. "머지않아 모든 근심이 사라질 수 있도록 말일세. 자네가 오늘 내 바람을 그렇게 잘 들어줬으니 자네 말에 꼬투리를 잡아서는 안 되겠지만, 한마디만 하겠네. 조카에 대한 열성 때문에 과장이 좀 섞인 것 같네."

"제가 그날 밤 어떤 심리 상태였는지는," 재스퍼가 어깨를 으쓱한다. "크리스파클 씨께서 잘 아십니다. 그리고 제가 쓴 단어에 주의까지 주셨던 것도 기억하시죠? 제 일기에 쓴 말들은 그에 비하면 아무것도 아닙니다."

"알겠네. 내가 준 안정제를 쓰게." 크리스파클 씨가 대꾸한다. "그걸로 자네가 이 사건을 좀 더 긍정적으로 보길 바라네. 이제 그 얘기는 여기서 마치세. 오늘 내 요청을 들어줘서 정말 고맙네."

"요청하신 일은," 악수를 하며 재스퍼가 말했다. "절대 어중간하게 처리하지 않겠습니다. 제게 맡기십시오. 일단 네드가 동의하면 크리스파클 씨께서 바라시는 대로 하겠습니다."

이 대화가 있고 3일째 되는 날, 재스퍼가 크리스파클 씨를 방문해서 다음과 같은 편지를 전달했다.

'사랑하는 잭에게,

잭이, 내가 존경하는 크리스파클 씨와 얘기한 내용은 정말 감동적이야. 예전에 내가 그날 밤 나도 랜들레스 군만큼이나 나를 주체하지 못했다고, 이제 지난 일은 잊고 다시 잘 지내자고 말했지.

랜들레스 군에게 성탄 전야에 (좋은 날에 하는 일은 배가 되겠지) 셋이 같이 식사하자고 전해 줘. 그때 만나서 서로 악수하고 더는 문제 삼지 않기로 해.

사랑하는 조카,
에드윈 드루드.
P.S. 이쁜이에게 다음 레슨 때 안부 전해 줘.'

"그럼 그때, 네빌 군이 오기로 한 건가?" 크리스파클 씨가 물었다.

"꼭 올 겁니다." 재스퍼 씨가 말했다.

11장
그림과 반지

수백 년 전에 지어진 박공[9]이 달린 집들이 마치 오래 전에 말라 없어진 올드본 강을 찾아 헤매듯 침울하게 큰길을 내려다보며 서 있는, 런던의 홀본 지역 가운데 가장 오래된 거리 뒤편에는 불규칙한 모양의 안뜰이 둘 있는 스테이플 호텔이라는 작은 건물이 있다. 이곳은 번잡한 거리를 빠져 나온 행인들에게 솜으로 귀를 틀어막는 것 같은, 신발 바닥이 벨벳으로 변하는 것 같은 느낌을 주는 곳이다. 이곳은 매연에 그을린 참새들이 매연에 그을린 나무들 위에서 마치 서로에게 '시골에서 놀자'라고 말하는 것처럼 지저귀고, 몇 피트 안 되는 정원의 이끼와 몇 야드 안 되는 자갈들이 서로의 작은 발들에게 참신한 공격을 가하는 그런 곳이다. 또한 이곳은 법률사무소들이 모인 곳으로 건물 내에는 작은 강당이 있고, 지붕에는 누가 무슨 쓸모없는 목적으로 달아 놓았는지 그 내막을 알 수 없는 작은 램프가 달려 있다.

세상 어디에서 무슨 일이 일어나든 그에 대해 수군대고 파르르 떨며 자랑을 해대는 우리 영국인의 특징인 예민한 기질에 해가 된다며, 클로이스터햄 사람들이 저 멀리 지나가는 철도에 대해 기분 나빠하던 시절이 있었다. 그 시절에는 스테이플 호텔을 가리는 높은 건물은 주위에 하나도 없었다. 서쪽으로 지는 해는 호텔을 밝게 비췄고, 남서풍은 막힘없이 호텔로 불어 들었다.

하지만 12월의 어느 날, 저녁 여섯 시가 가까워오는 이 시간에는 바람도 태양도 스테이플 호텔을 선호하지 않았다. 안개가 자욱한 이때, 촛불들의 불투명하고 흐릿한 빛이 당시 손님이 차지하고 있던 방들의 창을 통해 흘러나왔다. 특히 내부의 작은 사각형 안뜰에 있는 구석 건물의 방들에서 빛이 새어 나왔는데, 그 건물의 보기흉한 현관 위에는 흰색과 검은색으로 수수께끼 같은 글자들이 새겨져 있었다.

P

J   T

1747.

가끔 한 번씩 이 글자들을 쳐다보기만 할 뿐 글자들이 '아마도 존 토마스Perhaps John Thomas'를 나타내는 것인지, '아마도 조 타일러Perhaps Joe Tyler'를 나타내는 것인지, 아니면 다른 것을 나타내는 것인지 한 번도 신경 써 본 적 없는 그루져스 씨가 벽난로 옆에 앉아 글을 쓰고 있었다.

누가 그루져스 씨를 야망을 키워 보거나 좌절당해 본 경험이 있는 사람으로 생각하겠는가? 원래 법률 교육을 받은 그는 증서를 작성하고 피스톨이 말한[10] 부동산 양도 같은 법률 업무를 시도했었다. 하지만 그와 부동산 양도 업무 사이의 결합은 사랑 없는 결혼과 같아서 둘은 합의 하에—진정한 결합은 한 번도 없었지만, 그래도 결별이라는 말을 쓸 수 있다면—갈라섰다.

그렇다. 그루져스 씨는 수줍어서 피하는 부동산 양도 업무에게 구애를 했지만 사랑을 쟁취하지는 못했고, 그들은 각자의 길을 갔다. 하지만 어떤 불가사의한 경로로 그에게 중재 업무가 굴러 들어왔고, 공정한 방식으로 의뢰자들의 권리를 실현하기 위해 지칠 줄 모르고 노력하는 사람이란 평판을 얻게 되자 이번에는 알 수 있는 경로로 두둑한 재산 관리 수수료도 들어왔다. 그는 이렇게 우연히 자신에게 꼭 맞는 일을 찾아냈다. 지금은 부유한 사유지 두 군데의 재산 관리인이자 대리인인 그는 아래층 법률사무소의 변호사들에게 법률 업무를 위임하면서 그의 야망은 모두 사라져 버렸고, 남은 생을 보내기 위해 1747년에 P. J. T.가 심은 말라비틀어진 포도넝쿨과 무화과나무 아래 코담배와 함께 정착하게 되었다.

고객들의 계정과 회계장부들, 서신교환 기록, 여러 개의 튼튼한 상자들이 그루져스 씨의 방을 장식했다. 아무렇게나 쌓아 놓았다고 하기에 그것들은 너무도 꼼꼼하고 정확하게 정리정돈이 잘 되어 있었다. 갑자기 죽이시 글자 히니 숫지 히나리도 불완전하고 불명확하게 남기면 어쩌나 하는 걱정 덕분에 그의 하루하루는 멈추지 않고 돌아갔다. 자신이 맡은 위탁 업무를 충실히 수행하는 것, 이것이 바로 그의 삶의 원동력이었다. 더 빠르고 즐겁고 매력적인 삶의 원동력들이 있긴 하지만, 그의 신진대사에 이보다 더 나은 것은 없었다.

그의 방에서 사치품은 찾아볼 수 없다. 건조함과 따뜻함, 그리고 색

바랜 아늑한 난롯가 외에 안락함의 요소는 없었다. 일 외적으로 쓰는 물건이라고는 난로와 안락의자와 가끔 쓰는 구식 원탁이 전부였다. 원탁은, 평소에는 방 한쪽 구석에 반짝이는 마호가니 방패처럼 세워 놓았다가 업무 시간이 끝나면 깔개를 깔고 꺼내서 쓰는 물건이었다. 그렇게 방패처럼 서 있는 원탁 뒤에는 주로 음료나 술이 든 캐비닛이 있었다. 바깥방은 조수의 방이었고, 공용 계단 건너편에는 그루져스 씨의 침실이 있었으며, 공용 계단 밑 지하실도 그가 사용했다. 1년에 적어도 3백 일 이상 그는 저녁 식사를 위해 길 건너편의 퍼니발 호텔로 갔다가 식사가 끝나면 다시 길을 건너 돌아왔다. 이는 1747년도의 P. J. T.와 다음 영업일을 시작할 때까지 그에게 주어진 간소한 일상을 최대한 활용하기 위해서였다.

그날 오후 그루져스 씨가 벽난로 옆에 앉아 글을 쓰는 동안 그의 조수도 자신의 벽난로 옆에 앉아 글을 쓰고 있었다. 30세의 창백하고 통통한 얼굴에다 검은 머리와 광채 없는 크고 어두운 눈을 하고, 제빵소로 보내 달라고 애걸하는 듯한 불만스러운 밀가루 반죽 같은 인상의 이 조수는 그루져스 씨에 대해 묘한 능력을 지닌 불가사의한 존재였다. 분명 그가 없었다면 그루져스 씨에게는 더 편했겠지만, 마치 마법의 주문으로 나타난 멋진 '익숙한 존재'[11]를 쫓아내고 싶어도 쫓아낼 수 없었던 것처럼 그는 그루져스 씨 곁을 떠나지 않고 붙어 있었다. 얼기설기 엮인 열쇠 꾸러미와 저 자바의 악독한 나무 그늘 밑—식물의 왕국 전체보다도 더 많은 거짓의 온상인—에서 자란 듯한 분위기의 침울한 사람임에도 그루져스 씨는 영문을 알 수 없을 정도로 그를 극진히 배려했다.

"이제, 버저드." 조수가 들어오자 저녁시간을 준비하며 서류를 정리하던 그루져스 씨가 눈을 들어 그를 쳐다보며 말했다. "매연 말고 다른 소식은 없나?"

"드루드 씨 입니다." 버저드가 말했다.

"그가 어쨌는데?"

"찾아왔습니다."

"안으로 모시지 않고?"

"모시는 중입니다."

방문자가 들어왔다.

"이게 누군가!" 그루져스 씨가 앞에 놓인 한 쌍의 양초 옆으로 얼굴을 내밀고 그를 쳐다보며 말했다. "난 자네가 들렀다가 이름만 남기고 간 줄 알았네. 에드윈 군, 어떻게 지내나? 이런, 자네 거의 질식하게 생겼군."

"매연 때문입니다." 에드윈이 대꾸했다. "고춧가루처럼 눈도 자극하는군요."

"그렇게 심한가? 외투를 벗게. 다행히 따뜻한 난로가 있네. 버저드 씨가 나를 잘 챙겨 주고 있지."

"잘 챙겨 드린 적 없습니다." 문에서 버저드 씨가 말했다.

"아 그렇다면 내가 나를 챙기고도 몰랐던 모양이군." 그루져스 씨가 말했다. "여기 내 의자에 앉게. 아니. 사양하지 말게! 그런 심한 매연 속을 뚫고 왔는데, 여기 '내' 의자에 앉게."

에드윈은 구석의 그 안락의자에 앉았다. 그러자 난롯불은 그를 따라 들어온 매연 가루와 외투와 스카프에서 떨어지는 석탄 가루들을 바로 삼켜 버렸다.

"제가 마치," 에드윈이 웃으며 말했다. "오래 있을 것처럼 행동하는군요……."

"…말이 나왔으니 말인데." 그루져스 씨가 큰소리로 말했다. "말을 중간에 가로채서 미안하네. 좀 더 머무르게. 한두 시간 지나면 매연은 사라질 걸세. 길 건너 호텔에서 식사를 주문할 수 있네. 석탄 가루는 여기서만 마시자고. 좀 더 있다 식사를 같이 하세."

"친절에 감사드립니다." 에드윈은 마치 생소하고도 맛깔스러운 집시 파티의 아이디어에 끌리는 것처럼 주위를 힐끗 둘러보았다.

"별 말씀을." 그루져스 씨가 말했다. "이 혼자 사는 총각과 함께 식사를 해주겠다니, '자네'야 말로 친절한 사람이네. 그리고," 묘안이 떠올랐다는 듯 그가 눈을 반짝이며 목소리를 낮춰 말했다. "버저드도 식사에 초대하겠네. 안 그러면 실망할 거야……. 버저드!" 버저드가 나타났다.

"드루드 씨와 우리 식사를 같이 하세."

"그렇게 지시하시면 물론 하겠습니다, 선생님." 버저드가 침울하게 대답했다.

"말도 안 되는 소리!" 그루져스 씨가 소리를 질렀다. "지시가 아니라 초대일세."

"감사합니다, 선생님." 버저드가 말했다. "그렇다면, 저는 아무래도 상관없습니다."

"그럼 먹는 걸로 하고. 혹시 괜찮다면," 그루져스 씨가 말했다. "퍼니발 호텔에 가서 식사를 갖다 달라고 해주겠나. 저녁식사로 스프는 뜨겁고 향이 강한 걸로 하고, 고기와 야채를 섞은 요리 중에 최고급 요리 하나, (양고기 우둔살 같은) 관절부위 하나, 거위나 칠면조 아니면 그런 류의 속을 채워 넣은 요리가 메뉴에 있으면 함께 주문해 주게…….

요컨대, 가지고 있는 요리 중에 아무거나 주문해 주게."

그루져스 씨는 평소 재고 목록을 읽거나 가르침을 반복하거나 다른 기계적인 일을 할 때 보이던 태도로 이 지시사항들을 내렸다. 버저드는 원탁을 꺼낸 후 지시사항을 수행하기 위해 자리를 떠났다.

"보다시피," 조수가 떠나자 낮은 목소리로 그루져스 씨가 말했다. "식사 주문하는 것에 대해 좀 조심스러웠네. 그가 싫어할 것 같아서 말이야."

"선생님, 제가 보기엔 그가 제멋대로인 사람 같은데요?" 에드윈이 대꾸했다.

"제멋대로라고?" 그루져스 씨가 대꾸했다. "절대 아닐세! 자네가 완전히 잘못 봤네. 제멋대로였다면 여기 있지도 않을 걸세."

'그가 어디로 갈지 궁금하군!' 에드윈은 생각했다. 하지만, 원활한 대화를 위해 다가선 에드윈은 벽난로 저쪽 구석을 등진 채 어깨를 벽난로 선반에 기대고 섰지만, 외투 자락을 매만지는 그루져스 씨에게 자신의 생각을 말하지는 않았다.

"내가 예언하는 능력은 없지만, 자네가 내게 호의를 베풀기 위해 들렀다는 건 알겠네. 클로이스터햄—분명히 자네를 기다릴 텐데—에 내려갈 예정이란 걸 내게 알려 주려고, 내 귀여운 피후견인에게 내가 전할 말이 있으면 전해 주려고, 그리고 어쩌면 절차에 대해서도 내게 좀 알려 주려고 왔겠지, 에드윈 군?"

"선생님, 고지의 차원에서 들렀습니다."

"고지라고!" 그루져스가 말했다. "아, 조바심의 차원이 아닌 건 확실한가?"

"조바심 말씀입니까, 선생님?"

장난의 의도가 있었던—조금도 그 의도를 표현하지 못했지만—그루져스 씨는 다른 미묘한 표현들이 서로 녹아들 듯, 마치 자신의 장난기를 최대한 자신 안에 녹이려는 듯, 거의 위태로울 정도로 난롯불 가까이 다가갔다. 하지만 방문객의 차분한 표정과 태도 앞에서 그의 장난기는 갑자기 사라져 버리고 난롯불만 남았다. 그가 자신의 옷을 문지르기 시작했다.

"나도 최근에 거길 다녀왔네." 그루져스 씨가 외투 자락을 매만지며 말했다. "자네를 기다릴 거라고 말했던 건 바로 그 때문이네."

"그렇군요, 선생님! 그래요, 이쁜이가 만나고 싶어 한다는 걸 알고 있었어요."

"거기서 고양이[12]를 키우나?" 그루져스 씨가 물었다.

에드윈이 얼굴을 약간 붉히며 설명했다. "제가 로사를 이쁜이라고 부릅니다."

"아, 그렇군." 그루져스 씨가 머리를 쓸어내리며 말했다. "아주 친근하군."

에드윈은 그가 그 호칭을 못마땅해 하지는 않는지 알고 싶어서 그의 얼굴을 힐끗 쳐다보았다. 하지만 그건 시계 판을 쳐다보는 것과 다를 바가 없었다.

"애칭입니다, 선생님." 그가 다시 설명했다.

"흠." 그루져스 씨가 고개를 끄덕이며 말했다. 하지만 그의 동의와 이의는 구별이 불가능해서 방문객은 무척 당황했다.

"이로사가……." 에드윈이 자신감을 되찾으며 말하기 시작했다.

"이로사라고?" 그루져스 씨가 되물었다.

"이쁜이라고 하려다가 마음을 바꿨습니다……. 그녀가 랜들레스에 대해 얘기했나요?"

"안 했네." 그루져스 씨가 말했다. "랜들레스가 뭔가? 토지인가? 저택인가? 아니면 농장인가?"

"오누이입니다. 여동생이 '수녀의 집'에 있고, 이⋯⋯"

"이로사의." 그루져스 씨가 무표정한 얼굴로 끼어들었다.

"선생님. 그녀는 엄청난 미인인데, 로사가 선생님께 그녀에 대해 알려 줬거나 그녀를 보여 줬을 것으로 생각했는데요?"

"둘 다 아니네." 그루져스 씨가 대답했다. "하지만, 버저드가 왔군."

버저드는 두 웨이터—움직이지 않는 웨이터와 날아다니는 웨이터—와 함께 돌아왔는데, 세 사람과 함께 너무 많은 매연이 들어와서 난롯불에서 핑음이 났다. 어깨에다 모든 걸 받치고 들어온 날아다니는 웨이터는 놀라운 신속성과 능숙함으로 식탁보를 깔았고, 아무것도 가져오지 않은 부동의 웨이터는 그의 잘못을 꼬집었다. 그런 다음 날아다니는 웨이터는 그가 가져온 모든 잔들을 반짝반짝 광이 나도록 닦았고, 부동의 웨이터는 그 잔들을 점검했다. 그리고 날아다니는 웨이터는 스프를 가지러 길을 건너 날아갔다 왔고, 고기와 채소가 섞인 요리를 가지러 다시 날아갔다 왔고, 관절부위와 가금류 요리를 가지러 다시 날아갔다 왔는데, 부동의 웨이터가 여러 가지 물건들을 모두 잊고 가져오지 않았다는 것이 밝혀지면서 그 중간 중간 그 물건들을 가져오기 위해 보충비행을 다녀왔다. 하지만 날아다니는 웨이터가 공기를 가르며 날아다녔지만, 돌아오면 항상 부동의 웨이터에게 매연을 들여왔다는 이유로, 숨이 가쁘다는 이유로 질책을 당했다. 식사가 끝나자 날아다니는 웨이터는 기진맥진해 있었고, 부동의 웨이터는 위엄 있는 태도로 식탁보를 개어 겨드랑이에 끼고는 날아다니는 웨이터가 깨끗한 잔들을 모으는 동안 그를 엄격한 눈초리로 (분노를 말하는 건 아니고) 바라보며 그루져스 씨에게 "포상은 내 것이고 이 노예는 아무 권리도 '없음'을 서로 분명히 합시다."라는 뜻을 전하고 학생 대표 같은 눈초리로 날아다니는 웨이터를 앞세워 그를 방 밖으로 밀세냈다.

이는 '정부 최고사령관의 일종, 번문욕례[13]청 관리'를 묘사한 완성도 높은 작은 그림과 같았다. 국립미술관의 줄에 매달아 놓을 만큼 상당히 교훈적인 작은 그림이었다.

매연 때문에 이 호화로운 식사가 이루어졌으므로 매연이 식사의 전반적인 소스 역할을 담당했다. 바깥의 사무원들이 재채기를 하고, 쌕쌕거리고, 자갈 위로 발을 구르는 소리를 듣는 건 키치너 박사[4]를 훨씬 능가하는 산뜻한 풍미였다. 저 불운한 날아다니는 웨이터가 문을 열기도 전에 떨리는 목소리로 문을 닫으라고 부탁하는 소리는 하비 소스보다 더욱 깊은 맛을 지닌 향신료였다. 추가로 이 젊은이는 자신의 다리를 기막히게 사용해서 문을 드나들었는데, 그의 다리는 항상 몸통과 쟁반보다 몇 초 앞서(뭔가 낚시를 하는 것 같은), 그리고 던컨의 암살을 주저하며 무대 밖의 맥베드와 동행하던 맥베드의 다리처럼 항상 몸통과 쟁반이 사라진 뒤에 어른거렸다.

주인은 지하 저장고로 내려가 매연 없는 땅에서 오래 전에 익힌 후 그늘에 뉘어 잠재우던 루비빛과 보리짚빛과 황금빛이 나는 술병들을 가져왔다. 오랜 잠으로 생긴 공기방울과 톡톡거리는 설렘이 코르크를 밀어 올려 즐겁게 춤추며 코르크 따개를 도왔다(폭도들이 감옥 문을 부수도록 죄수들이 돕는 것처럼). 만약 P. J. T.가 1747년에, 아니 그의 시절 중 어느 해라도 그런 포도주들을 마셨다면 P. J. T.는 분명 '또한 매우 즐거웠을Pretty Jolly Too' 것이다.

겉으로 보기에 그루져스 씨는 이 빛을 발하는 듯한 포도주들로 취기가 오른 기색은 전혀 없었다. 그가 포도주를 마셨다기보다는 포도주가 잘 마른 코담배에 부어져 그의 얼굴에서 깜박이는 빛과 그림자를 모두 휩쓸어 가버린 것 같았다. 그의 태도도 전혀 영향을 받지 않았다. 하지만 그는 나무 같은 태도로 에드윈을 주의 깊게 관찰했고, 식사가 끝나자 난롯가 구석에 있는 자신의 안락의자로 그를 데려갔다. 에드윈은 잠시 사양하다가 의자의 안락함에 몸을 묻었고, 그루져스 씨는 난롯불을 향해 의자를 돌리고는 머리와 얼굴을 쓸어내리며 손가락 사이로 자신의 방문객을 쳐다보는 것 같았다.

"버저드!" 그루져스 씨가 갑자기 그를 향해 말했다.

"듣고 있습니다, 선생님." 거의 한마디도 하지 않았지만, 마치 일을 수행하듯 고기와 술을 먹고 마신 버저드가 대답했다.

"자네를 위해 술을 드세, 버저드. 에드윈 씨, 버저드 씨의 성공을 위해!"

"버저드 씨의 성공을 위해!" 에드윈은 열정의 싹도 비치지 않는 표정으로 '뭘 성공한다는 건지 궁금하군!'이라고 속으로 덧붙이며 이를 따라했다.

"그리고 바라건대!" 그루져스 씨가 계속했다. "구체적으로 말할 재량은 내게 없네. 바라건대! 화술이 없어서 이 상황을 잘 넘길 수 있을지 모르겠군. 바라건대! 상상력을 발휘해야 하는데, 난 상상력이 없네. 바라건대! 불안의 가시가 그 증거네. 바라건대, 제발 이젠 입 밖으로 나오길!"

난롯불을 향해 찌푸린 미소를 보낸 버저드 씨가 마치 저 불안의 가시가 자신의 얽히고설킨 자물쇠 꾸러미에 있다는 듯 꾸러미를 더듬고,

조끼에 있다는 듯 조끼를 더듬고, 주머니에 있다는 듯 주머니를 더듬었다. 에드윈은 이 모든 동작을 마치 그 가시가 어떻게 행동하는지 보려고 기다리는 듯이 유심히 지켜보았다. 하지만 가시는 나오지 않았고, 버저드 씨는 단지 "선생님, 듣고 있습니다. 감사합니다."라고만 했을 뿐이다.

"난," 그루져스 씨가 한 손으로 탁자에 쨍 하는 소리가 나도록 잔을 내려놓고 허리를 굽혀 버저드가 듣지 못하게 다른 손으로 입을 가린 채 에드윈에게 속삭였다. "내 피후견인을 위해서도 잔을 들 걸세. 하지만 먼저 버저드를 위해 하겠네. 그렇지 않으면 그가 싫어할지도 몰라."

이 말을 하며 그루져스 씨가 수수께끼 같은 윙크를, 아니 만약 빨리 했다면 윙크로 보일만한 눈짓을 했다. 그래서 에드윈은 왜 하는지 알지도 못하고 그에 대한 응답으로 윙크를 했다.

"그리고 이제," 그루져스 씨가 말했다. "아름답고 매력적인 로사 양에게 큰 잔을 바치네. 버저드, 아름답고 매력적인 로사 양을 위하여!"

"듣고 있습니다, 선생님." 버저드가 말했다. "위하여!"

"저도 위하여!" 에드윈이 말했다.

"신의 축복이 있기를!" 물론 그루져스 씨가 뒤따르는 공허한 침묵을 깨고 외쳤다. 사람들이 모여 작은 의식을 치를 때마다 자성이나 실망을 직접적으로 유도하지 않는데도 왜 이런 말의 중단이 '와야만' 하는지 그 누가 알겠는가? "내가 아주 고지식한 사람이지만, 오늘 밤 진정한 연인의 심리상태를 그림으로 그려 볼 수 있다고 상상해 보네(만약 상상력이라고는 추호도 없는 사람에게 이 단어를 사용해도 된다면)."

"선생님 말씀을 들으며," 버저드가 말했다. "그 그림을 마음속에 그려 보겠습니다."

"잘못된 부분은 자네가 고쳐 주게." 그루져스 씨가 말을 이었다. "그리고 실제 삶을 바탕으로 손질해 주게. 구체적인 부분에서 잘못된 묘사가 많아서 실제 삶을 바탕으로 많은 손질이 필요할 걸세. 왜냐하면 난 '나뭇조각'으로 태어나서 연민이나 부드러운 경험을 해본 적이 없거든. 자, 그림! 내가 감히 추측하건대, 진정한 연인의 마음은 그의 사랑의 대상으로 빈틈없이 가득하네. 내가 감히 추측하건대 그녀의 사랑스러운 이름은 그에게 소중하고, 그 이름을 듣거나 말할 때마다 감정이 북받치고, 그 이름은 신성함을 잃지 않네. 그녀에 대한 애정을 표시하는 특별한 명칭이 있다면, 그녀만을 위해 남겨 두고 다른 사람들에게는 말하지 않네. 눈부신 그녀와 함께 있을 때만 그 이름으로 그녀를 부르는 것이야말로 특권이기 때문에, 다른 곳에서 이름을 남발하는 것은 경솔함이자 냉정함이며 무지각함이자 강한 신뢰를 저버리는 것과 다름없네."

손을 무릎에 얹고 꼿꼿이 앉아 가끔 코끝이 약간씩 따끔거리는 것처럼 보였지만, 마치 자선 학교의 학생이 감정은 전혀 내비치지 않고 훌륭한 기억력으로 교리를 외우듯이 계속해서 말을 하는 그루져스 씨의 모습을 보는 것은 멋진 일이었다.

"내 그림에는," 그루져스 씨가 계속했다. "진정한 연인이 그의 애정의 대상 앞에 있거나 그 근처에 있을 때는 마음이 더없이 조급해지고, 다른 사람들과의 모임은 거의 신경 쓰지 않으며, 계속 그 애정의 대상을 찾는 모습으로 그려져 있네(에드윈 군, 필요하면 정정하게). 만약 새가 둥지를 찾는 것처럼, 이라고 하면 바보 같이 들리겠지. 그런 말은 시의 영역인데, 난 한 번도 시의 영역을 들어가 본 적이 없고 적어도 내가 아는 한 시 주변 만 마일 근처도 가 본 적이 없네. 게다가 난

새들의 습관에 대해서는 대자연의 친절한 손길이 닿지 않은 벽의 턱이나 도랑의 관이나 굴뚝의 통풍관에 둥지를 트는 스테이플 호텔의 새들 외에는 아무것도 아는 것이 없네. 그러니 좀 전에 말한 새의 둥지에 대해서는 양해를 구하겠네. 하지만 내 그림에서 진정한 사랑에 빠진 사람은 자신의 애정의 상대를 떠나서는 존재하지 않고, 중첩된 삶과 반쪽의 삶을 동시에 사는 것으로 그려져 있네. 만약 이 말이 무슨 뜻인지 분명치 않다면, 그건 내가 말주변이 없어서 내 뜻을 제대로 표현하지 못했거나 내 진정한 의도가 빠진 의미 없는 말이었기 때문일 걸세. 내가 알기로는, 후자의 경우는 아닐세."

에드윈은 이 그림의 구체적인 부분들이 드러나자 얼굴이 달아올랐고, 앉아서 난롯불을 바라보며 입술을 깨물었다.

"고지식한 사람의 추측에는," 그루져스 씨가 똑같은 자세와 태도를 유지하고 앉아서 말을 계속했다. "아마도 그런 넓은 주제에 대해 잘못 묘사한 부분이 있겠지. 하지만 내 생각에 (여전히 필요할 경우 수정하게) 진정한 연인에게는 냉정함, 권태, 의심, 무관심과 같이 불과 연기가 반반인 마음의 상태는 있을 수 없네. 부탁인데, 내 그림이 사실에 조금이라도 근접했나?"

말의 시작과 중간처럼 말의 끝맺음도 갑작스럽게 하며, 그루져스 씨가 에드윈에게 이 질문을 획 던지고는 연설을 중지한다는 듯이 말을 멈췄다.

"대답을 해야겠죠, 선생님." 에드윈이 말을 더듬었다. "제게 질문하셨으니……."

"그러네." 그루져스 씨가 말했다. "권위자인 자네에게 질문하는 걸세."

"그렇다면, 선생님. 대답을 해야겠죠." 에드윈이 난처해하며 말을 이었다. "선생님이 그리신 그림은 대체로 맞습니다만, 어쩌면 선생님이 이 불운한 연인에게 좀 심하다는 의견입니다."

"아마 그럴 걸세." 그루져스 씨가 동의했다. "아마 그럴 거야. 난 까다로운 사람이니까."

"그는 그가 느끼는 모든 감정을," 에드윈이 말했다. "드러내지 않을 수도 있고, 아니면 그는 어쩌면……."

그가 문장의 나머지를 찾기 위해 너무 오래 멈춰 있어서 그루져스 씨가 예기치 않게 불쑥 참견하며 그의 어려움을 천 배나 가중시켰다.

"물론 그렇지 않을 수 있지. 그는 '어쩌면!'"

이 말이 끝나자 그들 모두는 조용히 앉아 있었다. 버저드 씨의 침묵은 잠 때문이었다.

"하지만 그의 책임은 매우 크네." 마침내 그루져스 씨가 난롯불을 바라보며 말했다.

에드윈 '자신도' 난롯불을 바라보며 고개를 끄덕여 동의했다.

"그리고 그가 누구도 가지고 놀지 못하게 하세." 그루져스 씨가 말했다. "자신뿐만 아니라 다른 어떤 누구도."

에드윈은 다시 입술을 깨물고 여전히 난롯불을 바라보며 앉아 있었다.

"그는 보물을 가지고 장난쳐서는 안 되네. 만약 그렇게 한다면, 화가 따를 것이네! 그가 그걸 명심하도록 하세." 그루져스 씨가 말했다.

비록 저 가상의 자선 학교 학생이 막 잠언의 한두 구절을 암송한 것처럼 짧은 문장들로 얘기했지만, 그가 난로의 받침쇠를 향해 오른손 집게손가락을 흔들며 다시 침묵에 빠져드는 방식에는 꿈꾸는 듯한 (너무나 문자 그대로인 사람에게) 뭔가가 있었다.

하지만 그건 오래가지 않았다. 그는 의자에 꼿꼿이 앉아 마치 인도의 신이나 우상들을 새긴 이미지가 몽상에서 빠져 나오듯 자신의 무릎을 탁 치며 "이 포도주 병을 끝내야 하네, 에드윈 군. 내가 도와주겠네. 버저드는 잠들었지만, 그의 잔도 도와줘야 하네. 안 그러면 그가 싫어할 거야."

두 사람 몫의 잔을 거들어 비우고 자신의 잔도 비운 그가 파리를 잡듯 그걸 탁자에 거꾸로 세웠다.

"그리고 이제, 에드윈 군." 그가 입과 손을 손수건으로 닦으며 말을 이었다. "일에 대해 좀 얘기하세. 며칠 전에 내가 보낸 로사 양 아버지의 유언장 증명본을 받았을 걸세. 자네는 그 내용을 이미 알고 있다고 생각하겠지만, 업무상 보낸 걸세. 재스퍼 씨에게 보냈어야 했지만, 로사 양이 자네에게 직접 보내길 원했네. 받았겠지?"

"무사히 잘 받았습니다, 선생님."

"그럼 거기에 대해 말을 했어야지." 그루져스 씨가 말했다. "어딜 가든 일은 일이네. 그런데 일언반구도 없었어."

"오늘 저녁 오자마자 말씀드리려고 했습니다, 선생님."

"업무상 적합한 말은 아니군." 그루져스 씨가 대꾸했다. "하지만, 그건 봐주지. 자 이제 그 서류에서, 비밀에 붙여 구두로 내게 맡겨진 작은 물건이 있는데 내가 적절하다고 판단될 경우에 그걸 내주게끔 되어 있다고 암시한 자상한 글귀를 읽었을 걸세."

"네, 선생님."

"에드윈 군, 방금 저 난롯불을 바라보며 떠오른 생각은 내게서 그 위탁물을 떠나보내는데 지금보다 나은 때는 없다, 라는 것이었네. 30초만 내게 주의를 기울이게."

그가 주머니에서 열쇠를 여러 개 꺼내 촛불에 비춰서 원하는 열쇠를 찾아내더니, 손에 양초를 들고 서랍장인지 접는 책상인지로 다가가 열쇠로 문을 열고 감춰진 작은 서랍의 스프링을 눌러서 반지 하나 용으로 만든 평범한 반지 케이스를 꺼냈다. 케이스를 손에 들고 그가 자신의 의자로 돌아왔다. 젊은이에게 보이도록 케이스를 드는 그의 손이 떨렸다.

"에드윈 군, 다이아몬드와 루비가 금 안에 박힌 이 장미꽃은 로사 양 어머니의 반지였네. 내가 보는 가운데, 죽은 그녀의 손에서 다시는 생각하기도 싫은 그런 미칠 것 같은 슬픔으로 빼낸 반지네. 비록 내가 냉정한 사람이긴 하지만, 그걸 보고 아무렇지 않을 만큼 냉정하진 않네. 이 보석들이 얼마나 눈부신지 보게!" 그가 케이스를 연다.

"이 보석들보다 훨씬 눈부시던, 그리고 그 보석들을 가볍고 뿌듯한 마음으로 그렇게 자주 쳐다보던 눈들은 몇 년 만에 재 가운데 재가 되고 먼지 가운데 먼지가 됐네! 만일 내게 상상력이 있다면(없다는 건 말할 필요도 없지), 이 보석들의 지속적인 아름다움은 거의 잔인하다고 상상할 걸세."

그가 말을 하면서 케이스를 다시 닫았다.

"이 반지는 아름답고 행복한 삶을 살다 너무도 일찍 익사한 젊은 부인의 남편이, 그들이 서로에 대한 헌신을 맹세하던 순간에 그녀에게 준 반지네. 의식을 잃은 그녀의 손에서 그 반지를 빼낸 사람도 그였고, 자신의 죽음이 다가오자 그 반지를 내 손에 쥐어 준 사람도 그였네. 그가 내게 위임한 건 자네와 로사 양이 성년이 되고 약혼이 발전해서 성숙하면, 이 반지를 자네에게 줘서 그녀의 손가락에 끼우도록 하는 것이네. 만약 그런 바람직한 결과가 나오지 않을 경우에는 계속 내 소유로 남도록 되어 있네."

그루져스 씨가 에드윈을 뚫어지게 바라보며 반지를 건네자 젊은이의 얼굴에는 약간의 근심이 서렸고, 그의 손의 움직임에서 약간의 망설임이 나타났다.

"그녀의 손가락에 이 반지를 끼우는 것은," 그루져스 씨가 말했다. "산 자와 죽은 자들 모두에게 자네의 철저한 정절을 엄숙히 맹세하는 것이네. 자네는 그녀에게 가서 마지막으로 취소 불가능한 결혼 준비를 하게. 반지를 가지고 가게."

젊은이가 작은 케이스를 받아서 안주머니에 넣었다.

"만약 자네 둘 사이에 뭔가 맞지 않거나 약간이라도 잘못되는 경우에는, 만약 오랫동안 기대해 와서 익숙하다는 이유만으로 이 마지막 단계에 뛰어든다는 생각이, 자네 말고는 아무도 모르는 그런 생각이 드는 경우에는," 그루져스 씨가 말했다. "다시 한 번 산 자와 죽은 자들 모두의 이름을 빌어 자네가 그 반지를 내게 다시 가져올 것을 요청하네!"

이때 자신의 코고는 소리에 잠이 깬 버저드가, 이런 경우에 대개 그렇듯이, 허공에다 자신을 잠들게 했다고 항의라도 하듯 허공을 노려보고는 미안하다는 듯 자리에 앉았다.

"버저드!" 그루져스 씨가 그 어느 때보다 강하게 말했다.

"네, 듣고 있습니다, 선생님." 버저드가 말했다. "계속 듣고 있었습니다."

"위탁물 전달상, 에드윈 군에게 다이아몬드와 루비로 된 반지를 건네줬네. 보이나?"

에드윈이 작은 케이스를 꺼내서 열자 버저드가 그 안을 들여다보았다.

"네, 알겠습니다, 선생님." 버저드가 대꾸했다. "제 눈으로 봤습니다."

이곳을 벗어나 혼자 있고 싶은 기색이 역력한 에드윈 드루드가 시간과 약속에 대해 뭐라고 중얼거리며 다시 외투를 입었다. 매연이 아직 사라지지 않았지만 (커피가 필요한지 물어보려고 비행해 온 날아다니는 웨이터에 따르면) 에드윈은 밖으로 나갔고, 버저드는 그동안 두 사람의 말과 행동을 눈과 귀로 따랐던 자신의 태도의 연장선상에서 그를 '따라갔다.'

홀로 남은 그루져스 씨는 한 시간 이상 천천히 자리를 오갔다. 오늘 밤 그는 초조한 데다 의기소침해 보인다.

"내가 한 일이 잘 한 일일까?" 그가 자문했다. "그의 마음에 호소하는 편이 좋을 것 같았어. 그 반지를 내게서 떠나 보내는 건 힘들었지만, 곧 떠나갈 운명이었어."

그가 한숨을 쉬며 작은 빈 서랍을 닫고 접는 책상을 닫아 잠근 후 외로운 난롯가로 돌아왔다.

"그녀의 반지." 그가 계속했다. "반지가 내게 다시 돌아올까? 오늘 밤 마음이 그녀의 반지 주위를 너무도 불안하게 서성이는군. 하지만 이해할 만해. 그걸 너무 오래 가지고 있었고, 그걸 너무 소중히 여겼어! 혹시……."

그는 불안해 할 뿐만 아니라 무척 궁금해 하고 있었다. 그가 자신의 궁금증을 자제하고 다시 걸었지만, 의자로 돌아와 앉았을 때는 다시 의문이 꼬리를 물고 나타났기 때문이다.

"혹시 (수만 번 말하지만, 그게 지금 무슨 의미가 있다는 건지. 아, 난 얼마나 약한 바보인가!) 그들의 고아 아이를 내게 믿고 맡긴 게 그가 사실을 알고 있었기 때문……. 세상에, 그녀는 얼마나 엄마를 꼭 빼닮았던가!"

"혹시 그는 그가 나타나 그녀를 차지했을 때 누군가가 먼 거리에서 말도 못하고, 가망 없이, 맹목적으로, 그녀를 사랑하고 있었다는 추측을 한 번이라도 해봤을지 궁금하군. 그 불운한 누군가가 누구였는지에 대해 한 번이라도 생각이 미쳤는지 의문이야!"

"오늘 밤 내가 잠들 수 있을지 의문이군! 어찌됐든 이불로 세상을 닫고 잠을 청해야겠어."

그루져스 씨는 계단을 가로질러 그의 춥고 매연이 자욱한 침실로 가서 곧 잠자리에 들 준비를 했다. 희뿌연 거울에 희뿌옇게 비친 자신의 얼굴을 발견하고 그가 촛불을 잠깐 비춘다.

"그런 모습으로 누군가의 생각 속으로 들어올 것 같은 누군가가, 바로 '너!'" 그가 소리쳤다. "거기! 거기! 거기! 가엾은 사람, 그만 지껄이고 침대로 들어가!"

이렇게 말하고 그는 불을 끄고, 한숨을 한 번 더 쉬고, 이불을 끌어 올려 세상을 닫았다. 하지만 가망 없는 남자들에게도, 그리고 1747년 즈음의 늙고 나뭇조각 같은 P. J. T.의 '아마도 지껄이는 자Possibly Jabbered Thus'에게도 아무도 모르는 낭만적인 구석은 있다.

12장
더들스와의 밤

 저녁이 가까워오고 다른 특별한 일이 없을 때면, 자신의 심오함에 대한 끝없는 숙고조차도 다소 지루해질 때면, 삽시 씨는 종종 대성당 수도원과 그 근처를 산책하곤 한다. 그는 부풀어 오르는 소유 의식을 지닌 채 성당 묘지 걷기를 좋아하고, 모범적인 세입자 삽시 부인에게 아낌없이 베풀고 공공연히 상을 하사했다는 점에서 일종의 인심이 후한 집주인 같은 느낌을 가슴속에 부추기기를 좋아한다. 그는 또 철책 안을 들여다보며 자신이 쓴 비문을 읽는 듯한 낯선 사람들 보기를 좋아한다. 성당 묘지에서 빠른 걸음으로 걸어 나오는 낯선 이를 만나기라도 하면, 그는 그 사람이 기념비적 상황에 '얼굴을 붉히며 물러나는' 것으로 철썩 같이 믿는다.

 클로이스터햄의 시장이 되면서 삽시 씨의 중요성은 더욱 증대되었다. 하고 많은 시장들이 없다면, 사회체계 전체—삽시 씨는 자신이 이 강력한 비유를 고안해 냈다고 확신하는데—가 무너지리라는 것에 이의를 제기할 자는 없을 것이다. 시장들은 연설—문법을 향해 대담하게 포화를 쏘아대는—을 '일으켜 세울' 목적으로 작위를 받았다. 삽시 씨는 연설을 '일으켜 세울'지도 모른다. 일어나시오, 토마스 삽시 경! 이런 이들이 세상의 소금이다.

삽시 씨는 항구, 묘비명, 주사위 놀이, 소고기, 샐러드 등을 함께 했던 재스퍼 씨와의 첫 만남 이후로 그와의 관계를 공고히 해왔다. 삽시 씨는 게이트하우스에서 환대를 받았다. 그럴 때면 재스퍼 씨는 피아노 앞에 앉아 귀가 길어 간지럽힐 면적이 넓은 삽시 씨의 귀를 간지럽히며—비유적으로—그에게 노래를 불러 줬다. 삽시 씨는 이 젊은이가 항상 연장자들의 지혜의 혜택을 받을 준비가 되어 있다는 점과 그의 마음이 건전하다는 점을 좋아한다. 그런 저녁이면 그가 삽시 씨에게 영국의 적들이 좋아하는 시시한 소곡이 아닌 제대로 된 노래를 불러 줬을 뿐만 아니라, 사방의 대양은 물론이고 이 섬을 제외한 모든 섬들과 모든 대륙과 반도와 지협과 곶과 다른 지리적 형태들을 모두 휩쓸어버릴 것을 그에게 촉구하며, 진짜 조지 3세의 자가 양조주를 삽시 씨에게 대접해 주었다는 것이 그 증거다. 요컨대 그는 너무도 작은 참나무 마음을 가진 민족과 너무도 많은 벌레 같은 민족들을 만든 신의 섭리가 실수였음을 분명히 보여 줬다.

이 습기로 눅눅한 저녁에 뒷짐을 지고 성당 묘지 근처를 천천히 걸으며 얼굴을 붉히고 물러나는 낯선 이를 찾아 모퉁이를 돌던 삽시 씨는, 대신 성당지기와 재스퍼 씨와 함께 담소를 나누던 수석사제의 훌륭한 모습과 마주친다. 삽시 씨는 고개를 숙여 인사를 건네고 요크인지 캔터베리인지의 대주교보다 훨씬 더 성직자다운 모습을 즉각 취한다.

"이곳에 대해 자네가 책을 쓰려는 거군, 재스퍼 씨." 수석사제가 말했다. "이곳에 대한 책을 쓴다……. 그래! 여긴 아주 고풍스러운 데니까, 좋은 책이 나올 거야. 이곳이 재산면에서는 역사만큼 풍성하지 않지만, 어쩌면 자네가 '그 부분'을 책에서 특별하게 다뤄 단점을 강조해 줄 수도 있겠군."

토프 씨는 이 말을 듣고 의무적으로 매우 즐거워했다.

"전 정말 작가나 고고학자가 될 생각은 조금도 없습니다, 선생님." 재스퍼가 대답했다. "그저 재미로 생각해 보는 겁니다. 이 재미로 하는 생각도 제 자신보다는 삽시 씨의 영향으로 생긴 겁니다."

"어떻게 그렇게 됐죠, 시장님?" 수석사제는 자신의 모방자가 옆에 와 있다는 걸 알아채고 인심 좋게 고개를 끄덕이며 물었다.

"황송하게도," 삽시 씨가 정보를 얻고자 주위를 둘러보며 말한다. "저는 수석사제님의 말씀이 무슨 뜻인지 모르겠습니다." 그리고는 자신의 창작물을 자세히 살펴보고자 아래를 내려다본다.

"더들스." 토프 씨가 귀띔해 준다.

"그래!" 수석사제가 반복한다. "더들스. 더들스 말입니다!"

"수석사제님." 재스퍼가 설명한다. "사실은 그 사람에 대해 처음으로 제게 흥미를 자극한 분이 바로 삽시 씨입니다. 삽시 씨의 인간에 대한 지식과 주위에 은둔하고 있거나 기이한 것이 있으면 무엇이든 끌어내는 능력 덕분에, 그 전에 물론 계속 보긴 했지만, 특별히 신경 쓰지 않았던 그 사람에 대해 제가 다시 생각해 보게 된 겁니다. 수석사제님, 만약 삽시 씨가 그의 거실에서 더들스를 다루는 모습을 보셨다면 제 말이 놀랍지 않을 겁니다."

"아!" 삽시 씨는 자신 앞에 굴러온 공을 형언할 수 없는 자기만족감과 거드름을 피우는 것으로 집어 들었다. "맞아요, 맞아. 수석사제님께서 말씀하신 게 그건가? 맞아요. 더들스와 재스퍼 씨를 한자리에 모이게 했죠. 더들스는 특이한 인물이라고 생각합니다."

"삽시 씨가 숙련된 솜씨로 속을 샅샅이 파헤친 특이한 인물이죠." 재스퍼가 말한다.

"아니, 그 정도는 아닐세." 육중한 경매인이 대꾸한다. "그 사람에 대해 약간의 영향력이 있고, 그의 성격에 대해 약간의 통찰력이 있을지는 모르지. 제가 세상 구석구석까지 둘러봤다는 걸 수석사제님께서 고려해 주십시오." 이 말을 하며 삽시 씨는 수석사제의 외투에 달린 단추들을 관찰하기 위해 뒤로 물러난다.

"자, 그럼." 수석사제가 자신의 모방자를 찾으려고 주위를 둘러본다. "시장님, 더들스에 대한 시장님의 지식과 연구를 동원해서 그에게 우리의 훌륭한 성가대 지휘자님의 목을 부러뜨리지 말라고 잘 충고해 주십시오. 그런 일이 생긴다면 저흰 감당할 수 없습니다. 그의 머리와 목소리는 우리에게 너무도 소중합니다."

토프 씨는 어떤 신사 분이라도 그런 분의 그러한 찬사에 대한 보답으로 목이 부러지는 것은 분명 기쁨이자 영예일 거라는 듯이 포복절도하고 또 한 차례 즐거워 한 뒤에야 겨우 진정하며 공손하게 중얼거린다.

"재스퍼 씨의 목에 대해서는," 삽시 씨가 거만하게 말한다. "제가 책임지겠습니다. 더들스에게 주의하라고 말하죠. '제가' 말하면 신경 쓸 겁니다. 자네 목은 지금 어떤 위험에 처해 있나?" 그가 굉장히 생색을 내고 주위를 둘러보며 묻는다.

"달빛을 받으며 더들스와 함께 묘지, 지하보관소, 탑, 폐허 사이를 탐험하는 위험뿐입니다." 재스퍼가 대답한다. "시장님께서 저희를 한 자리에 부르신 날, 그림같이 생생한 아름다움[15]에 대한 애호가로서 시간을 할애할 가치가 있다고 추천하신 것 기억하시죠?"

"기억하네!" 경매인이 대답한다. 그리고 이 진지한 멍청이는 정말 기억한다고 믿는다.

"시장님의 말씀 덕분에," 재스퍼가 계속한다. "그 비상한 노인네와 낮에 몇 번 돌아다녔고, 오늘 밤엔 월하의 구멍과 모퉁이를 탐험할 예정입니다."

"때맞춰 그가 오는군." 수석사제가 말한다.

더들스가 정말 저녁꾸러미를 손에 들고 그들을 향해 구부정하게 걸어오고 있었다. 구부정하게 다가오던 그가 수석사제를 보고 모자를 벗어 팔에 끼고 구부정하게 지나쳐 가는데, 삽시 씨가 그를 불러 세운다.

"내 친구를 신경 써서 돌봐주게." 삽시 씨가 그에게 내리는 명령이다.

"댁의 친구 누가 죽었소?" 더들스가 묻는다. "댁의 친구에 대한 지시는 못 받았소."

"여기 나의 살아 있는 친구를 말하는 걸세."

"아, 그요?" 더들스가 말한다. "그는 자신을 챙길 수 있는 사람이에요. 자스퍼 씨는 스스로를 돌볼 수 있어요."

"하지만 자네도 그를 돌봐주겠나?" 삽시가 말한다.

더들스가 (명령하는 어조였기에) 그를 퉁명스럽게 머리끝부터 발끝까지 훑어본다.

"수석사제님께 양해를 구하지만, 삽시 씨 당신이 당신 일이나 신경 쓰면 더들스도 더들스의 일을 신경 쓸 거요."

"자네 과민하군." 삽시 씨가 일행에게 자신이 그를 얼마나 잘 다루는지 보라며 윙크를 하고 말한다. "내 친구가 내 관심사고, 재스퍼 씨는 내 친구네. 그리고 자네도 내 친구일세."

"허세부리는 나쁜 습관 관두세요." 더들스가 진지하게 경고하고 고개를 끄덕이며 대꾸한다. "안 그러면 점점 더 나빠질 거요."

"자네 과민하군." 삽시 씨는 얼굴이 붉어졌지만, 다시 일행에게 윙크를 하며 말한다.

"내 성격이니 내가 알아서 할 거요." 더들스가 대꾸한다. "함부로 하는 이들은 질색이요."

삽시 씨는 '여러분들은 내가 일을 해결했다는 데 동의할 겁니다'라고 말하듯 일행에게 세 번째 윙크를 하고 논쟁을 박차고 나갔다.

더들스가 수석사제에게 저녁인사를 건네고 모자를 쓰며 "자스퍼 씨, 난 씻으러 집에 갈 테니까, 전에 얘기한 대로 필요하면 집으로 오슈." 그가 바로 구부정하게 시야에서 멀어져 간다. 집에 씻으러 간다는 이 말은 그의 몸과 모자, 부츠, 옷에서 한 번도 세수와 세탁의 흔적을 찾아볼 수 없는 데다 그동안 변함없이 먼지와 모래알의 상태였다는 냉혹한 사실에 비춰 봤을 때 도무지 이해가 되지 않는 말이었다.

이제 조용해진 수도원 자리를 점등용 등 하나를 들고 돌아다니던 점등원이 그 등을 손에 든 채 작은 사다리를 기름램프 가로등—여러 세대가 불편하게 느껴왔음에도 폐지하자는 주장에는 클로이스터햄 전체가 대경실색한[6]—아래에 세워 놓고 재빨리 오르락내리락 하는 가운데 수석사제는 저녁식사를 하러, 토프 씨는 차를 마시러, 재스퍼 씨는 자신의 피아노를 향해 각자 떠난다. 등도 없이 난롯불만 있는 곳에서 재스퍼가 자리에 앉아 두세 시간 동안 낮고 아름다운 목소리로 합창곡을 부르는 사이 날이 어두워져서 어느덧 달이 뜨기 직전이다.

그때 그가 피아노를 부드럽게 닫고 외투를 더블단추가 달린 재킷으로 부드럽게 갈아입으며, 가장 큰 주머니에다 훌륭한 나무줄기 세공케이스에 담긴 병을 집어넣은 다음 춤이 낮고 펄럭이는 테가 달린 모자를 쓰고는 부드럽게 밖으로 나간다. 오늘 밤 그는 왜 이토록 부드럽게 움직이는 걸까? 겉으로 봐서는 분명한 이유를 알 수 없다. 그 안에 어둡게 웅크리고 있는 공감할만한 이유라도 있는 걸까?

더들스의 미완성의 집, 아니 도시 성벽에 뚫린 구멍을 향해 다가가던 그가 그 안에서 새어나오는 불빛을 보며 떠오르는 달빛이 이미 여기저기서 비추고 있는 마당의 묘비들, 비석들, 바위덩이들 사이로 자신의 길을 부드럽게 선택한다. 채석장의 직공 중 두 명은 바위덩이에 큼지막한 톱을 그대로 꽂아 둔 채 집으로 돌아갔고, '죽음의 춤'을 추는 태엽인형처럼 돌아다니는 두 명의 직공은 아직 남아 있는데, 그들은 클로이스터햄에서 이제 곧 죽게 될 두 사람의 묘비 만들 준비를 하며 막사 그림자 아래서 활짝 웃고 있을지도 모른다. 아마도 지금 그 두 사람은 이런 건 생각하지도 못하고 틀림없이 즐겁게 지내리라. 궁금한데 그 두 사람이 누군지 추측, 아니 그 중 하나가 누군지 말해 보라!

"이보게! 더들스!"

불빛이 움직이더니 더들스가 문 앞에 나타난다. 그는 술병, 술단지, 술잔으로 '씻은' 것 같다. 그가 이 방문객에게 보여 준, 회반죽을 바른 천장도 없이 머리 위로 들보가 드러난 벽돌 벽 외엔 아무것도 없는 이 방에서 씻는 도구라고는 도무지 찾아볼 수 없기 때문이다.

"준비됐나?"

"준비됐어요, 자스퍼 씨. 묘지로 가보죠. 늙은이들 나올 테면 나와 보라지요. 내 정신들은 그들을 맞을 준비가 됐어요."

"그냥 정신을 말하는 건가 아니면 불같은 성미를 말하는 건가?"

"이거나 저거나 마찬가지죠." 더들스가 대답한다. "둘 다를 얘기한 거요."

그가 고리에 걸린 램프를 빼 들고, 필요할 경우를 대비해 램프에 불을 붙일 성냥 한두 개피를 주머니에 넣는다. 그리고 저녁식사 꾸러미 등과 함께 그들 모두는 밖으로 나간다.

이건 분명 불가해한 종류의 탐험이다! 식시귀─목적도 없이 몰래 기어오르고, 갑자기 뛰어 들고, 돌아다니는─처럼 항상 옛무덤들과 폐허 사이를 배회하는 더들스에게는 특이할 게 없지만, 성가대 지휘자 혹은 다른 누군가가 그와 함께 있다는 것은, 그리고 그런 동행자와 달빛의 효과를 연구한다는 것은, 시간을 할애할 가치가 있다는 것은 또 다른 문제다. 그러므로 이는 분명 불가해한 종류의 탐험이다!

"저기 마당 문 옆에 쌓아 둔 더미를 조심하세요, 자스퍼 씨."

"보이네. 저게 뭔가?"

"석회요."

재스퍼 씨가 걸음을 멈추고 뒤쳐진 그가 도착하기를 기다린다. "자네가 생석회라고 부르는 것 말인가?"

"맞아요!" 더들스가 말한다. "부츠를 갉아먹을 만큼 생생하죠. 좀 저어 주기만 하면 부츠를 갉아먹을 거요."

그들은 '여행자의 2페니'의 붉은 창문을 지나쳐 '수도승의 포도원'의 달빛 속으로 들어서 계속 걷는다. 그곳을 지나치자 달이 높이 뜨기 전에는 대부분 그림자에 덮여 있는 소참사회원 사택에 다다른다.

갑자기 현관문 닫히는 소리가 그들의 귀를 때리더니 두 남자가 밖으로 나온다. 크리스파클 씨와 네빌이다. 재스퍼가 갑자기 기묘한 미소를 지으며 더들스의 가슴에 손바닥을 대고 그를 그 자리에 멈춰 세운다.

소참사회원 사택의 끝부분은 지금의 달빛 아래에서는 짙은 그늘이 져 있다. 그 끝부분 역시 예전에는 정원이었다가 지금은 통행로가 되어 경계만 남아 있는, 가슴 높이의 오래된 작은 벽의 일부분이다. 조금만 늦었어도 재스퍼와 더들스가 이 벽을 돌아들었을 테지만, 지금은 모퉁이에 못 미쳐 벽 뒤에 서 있다.

"저 둘은 그저 산책하는 것뿐이야." 재스퍼가 속삭인다. "곧 달빛 속으로 나가겠지. 여기서 조용히 기다리자고. 그렇지 않으면 우릴 붙잡거나 끼워 달라고 할 걸세."

더들스가 동의하며 고개를 끄덕이고 꾸러미에서 뭔가를 이것저것 꺼내 정신없이 먹기 시작한다. 재스퍼는 벽 위로 팔짱을 낀 채 그 위에 턱을 괴고 주시한다. 그는 소참사회원은 전혀 신경 쓰지 않고, 마치 눈을 장전된 권총의 방아쇠에 놓고 네빌을 겨냥해 발사하려는 것처럼 그를 주시한다. 파괴적인 힘이 그의 얼굴에 너무도 강력하게 나타나서 더들스조차도 먹던 걸 멈추고 씹다 만 뭔가가 볼 안에 들어있는 채로 그를 바라본다.

그동안 크리스파클 씨와 네빌은 조용히 대화를 나누며 주위를 오간다. 그들이 하는 말 전부가 들리지는 않지만, 재스퍼 씨는 벌써 자신의 이름이 한 번 이상 언급되는 걸 들었다.

"오늘이 이번 주의 첫째 날이고," 그들이 발길을 돌릴 때 크리스파클 씨의 말이 똑똑히 들린다. "마지막 날은 크리스마스이브일세."

"저에 대해서는 안심하셔도 됩니다, 선생님."

그 부분은 알아듣기 좋았지만, 두 사람이 가까이 다가오자 그들의 대화 소리는 다시 알아듣기 힘들어졌다. 울림으로 소리가 분산되었지만, 그래도 끼워 맞춰서 들을 수 있었던 건 '자신감'이라는 단어로 크리스파클 씨가 한 말이다. 그들이 더 가까이 다가오자 네빌의 대답 중 한 부분이 들린다. "아직 그럴 자격은 없지만, 그렇게 될 겁니다, 선생님." 그들이 다시 뒤를 돌아 멀어져 갈 때 재스퍼가 자신의 이름이 언급되는 걸 다시 듣는데, 크리스파클 씨의 다음의 말과 함께 언급되었다. "내가 자네를 책임지겠다고 자신 있게 말했다는 걸 기억하게." 그리고 나서 그들의 말소리는 다시 불분명해지고, 그들이 잠깐 걸음을 멈추더니 네빌이 진지한 태도를 보인다. 그들이 다시 움직였을 때, 크리스파클 씨가 하늘을 올려다보며 손으로 가리키는 것이 보인다. 그리고 그들은 저택의 반대편 끝, 달빛 속으로 걸어가 천천히 사라진다.

그들이 사라지자 재스퍼 씨가 몸을 움직인다. 하지만 그때 더들스를 향해 돌아선 그가 발작적으로 웃기 시작한다. 아직 볼 안에 씹다 만 뭔가가 들어 있는 데다 웃을 게 전혀 없는 더들스는 재스퍼 씨가 웃음을 멈추기 위해 팔에다 얼굴을 묻을 때까지 그를 노려본다. 더들스는 체념하고 소화가 안 돼도 할 수 없다는 듯 그 무언가를 허겁지겁 먹는다.

이런 외진 곳은 어두워진 후에는 동요나 움직임이 거의 없다. 사람들이 몰려드는 낮에는 약간의 움직임이라도 있지만, 밤에는 전혀 없는 것이나 마찬가지다. 활발한 움직임이 있는 하이 스트리트가 이 지점과 거의 평행으로 놓여 있고(오래된 대성당이 둘 사이에 솟아 있다), 클로이스터햄의 통행이 자연스럽게 흘러드는 경로라는 것 말고는 왠지 끔찍한 정적이 오랜 과거를 지닌 무더기들, 회랑, 성당 경내에 스민 것 같아서 어두워진 후에는 사람들이 이들과의 만남을 꺼린다. 정오에 길을 가는 클로이스터햄 시민들 중 무작위로 처음 만나는 백 명에게 귀신을 믿느냐고 물어보면 아니라고 말하겠지만, 밤에 이 으스스한 '구역들'과 상점들이 있는 통행로 중 하나를 선택하라고 하면 아흔아홉 명은 길은 더 멀지만 사람이 더 많은 길을 선택한다는 것을 알게 될 것이다. 이런 행동의 원인은 이 '구역들'에 딸린 미신 때문이 아니라—비록 아이를 팔에 안고 목에 밧줄을 매단 정체불명의 여자가 그 근처를 훨훨 날아다니는 걸 그 만큼이나 정체를 알 수 없는 잡다한 목격자들에게 목격되기는 했지만—삶의 숨결이 들어 있는 흙먼지가 삶의 숨결이 빠져 나간 흙먼지에 대해 본능적으로 움츠러드는 데 원인이 있다. 또한 널리 퍼졌지만 그 못지않게 널리 인정하지 않는 생각, 즉 '어떤 상황에서든 죽은 자가 산 자에게 보이면 이곳은 산 자인 내가 가능한 한 빨리 나가야 할 그런 목적을 지닌 장소일 가능성이 높다'라는 생각에 원인이 있다.

이 때문에 재스퍼 씨와 더들스가 작은 옆문을 통해 납골당으로 내려가기 전 주위를 둘러보려고 멈춰 섰을 때, 그들 시야에 들어온 달빛의 광활한 공간에는 인적이 완전히 끊어졌다. 삶의 물결은 재스퍼 씨가 사는 게이트하우스 근처에서 시작한다고 볼 수도 있다. 그 물결의 속삭임은 이후에도 들리지만, 그 아래 아치 길을 통과하는 파도는 없고 아치 길 위로 마치 등대의 불빛처럼 그의 램프가 커튼 뒤에서 붉게 탄다.

두 사람은 성당 옆문으로 들어가 문을 잠그고 위태로운 계단을 내려가 납골당에 다다른다. 유리 없이 창틀의 부서진 모양을 그대로 바닥에 드리우는 천장의 창문을 통해 달빛이 한꺼번에 들어와서 램프는 필요 없다. 지붕을 받치는 육중한 기둥이 크고 짙은 그림자 덩어리를 만들지만, 기둥들 사이로 달빛이 스며든다. 그들이 이 빛줄기를 오르내리는 동안 더들스가 앞으로 자신이 파낼 것으로 믿는 '늙은이들'을 얘기하며 벽을 쳤다. 그는 자신이 그들 가족의 친한 친구라도 된다는 듯이 '그들 가족 전체'를 그 안에 매장할 것을 고려중이다. 더들스의 침묵은 재스퍼 씨가 가져온 포도주에 정복당할 시간을 의미한다. 재스퍼 씨가 포도주로 입을 한 번 헹구기만 하고 뱉어낸 반면 더들스는 포도주를 거침없이 몸속으로 들여보냈다.

그들은 웅장한 탑으로 올라간다. 대성당으로 올라가는 계단에서 더들스가 잠시 걸음을 멈추고 숨을 몰아쉰다. 계단이 무척 어두웠지만, 암흑 속에서 그들은 자신들이 통과한 빛줄기를 볼 수 있다. 포도주병 (어떻게 그렇게 된 것인지는 모르겠지만, 더들스에게 넘겨진)에서 나는 향기는 이미 코르크마개가 열려 있음을 암시한다. 하지만 두 사람 모두 서로를 분간할 수도 없기 때문에 그걸 눈으로 확인할 수는 없다. 그런데도 대화중에 그들은 마치 그들의 표정이 교감을 나눌 수 있다는 듯 서로를 바라본다.

"이거 좋은 거네요, 자스퍼 씨!"

"아주 좋은 걸 거야. 맘먹고 산 걸세."

"그들이 나타나질 않네요. 보다시피 늙은이들이 안 나타나요, 자스퍼 씨!"

"나타난다면 지금보다 더 혼란스러운 세상이 되겠지."

"아, 그러네요. 일들이 복잡해질 수도 '있겠네요.'" 더들스는 유령이 나타나면 조상들과 후손들, 그리고 과거와 현재가 뒤죽박죽이 되어 일이 복잡해질 수도 있다는 점은 한 번도 생각해 본 적이 없는 듯하다. 그는 이제야 그 사실을 깨달은 듯 잠시 말이 없다. "하지만, 남자나 여자가 아닌 다른 것들의 유령도 있을 수 있잖아요?"

"어떤 것들 말인가? 꽃밭이나 화분? 말이나 마구?"

"아니요. 소리 말입니다."

"무슨 소리?"

"외침이요."

"무슨 외침을 말하는 건가? 의자를 고치라는 외침 말인가?"

"아니요. 비명을 말하는 거요. 내가 말해 주리다, 자스퍼 씨. 내가 이 병을 제대로 잡을 때까지 잠시만 기다리세요." 아무래도 이쯤에서 코르크 마개가 열렸다 다시 닫힌 게 분명하다. "그렇지! '이제야' 제대로 됐군! 지금으로부터 2, 3일 후의 작년 이맘때, 나는 응분의 환영을 해주며 그 시기에 해야 할 일을 하고 있었어요. 그때 나를 향한 마을 아이들의 공격이 최고조에 달했죠. 마침내 그들에게 보상을 해주고 이리로 돌아왔어요. 그리고는 여기서 잠이 들었죠. 근데 뭣 때문에 깬 줄 아세요? 외침의 유령이요. 끔찍하게 비명을 지르는 유령에 이어 개가 울부짖는 소리를 내는 유령이 나타났어요. 사람이 죽을 때 개가 내는 것 같은 길고 음산하고 비통한 울부짖음. 그게 '나의' 작년 크리스마스이브였어요."

"그게 무슨 소린가?" 그가 불쑥 말한다. 어떤 이는 사납다고 할 만한 대꾸다.

"무슨 말이냐 하면. 사방에 물어봤지만, 귀 달린 사람들 중 나 말고는 아무도 그 비명이나 울부짖는 소리를 듣지 못했다는 거요. 그래서 내가 그 둘 다를 유령이라고 하는 거요. 왜 그들이 내게 왔는지는 지금도 모르겠어요."

"난 자네가 그런 걸 믿는 사람인 줄 몰랐네." 재스퍼가 냉소적으로 말한다.

"나도 그런 줄 알았어요." 더들스가 평소처럼 대답한다. "하지만 그런 이유로 내가 선택된 거요."

재스퍼가 갑자기 일어나더니 무슨 소리냐고 그에게 묻고 이렇게 말한다. "이리 오게. 여기 있다간 얼어 죽겠어. 자네가 앞장서게."

더들스가 비틀거리며 그 말에 따른다. 그가 조금 전 사용했던 열쇠로 계단 꼭대기 문을 열고 대성당의 성단소 옆 통로로 나온다. 달빛이 너무 밝아서 가까이 있는 스테인드글라스의 색깔이 그들의 얼굴에 비친다. 동행자를 위해 문을 붙잡고 있는 인사불성의 더들스는 마치 무덤에서 나온 것처럼 얼굴에 자줏빛 줄이 그어져 있고 노란색 얼룩이 이마에 붙어 있어서 무시무시한 모습이다. 비록 재스퍼가 큰 탑의 계단으로 가는 길의 철문을 열 수 있도록 더들스에게 맡긴 열쇠를 찾기 위해 주머니를 뒤지는 동안 그가 문을 붙잡고 있는 시간이 길어지지만, 그의 동행자는 묘한 눈빛으로 치밀하게 그를 주시한다.

"그거랑 술병은 자네가 충분히 들 수 있겠지." 그가 더들스에게 열쇠를 건네며 말한다. "자네 꾸러미를 내게 주게. 자네보단 내가 더 젊고 호흡이 기니까." 더들스는 꾸러미와 술병 사이에서 잠시 망설이다 지금까지 더 좋은 벗이 되어 준 술병을 선택하고 마른 짐을 동료 탐험가에게 맡긴다.

그들은 위쪽의 계단과 계단이 뒤틀린 부분의 거친 석축을 피해 머리를 숙이며 큰 탑의 나선형 계단을 돌고 돌아 힘들게 올라간다. 더들스가 차고 딱딱한 벽에서 모든 것에 숨어 있는 저 신비로운 불꽃을 끌어내어 램프에 불을 붙이고 이 불씨에 이끌려 거미줄과 먼지 사이를 기어 올라간다. 그들의 길은 이상한 장소들을 지나간다. 그들은 두세 번 낮은 지붕의 회랑으로 나오는데, 그곳에서 그들은 달빛이 비치는 성당

내부를 내려다볼 수 있다. 더들스가 램프를 흔들자 그들을 내려다보는 듯한 지붕 받침대 위의 희미한 천사들의 머리가 흔들린다. 곧 두 사람은 더 좁고 가파른 계단으로 돌아들고, 밤공기가 불어오기 시작하고, 놀란 갈까마귀인지 겁먹은 떼까마귀인지가 시끄럽게 울며 갇힌 공간에서 날개를 퍼덕이고, 먼지와 지푸라기가 그들 머리 위로 떨어진다. 마침내 램프를 계단 뒤에 놓고—여기서는 바람이 상쾌하게 불기 때문에—그들은 클로이스터햄을 내려다본다. 탑 아래 폐허가 된 주거지와 죽은 자들의 안식처, 그 뒤로 옹기종기 모인 산 자들의 붉은 벽돌집과 이끼로 약해진 붉은 기와지붕, 마치 그곳이 원천인 듯 수평선 위 안개에서 굽이굽이 흘러내리며 벌써 바다를 향해 간다는 것을 알고 초조함으로 무겁게 움직이는 강물이 달빛에 환히 드러난다.

다시 말하지만, 이건 불가해한 탐험이다! 재스퍼는(분명한 이유 없이 항상 부드럽게 움직이며) 이 광경을, 특히 대성당이 그림자를 드리운 가장 고요한 부분을 응시한다. 하지만 그는 더들스를 상당히 묘한 눈빛으로 응시하고 더들스도 그의 주시하는 눈동자를 가끔 의식한다.

더들스가 단지 가끔씩 의식하는 건 점점 졸음이 밀려오기 때문이다. 기구의 고도를 올리려고 무게를 줄이듯이 더들스도 올라가면서 포도주 병을 입에서 떼기 시작한다. 그는 잠의 손아귀에 다리가 후들거리고 말이 멈춘다. 약한 발작이 그를 덮쳐 지 아래 땅바닥이 탑과 같은 높이로 느껴지며 자진해서 허공으로 걸어 나갈 뻔 한다. 그들이 아래로 내려오기 시작할 때도 여전히 그는 그런 상태다. 하강하려고 기구를 무겁게 만들 듯 더들스도 더 잘 내려가려고 자신에게 포도주를 더 많이 들이 붓는다.

철문에 이르러 문을 잠근—하지만 그전에 더들스는 두 번이나 고꾸라져 이마에 상처까지 입었는데—그들은 처음 그곳으로 들어올 때처럼 다시 밖으로 나가기 위해 납골당으로 향한다. 하지만 저 빛줄기 사이로 돌아오는 중에 더들스는 다리와 말이 모두 마비된다. 그래서 그는 무거운 기둥 옆으로 그 못지않게 육중하게 반쯤은 주저앉고 반쯤은 고꾸라지며, 알아듣기 힘든 목소리로 동행자에게 40초만 눈을 붙이게 해달라고 간청한다.

"자네가 만약 그렇게 하겠다면, 아니 그래야 한다면," 재스퍼가 대답한다. "자넬 여기 두고 가진 않겠네. 내가 주변을 오가는 동안 눈을 붙이게."

더들스는 이내 잠이 들고 잠 속에서 꿈을 꾼다.

꿈나라의 광활한 영역과 훌륭한 제작물들을 고려할 때 그리 대단한 꿈은 아니다. 이 꿈이 놀라운 이유는 단지 유난히 초조하고 유난히 실제 같다는 것이다. 그 자리에 누워 잠든 그는 동행자가 오가는 발자국 소리를 세는 꿈을 꾼다. 꿈속에서 동행자의 발자국이 먼 곳으로 사라져 오랫동안 들리지 않고, 무언가가 그를 만지고 무언가가 그의 손에서 떨어진다. 그리고 무언가가 쨍그랑 소리를 내고 무언가가 더듬더니, 너무 오랫동안 혼자 있었던 그는 달이 경로를 따라가면서 빛줄기의 방향이 달라진 꿈을 꾼다. 다음으로 이어지는 무의식에서 그는 추위로 점차 불편해지는 꿈으로 지나쳐 간다. 그리고 빛줄기의 방향이 꿈속에서처럼 실제로도 바뀌었다는 것과 재스퍼가 그 빛줄기들 사이로 손을 비비고 발을 구르며 걸어 다니고 있다는 것을 깨달으며 고통스럽게 잠에서 깨어난다.

"이런!" 더들스가 의도치 않게 놀라며 소리친다.

"드디어 일어났군?" 재스퍼가 다가오며 말한다. "자네 40초가 천 초로 늘어난 것 알고 있나?"

"아니요."

"그래도 그만큼 지났네."

"몇 시죠?"

"들어보게! 탑에서 종이 울리네!"

종이 네 번 울리고 나서 큰 종이 한 번 울린다.

"두 시라니!" 더들스가 기를 쓰고 일어나며 소리친다. "왜 날 깨우지 않았어요, 자스퍼 씨?"

"깨웠네. 죽은 사람—바로 저 구석에 있는 자네의 죽은 자들의 가족—을 깨우는 것이나 마찬가지였네."

"내 몸에 손을 댔나요?"

"손을 댔느냐고? 물론이지. 잡고 흔들기도 했네."

더들스가 꿈에서 뭔가 만진 걸 기억해 내고 바닥을 내려다본다. 그러자 그가 누웠던 자리 가까이에 떨어져 있는 납골당문 열쇠가 눈에 들어온다.

"내가 떨어뜨렸죠?" 꿈속의 그 부분을 회상하던 그가 열쇠를 집어 들며 말한다. 그가 똑바로 선 자세로 돌아와서, 아니 평소 구부정한 자세 중 가장 똑바른 자세에 가깝게 일어나서 다시 그의 동행자가 그를 주시한다는 걸 의식한다.

"자 그럼," 재스퍼가 웃으며 말한다. "준비 다 됐나? 서두르지 말게."

"자스퍼 씨. 내 꾸러미를 제대로 쥐기만 하면 준비가 끝나요." 그가 꾸러미를 고쳐 매는 동안 다시 자신이 자세히 관찰 당한다는 걸 의식한다.

"나에 대해 뭘 의심하는 거요, 자스퍼 씨?" 취중의 불쾌함을 담아 그가 묻는다. "더들스에 대해 의심하는 것이 있으면 말해 봐요."

"의심하는 건 전혀 없네, 나의 훌륭한 더들스 씨. 하지만 내 술병에 우리가 생각했던 것보다 더 강한 것이 들어 있었다는 의심은 드는군. 그리고 또 하나 의심하는 건," 재스퍼가 바닥에서 술병을 집어 거꾸로 세워 보고는 덧붙인다. "이게 빈병이라는 걸세."

더들스가 이 말에 어색해 하며 소리 내어 웃는다. 그가 웃음을 멈추고 마치 술을 마시는 능력에 대해 자조하듯이 미소를 지으며 문으로 걸어가 열쇠로 문을 연다. 두 사람 모두가 밖으로 나오자 더들스가 다시 문을 잠그고 열쇠를 주머니에 넣는다.

"신기하고도 흥미진진한 저녁에 대해 무한히 감사하네." 재스퍼가 손을 내밀며 말한다. "집에 혼자 찾아갈 수 있겠나?"

"당연하죠!" 더들스가 말한다. "만약 당신이 더들스에게 집에 같이 가주겠다고 모욕하면 난 집에 안 갈 거요.

'더들스는 아침까지 집에 안 갈 거야,

더들스는 집에 안 갈 거야,

더들스는 안 갈 거야." 극도로 반항적인 태도를 보이며 그가 이렇게 말한다.

"그렇다면, 잘 가게."

"잘 가요, 자스퍼 씨."

그들이 각자의 길로 향하는데, 갑자기 날카로운 휘파람소리가 정적을 가르며 개 짖는 소리 같은 노랫소리가 들린다.

"위디 위디 웬!
붙짭으면~내가~갖꼬~가야지
위디 위디 위!
도망~안~가면~내가~가야지
위디 위디, 장닭아, 경고야!"

곧바로 돌 속사포가 대성당 벽에 퍼부어지고, 끔찍하게 생긴 작은 아이가 반대편 달빛 아래에서 춤을 추는 모습이 보인다.

"뭐야! 감시하는 꼬마 악마군!" 재스퍼가 분노에 떨며 소리친다. 치솟는 격분으로 그도 어른 악마 같아 보인다. "저 꼬마 괴물의 피를 보고 말 거야! 저지르고 말겠어!" 램프에 한 번 이상 얻어맞고도 램프는 개의치도 않고 데퓨티에게 달려간 그가 그의 목덜미를 잡고 길을 건너 그를 데려오려고 한다. 하지만 데퓨티는 그렇게 쉽게 끌려오지 않는다. 자신의 위치에서 가장 큰 강점이 무엇인지 귀신 같이 파악한 그는 목덜미를 잡히자 바로 다리를 땅에서 들어 올려, 말하자면 자신의 공격자가 자신의 목을 매달 수밖에 없도록 만든다. 그리고 벌써 교살의 첫 고통을 겪는 것처럼 목구멍에서 꾸르륵 소리를 내며 몸을 돌리고 비튼다. 그를 내려놓는 것 외에는 다른 방도가 없다. 즉시 몸을 추스르고 더들스에게로 도망간 그가 격노와 악의로 가득 차서 빠진 앞니 사이로 이를 갈며 자신의 공격자에게 소리를 지른다.

"눈을 멀게 해줄 거야, 그러니 도와줘! 돌로 눈을 뽑아 버릴 거야, 그러니 도와줘! 내가 어르신 눈을 안 뽑으면 내 손에 장을 지져!" 그와 동시에 꼬마는 더들스 뒤로 몸을 피하고 재스퍼를 향해 으르렁거린다. 재스퍼가 덤벼들 것에 대비해 이리저리 사방으로 도망치다 결국 붙잡힌 꼬마가 바닥을 기며 소리친다. "이제, 넘어져 있으니 날 때려 봐! 해보라고!"

"아이를 해치지 말아요, 자스퍼 씨." 더들스가 그를 보호하며 요구한다. "진정해요."

"오늘밤 우리가 처음 이곳에 왔을 때부터 우리를 뒤쫓았어!"

"어르신이 거짓말하는 거야! 난 안 그랬어." 데퓨티가 단 한 가지 공손한 모순의 형태를 사용해 응수한다.

"우리 근처를 계속 배회했어!"

"어르신이 거짓말하는 거야. 난 안 그랬어." 데퓨티가 대꾸한다. "방금 돈 벌려고 나오면서 당신 둘이 킨프리더렐에서 나오는 걸 봤어. 만약,

'붙짬으면~내가~갖꼬~가야지.'

(더들스 뒤로 피하기는 하지만, 평소의 리듬과 춤에 맞춰) 그게 '내' 잘못은 아니잖아?"

"그럼, 그를 집으로 데려가." 재스퍼가 사납게, 하지만 자신을 강력히 자제하며 대꾸한다. "그리고 내 앞엔 나타나지 마!"

데퓨티가 다시 한 번 날카로운 휘파람을 불어 안도감을 표시하고 더들스 씨에게 약하게 돌팔매를 시작한다. 마치 그가 미적거리는 황소인 것처럼 이 훌륭한 신사가 집으로 향하도록 돌팔매를 시작한다. 재스퍼 씨는 생각을 곱씹으며 자신의 게이트하우스로 돌아간다. 그리하여 모든 것에 끝이 있듯 이 불가해한 탐험도 끝이 난다. 이번에는.

4부

그의 처소의 둥근 천장으로 된 현관 아래에 도착한 그가

그 은신처에서 저 대단한 검은색 스카프를 목에서 풀기 위해

잠깐 멈추고 스카프를 팔에 둘러 늘어뜨린다.

13장
최고조의 두 사람

　미스 트윙클튼의 교육기관은 고요한 정적을 겪기 직전이었다. 크리스마스 방학이 가까웠다. 그렇게 오래지 않은 과거에 박식한 미스 트윙클튼마저도 '절반'이라고 불렀던, 하지만 지금은 더 고상한 교육기관 용어인 '학기'가 내일 끝나게 된다. 최근 며칠간 '수녀의 집'에서는 규율이 눈에 띄게 느슨해졌다. 저녁식사를 침실에서 하고, 조리용 혀를 가위로 자르고, 스테이크용 고기를 고데기로 익혔다. 일정 분량의 마말레이드를 머리 마는 종이로 만든 접시를 이용해 나눠 주고, 어린 리키츠(위장이 안 좋은 한 하급생)가 매일 철분약용으로 사용하는 계량컵에다 과일 음료를 부어 단숨에 들이켰다. 하녀들에게 침대에 떨어진 부스러기에 대해 보고하지 말라고 리본 조각과 굽 낮은 여러 신발들을 뇌물로 주고, 이 흥겨운 행사들에서 경쾌하고 하늘하늘한 옷들을 입고, 대담한 페르디난드 양은 머리를 늘어뜨린 사형집행자 두 명이 그녀의 베개로 그녀를 질식시키려 할 때까지 빗과 머리 마는 종이를 이용해 깜짝 솔로 공연을 선사했다.

종강의 징후는 이뿐만이 아니었다. 상자들이 침실들에 나타났고(다른 때 같았으면 중죄에 해당했을 텐데), 싼 짐에 비해 훨씬 많은 놀라운 양의 짐싸기 행사가 펼쳐졌다. 참석자들에게는 콜드크림, 머릿기름, 머리핀 등의 잡동사니를 후하게 나눠 줬다. 불가침의 비밀에 대한 죄목과 관련하여, 기회가 생기면 '가정초대회'[17]라고 제의하는 것이 상례인 영국의 귀공자들에 대한 밀담도 오갔다. 기글스 양(감정이 부족한)은 귀공자의 그런 영광스러운 제의에 자신은 우스꽝스러운 표정으로 답했다고 말했지만, 압도적인 다수가 이 어린 숙녀의 주장에 반대표를 던졌다.

방학 전날 밤에는 아무도 잠자리에 들면 안 된다고, '유령들'은 수단과 방법을 가리지 않고 조장해야 한다고 항상 명예를 걸고 맹세했다. 이 맹세는 어김없이 깨져 어린 숙녀들 모두는 곧 잠들어 아침 일찍 일어났다.

출발일 정오에 종강식이 끝나고 미스 트윙클튼은 티셔 부인의 도움을 받아 자신의 집(지구의와 천구의는 갈색 천으로 덮고)에서 접대를 했다. 탁자 위로 백포도주 잔들과 파운드케이크 조각들이 눈에 띄었다. 그때 미스 트윙클튼이 이렇게 말했다. "여러분, 한 해가 돌고 돌아 우리 본성 중 으뜸가는 감정들이 우리—미스 트윙클튼은 해마다 '가슴에'라고 하려다가 말하기 바로 직전에 '마음에'라는 말로 대신하는데—의 마음에 넘실거리는 축제 기간이 찾아왔습니다. 마음, 우리의 마음. 에헴! 여러분 다시 한 해가 돌고 돌아, 학업—엄청난 진보를 이룬 학업이기를 바라며—의 휴지기가 우리에게 찾아와서 출항하려는 선원처럼, 막사 안의 전사처럼, 지하 감옥의 포로처럼, 다양한 교통수단들을 거쳐 가는 여행자처럼 우리는 집을 그리워했습니다. 이런 시기에는 애디슨 씨의 감동적인 비극의 서두를 이야기해야 할까요?

> '새벽은 잔뜩 흐려 있고, 아침은 찌푸려 있으며,
> 그리고 구름에 뒤덮인 그날이 온다,
> 그 위대한, 그 중대한 날이……?'

그렇지 않습니다. 수평선에서 천공까지 모든 것이 장밋빛이며 모든 것이 우리의 친지와 친구들을 상기시켰습니다. 우리의 기대만큼 그들이 번영한 걸 우리가 알게 되고, 그들의 기대만큼 우리가 번영한 걸 그들이 알게 되길 바랍니다! 여러분, 이제 우리의 사랑을 담아 서로에게 작별인사와 함께 다시 만날 때까지 행복하길 빌어 주십시오. 그리고 우리의 학업을 (이때 사방으로 전반적인 우울함이 퍼지며) 정진하고 또 정진할 시간이 우리에게 찾아오면, 저 스파르타의 장군이 저 언급이 필요 없는 전투에서 말한 반복하면 지루할 그 말들을 항상 기억하도록 합시다.”

학교의 하녀들은 가장 좋은 모자를 쓰고 쟁반들을 건넸고, 어린 숙녀들이 음료 한 모금과 푸딩 한 조각을 끝내자 주문한 마차들이 거리를 가득 메우기 시작했다. 작별은 그리 오래 걸리지 않았다. 미스 트윙클튼은 어린 숙녀 각자의 볼에다 키스를 하며 ‘미스 트윙클튼의 최고의 찬사를 담아’라는 문구가 구석에 적힌, 법률 담당자에게 쓴 지나치게 깔끔한 편지를 위임한다. 그녀는 이 공문서를 수업료와는 아무 관련이 없으며 오히려 뜻밖의 세심하고도 즐거운 것이라는 듯한 태도로 건넸다.

이런 종강식을 너무 많이 봐 왔던 로사는 이곳 이외의 '다른' 집이라고는 거의 아는 곳이 없어서 지금 있는 곳에 그대로 머무르는 것에 만족했고, 최근에 사귄 친구와 함께 있어서 그 어느 때보다 만족했다. 그런데도 그녀의 최근 우정에는 분명한 공백이 있었다. 오빠의 로사에 대한 고백의 자리에 함께 했고, 크리스파클 씨와의 침묵의 맹세에도 가담했던 헬레나 랜들레스는 에드윈 드루드의 이름이 나올 때마다 화제를 피했다. 그녀가 왜 피하는지 로사에게는 수수께끼였지만, 그 사실은 그녀에게 완벽하게 인지되었다. 하지만 그녀가 헬레나와 속마음을 터놓고 얘기했다면 자신의 곤혹스러운 마음에서 의심과 망설임을 어느 정도 덜어 낼 수 있었을 것이다. 사실 탈출구가 없었던 그녀는 그저 자신의 어려움에 대해 계속 생각할 수밖에 없었다. 특히 에드윈이 오면 두 젊은이 사이에 훌륭한 상호 이해가 마련되리라는 것—이에 대해서는 헬레나가 알려 줬는데—을 알게 된 지금, 왜 그녀가 에드윈의 이름을 계속해서 피하는지 더욱 더 궁금해 할 수밖에 없었다.

너무나 많은 예쁜 소녀들이 '수녀의 집' 포치[18]에서 로사에게 키스를 하고, 저 밝게 빛나는 작은 존재가 포치에서 얼굴을 내밀고(홈통과 박공에 새겨진 교활한 얼굴들이 자신을 훔쳐보는 것은 의식하지 못하고), 홀로 남겨진 이곳을 밝고 따뜻하게 유지하기 위해 기거하는 장밋빛 젊음의 정신을 대표하듯 떠나가는 마차들에 손을 흔들어 작별인사를 하는 모습은 아름다운 그림이 되었을 것이다. 목이 쉰 하이 스트리트는 다양한 은빛 목소리가 내는 '안녕, 로즈버드 달링!'이라는 외침으로 뮤지컬이 되었고, 건너편 현관에 서 있는 삽시 씨 부친의 조각상은 인류에게 '여러분, 이 홀로 남겨진 매력적인 작은 곳에 주목해 주시고,

이 시기에 걸맞은 정신으로 기원해 주시길 바라마지 않습니다!'라고 말하는 듯했다. 그리고는 잠시 동안 그렇게 보기 드물게 반짝이고 발랄하고 산뜻했던 이 거리가 다시 건조해지면 클로이스터햄은 원래의 모습으로 돌아왔다.

지금 로즈버드가 나무 그늘에서 초조한 마음으로 에드윈 드루드를 기다리는 것과 마찬가지로 에드윈 드루드도 나름대로 초조한 마음이었다. 미스 트윙클튼의 교육기관에서 요정의 여왕으로 박수갈채를 받으며 추대된 어린아이 같은 미인보다 성격상 훨씬 목적의식이 덜한 그에게도 양심은 있었다. 그루져스 씨는 그 양심을 자극했었다. 무엇이 옳고 무엇이 그른지에 대한 그 신사 분의 확고한 신념이, 에드윈에게는 눈살을 찌푸릴 일도 웃어넘길 일도 아니었다. 게다가 그의 신념은 외부의 영향을 받을 신념이 아니었다. 스테이플 호텔에서의 저녁식사가 없었다면, 자신의 외투 안주머니에 넣어 둔 반지가 없었다면, 에드윈은 진지하게 멈추어 생각하지도 않고 그냥 두면 모든 것이 다 잘 풀릴 것으로 막연히 믿으며 결혼식으로 흘러갔을 것이다. 하지만 진지하게 산 자와 죽은 자에게 진실하기로 한 맹세는 그에게 경종을 울리는 계기가 되었다. 이제 그는 반지를 로사에게 주거나 그루져스 씨에게 돌려줘야만 한다. 일단 선택의 폭이 이렇게 좁아지자 신기하게도 그는 로사가 자신에게 했던 말들을 전보다 더 이타적으로 고려하기 시작했고, 그의 태평한 시절을 통틀어 그 어느 때보다도 자신에 대한 확신이 줄어들기 시작했다.

게이트하우스에서 '수녀의 집'으로 걸어오며 그가 한 결심은 '그녀의 말과 얘기의 진행에 따라야겠어'였다. '어떤 결과가 나오든, 그의 말을 명심하며 산 자와 죽은 자에게 진실할 거야.'

로사는 산책을 위해 옷을 갈아입었다. 그녀는 그를 기다렸다. 화창하지만 추운 날이었다. 미스 트윙클튼은 이미 그녀에게 상쾌한 공기를 마시도록 관대하게 허락했다. 그래서 미스 트윙클튼이나 부제사장 티셔 부인이 평소 바치는 저 제물들 중 하나를 예법의 제단에 올려놓기도 전에 그들은 학교를 빠져 나왔다.

　"나의 소중한 에디." 하이 스트리트의 모퉁이를 돌아 나와 대성당과 강 근처를 조용히 산책하며 로사가 말했다. "에디에게 아주 진지하게 할 얘기가 있어. 오래 오래 생각한 거야."

　"나도 로사에게 진지하게 할 말이 있어. 진지하고 솔직하고 싶어."

　"고마워 에디. 내가 얘기를 꺼낸다고 해서 이기적이라고 생각하진 않겠지? 내가 먼저 얘기한다고 해서 자신만을 위해 말한다고 생각하진 않지? 만약 그렇다면 아량이 넓지 않은 거겠지? 난 에디가 넓은 아량을 가졌다는 걸 알아!"

　그가 말했다. "네게 인색한 사람이 되고 싶진 않아, 로사." 그는 그녀를 더는 이쁜이라고 부르지 않았다. 절대 다시는 그렇게 부르지 않을 것이다.

　"그리고 우리," 로사가 계속한다. "싸울 염려는 없는 거지? 왜냐하면, 에디." 그의 팔을 꼭 쥐며 "우린 서로에게 아주 관대할 이유가 너무 많거든."

　"그럴 거야, 로사."

　"그래야 내 착한 아이지! 에디, 우리 용감해지자. 오늘부터 오빠와 동생으로 지내자."

　"절대 남편과 아내는 되지 말고?"

　"절대로!"

두 사람 모두 잠시 말이 없다. 하지만 잠시 후 약간 애를 쓰며 그가 말했다. "물론 우리 두 사람 마음속에 이 생각이 존재해 왔다는 걸 알고 있고, 물론 그게 로사의 잘못은 아니라고 도의상 솔직히 시인하고 싶어."

"아니야, 에디의 잘못도 아니야." 그녀가 솔직하게 대꾸했다. "우리 사이에 갑자기 나타난 거야. 에디도 약혼 중에 진정으로 행복하지 않았고, 나도 진정으로 행복하지 않았어. 아, 너무 미안해. 너무 미안!" 그녀가 눈물을 흘렸다.

"나도 정말 미안해, 로사. 정말 미안해."

"나도 정말 미안해, 가엾은 에디! 정말 미안해!"

이 젊고 순수한 감정, 서로에 대한 온화하고 관대한 이 느낌은 그들을 비추는 부드러운 빛을 동반했다. 그 빛 안에서 그들의 관계는 고집이나 변덕 혹은 실패로 보이지 않았고 오히려 자기부정의 명예로운, 다정한, 진정한 무언가로 승화되었다.

"만약 우리가 어제 알았다면," 로사가 눈물을 닦으며 말했다. "어제, 그리고 그동안 수많은 어제들에 우리의 선택이 아닌 그런 관계에 서로 묶여 있는 게 옳지 않다는 걸 정말 알았다면, 오늘 그걸 바꾸는 것보다 더 나은 방법이 있을까? 우리가 미안해하는 건 당연해. 우리 둘 다 서로가 얼마나 미안해하는지 알지만, 그때보다 지금 미안해하는 게 얼마나 더 좋아!"

"언제, 로사?"

"너무 늦어 버렸을 때. 그때가 되면 우린 서로에게 화를 낼 거야."

그들은 또 한 번 침묵에 빠졌다.

"그리고 알다시피," 로사가 순진하게 말했다. "그땐 에디가 날 좋아할 수 없어. 지금은 에디에게 짐이 되지도 않고 걱정거리도 아니니까 항상 날 좋아할 수 있어. 그리고 지금은 나도 에디를 항상 좋아할 수 있고, 에디의 동생은 에디를 놀리거나 가지고 놀지도 않을 거야. 에디의 동생이 아니었을 때는 자주 그랬지만. 용서해 줘."

"거기까지는 가지 말자, 로사. 안 그러면, 내 경우엔 내가 바라는 것보다 더 많은 용서를 구해야 할 거야."

"아니야, 에디. 에디는 자신에게 너무 가혹해. 우리 이 폐허 위에 앉자. 그리고 우리가 그동안 어떤 상태였는지 말해 줄게. 에디가 지난번에 이곳을 다녀간 후로 그 점에 대해 많이 생각했거든. 에디는 날 좋아했지? 내가 괜찮은 애라고 생각했지?"

"모두가 그렇게 생각해, 로사."

"그래?" 그녀는 잠시 생각에 잠겨 이맛살을 찌푸리다가 갑자기 밝게 빛나는 표정이 됐다. "그렇다면 그들은 그렇게 생각한다고 쳐. 하지만 다른 사람들이 한 만큼만 에디가 나를 생각한 걸로는 분명 충분치 않겠지?"

그 점은 그냥 지나칠 문제가 아니었다. 충분치 않은 것이 사실이다.

"그게 내가 하고 싶은 말이야. 그게 우리들의 관계였어." 로사가 말했다. "에디는 날 무척 좋아했고, 내게 익숙해졌고, 나와 결혼한다는 생각에 익숙해졌던 거야. 그 상황을 피할 수 없는 것으로 받아들인 거야, 그렇지? 운명이라고 생각하는데 왜 논의하고 반박하겠어?"

그에게는 그녀가 들고 있는 거울에 자신의 모습이 비쳐 자신이 그걸 볼 수 있다는 게 새롭고 신기할 따름이었다. 그는 항상 그녀의 기지와 비교해 자신이 우월하다고 믿으며 깔보고 생색냈었다. 그건 그들이 평생의 결속을 향해 나아감에 있어 뭔가 근본적으로 잘못되었다는 또 다른 증거였을까?

"내가 에디에 대해 하는 말은 내게도 모두 적용되는 거야. 만약 그렇지 않았다면 그렇게 대담하게 얘기하지 못했을 거야. 우리 둘 사이에 차이가 하나 있다면, 그걸 부인하는 대신 그것에 대해 생각하는 습관이 내 맘을 차지했다는 거야. 알다시피, 내 삶은 에디만큼 바쁘지 않아. 그리고 생각할 일도 많지 않고. 그래서 내 후견인이 내가 '수녀의 집'을 떠나는 것에 대해 준비하려고 내려왔을 때, 그에 대해 아주 많이 생각하고 아주 많이 울었어(그건 에디의 잘못이 아니지만). 아직 맘속에서 완전히 정리되지 않았다는 걸 그에게 내비치려고 했지만, 망설이다 실패했어. 그래서 그는 나를 이해하지 못했어. 하지만 그는 좋은, 아주 좋은 사람이야. 그는 우리 상황에 있어서, 우리 둘만의 진지한 순간이 다가오면 에디에게 결단력 있게 얘기하는 것이 얼마나 중요한지에 대해 내게 너무도 친절하면서도 강력하게 조언해 줬어. 제발 내가 지금 이렇게 한꺼번에 다 얘기한다고 해서 쉽게 말한다고 생각하지는 말아 줘, 에디. 왜냐하면, 아! 이건 너무 너무 힘드니까. 그리고, 아! 너무 너무 미안해!"

그녀가 다시 한 번 진심으로 눈물을 흘렸다. 그가 그녀의 허리에 팔을 감고 그들은 강가를 함께 걸었다.

"로사, 네 후견인이 내게도 말했어. 런던을 떠나오기 전에 그를 만났거든." 그의 오른손이 반지를 찾느라 안주머니에 있었다. 하지만 그는 손을 멈추고 이렇게 생각했다. '만약 내가 그에게 이걸 돌려 줘야 한다면, 그녀에게 굳이 이것에 대해 얘기할 필요가 있을까?'

"그래서 더 진지해진 거구나, 에디? 내가 에디에게 이렇게 먼저 말하지 않았다면 에디가 먼저 얘기했겠지? 그랬으면 좋았을 걸? 우리에게 이게 훨씬 더 좋긴 하지만, 이걸 '모두' 나 혼자만 하는 건 싫어."

"그래, 내가 말했어야 했어. 모든 걸 네 앞에 펼쳐 놓았어야 했어. 그렇게 하려고 왔어. 하지만 난 너처럼 말하지 못했을 거야, 로사."

"너무 차갑고 매정하다는 말은 하지 마, 에디. 제발, 그런 말은 하지 말아 줘."

"내 말은 너무 분별 있고 섬세한 데다 너무 현명하고 다정하다는 뜻이야."

"그래야 내가 좋아하는 에디지!" 그녀가 기뻐하며 그의 손에 키스했다. "우리 학교 여자애들은 무지무지 실망할 거야." 로사가 그녀의 초롱초롱한 눈에 눈물을 글썽이며 웃는다. "그렇게도 기대했는데, 가엾은 귀염둥이들!"

"아! 하지만 잭에게는 더 큰 실망이 될 텐데 어쩌지." 에드윈 드루드가 말을 꺼낸다. "잭을 까맣게 잊고 있었어!"

이렇게 말하는 그를 보며, 순간 긴장하는 그녀의 표정은 번개의 섬광만큼이나 지울 수 없는 강력한 것이었다. 혼란스러워진 그녀가 아래를 내려다보며 숨을 가쁘게 몰아쉬었기 때문에, 할 수만 있다면 바로 그런 표정을 불러낼 것처럼 보였다.

"잭에게 큰 타격이 될 거란 걸 의심하지 않겠지, 로사?"

그녀는 우물쭈물 서둘러 대답할 뿐이었다. 그녀가 왜 의심했겠는가? 그녀는 그 부분에 대해 생각해 본 적도 없다. 그녀에게 그는 이 문제와 너무도 관련이 없었다.

"아! 로사! 잭이 내게 몰두한 만큼 타인에게 그렇게 몰두한 사람이 없는데―토프 부인의 표현이야―잭이 내 삶에서 일어난 그런 갑작스럽고도 완벽한 변화에 기겁하지 않을 수 있다고 생각해? 내가 갑작스럽다고 한 건, 알다시피 '그에게는' 갑작스러울 거라서 그래."

그녀가 두세 번 고개를 끄덕였고, 동의할 것처럼 그녀의 입술이 열렸다. 하지만 그녀는 아무 소리도 내지 않았고, 숨소리조차 진정되지 않았다.

"잭에게 어떻게 말하지?" 에드윈이 생각에 잠기며 말했다. 만약 그가 그 생각에 조금 덜 사로잡혔다면 그녀가 겪는 단 한 가지 감정을 알아차렸을 것이다. "잭을 전혀 생각하지 못했어. 마을에 알려지기 전에 그의 귀에 들어갈 거야. 내일과 모레―크리스마스이브와 크리스마스―나의 이 소중한 친구와 식사를 같이 하기로 했는데, 이걸로 그의 축제를 망칠 순 없어. 그는 항상 내 걱정을 하며 사소한 일까지도 신경써. 이 소식은 그를 뒤흔들어 놓을 거야. 도대체 어떻게 이걸 잭에게 알리지?"

"그에게 말해야 할까?" 로사가 말했다.

"내 소중한 로사! 잭이 아니면 누가 우리의 비밀을 전해 주겠어?"

"내가 편지를 써서 부탁하면, 내 후견인이 내려오겠다고 약속했어. 내가 편지를 쓸게. 그에게 맡겨 볼까?" 로사가 말했다.

"좋은 생각이야!" 에드윈이 소리쳤다. "또 다른 수탁인이라. 이보다 더 자연스러울 순 없지. 그가 내려와서 잭에게 우리가 합의한 걸 전한다면 우리가 할 수 있는 것보다 더 잘 얘기할 거야. 이미 로사에게 진심어린 조언을 했고, 내게도 진심어린 조언을 해준 그이니까 잭에게도 진심어린 말로 전달해 줄 거야. 그게 해답이야! 로사, 내가 겁쟁이는 아니지만, 난 잭이 좀 두려워."

"안 돼, 안 돼! 그를 무서워하다니 안 돼!" 얼굴이 백짓장처럼 하얘진 로사가 손을 꼭 쥔다.

"왜 그래. 로사 누이, 로사 누이? 포탑에서 뭘 본 거야?[19]" 에드윈이 그녀를 놀리며 말했다. "내 소중한 로사!"

"에디 말에 놀랐어."

"전혀 그럴 의도는 아니었지만, 만약 의도가 있었다면 그렇게 느꼈을 만큼 미안해. 근데, 로사는 잠시라도 내가 저 소중한 친구를 어떤 식으로든 정말 두려워할 거라고 생각해 본 적 있어? 내가 했던 말의 의미는, 그가 일종의 발작인지 경련인지를—그가 그걸 겪는 걸 한 번 봤어—겪는다는 거야. 우리의 이 천만뜻밖의 일을 자신이 그렇게 몰두해 있는 내게서 직접 듣게 된다면 그런 일이 또 일어날지도 몰라. 그게 바로—그리고 이건 내가 로사에게 알려 주려고 했던 비밀인데—로사의 후견인이 그에게 우리 얘길 전달해 줘야 할 또 하나의 이유야. 그는 너무도 차분하고 정확한 사람이라서 잭의 생각이 잘 정리될 수 있도록 얘기해 줄 거야. 그에 반해 나하고 있으면 잭은 항상 충동적인 데다 서두르고, 이 말을 해도 좋을지 모르겠지만, 거의 여자 같아."

로사는 확신이 선 것처럼 보였다. '잭'에 대해 매우 다른 관점을 가진 그녀는, 그녀와 그 사이에 그루져스 씨가 개입하는 것으로 위안을 얻는 동시에 보호를 받는다고 느꼈다.

이제 에드윈의 오른손이 작은 케이스 안의 반지에 다시 접근하지만, 이런 생각으로 그가 다시 손을 멈춘다. '이제 분명 그에게 반지를 돌려 줘야 해. 그렇다면 왜 내가 그녀에게 이 반지에 대해 얘기해야 하는 거지?' 둘 모두가 행복해지고 싶다는 역병과 같은 열망 가운데서 그에게 너무나 미안해하는 듯한 저 지극히 동정적인 존재는, 그리고 옛 세상의 꽃들이 시들어서 어쩌면 견뎌내야 한다고 입증된 그런 꽃들로 싱싱한 화관들을 엮어야 하는, 새로운 세상에 홀로 남겨진 자신을 너무도 조용히 발견할 수 있는 저 지극히 동정적인 존재는, 그런 서글픈 보석들로 슬픔에 젖을 게 뻔하다. 그런데 그게 무슨 소용이지? 왜 그래야 하지? 그것들은 그저 깨어진 행복과 기초 없는 계획의 표시에 불과했고, 바로 그 아름다움 안에서 그것들은 (저 가망 없는 남자들이 말했듯이) 미래를 전혀 예측할 수 없고 너무도 부서지기 쉬운 먼지와도 같은 인류의 사랑과 희망과 계획들에 대한 잔인한 풍자나 다름없었다. 보석들을 그대로 두어라. 그가 돌아가면 그것들을 그녀의 후견인에게 돌려줄 것이다. 후견인은 그것들을 자신이 마지못해 꺼냈던 보관함에 다시 넣어 둘 것이다. 그곳에서 그 귀중품들은 다시 팔려 과거의 역사를 되풀이할 때까지 오래된 편지들이나 맹세들이나 다른 이루어지지 않은 열망의 기록들처럼 외면당할 것이다.

그것들을 그대로 두어라. 안주머니에 말없이 놓여 있도록 두어라. 그가 얼마나 확실하게 또는 불확실하게 이런 생각들을 해봤는지 모르겠지만, 그는 그것들을 그대로 두기로 결론 내렸다. 시간과 상황의 어마어마한 제철소에서 밤낮으로 주조된 멋진 사슬들의 거대한 창고에, 하늘과 땅의 기초에 뿌리내려 붙잡고 흔들어댈 무적의 힘을 하사받은 저 작은 결론의 순간에 만들어진 사슬 하나가 있었다.

그들은 강가를 계속 걸었다. 그들은 각자의 계획을 이야기하기 시작했다. 그는 더욱 서둘러 영국을 떠날 것이고, 그녀는 적어도 헬레나가 곁에 있는 한 이곳에서 지낼 것이다. 가엾은 사랑스러운 여자애들은 부드럽게 실망을 맞을 것이고, 미스 트윙클튼에게는 그루져스 씨가 오기 전에 로사가 먼저 비밀을 알릴 것이다. 그녀와 에드윈이 친한 친구로 남을 것임을 방마다 분명히 알릴 것이다. 그들이 처음 약혼한 이래로 둘 사이의 이해가 이처럼 고요했던 적은 없었다. 하지만 각자 털어놓지 않은 것이 하나씩 있었는데, 그녀는 자신의 후견인을 통해 음악 선생님의 수업을 즉각 중단하겠다는 의도를 가지고 있었고, 그는 벌써부터 랜들레스 양을 좀 더 알게 될 기회가 올 것인지에 대해 막연히 추측하고 있었다.

그들이 함께 걸으며 얘기를 나누는 동안 밝고 추운 날이 기울었다. 그들의 산책이 끝날 무렵 태양은 멀리 그들 뒤에서 강으로 잠겨들었고, 오래된 도시는 그들 앞에 붉게 물들었다. 신음하는 강물은 그들이 발길을 돌려 강가를 떠나려고 할 때 그들 발 앞에 석양 무렵의 해초를 던져 놓았다. 그리고 떼까마귀들은 목이 쉰 울음소리로 어두워지는 공중에서 더 어두워진 날개 짓을 첨벙거리며 그들 위를 맴돌았다.

"내가 떠나는 것에 대해 곧 잭에게 알릴게." 에드윈이 낮은 목소리로 말했다. "그리고 로사의 후견인이 오면 그를 만나고, 그들이 만나서 얘기를 나누기 전에 난 떠날게. 내가 옆에 없는 편이 더 나을 거야. 그렇게 생각하지?"

"응."

"우린 우리가 한 일이 옳다는 거 알지, 로사?

"응."

"우린 우리가 지금마저도 더 낫다는 걸 알지, 로사?"

"그리고 시간이 가면서 훨씬, 훨씬 더 나아질 거야."

하지만 여전히 그들이 포기하는 과거의 입장에 대한, 그들 마음속에서 사라지지 않는 다정함 때문에 이별이 늦춰졌다. 그들이 지난번 함께 앉아 있었던 대성당 옆 느릅나무들 사이에 다다랐을 때, 서로 약속이나 한 것처럼 걸음을 멈췄다. 로사가 예전에는—이미 예전이 돼 버렸기 때문에—한 번도 해본 적 없는 행동, 즉 자신의 얼굴을 그의 얼굴

가까이로 가져갔다.

"신의 축복이 있기를, 에드윈! 안녕!"

"신의 축복이 있기를, 로사! 안녕!"

그들은 서로에게 열렬한 키스를 했다.

"이제 집에 데려다 줘, 에디. 그리고 나 혼자 있게 해줘."

"돌아보지 마, 로사." 그가 그녀의 팔을 자신의 팔에 끼고 앞장서며 주의를 줬다. "잭 못 봤어?"

"아니! 어디?"

"나무 아래. 우리가 서로에게 열중하고 있을 때 그가 우리를 봤어. 가엾은 친구! 우리가 헤어진 건 전혀 모르고. 이 일이 그에게 큰 타격이 될 것 같아 두려워!"

그녀는 그들이 게이트하우스 아래를 지나 거리로 들어올 때까지 쉬지 않고 서둘러 걸었다. 거리로 들어오자 그녀가 물었다.

"그가 우릴 따라왔어? 에디는 안 보는 척하면서도 볼 수 있잖아. 그가 뒤에 있어?"

"아니……. 응, 있어! 막 관문 아래를 빠져 나왔어. 저 정 많은 늙은 친구가 우릴 시야에 계속 두고 싶어 하는군. 그가 몹시 실망할까 두려워!"

그녀가 목이 쉰 낡은 종의 손잡이를 급히 잡아당기자 곧 문이 열렸다. 안으로 들어가기 전에 그녀가 그에게 마지막으로 눈을 크게 뜨고 놀란 표정을 지었는데, 마치 그에게 '아! 이해 못하겠어?'라고 간절히 묻는 듯했다. 그 표정을 뒤로하고 그는 그녀의 시야에서 사라졌다.

14장
언제 이 세 사람이 다시 만날까?

클로이스터햄의 크리스마스이브. 거리의 몇몇 낯선 얼굴들, 반쯤은 낯설고 반쯤은 익숙한 몇몇 다른 얼굴들, 예전에는 클로이스터햄 아이의 얼굴이었다가 지금은 오랜 외부생활을 하던 중에 돌아와서 이 도시가 마치 한참 동안 세탁을 한 적이 없었던 것처럼 멋지게 줄어든 걸 발견한 남자와 여자의 얼굴들. 이들에게는 대성당의 시계 종소리와 대성당 탑에서 들려오는 떼까마귀의 울음소리가 마치 자장가처럼 들린다. 이런 이들에게는 훗날 임종의 시간에 방바닥에 수도원의 느릅나무 낙엽이 흩어져 있는 상상이 생기며, 다시 흙으로 돌아가기 직전 시작과 끝이 거의 맞닿을 때 바스락거리는 소리와 신선한 향기에 대한 어린 시절의 기억들이 되살아난다.

이 시기의 상징들도 사방에 널려 있다. 소참사회원 사택의 격자무늬 울타리에는 빨간 열매들이 여기저기서 빛을 내고, 토프 씨 내외는 성당 안의 조각품들과 벽에 붙은 촛대들에 마치 수석사제와 참사회원들의 외투 단추 구멍에 꽂듯이 호랑가시나무 가지를 우아하게 꽂는다. 특히 상점들에는 가시밥나무 열매, 건포도, 향신료, 과일껍질설탕절임과 촉촉한 설탕 같은 품목들이 아낌없이 풍성하게 진열되어 있다. 친절과 낭비도 도처에 깔려 있다. 이는 청과상의 현관에 걸린 거대한 겨우살이 나뭇가지 묶음과 제과점에서 한 사람당 1실링을 내고 참가하는 추첨용의 할리퀸 인형으로 장식한 볼품없는 작은 '열두 번째 케이크'[20]—너무나 볼품이 없어서 스물네 번째나 마흔여덟 번째 케이크라고 부르는 것이 나을—에서 역력히 드러난다. 볼거리들도 부족함이 없다. 중국 황제의 사색적인 마음에 깊은 인상을 남긴 밀랍인형은 저 윗길의 파산한 마방 직원 숙소에서 크리스마스 주간 동안에만 특별히 관심 있는 사람들에게 전시될 예정이며, 위대한 크리스마스 코미디 무언극 신작이 극장에서 상연될 예정이다. 무언극은 거의 실물크기에다 실물만큼이나 비참하게 '내일 어떠십니까?'라고 묻는 광대 시뇨르 잭소니니의 초상이 예고를 맡아한다. 다시 말해, 클로이스터햄은 정상 가동 중이다. 비록 이 표현에서 '고등학교'와 미스 트윙클튼의 학교는 제외되지만. 전자의 경우 미스 트윙클튼의 어린 숙녀들 중 한 명과 사랑에 빠진 학자들은 모두 집으로 떠났고, 후자의 경우 창가에 가끔 하녀들만 허둥대는 모습이 보인다. 이 처녀들은 여성의 구체적인 표상을 미스 트윙클튼의 어린 숙녀들과 나눠 가질 때보다 그녀가 자신들에게 맡겨졌을 때 예의에 어긋나지 않은 한도 내에서 더욱 숫기가 없어진다는 것이 곧 드러난다.

세 사람은 오늘밤 게이트하우스에서 만날 예정이다. 각자는 이날을 어떻게 보내는가?

네빌 랜들레스는 크리스파클 씨—그의 산뜻한 성품은 절대로 이 명절의 매력에 둔감하지 않은데—가 그를 이 기간 중 학업에서 면제해 주었지만, 조용한 자신의 방에서 오후 두 시까지 집중해서 책을 읽고 글을 쓴다. 그런 다음 책상을 치우고, 책들을 정리하고, 자신의 쓸모없는 리포트들을 찢어 소각하는 일에 착수한다. 그는 쌓여서 어지럽혀진 것들을 모두 쓸어 없애고 서랍을 정리한 다음 공부에 직접적으로 관련이 있는 메모만 남기고 쪽지나 종잇조각은 남기지 않는다. 이 일이 끝나자 그는 옷장으로 가서 평범한 옷 몇 벌—그 중 도보여행용의 목이 짧은 구두와 양말로 갈아 신고—을 배낭에 넣는다. 이 배낭은 새것으로 어제 하이 스트리트에서 산 것이다. 그는 같은 상점에서 손으로 쥐기에 손잡이가 튼튼한, 바닥이 쇠로 된 무거운 스틱도 함께 구입했다. 그가 창가에 앉아 배낭을 멘 채 스틱을 쥐고 흔들다 균형을 잡아보고는 그걸 옆에 세워 둔다. 이렇게 그의 준비는 끝난다.

그가 외출용으로 옷을 갈아입고 밖으로 나가다가 스틱을 가져가야 겠다는 생각에 다시 방으로 갔을 때—실제로 방을 나가다가 같은 층의 침실에서 나오는 소참사회원을 계단에서 만났을 때—였다. 계단에 잠시 멈춰 서 있던 크리스파클 씨가 곧바로 다시 나타난 그의 손에 스틱이 들린 것을 보고 그에게서 스틱을 건네받는다. 그리고는 미소를 지으며 그에게 스틱을 어떻게 고르는지 묻는다.

"제가 잘 아는 주제인지 모르겠네요." 그가 대답한다. "전 무게를 보고 고릅니다."

"너무 무겁군, 네빌. 너무 무거워."

"오래 걸으면서 체중을 싣기에요?"

"체중을 싣는다고?" 크리스파클 씨가 자신을 보행자 위치에 놓고 되묻는다. "체중을 싣는 게 아니고 그저 그걸로 균형을 잡는 거지."

"연습하면 더 잘 알게 되겠죠, 선생님. 아시다시피 제가 도보여행을 하는 나라에 살아 보지 않아서요."

"맞네." 크리스파클 씨가 말한다. "훈련을 좀 쌓게. 그런 다음 몇 십 마일을 함께 걸어 보세. 이제 가려던 길을 가게. 저녁식사 전에 돌아올 건가?"

"우리가 식사를 일찍 해서 그건 어려울 것 같아요."

크리스파클 씨는 완벽한 자신감과 편안함을 표현하며 (일부러) 밝게 고개를 끄덕이고 유쾌하게 인사한다.

'수녀의 집'으로 간 네빌은 오빠가 약속 시각에 맞춰 와 있다는 걸 랜들레스 양에게 전해 달라고 요청한다. 그는 현관에서 기다리며 학교의 문턱도 넘지 않는다. 로사 앞에 나타나지 않겠다고 약속했기 때문이다.

적어도 자신들의 의무를 네빌만큼은 염두에 두고 있는 그의 여동생 역시 지체 없이 그를 만나러 나온다. 다정하게 만난 그들은 꾸물거리지 않고 위쪽 내륙을 향해 걷는다.

"금지된 땅엔 들어가지 않을 거야, 헬레나." 학교에서 멀어지자 뒤를 돌아보며 네빌이 말한다. "내가 항상―그 뭐랄까―내 눈 먼 애정에 대해 언급하지 않을 수 없다는 거 이해하시?"

"그 얘기는 피하는 게 낫지 않을까, 네빌? 난 들을 수밖에 없는 입장이라는 거 알잖아."

"헬레나, 그럼 크리스파클 씨가 듣고 허락한 것에 대해서는 들어 줄 수 있지?"

"응, 그 정도는 들어 줄 수 있지."

"자, 이거야. 난 나 혼자만 불안하고 불행한 게 아니라 다른 사람들까지 불안하게 만들어서 방해한다는 거야. 내가 그걸 어떻게 아느냐하면, 내 유감스러운 존재만 아니라면 너와 전에 함께 모였던 사람들이, 우리의 저 매력적인 후견인은 빼고, 내일 소참사회원 사택에서 즐겁게 식사를 할 걸? 정말 그럴 거야. 난 저 노부인이 나를 좋게 보지 않는다는 걸 너무 잘 알고 있어. 내가 이 사람과 멀리 떨어져 있어야 하고, 이 사람과 접촉하면 안 되는 이러저러한 이유가 있고, 또 다른 어떤 이와의 좋지 않은 평판이 내게 따라다니는 등등의 이유가 있을 때에는 그녀의 질서정연한 집의 손님 접대에—특히, 이 시기에는—내가 얼마나 귀찮게 방해가 되는지 금방 알 수 있어. 크리스파클 씨와 이에 대해, 알다시피 그의 무욕적인 태도 때문에, 아주 조심스럽게 얘기를 나눴어. 하지만 개의치 않고 얘기했지. 그러면서 내가 강조한 건 지금 난 나 자신과 비참한 싸움을 하는 중이고, 약간의 변화와 공백은 그걸 극복하는데 도움이 될 거란 거였지. 그래서 날씨가 좋으면 내일 아침 도보여행을 떠나 모두에게(나 자신도 포함해서) 방해가 되지 않으려고 해."

"언제 돌아올 예정이야?"

"2주 후에."

"아무도 없이 혼자 가는 거야?"

"내 소중한 헬레나, 날 참고 견뎌 줄 사람이 너 말고 또 있다하더라도 동행은 없는 편이 훨씬 나아."

"크리스파클 씨가 전적으로 동의한 거라고 했지?"

"전적으로. 처음에는 그가 생각에 빠져 있는 나 같은 사람에겐 유해할지도 모르는 다소 우울한 계획이라고 생각했는지도 몰라. 하지만 월요일 밤에 달빛 아래에서 함께 한가로이 산책하며 그에게 내 계획이 진정으로 어떤 것인지 설명했어. 나 자신을 극복하고 싶고, 오늘 저녁 이후 이곳이 아닌 다른 곳으로, 바로 지금 이곳에서 떨어져 있는 편이 낫다는 걸 그에게 분명히 보여 줬어. 이곳에서는 걷다 보면 어떤 사람들과 마주치는 걸 피하기가 어렵고, 그러면 도움이 안 되고, 잊기에 좋은 방법은 확실히 아니란 걸 말이야. 2주 후면 아마도 그럴 가능성은 없을 거야. 그리고 나중에 그럴 가능성이 생긴다면, 그래 난 다시 떠날 수 있어. 게다가 힘을 북돋우는 운동과 건강한 피로감이 정말 기대돼. 건전한 몸에 건전한 정신을 유지하려고 그런 것들을 중요시하는 크리스파클 씨가 자신에게는 일련의 자연의 법칙들을 적용하면서 나에게는 다른 기준을 적용할 사람이 아니란 걸 너도 알잖아. 내가 정말 진지하다는 걸 보여주자 그가 내 의견을 받아들였어. 그래서 그의 전적인 승낙 하에 내일 아침 출발해. 사람들이 교회에 갈 시간이면 난 이미 거리를 벗어나 있을 뿐만 아니라 교회 종소리에서도 벗어나 있을 만큼 이른 시각에 출발할 거야."

헬레나가 곰곰이 아주 곰곰이 생각해 본다. 크리스파클 씨가 동의했으니 그녀도 동의하겠지만, 자신이 생각하기에도 그의 계획이 스스로를 고치려는 진정한 노력이자 적극적인 시도를 나타내는 건전한 계획이라는 생각이 든다. 이 멋진 크리스마스 축제의 시기에 홀로 멀리 떠나는 이 가여운 친구에게 연민이 느껴지지만, 그녀는 그를 격려해 주는 것이 훨씬 더 의미 있는 일이라고 느낀다. 그래서 그를 격려해 준다.

그녀에게 편지를 쓸 거야?

이틀에 한 번씩 편지를 써서 모험담을 들려줄 거야.

떠나기 전에 옷가지를 미리 부칠 거야?

"내 소중한 헬레나. 아니, 순례자처럼 지갑과 스틱만 가지고 하는 여행이야. 내 지갑, 아니 내 배낭은 이미 싸 놓은 상태로 메기만 하면 되고 스틱은 바로 여기 있어!"

그가 스틱을 그녀에게 건네주자 그녀는 크리스파클 씨와 똑같이 아주 무겁다고 말하고 그에게 그걸 돌려주면서 묻는다. 무슨 나무지? 강철나무.

이 지점까지 그는 아주 유쾌했다. 어쩌면 자신의 입장을 그녀에게 들려주고 긍정적인 답을 얻은 것이 그의 기운을 북돋았는지도 모른다. 어쩌면 그 일을 성공적으로 해내자 갑자기 감정이 급변한 것인지도 모른다. 날이 어두워지고 도시의 불빛들이 나타나기 시작하자 그는 점점 우울해진다.

"이 저녁식사에 안 가도 된다면 좋겠어, 헬레나."

"네빌, 그게 그렇게 신경 쓸 가치가 있어? 얼마나 빨리 끝날지 생각해 봐."

"얼마나 빨리 끝날지!" 그가 침울하게 되뇐다. "그래. 하지만 내키지 않아."

순간 어색함이 감돌자 그녀가 그에게 활기찬 모습을 보여 준다. 하지만 그건 단지 그 순간뿐이다. 그는 스스로 확신에 차 있다.

"나 자신에 대해 확신하는 만큼 다른 모든 것에도 확신이 섰으면 좋겠어." 그가 그녀에게 말한다.

"오빠 말이 얼마나 이상하게 들리는지 알아? 무슨 의미야?"

"헬레나, 나도 몰라. 내가 아는 건 그저 내키지 않는다는 것뿐이야. 정말 이상하고 죽음과 같은 무거운 기운이 감돌아!"

그녀가 강 뒤로 보이는 구릿빛 구름을 보라고 하며 바람이 일기 시작한다고 말한다. '수녀의 집' 정문에 이를 때까지 그는 거의 말이 없다. 그가 떠나자 그녀는 바로 안으로 들어가지 않고 길을 따라 떠나가는 그를 문에서 지켜본다. 그는 게이트하우스에 들어가기를 망설이며 그 앞을 두 번이나 지나친다. 마침내 대성당의 시계종이 15분을 알리자 급히 발길을 돌려 서둘러 안으로 들어간다.

이렇게 그는 뒤쪽 계단을 올라간다.

에드윈 드루드는 홀로 외로이 하루를 보낸다. 생각했던 것보다 더 진지한 순간이 삶에서 빠져 나가서, 그는 어젯밤 고요한 자신의 방에서 그에 대해 눈물을 흘렸다. 비록 랜들레스 양의 이미지가 여전히 마음 뒤편에서 맴돌지만, 작고 예쁜 다정한 존재, 자신이 생각했던 것보다 훨씬 마음이 확고하고 현명한 존재가 그의 마음을 떠나지 않는다. 만약 그가 전부터 그녀에게 더 진지했더라면, 그녀에게 더 큰 가치를 부여했더라면, 자신의 운명을 상속받았다고 여기는 대신 음미하고 개선할 적절한 방법을 고심했더라면 서로에게 어떤 존재가 되었을까, 하는 생각과 그녀에게 자신이 걸맞지 않는다는 그런 생각도 함께 했다. 여전히 이 모든 것에도 불구하고 이 모든 것에 대한 가슴을 찌르는 아픔이 있지만, 젊음의 허영과 변덕으로 마음 한구석에는 랜들레스 양의 아름다운 자태가 자리 잡고 있다.

로사와 학교 정문에서 헤어질 때 로사의 얼굴에 묘한 표정이 서려 있었다. 그녀가 그의 생각의 표면 아래를 보고 어슴푸레한 심연까지 꿰뚫어 본 걸까? 그럴 가능성은 거의 없다. 왜냐하면 그녀의 표정은 경악과 강렬한 의문을 품고 있었기 때문이다. 놀랄 만큼 강렬한 표정이었지만, 그는 이유를 알 수 없다고 결론 내린다.

이제 그루겨스 씨를 기다리는 일만 남은 그는, 그를 보자마자 떠날 예정이기 때문에 오래된 도시와 동네들을 산책한다. 그는 자신과 로사가 어렸을 때 약혼의 우쭐함으로 가득 차서 여기저기 걸었던 기억을 떠올린다. 가엾은 아이들! 연민과 슬픔으로 그는 이렇게 생각한다.

시계가 멈춘 걸 깨달은 그가 태엽을 감고 시간을 맞추려고 보석상으로 향한다. 팔찌에 대해 많은 것을 아는 보석상은 특별한 목적도 없이 그저 팔찌를 둘러보라고 그에게 간청한다. 젊은 신부에게, 특히 아담한 미인이라면 더욱 완벽하게 어울릴 거라고 (그의 생각에) 말한다. 그가 팔찌를 냉담한 눈초리로 훑어보자 보석상이 남자용 반지들의 진열장으로 그의 주의를 끌며, 신사 분들이 결혼하기 전에 구입하기 좋아하는 특정 유형의 반지—문장을 새긴 간소한 반지—가 여기 있다고 말한다. 무척 책임감 있어 보이는 반지다. 안쪽에 결혼 날짜가 새겨져 있어서 여러 신사 분들이 다른 어떤 종류의 추억거리보다 선호한다.

반지들은 팔찌만큼이나 차갑게 보였다. 에드윈은 유혹하는 보석상에게 자신은 아버지로부터 받은 시계와 시곗줄과 셔츠 핀 외엔 귀중품을 차지 않는다고 말한다.

"알고 있어요." 보석상이 대답한다. "재스퍼 씨가 지난번 시계 유리 때문에 들러서 알고 있죠. 사실 그에게 이 물건들을 보여 주며 '만약 특별한 날에 남자 친척 분에게 선물하실 거라면'이라고 말했더니, 그가 미소를 지으며 자신의 머릿속에 있는 남자 친척 분이 하고 다니는 귀중품 목록은 시계와 시곗줄과 셔츠 핀뿐이라고 하더군요." 지금은 그렇겠지만 (보석상이 여기기에) 항상 그렇지는 않을 것이다. "2시 20분에 맞췄습니다, 드루드 씨. 시계가 멈출 때까지 놔두지 마세요."

에드윈은 시계를 받아서 차고 '소중한 잭! 만약 내 목도리에 주름 하나가 더 생기더라도 그마저도 알아채고 중요하다고 여길 거야!'라고 생각하며 밖으로 나간다.

그는 저녁식사 때까지 시간을 보내려고 주변을 계속 거닌다. 오늘 왠지 클로이스터햄이 그를 질책하는 듯하다. 마치 그동안 도시를 잘 활용하지 못했다는 듯 잘못을 꼬집으려한다. 하지만 화를 낸다기보다 수심에 잠겨 있다. 그는 평소의 경솔함 대신 도시의 오래된 역사적인 건물들 모두를 동경의 눈빛으로 바라보며 곰곰이 생각에 잠긴다. 머지않아 먼 곳으로 떠나서 어쩌면 이들을 다시 못 볼 거란 생각이 든다. 애처로운 젊음이여! 애처로운 젊음이여!

석양이 깔리기 시작하자 그는 '수도승의 포도원'을 거닌다. 대성당 종이 울릴 때까지 30분을 오가는 동안 날이 어두워졌다. 이때 그는 한 여자가 모퉁이의 쪽문 근처 바닥에 웅크리고 있는 것을 똑똑히 분간한다. 그 문은 황혼 무렵에는 거의 사용하지 않는 샛길 방향으로 나 있다. 비록 그가 지금에야 알아봤지만, 여자는 쭉 그곳에 있었음이 틀림없다.

그가 그 길로 들어서서 쪽문으로 걸어간다. 근처 램프의 불빛으로 초췌한 모습의 여자가 손으로 쭈글쭈글한 턱을 괸 채 눈으로는—깜박거리지도 움직이지도 않고 멍하게—앞을 응시하고 있다는 걸 알아본다.

항상 친절하지만, 오늘 저녁엔 마음이 특별히 친절하게 움직여서 만나는 대부분의 아이들과 노인들에게 친절한 말을 건넸던 그가 바로 허리를 굽히고 이 여자에게 말을 건다.

"아프세요?"

"아니야, 자기." 여자는 그를 보지도 않고 이상하게 멍하니 앞을 응시하며 말한다.

"눈이 보이지 않으세요?"

"아니야, 자기."

"길을 잃었거나 집이 없거나 정신이 혼미하세요? 무슨 일로 이 추운 곳에서 오랫동안 움직이지도 않고 계십니까?"

천천히 굳은 몸을 움직여 눈이 그에게 멈출 때까지 그녀가 시선을 조정하는 것 같다. 그러자 눈 위로 신기한 막이 덮이고 몸을 떨기 시작한다.

그가 자리에서 일어나 한 발짝 뒤로 물러서더니 익숙한 느낌에 깜짝 놀라 그녀를 내려다본다.

'세상에!' 다음 순간 그가 생각한다. '그날 밤의 잭과 똑같아.'

그가 그녀를 내려다보는 동안 그녀도 그를 올려다보며 흐느낀다. "폐가 약해, 끔찍하게도 폐가 안 좋아. 내가 불쌍하지, 내가 불쌍해. 말라비틀어진 기침밖에 안 나와!" 그 말을 증명하듯 지독하게 기침을 해댄다.

"어디서 왔나요?"

"런던에서 왔어, 자기." (여전히 기침을 하며.)

"어디로 가세요?"

"런던으로 돌아가, 자기. 건초더미에서 바늘을 찾으려고 이곳에 왔는데 찾지 못했어. 이봐, 자기. 3실링 6펜스를 나한테 주고 내 걱정은 붙들어 매. 그럼 아무도 귀찮게 하지 않고 런던으로 돌아갈 테니까. 난 장사꾼이야. 아, 나를! 그 게으름, 그 게으름에다가 시기가 너무 안 좋아! 하지만 그럭저럭 꾸려 나갈 수 있어."

"아편을 하세요?"

"아편을 피워." 그녀가 여전히 기침으로 괴로워하며 간신히 대답한다. "3실링 6펜스를 주면 잘 쓰고 돌아갈 거야. 3실링 6펜스를 안 주려거든 놋쇠 파딩[21]은 주지 마. 3실링 6펜스를 주면 얘길 하나 해주지."

그가 주머니에서 돈을 꺼내 세어 보고 그녀의 손안에 내려놓는다. 그녀가 곧바로 그걸 꼭 쥐고 흡족해 하며 쉰 목소리로 웃으며 일어선다.

"축복받으쇼! 여기 봐, 신사 양반. 이름이 뭐야?"

"에드윈이에요."

"에드윈, 에드윈, 에드윈." 그 단어를 질질 끌어 졸리도록 반복해서 되뇌더니 여자가 갑자기 묻는다. "짧게 하면 에디인가?"

"가끔 그렇게 불러요." 얼굴에서 핏기를 되찾은 그가 대답한다.

"애인들이 그렇게 부르지 않아?" 그녀가 생각에 잠기며 묻는다.

"내가 어떻게 알아요?"

"진짜 애인 없어?"

"없어요."

그녀가 다시 한 번 "축복 받으쇼. 그리고 자기, 고맙구먼!"라고 하며 멀어져 간다. 이때 그가 말한다. "내게 할 말이 있으면 해봐요."

"하려고 했지, 하려고 했어. 그래, 그렇다면 조용히 말해 주지. 당신 이름이 네드가 아닌 걸 다행으로 알아."

그가 그녀를 뚫어지게 바라보다가 묻는다. "왜요?"

"지금 그 이름 가지고 있으면 안 좋거든."

"왜, 안 좋은 이름인가요?"

"위험에 처한 이름이야. 위험한 이름이야."

"속담에, 위험에 처한 사람들은 오래 산다고 하던데요." 그가 가볍게 말한다.

"그렇다면 네드는—내가 지금 자기한테 말하는 동안 그가 어디에 있든 너무 위험에 처해 있어서—영원토록 살 거야!" 여자가 대꾸한다.

그녀가 집게손가락을 그의 눈앞에서 흔들며 그의 귀에다 대고 이 말을 하려고 몸을 앞으로 굽혔다가 움츠리며 다시 한 번 "축복받으쇼! 고맙수다!"라고 하며 '여행자의 숙소'를 향해 간다.

이는 지루한 날의 감동적인 끝이 아니었다. 홀로 외딴 곳에서 옛 시절과 쇠퇴의 흔적에 둘러싸여 오싹함의 실제 형상을 불러낸 것만 같았다. 그가 좀 더 환한 거리를 골라서 걸으며, 오늘밤 일에 대해서는 아무에게도 얘기하지 않고 내일 오직 잭에게만(자신을 네드라고 부르는 단 한 사람인) 묘한 우연의 일치라고, 기억할 만한 가치도 없는 그저 우연의 일치라고 얘기하기로 마음먹는다.

하지만 훨씬 더 기억할 만한 가치가 있는 다른 많은 것들과 달리 이건 그의 머릿속을 떠나지 않는다. 저녁 약속 시각 전에 1마일 정도를 미적거리는 것으로 시간을 보내며 다리 위와 강가를 걸을 때 그 여자의 말들이 거세지는 바람 속에, 찌푸린 하늘에, 거친 파도에, 깜박이는 불빛 속에 존재한다. 그가 게이트하우스의 아치 길 아래에서 방향을 틀 때 대성당의 종소리가 갑자기 그의 가슴을 때리는데, 그 안에서도 그녀의 말들의 엄숙한 메아리가 울린다.

이렇게 그는 뒤쪽 계단을 올라간다.

존 재스퍼는 자신의 손님들보다 좀 더 기분 좋고 유쾌한 하루를 보낸다. 크리스마스 기간에는 음악 수업이 없어서 성당 미사를 제외하고 그의 시간은 모두 그의 것이다. 그는 일찍 상점들로 가서 조카가 좋아하는 간식들을 주문한다. 상인들에게 조카가 오래 머물지 않기 때문에 있는 동안 애지중지하며 최고의 시간을 보내야 한다고 말한다. 손님 접대 준비로 나온 김에 그는 삽시 씨에게도 들러 자신의 소중한 네드와 성미가 불같은 크리스파클 씨의 젊은이가 오늘 게이트하우스에서 식사를 하며 화해할 예정이라고 언급한다. 삽시 씨는 그 불같은 성미의 젊은이에게 전혀 호감이 없다. 그는 그 젊은이의 얼굴빛이 '영국인답지 않다'고 말한다. 그리고 삽시 씨는 뭔가 영국인답지 않다고 자신이 선언하는 순간 그게 영원한 나락으로 떨어진다고 여긴다.

존 재스퍼는 삽시 씨의 이 말에 진정으로 안타까워한다. 삽시 씨가 절대로 헛소리를 하는 사람이 아니라는 것과 맞는 말만 하는 묘한 재주를 가졌다는 걸 잘 알기 때문이다. 삽시 씨도 (엄청난 우연의 일치로) 그와 같은 의견이다.

오늘 재스퍼 씨의 목소리는 무척 아름답다. 계명을 지키도록 그의 마음을 이끌어 달라는 감동적인 애원[22]을 통해, 그는 자신의 선율의 힘으로 신자들을 상당히 놀라게 했다. 그가 어려운 음악을 오늘의 성가에서처럼 기교와 화음을 넣어 노래한 적은 없었다. 조급한 성격 때문에 가끔 어려운 음악을 지나칠 정도로 빠르게 부를 때가 있는데, 오늘 그의 타이밍은 완벽하다.

이런 결과는 아마도 마음의 평정을 통해 얻은 것 같다. 그는 성가대 가운과 평상복과 함께 촘촘하게 짜인 질기고 큰 검은색 실크 스카프를 목에 느슨하게 두르고 있어서 목구멍의 기계적 구조 자체가 약간 부드러워져 있다. 하지만 그의 침착함은 겉으로도 분명이 보일 정도여서 크리스파클 씨는 성당을 함께 나서며 이렇게 말한다.

"재스퍼, 오늘 자네 노래를 듣는 즐거움을 내게 줘서 고맙네. 아름다움과 달콤함의 극치였네! 평소의 자신을 그렇게 능가할 수 있다니, 자네 상태가 아주 좋은 것 같군."

"실제로도 아주 좋습니다."

"고르지 못한 부분이 전혀 없었네." 소참사회원이 부드러운 손동작을 취하며 말한다. "불안정한 것도, 억지로 하는 것도, 피하는 것도 없이 모든 것이 능수능란하게 완벽한 자기조절로 이루어졌네."

"고맙습니다. 지나친 말이 아니라면, 저도 그랬으면 합니다."

"재스퍼, 가끔 몸이 불편한 자네가 새로운 약을 복용했다고 생각하는 사람도 있을 걸세."

"아니, 정말이세요? 잘 보셨습니다. 실제로도 그렇거든요."

"그렇다면 계속 복용하게나, 친구." 크리스파클 씨가 다정하게 격려하며 그의 어깨를 두드린다. "계속하게."

"그렇게 하겠습니다."

"축하하네." 함께 성당에서 나오며 크리스파클 씨가 계속한다. "여러 가지 면에서."

"다시 한 번 감사드립니다. 괜찮다면 댁까지 가시는 동안 함께 걷겠습니다. 손님들이 오기 전까지 아직 시간이 많은 데다 선생님께 드릴 말씀도 있습니다. 듣고 기분 나빠 하지 않았으면 합니다."

"그래, 뭔가?"

"그럼. 전에 저녁에 한 번 저의 걱정하는 기질에 대해 얘기하셨죠."

크리스파클 씨가 얼굴을 떨구고 한탄하듯 고개를 젓는다.

"아시다시피, 그때 제가 그 걱정하는 기질에 대한 안정제를 만들어야 한다고 말했을 때 선생님께서는 불타 사라지길 바란다고 말씀하셨죠."

"여전히 그렇게 되길 바라고 있네, 재스퍼."

"바로 그 이유입니다! 올해 쓴 일기를 연말에 태워버리려고 합니다."

"그 이유는 자네가⋯⋯?" 이렇게 말을 시작하며 크리스파클 씨의 표정이 한결 밝아진다.

"제 마음을 읽으셨군요! 그게 뭐가 됐든 그동안 안 좋은 상태에다 침울하고, 울적하고, 머리가 짓눌리는 것처럼 느꼈기 때문이에요. 제게 과장한다고 말씀하셨죠. 실제로 과장했습니다."

크리스파클 씨의 밝은 표정이 더욱 밝아졌다.

"그땐 상태가 좋지 않아서 보지 못했지만, 지금은 건강한 상태고 진정 기쁜 마음으로 인정합니다. 아주 작은 일을 큰일처럼 부풀렸죠. 사실입니다."

"그 말을 듣게 돼서," 크리스파클 씨가 소리친다. "정말 기쁘네."

"단조로운 삶을 살고," 재스퍼가 계속한다. "신경인지 위장인지가 잘못된 사람은 사실과 동떨어질 때까지 생각 하나에 매달리죠. 그게 바로 제 경우였어요. 그 생각에 매달린 거죠. 그래서 제 일기가 다 차면 증거물을 태워버리고 더욱 맑은 눈으로 다음 권을 시작할 겁니다."

"이건," 크리스파클 씨가 악수를 하려고 사택 문 앞 계단에 멈춰 서서 말한다. "내가 바랐던 것보다 훨씬 낫군."

"네, 물론이죠." 재스퍼가 내꾸한다. "제가 선생님처럼 될 거란 기대는 못하셨을 겁니다. 선생님께서는 항상 심신을 수정처럼 맑게 단련하고 항상 그런 상태로 변함이 없으시죠. 반대로 저는 탁하고 고독한 우울한 잡초입니다. 하지만, 그 우울을 극복했습니다. 네빌 군이 제 처소로 떠났는지 물어봐주시는 동안 여기서 기다릴까요? 그가 아직 떠나지 않았다면 저와 함께 갈 수도 있고요."

"내 생각엔," 크리스파클 씨가 자신의 열쇠로 현관문을 열며 말한다. "한참 전에 떠난 것 같네. 적어도 그가 떠난 건 알고 있고, 다시 돌아오지도 않았을 걸세. 하지만 물어보겠네. 안으로 들어오지 않겠나?"

"손님이 기다려서요." 재스퍼가 미소를 지으며 말했다.

소참사회원이 사라졌다가 잠시 뒤 돌아온다. 그의 생각대로 네빌 군은 돌아오지 않았다. 지금 생각해 보니, 사실 네빌 군은 게이트하우스로 바로 가겠다고 했던 것 같다.

"주인의 예의는 모두 사라져 버렸군요!" 재스퍼가 말한다. "손님들이 저보다 먼저 집에 와 있겠는데요! 내기할까요? 제 손님들이 이미 서로 화해하고 껴안고 있다는 데 뭘 거시겠어요?"

"내기를 하자면, 만약 내가 내기를 하는 일이 생긴다면 말일세," 크리스파클 씨가 대답한다. "자네 일행이 오늘 저녁 즐거운 오락 진행자와 함께 한다는 데 걸겠네."

재스퍼가 목례를 하고 웃으며 밤 인사를 건넨다.

그는 대성당 문으로 돌아가 그곳을 지나쳐 게이트하우스로 향한다. 그가 걸으며 낮은 목소리로 부드럽게 노래를 부른다. 마치 오늘밤엔 음정이 틀리는 경우란 그의 능력 밖의 일인 것 같고, 마치 아무것도 그를 재촉하거나 지연시킬 수 없는 것 같다. 그리하여 그의 처소의 둥근 천장으로 된 현관 아래에 도착한 그가 그 은신처에서 저 대단한 검은색 스카프를 목에서 풀기 위해 잠깐 멈추고 스카프를 팔에 둘러 늘어뜨린다. 이 짧은 순간, 그의 얼굴은 일그러진 데다 준엄하기까지 하다. 하지만 그가 다시 노래하며 가던 길을 계속가자 그 표정은 금세 사라진다.

이렇게 그는 뒤쪽 계단을 올라간다.

바쁜 삶의 물결 가장자리에 있는 등대의 붉은 불빛은 저녁 내내 꾸준히 불탄다. 부드러운 소리와 통행인들의 웅얼거림이 그곳을 지나치며 불규칙적으로 외로운 구역들로 흘러들지만, 그 외에 지나치는 건 거의 없고 세찬 바람만이 휘몰아칠 뿐이다. 이 바람은 난폭한 강풍으로 고조되기 시작한다.

이 구역은 한 번도 밝은 불빛이 비친 적이 없는 곳이지만, 강한 폭풍에 여러 개의 가로등이 꺼지자(몇 개는 등의 테두리까지 부서져서 유리가 바닥으로 쨍그랑거리는 소리를 내며 떨어지고) 거리는 오늘밤 유난히 어둡다. 바닥으로부터 날리는 먼지와 나무에서 꺾인 마른 가지들과 탑 위의 떼까마귀 둥지들에서 떨어지는 많은 파편들로 어둠은 더욱 짙어지고 혼란스럽다. 이 어둠의 실체가 미친 듯이 소용돌이치는 동안 나무들 자체가 흔들리고 삐걱거려서 땅에서 뽑힐 위기에 처한 것 같다. 이따금 들리는 찍 하고 갈라지는 소리와 뭔가 세차게 땅으로 떨어지는 소리는 큰 가지가 폭풍에 굴복했음을 알려 준다.

겨울밤에 바람이 그와 같은 힘으로 분 적은 한동안 없었다. 굴뚝들이 넘어져 거리로 떨어지고, 사람들은 넘어지지 않으려고 기둥과 모퉁이와 서로를 붙잡는다. 난폭한 바람은 잦아드는 대신 자정까지 오히려 그 수와 분노를 더해가고, 거리는 텅 비고, 우레와 같은 폭풍이 거리를 지나며 빗장을 모조리 흔들어 덧문을 갈기갈기 찢어놓는다. 마치 사람들에게 머리 위로 지붕이 무너져 내리길 기다리기보다 일어나서 함께 휩쓸려가라고 경고하는 것 같다.

그래도 붉은 불빛은 꾸준히 타고 있다. 붉은 불빛 외에는 아무것도 그대로인 것이 없다.

밤새, 내내 바람이 불며 잦아들지 않는다. 하지만 동쪽에서 간신히 희미한 별빛이 비치는 새벽이 되자 바람이 잦아들기 시작한다. 이때부터 바람은 부상당한 괴물이 죽어가듯 이따금 거칠게 공격하며 고꾸라지고 침몰하다가 날이 완전히 밝자 자취를 감춘다.

그러자 대성당의 시계바늘이 뜯겨져 나가 있고, 그 지붕에서 떨어져 나간 납이 수도원 자리로 휩쓸려가 있고, 돌들이 휘날려 저 웅대한 탑 꼭대기에 올라가 있는 것이 보인다. 크리스마스 아침이긴 하지만 피해의 정도를 확인하기 위해 일꾼들을 올려 보내야 한다. 더들스를 중심으로 몇 명이 위로 올라가는 동안 토프 씨와 하릴없는 사람들이 아침 일찍 소참사회원 사택에 모여 손으로 해를 가린 채 위에서 일하는 사람들을 지켜본다.

이때 갑자기 재스퍼 씨가 나타나서 모인 사람들을 손으로 헤집자 그들이 옆으로 물러난다. 열린 창문에서 큰소리로 크리스파클 씨를 찾는 그의 목소리를 듣고 위를 주시하던 눈들이 모두 아래를 향한다.

"내 조카 어디 있습니까?"

"여기 온 적 없네. 자네와 함께 있지 않았나?"

"아니오. 어젯밤 네빌 군과 함께 폭풍을 구경하러 강으로 내려가서 돌아오지 않았습니다. 네빌 군을 부르세요!"

"아침 일찍 떠났네."

"아침 일찍 떠났다고요? 들여보내 주세요! 들여보내 주세요!"

이제 탑을 올려다보는 사람은 없다. 모여 있던 모든 이의 눈은, 백짓장 같은 낯빛에다 옷을 반쯤 걸치고 숨을 몰아쉬며 소참사회원 사택 앞 난간에 매달린 재스퍼 씨에게로 향한다.

15장
기 소

아침 일찍 출발한 데다 무척 빨리 걸었던 네빌 랜들레스는, 클로이스터햄에 아침미사를 알리는 교회종이 울리기 시작했을 때 이미 8마일이나 떨어진 곳에 있었다. 이때쯤 그는 아침식사를 하려고 길가의 선술집에 들렀다.

'기울어진 마차'라는 간판을 단 이곳은, 아침식사를 원하는 손님이 아주 드물어서—손님이 말이나 소라면 여물통에는 물이 마구간에는 건초가 충분히 준비되어 있었지만—차와 토스트와 베이컨의 트랙으로 마차를 이끄는 데 상당한 시간이 걸렸다. 네빌이 모래투성이의 실내에서 기다리며 출발한 지 몇 시간이나 됐을까 궁금해 하는 동안 누군가는 축축한 나뭇단의 재채기 나는 불로 따뜻해지기 시작했을 것이다.

사실 언덕 꼭대기에 위치한 멋진 선술집 '기울어진 마차'는 현관 앞의 땅이 젖은 말발굽과 그들에게 짓밟힌 건초로 웅덩이를 이루었고,

바에서는 주인여자가 물에 젖은 아기(빨간색 양말을, 한 짝은 신고 다른 한 짝은 잃어버린)를 혼내며 때렸고, 일종의 주물 나룻배 안에 놓인 곰팡이 핀 식탁보와 녹색 손잡이가 달린 식칼 옆으로 치즈가 선반 위에서 나뒹굴었으며, 창백한 표정의 빵은 다른 나룻배 안에 있는 자신의 난파선 위에다 빵부스러기 눈물을 흘렸고, 반쯤은 세탁이 되고 반쯤은 마른 빨래가 여기저기 널브러져 있었고, 모든 술과 음료를 머그잔에다 따르고 다른 것들은 모두 벌레처럼 보이는 곳이었다. 이 모든 점으로 볼 때 이곳은 '사람'과 '짐승'에게 훌륭한 오락을 제공한다고 페인트칠을 한 약속을 거의 지킨다고 볼 수 없었다. 하지만 지금의 경우 이 '사람'은 불평 한마디 없이 필요한 접대를 받고 필요 이상의 휴식을 취한 뒤 다시 길을 떠났다.

그는 그곳으로부터 4분의 1마일쯤 되는 곳에 이르러 갈림길이 나타나자 걸음을 멈추고 사람들이 다니는 길로 가야할지, 아니면 바람 부는 히스 관목으로 뒤덮인 비탈길로 이어지며 얼마 안 있어 보행로와 만나는 것이 분명한, 높이 솟은 산울타리 사이로 난 마찻길로 가야할지 잠시 망설였다. 그는 후자를 택하고, 급경사에다 바퀴 자국이 깊게 난 길을 힘들게 올라가기 시작한다.

그가 힘겹게 길을 올라가던 그때 다른 보행자들이 뒤에 있음을 깨닫는다. 그들이 자신보다 빠른 속도로 길을 올라오자 그가 그들이 지나갈 수 있도록 높이 솟은 산울타리 한쪽으로 비켜섰다. 하지만 그들의 태도는 상당히 묘했다. 단지 네 명만이 그를 앞질러 갈 뿐이었다. 다른 네 명은 속도를 늦추고 그가 길을 계속 가자 그 뒤를 따르려는 것처럼 주위를 어슬렁거렸다. 나머지(대여섯 명 정도) 일행은 급히 길을 되돌아갔다.

그가 뒤따르는 네 명을 바라본 후 앞서가는 네 명을 바라보았다. 그들 모두도 그를 바라보았다. 그가 가던 길을 다시 가기 시작했다. 앞서 가던 네 명은 계속해서 뒤를 돌아보며 걸었고, 뒤를 따르던 네 명은 그와 거리를 좁히며 걸어왔다.

그들 모두가 좁은 길을 벗어나 탁 트인 비탈길로 나왔지만, 이 순서는 바뀌지 않았다. 어느 쪽으로 가든 그들이 그를 포위한다는 건 의심의 여지가 없었다. 그가 마지막으로 시험 삼아 걸음을 멈췄을 때 그들도 걸음을 멈췄다.

"당신들 왜 이러는 거요?" 그가 그들에게 물었다. "떼도둑입니까?"

"대답하지 말게." 그들 중 한 명이 말했다. 네빌은 그가 누군지 보지 못했다. "잠자코 있는 게 좋아."

"잠자코 있는 게 좋다고?" 네빌이 되묻는다. "누구요?"

아무도 대답이 없다.

"당신네 비겁한 자들 중 누가 그렇게 말했는지 모르겠지만, 충고 한 번 잘했군." 그가 분노에 차서 계속 말했다. "난 저쪽 네 명과 이쪽 네 명 사이에 갇히지 않을 거야. 당신들을 지나가겠어. 저 네 명 앞으로 지나가겠다는 뜻이야."

그를 포함한 모두가 꼼짝 않고 서 있었다.

"만약 여덟 명이든, 네 넁이든, 두 명이든 한 사람을 공격한다면," 그가 점점 더 분노에 차서 말했다. "그 한 사람은 당신들 중 몇 명에게 표식[23]을 남길 수밖에 없어. 만약 계속 방해한다면 주님의 이름으로 그렇게 하겠소."

그가 무거운 스틱을 어깨에 메고 속도를 높여 앞쪽의 네 사람을 향해 돌진했다. 그때 그들 중 가장 키가 크고 가장 강해 보이는 남자가 그가 올라오는 쪽으로 재빨리 다가가 능숙하게 그를 덮쳤다. 하지만 그 전에 무거운 스틱이 그를 세차게 내려쳤다.

"다들 가만히 있어!" 두 사람이 풀 위에서 싸우는 동안 남자가 억눌린 목소리로 말했다. "정정당당하게 승부하자고! 나에 비하면 여자애 체격인 데다 등에 짐까지 지고 있어. 그를 가만 놔둬. 내가 해치울 테니까."

멱살을 잡고 뒹굴던 그들은 얼굴이 피범벅이 된 후에야 남자가 네빌의 가슴에서 무릎을 거두고 자리에서 일어나며 말했다. "됐어! 이제 그를 양쪽에서 잡고 데려가. 아무나 두 명 나와!"

그들은 즉각 지시에 따랐다.

"우리가 떼도둑인지에 관해선, 랜들레스 군." 남자가 입에서 피를 뱉어내고 얼굴에 묻은 피를 닦으며 말했다. "대낮인데, 그럴 리가 없지. 우릴 뚫고 지나가려 하지 않았다면 자네에게 손도 대지 않았을 걸세. 우리가 자네를 어떻게든 큰길로 데려갈 테니까, 원한다면 그곳에서 도둑들에 대해 충분한 도움을 얻을 수 있을 걸세. 누가 그의 얼굴을 좀 닦아 줘. 피가 흘러내리잖아!"

얼굴이 깨끗해진 네빌은 말하는 사람이 그가 도착한 날 한 번 봤던 클로이스터햄의 승합마차 마부 조라는 걸 알아차렸다.

"충고하건대, 랜들레스 군. 지금은 아무 말도 하지 말게. 저 큰길에 도착하면 자네 친구가—우리가 두 무리로 갈라졌을 때 다른 길로 먼저 가 있는 친구가—있을 테니, 그를 만날 때까지 아무 말도 하지 않는 편이 훨씬 나을 걸세. 이봐, 누구든 저 스틱을 가져가 줘. 움직이세!"

완전히 어리둥절해진 네빌은 주위를 노려보며 한마디도 하지 않았다. 그는 양쪽에서 자신의 팔을 잡고 있는 두 사람 사이에서 걸으며,

일행이 다시 큰길로 들어서서 작은 무리의 한가운데로 들어설 때까지 꿈속을 걷는 것처럼 계속 걸어갔다. 그 무리 중에서 뒤를 돌아보는 이들이 있었는데, 대표적으로 재스퍼 씨와 크리스파클 씨였다. 네빌을 잡고 가던 이들이 소참사회원에 대한 존경의 의미로 그를 그 앞으로 데려가 풀어 주었다.

"이게 무슨 일입니까, 선생님? 도대체 어떻게 된 일입니까? 제 머리가 어떻게 된 것 같습니다!" 네빌이 소리치는 사이 무리가 그를 둘러싸며 다가왔다.

"내 조카 어디 있어?" 재스퍼 씨가 거칠게 물었다.

"당신 조카가 어디 있느냐고요?" 네빌이 되물었다. "그걸 왜 제게 묻습니까?"

"그와 마지막으로 함께 있었던 사람이," 재스퍼가 대답했다. "자네 아닌가. 그가 안 보이니까 그렇지."

"안 보인다니요!" 네빌이 아연실색하며 소리쳤다.

"잠깐, 잠깐." 크리스파클 씨가 말했다. "내가 말하겠네, 재스퍼. 네빌 군, 당황한 건 알겠네. 정신을 추스르게. 정신을 추스르는 것이 아주 중요하네. 내 말에 정신을 집중하게."

"해보겠습니다, 선생님. 하지만 화가 나는군요."

"어젯밤 에드윈 드루드와 재스퍼 씨 십을 나섰시?"

"네."

"그게 몇 시였나?"

"열두 시였나요?" 네빌이 혼란스러운 머리에 손을 대고 재스퍼에게 호소하듯 물었다.

"정확히," 크리스파클 씨가 말했다. "재스퍼 씨가 내게 말한 시각이

네. 함께 강으로 내려갔나?"

"물론이죠. 바람의 움직임을 보려고 그곳에 갔습니다."

"그 뒤에 어떻게 됐나? 그곳에 얼마나 오래 있었나?"

"10분 정도, 그 이상은 아닙니다. 그리고 선생님 댁으로 가서 문 앞에서 헤어졌습니다."

"강으로 다시 내려가겠다고 하던가?"

"아니오. 집으로 바로 돌아가겠다고 했습니다."

옆에 있던 사람들이 서로를, 그리고 크리스파클 씨를 바라보았다. 네빌을 뚫어지게 바라보던 재스퍼 씨가 낮고 뚜렷하게 의심이 섞인 낮은 목소리로 크리스파클 씨에게 물었다. "그의 옷에 묻은 저 핏자국들은 뭡니까?"

모두의 시선이 그의 옷에 묻은 피로 향한다.

"그리고 여기 스틱에도 똑같은 핏자국이 묻어 있군요!" 재스퍼가 남자의 손에서 스틱을 가져오며 말했다. "이 스틱은 그의 것입니다. 어젯밤에 그가 가지고 왔습니다. 이건 무엇을 의미합니까?"

"제발 부탁인데, 네빌. 그게 무엇을 의미하는지 말하게!" 크리스파클 씨가 다그쳤다.

"저 남자와 제가," 네빌이 조금 전 싸운 사람을 가리키며 말했다. "방금 그 스틱을 뺏으려고 싸웠습니다. 같은 자국이 그에게도 있을 겁니다, 선생님. 여덟 명의 치한이 저를 괴롭히는데 무슨 도리가 있겠습니까? 그들이 진짜 이유는 말하지도 않는데, 제가 꿈이라도 꿔서 알아낼까요?"

그들은 말하지 않는 것이 분별 있는 행동이라고 생각했다며 싸움이 있었다고 인정했다. 그런데도 싸움을 목격했던 사람들은 청명한 공기에 이미 말라버린 얼룩을 험악한 눈빛으로 바라보았다.

"우린 돌아가야 하네, 네빌." 크리스파클 씨가 말했다. "물론 자네도 의혹을 풀기 위해 돌아가고 싶겠지?"

"물론입니다, 선생님."

"랜들레스 군을 내 옆에서 걷게 하겠네." 소참사회원이 주위를 둘러보며 말을 이었다. "이리 오게, 네빌!"

두 사람은 귀환 길에 올랐다. 한 사람만 빼고 나머지 사람들은 두 사람 뒤에서 여기저기 거리를 두고 따랐다. 재스퍼는 네빌의 다른 쪽 옆에서 걸었는데, 그 위치를 절대 바꾸지 않았다. 크리스파클 씨가 조금 전에 했던 질문들을 여러 번에 걸쳐 다시 묻고 네빌이 조금 전에 했던 대답을 되풀이하는 동안, 두 사람이 여러 가지 설명을 추측해 보는 동안 재스퍼는 계속해서 침묵을 지켰다. 함께 논의하자는 크리스파클 씨의 호소에도 그는 완강하게 침묵을 고수했고, 어떠한 호소에도 그의 굳은 표정은 변하지 않았다. 도시 근처에 이르러 소참사회원이 즉시 시장님을 방문하는 것이 좋겠다고 제안하자 그가 준엄하게 고개를 끄덕여 동의했다. 하지만 삽시 씨의 응접실에 도착할 때까지 그는 한마디도 하지 않았다.

크리스파클 씨가 삽시 씨에게 그들이 시장님 앞에서 자발적으로 진술하고자 한다는 정황을 말하자, 재스퍼 씨가 침묵을 깨고 인간적인 견지에서 자신의 모든 신뢰를 삽시 씨의 식견에 맡기겠다고 표명했다. 자신의 조카가 갑자기 종적을 감출 마땅한 이유는 없지만, 만약 삽시 씨가 그럴 이유가 있다고 제시하면 그는 그 말을 존중할 것이다. 그가 강으로 돌아가서 암흑 속에서 실수로 물에 빠졌을 합당한 가능성은 없지만, 삽시 씨가 그럴 가능성이 있다고 하면 그는 그 말도 존중할 것이다. 모든 끔찍한 혐의에 대해 가능한 한 최선을 다해 의심을 거두겠지만, 삽시 씨가 그러한 혐의가 그의 실종 전 최후의 동행자(이전에 사이가 안 좋았던)와 떼려야 뗄 수 없는 관계라고 하면 그는 이 또한 존중할 것이다. 그는 의혹으로 산만하고 암울한 염려로 괴로워하는 자신의 심리상태는 온전히 신뢰할 수 없지만, 삽시 씨의 심리상태는 신뢰할 수 있다.

삽시 씨는 이 사건이 어두운 모습을 가졌다는, 간단히 말해 (여기서 그의 눈은 온전히 네빌의 피부색을 보고 있었다) 그가 영국인답지 않은 피부색이라는 의견을 표명했다. 이 엄청난 주장을 한 그는 아무리 시장이라도 즐기기에는 너무나 흐리멍덩하고 꼬불꼬불한 말도 안 되는 소리들을 주워 담다가, 마지막에는 동족의 목숨을 앗아가는 것은 자신에게 속하지 않은 것을 앗아가는 것이라는 대단한 발견으로 헛소리를 끝맺었다. 그는 네빌 랜들레스에게 수감 영장을 즉각 발부할 것인지를 고민했다. 만약 소참사회원이 이 젊은이를 자신의 집에 두고 요구가 있을 때마다 자신이 직접 그를 출두시키겠다고 분노에 차서 항의하지 않았다면, 그는 실제로 이를 행동에 옮기는 것도 서슴지 않았으리라. 그러자 재스퍼 씨가 강을 샅샅이 뒤지고, 강둑을 철저히 조사하고, 실종의 세부사항을 모든 외부 지역과 런던에 보내고, 에드윈 드루드에게 만약 삼촌의 집과 삼촌이 사는 세계를 떠난 숨겨진 어떤 이유가 있다면, 이 애정 어린 친척의 가슴 아픈 슬픔과 고통을 불쌍히 여겨 어떤 식으로든 그에게 아직 살아 있음을 알려 달라는 간청하는 벽보와 선전물을 널리 유포하기를 제의하려는 생각 아니시냐고 삽시 씨에게 물었다. 삽시 씨가 자신의 생각을 정확하게 파악했다고 (비록 거기에 대해 한마디도 하지 않았지만) 말하자 이 모든 목표를 위한 대책이 즉각 수립되었다.

네빌 랜들레스와 존 재스퍼 중 누가 더 공포와 경악에 압도됐는지는 구별하기 어려웠다. 하지만 재스퍼가 자신의 입장 때문에 적극적일 수밖에 없었던 반면 네빌은 수동적일 수밖에 없어서 딱히 둘 중 하나를 고를 수는 없었을 것이다. 둘 다 고개를 숙이고 실의에 빠져 있었다.

다음 날 아침 해가 뜨기 시작하자마자 남자들은 강에서 수색작업에 착수했고, 다른 남자들은—대부분 수색에 자원했는데—강둑을 조사했다. 수색은 하루 종일 계속됐다. 강물 위에서는 바지선과 장대를 이용해 바닥을 긁거나 그물을 쳤고, 질퍽거리는 데다 골풀로 뒤덮인 강가에서는 군용 장화, 손도끼, 삽, 밧줄, 개, 그리고 생각해 볼 수 있는 모든 것을 이용했다. 심지어 밤에도 등불로 뒤덮인 강은 불타는 듯했고, 조수의 방향이 바뀌어 물이 흘러드는 멀리 떨어진 개천들에서는 감시원들이 무리지어 골골거리는 물소리를 들으며 뭔가 떠내려 오지는 않는지 지켜보았다. 바다 근처 자갈밭 둑길과 물이 흐르는 인적이 끊긴 곳에서는 다음날 새벽까지 너울거리는 화톳불 바구니들과 투박한 외투를 입은 사람들의 모습이 보였다. 하지만 에드윈 드루드의 흔적은 태양빛에도 전혀 드러나지 않았다.

이날도 하루 종일 수색작업은 계속됐다. 때로는 바지선과 나룻배를 타고, 때로는 고독한 수위표들과 이상한 모양의 표지들이 유령처럼 보이는 강기슭의 고리버들[24] 밭 사이와 저지대의 진흙과 말뚝들과 울퉁불퉁한 돌들 사이를 돌아다니며 존 재스퍼는 고되게 그를 찾아 헤맸다. 하지만 이런 노력에도 에드윈 드루드의 흔적은 태양빛에도 진혀 드러나지 않았다.

재스퍼는 밤에 다시 와서 수색을 계속하며 조수의 변화를 빠짐없이 관찰하기로 마음먹고 녹초가 되어 집으로 돌아왔다. 온몸에 덕지덕지 붙었던 진흙이 말라붙고, 여기저기 찢어진 옷이 누더기가 되어 엉망진 창인 모습으로 그가 안락의자에 털썩 주저앉았을 때, 그루져스 씨가 그 앞에 나타났다.

"이상한 소식이군요." 그루져스 씨가 말했다.

"이상하고도 무서운 소식입니다."

재스퍼는 단지 이 말을 하려고 무거운 눈을 들어 올렸다가 지쳐서 의자 한쪽으로 축 늘어져 다시 눈을 떨군다.

그루져스 씨는 머리와 얼굴을 쓸어내리고 난롯불을 바라보며 서 있었다.

"선생님의 피후견인은 어떤가요?" 잠시 후 희미하고 지친 목소리로 재스퍼가 물었다.

"불쌍한 어린 것! 그녀의 상태를 짐작하실 겁니다."

"그의 여동생을 본 적 있나요?" 재스퍼가 여전히 지친 목소리로 물었다.

"누구의 여동생 말입니까?"

그 무뚝뚝한 반문과 말을 하며 난롯불에서 상대의 얼굴로 차갑게 시선을 천천히 옮기는 태도는, 다른 때 같았으면 재스퍼의 부아를 돋우었을 것이다. 하지만 지금 우울한 데다 기진맥진한 재스퍼는 그저 말을 하기 위해 눈만 뜰 뿐이었다. "저 의심받는 젊은이의 여동생 말입니다."

"그를 의심하는 겁니까?" 그루져스 씨가 물었다.

"뭐가 뭔지 모르겠습니다. 마음을 정할 수가 없네요."

"나도 그렇습니다." 그루져스 씨가 말했다. "하지만 선생이 그를 의심받는 젊은이라고 말해서 이미 마음을 정한 줄 알았습니다. 방금 랜들레스 양을 만나고 오는 길입니다."

"그녀는 상태가 어떤가요?"

"모든 혐의에 대항하며 끝없이 오빠를 믿고 있습니다."

"가엾은 것!"

"하지만," 그루져스 씨가 계속한다. "그녀에 대해 얘기하려고 여기 온 건 아닙니다. 내 피후견인에 대해 얘기하려고 온 겁니다. 들으면 놀랄 소식입니다. 적어도, 내게는 놀라운 소식이었습니다."

재스퍼가 신음하듯 한숨을 쉬며 고쳐 앉았다.

"얘기를 내일로 미룰까요?" 그루져스 씨가 말했다. "미리 충고하지만, 들으면 놀랄 겁니다!"

그루져스 씨가 머리를 다시 쓸어내리고 불을 쳐다보는 모습, 하지만 이번에는 결의에 찬 듯 입을 꼭 다문 그의 모습이 눈에 들어오자 재스퍼의 눈에 좀 더 집중력이 생겼다.

"하실 말씀이 뭡니까?" 재스퍼가 의자에 똑바로 앉으며 대답을 요구했다.

"분명히," 그루져스 씨는 불에서 눈을 떼지 않고 화가 날만큼 천천히 혼잣말처럼 말했다. "더 일찍 알 수도 있었을 텐데. 그녀가 말을 꺼냈지만, 내가 지나치게 고지식한 사람이라 전혀 짐작하지 못했어요. 예사로 넘긴 거죠."

"하실 말씀이 뭡니까?" 재스퍼가 다시 대답을 요구했다.

불에다 손을 쬐던 그루져스 씨가 계속 손을 폈다 오므렸다 하며 무표정하게 그를 곁눈질하며 대답했다. 이후에도 이 행동과 표정은 변하지 않았다.

"이 젊은 한 쌍, 저 실종된 젊은이와 내 피후견인인 로사 양은 비록 오랫동안 약혼 상태에 있었고, 오랫동안 그들의 약혼을 인정해 왔고, 결혼식이 다가왔지만……."

그루져스 씨는 안락의자에서 응시하는 핏기 없는 얼굴과 떨리는 입술을 보았고, 진흙투성이가 된 두 손이 팔걸이를 꼭 쥐는 모습을 보았다. 손이 아니었다면 얼굴을 본 적이 없다고 생각했을 것이다.

"…이 젊은 커플은 현재의 삶과 미래의 삶에 있어 그들이 남편과 아내보다는 다정한 친구로, 아니면 오히려 오빠와 동생으로 지내는 것이 더 행복하고 더 낫다고 점차 깨닫게 (내 생각엔, 양쪽 모두가 거의 똑같이) 됐습니다."

그루져스 씨는 안락의자에서 잿빛의 얼굴을, 그리고 마치 쇠로 된 것처럼 그 표면에서 끔찍한 방울들이 흘러내리는 것을 보았다.

"이 젊은 커플은 마침내 각자가 깨달은 것에 대해 마음을 열고 합리적이고도 신중하게 서로의 의견을 나누기로 건전하게 결심했습니다. 그들은 그 목적을 위해 만났습니다. 순수하고 너그러운 대화를 나눈 뒤 그들은 기존에 예정된 관계를 영원히 취소하기로 합의했습니다."

그루져스 씨는 입이 딱 벌어진 끔찍한 형체가 안락의자에서 일어나 머리 쪽으로 손을 쳐드는 모습을 보았다.

"하지만 이 젊은 커플 중 한 명인 선생의 조카는 자신이 예정된 삶에서 크게 벗어난다는 것에 대해 선생이 몹시 실망할까 두려워했습니다. 며칠 동안 선생한테 그 비밀을 털어놓지 못하던 그가 내게 내려와서 그 소식을 선생에게 전해 달라고 부탁하면서 자신은 떠나겠다고 했습니다. 그래서 지금 내가 선생에게 말하고 있고, 그는 떠나고 없습니다."

그루져스 씨는 그 끔찍한 모습이 머리를 뒤로 젖히고 손으로 머리카락을 쥐어뜯으며 고통으로 몸부림치는 것을 보았다.

"이제 할 말은 다 했습니다. 한 가지 덧붙이자면 이 젊은 한 쌍은 그들이 함께 있는 것을 선생이 마지막으로 본 그날 저녁 단호하게, 비록 눈물과 서글픔이 없진 않았지만, 이별했습니다."

그루져스 씨는 무시무시한 비명을 들었고, 끔찍한 모습이 앉아 있거나 서 있는 것은 보지 못했다. 오직 바닥에 놓인 갈기갈기 찢긴 지저분한 옷 더미만을 보았을 뿐이다.

이때도 그루져스 씨는 변함없이 불을 쬐려고 손바닥을 폈다 오므렸다 하며 그 모습을 내려다보았다.

16장
헌신

발작인지 기절인지에서 회복된 존 재스퍼는 그를 찾아온 손님이 토프 씨 내외를 불러와 자신을 돌보고 있다는 사실을 알았다. 나무 같은 그의 손님은 의자에 뻣뻣하게 앉아 손을 무릎에 올려놓고 재스퍼의 회복을 지켜보았다.

"선생님! 이제 정신이 드셨군요." 토프 부인이 훌쩍이며 말했다. "완전히 지치셨어요. 놀라운 일도 아니죠!"

"사람은," 그루져스 씨가 평소처럼 가르침을 되풀이하는 태도로 말했다. "완전히 지치지 않고서야 휴식이 깨지고, 마음이 끔찍한 고통을 겪고, 신체가 피로로 혹사당하는 일은 생기지 않죠."

"저 때문에 놀라셨죠?" 재스퍼 씨가 부축을 받아 안락의자에 앉으며 힘없는 목소리로 사과했다.

"천만에요. 감사합니다." 그루져스 씨가 대답했다.

"이해해 주셔서 정말 감사합니다."

"천만에요. 감사합니다." 그루져스 씨가 다시 대답했다.

"포도주를 좀 드셔야 합니다, 선생님." 토프 부인이 말했다. "그리고 제가 만든, 점심 때 입에 대지도 않았던 젤리도 드셔야 합니다. 어떻게 될지 제가 미리 경고했던 것 기억하시죠? 그런데도 아침식사를 들지 않으셨어요. 그리고 한 번도 아니고 스무 번씩이나 돌려보낸 구운 새 날개 요리도 꼭 드세요. 5분 후면 전부 식탁에 준비될 거예요. 이 훌륭한 신사 분도 아마 선생님께서 식사하시는 모습을 지켜볼 것 같네요."

이 훌륭한 신사 분이 코웃음을 쳤다. 그 의미는 긍정일 수도 부정일 수도 있고, 의미가 있을 수도 없을 수도 있어서 토프 부인은 정말 알 수 없다고 생각했다. 하지만 그녀의 신경은 온통 식사 준비에 쏠려 있었다.

"저와 식사를 같이 하시겠습니까?" 식탁보를 까는 동안 재스퍼가 물었다.

"고맙지만, 난 목구멍에 한 점도 넘길 수 없을 것 같습니다." 그루져스 씨가 말했다.

재스퍼는 게걸스러울 정도로 준비된 음식을 먹고 마셨다. 그가 서둘러 식사하며 겉보기에도 맛에는 무관심한 것으로 보아 자신의 미각을 충족시킨다기보나 기운을 잃지 않으려고 음식을 먹고 마시는 것으로 보인다. 그동안 그루져스 씨는 무표정에다 온몸으로 단호하면서도 차분하고 예의바른 항변을 하며 똑바로 앉아 있었다. 마치 대화에 초대받아 '어떤 주제도 어떻게 말해야 하는지 진혀 모릅니다. 감사합니다'라고 말하는 듯했다.

재스퍼가 접시와 잔을 밀어내고 몇 분간 생각에 잠겨 앉아 있다가 말했다. "선생님께서 전해 주신 그 놀라운 소식 중에 제게 일말의 위안을 주는 부분이 있다는 걸 아십니까?"

"그게 사실입니까?" 그루져스 씨가 대꾸하며 속으로 태평하게 덧붙인다. '전 그렇지 않습니다. 감사합니다!'

"전혀 예상하지 못했던, 제 소중한 에디를 위해 제가 그동안 쌓아온 성들을 한순간에 무너뜨린 이 충격적인 소식을 접하고 곰곰이 생각한 결과를 말씀드리자면 제 대답은 예, 입니다."

"그 일말의 위안을 주는 부분이 뭔지 궁금하군요." 그루져스 씨가 건조하게 말했다.

"혹시—만약 제가 제 스스로를 기만한다고 생각되시면 그렇게 말씀해 주시고 제 고통을 덜어 주십시오—이게 가능할까요? 새로운 입장에 놓인 자신을 발견한 그가 저와 다른 사람들에게 설명해야 한다는 어색한 부담감이 생기면서 마음이 무거워졌고, 그 어색함을 피하기 위해 도망쳤다는 것이 가능할까요?"

"가능할 겁니다." 그루져스 씨가 생각에 잠기며 말했다.

"그런 일이 일어난 적이 있습니다. 사람들 입에 오르내리면서, 하릴없고 관련도 없는 사람들에게 설명을 하느니 차라리 멀리 떠나버려서 소식을 알 수 없게 된 사람들의 경우를 접한 적이 있습니다."

"그런 일들이 일어난 적이 있다고 생각합니다." 그루져스 씨가 여전히 생각에 잠겨 말했다.

"내 소중한 에디가," 재스퍼가 이 새로운 가능성을 열심히 쫓으며 계속해서 말했다. "제게 뭔가 숨긴다는 걸—특히 이런 중요한 문제에 대해—전혀 의심하지도 의심할 수도 없었을 때, 이 깜깜한 하늘에 무슨 가냘픈 빛줄기가 제게 있었겠습니까? 그의 예비 아내가 여기 있고 결혼이 다가온다고 생각하고 있었을 때, 그가 그렇게 이해할 수 없는 변덕스럽고 잔인한 방법으로 이곳을 자발적으로 떠날 가능성에 대해 어떻게 제가 생각할 수 있었겠습니까? 하지만 이제 선생님께서 제게 사실을 알려 주셨으니, 실낱같은 희망이 있지 않겠습니까? 그가 스스로 사라졌다고 생각하면, 그가 사라진 이유를 더 잘 이해할 수도 있고 덜 잔인하지 않겠습니까? 선생님의 피후견인과 막 이별했다는 사실 자체만으로도 그가 떠났을 이유는 됩니다. 그렇다고 해서 그의 의문의 잠적이 제게 덜 잔인한 건 아닙니다. 하지만 그녀에 대한 잔인함은 덜어집니다."

그루져스 씨는 이 말에 동의하지 않을 수 없었다.

"심지어 저에 대해서도." 여전히 흥분한 재스퍼는 이 새로운 가능성을 추구하며, 희망으로 표정이 밝아지며 말을 계속했다. "선생님께서 제게 올 걸 그는 알고 있었습니다. 그는 선생님께서 제게 소식을 전할 걸 알고 있었어요. 만약 선생님의 말씀을 듣고 제 마음 속에 새로운 가능성이 생겼다면, 같은 논리로 그도 분명 제가 이런 추론을 할 걸 예견했을 겁니다. 그가 그걸 예견했다면, 저—제가 누군가요!—음악선생 존 재스퍼에 대한 잔인함마저도 사라집니다!"

다시 한 번 그루져스 씨는 이에 동의하지 않을 수 없었다.

"제 마음속에 불신이, 아주 지독한 불신이 있었습니다." 재스퍼가 말했다. "하지만 선생님께서 알려 주신 소식을 듣고, 처음엔 제 소중한 에디가 안타깝게도 그를 그렇게 사랑하는 저에게 거리낌이 있었다는 걸 알게 돼서 참기 힘들었지만, 그 소식이 제 안에 희망의 불씨를 던져 주는군요. 제 말을 들은 선생님께서는 그 불씨를 끄지 않고 타당한 희망이라고 인정해 주셨습니다. 이제," 여기서 그는 두 손으로 깍지를 꼈다. "그가 자발적으로 우리에게서 사라졌을지도 모르고, 오히려 지금 건강하게 살아 있을지도 모른다는 생각이 들기 시작합니다."

바로 그 순간 크리스파클 씨가 안으로 들어왔다. 그에게 재스퍼 씨가 되풀이해서 말했다. "그가 자발적으로 우리에게서 사라졌을지도 모르고, 오히려 지금 건강하게 살아 있을지도 모른다는 생각이 들기 시작합니다."

크리스파클 씨가 자리에 앉더니 "왜 그런가?" 하고 물었다. 재스퍼는 방금 그가 했던 주장을 그에게 다시 들려주었다. 만약 그 주장이 덜 그럴듯해 보였더라도, 훌륭한 소참사회원은 그 주장을 자신의 불운한 제자의 무고에 대한 증거로 받아들일 마음의 준비가 돼 있었을 것이다. 하지만 그 또한 실제로 저 사라진 젊은이가 사라지기 바로 직전에, 자신의 계획과 일을 알고 있는 모든 이들에게 창피하게 됐다는 걸 중요한 의미로 받아들였고, 그러한 사실이 그에게 문제에 대한 새로운 시각을 제시한 것 같았다.

"삽시 씨를 방문해서," 재스퍼 씨가 실제 있었던 그대로 말했다. "그 두 젊은이가 마지막으로 만났을 때 두 사람 사이에 언쟁이나 이견이 없었다고 제가 말했습니다. 안타깝게도 우리 모두는 그들의 첫 번째 만남이 전혀 우호적이지 않았다는 걸 압니다. 하지만 제 처소에서 마지막으로 그들이 함께 했을 때는 모든 것이 순조롭고도 평온하게 진행되었습니다. 소중한 에디에게서는 평소 그다운 활기를 찾아볼 수 없었습니다. 그는 우울했는데—전 알아챘죠—이제 그에게 우울할 특별한 이유가 있었다는 걸 알고 나니 그 상황이 더욱 머리에서 떠나지 않는군요. 아마도 그 이유 때문에 그가 사라졌을 겁니다."

"그렇게 밝혀지길 바랍니다!" 크리스파클 씨가 외쳤다.

"저야말로 그렇게 밝혀지길 바랍니다!" 재스퍼가 되풀이했다. "선생님께서도 아시다시피—그루져스 씨도 이제 아셔야 하는데—저 첫 번째 사건에서 분노에 찬 그의 행동을 본 후 전 네빌 랜들레스 군에게 좋지 않은 선입견을 가지게 되었습니다. 내 소중한 에디를 위하는 마음에서 그의 지독한 폭력성에 대해 극도로 불안해하며 선생님을 방문했던 것 기억하시죠. 심지어 제가 그에게 어두운 예감이 있다는 걸 일기에 적어 선생님께 보여 드린 것도 기억하시죠. 그루져스 씨가 전부 아셔야 합니다. 제가 숨겨서 일부분만 알고 다른 부분을 모르고 계셔선 안 됩니다. 비록 이 수수께끼 같은 사건이 일어나기 전에 제가 젊은 랜들레스에게 대단히 부정적인 인상을 가지고 있었다 하더라도, 바라건대 그루져스 씨가 전해 주신 사실이 제 마음에 영향을 주었다는 걸 그루져스 씨가 충분히 이해하시길 바랍니다."

이 공정함을 보고 소참사회원은 마음이 무척 어수선했다. 자신의 처신은 이렇게 솔직하지 않은 것처럼 느껴졌기 때문이다. 그는 지금까지 두 가지 사실을 숨긴 것에 대해 자책했다. 그 하나는 에드윈 드루드에 대해 네빌이 두 번째 분노를 폭발했다는 것이고, 다른 하나는 격정적인 질투가 네빌의 가슴 속에 자리한 에드윈에 대한 반감에 불을 지르고 있다는 확신이었다. 그는 이 추한 실종 사건에서 네빌의 무죄를 확신했지만, 불행하게도 너무 많은 사소한 정황들이 그에게 부정적인 방향으로 작용해서 그 누적된 무게 위에 이 두 가지를 추가하기가 두려웠던 것이다. 그는 가장 진실한 사람 중 하나였다. 하지만 그는 이 시점에 이 두 가지 사실을 말하면 진실 대신 거짓을 조장하지 않을까를 고심하며 그동안 마음속에서 저울질해 왔다.

하지만 그 앞에 본보기가 서 있었다. 그는 더 이상 망설이지 않았다. 그루져스 씨를 이 의문의 사건에서 뜻밖의 사실을 전달함으로써 권위를 부여받은 분으로 칭하면서(이 기대하지 않은 입장에 놓이게 되자 그루져스 씨는 더욱 고지식해지는데), 크리스파클 씨가 재스퍼 씨의 철저한 정의감에 호소하며 증언했다. 크리스파클 씨는 먼저 네빌이 조만간 모든 혐의에서 완전히 벗어날 것이라는 절대적인 믿음을 표명했다. 그리고 네빌이 로사에게 반해서 에드윈에게 불같은 분노를 품고 있다고 말했다. 오직 자신만이 알고 있는 이 사실에도 불구하고 자신은 네빌의 무죄를 확신한다고 시인했다. 재스퍼 씨의 자신감 넘치는 표정은 이 뜻밖의 선언에도 영향을 받지 않았다. 얼굴이 더욱 창백해지긴 했지만, 그는 그루져스 씨의 말을 듣고 생긴 희망에 매달리겠다고 되풀이했다. 소중한 에디의 흔적이 전혀 발견되지 않아서 그가 살해됐다는 결론이 내려질지라도, 지금은 그가 자신의 자유분방한 의지로 몰래 도망쳤을 거라는 가능성의 끝자락이나마 소중히 간직하겠다고 말했다.

여전히 마음이 어수선했던 크리스파클 씨는 자신의 집에 일종의 죄수처럼 묶여 있는 젊은이에 대한 걱정에 휩싸여 그 자리를 벗어나 잊지 못할 한밤중의 산책을 했다.

그는 클로이스터햄 '보'를 향해 걸어갔다.

자주 그곳을 산책했기 때문에 그쪽으로 그의 발걸음이 향한 건 조금도 놀라울 것이 없었다. 하지만 온통 그의 머릿속을 차지하는 생각 때문에 산책을 계획하지도 지나치는 것들에 신경을 쓰지도 못했다. 그는 바로 옆에서 떨어지는 물소리를 듣고서야 자신이 '보' 근처에 있다는 사실을 깨달았다.

'내가 여길 어떻게 왔나!'가 걸음을 멈추며 드는 첫 번째 생각이었다.

'내가 여길 어떻게 왔나!'가 그의 두 번째 생각이었다.

그는 물소리를 주의 깊게 들으며 서 있었다. 불현듯 책에서 읽은 적이 있는, 사람들의 이름을 말해 주는 공상적인 혀들에 대한 익숙한 구절 하나가 들리는 듯했다. 그가 마치 손으로 잡을 수 있는 것처럼 귀에서 그걸 꺼낸다.

별빛이 가득했다. '보'는 두 젊은이가 폭풍을 구경하러 갔던 장소에서 온전히 2마일 상류에 있었다. 크리스마스 전날 밤에는 조수가 강하게 아래로 향해서, 만약 이런 상황에서 사망 사고가 발생했다면 시신이 발견될 가능성이 가장 높은 곳들은 모두—썰물과 밀물 모두의 경우에서—그들이 갔던 장소와 바다 사이에 있었다. 별빛 가득한 추운 밤에 여느 때와 같은 소리를 내며 물이 '보' 위로 올라왔고, 보이는 건 거의 없었다. 하지만 평소와 다른 뭔가가 이곳에 걸려 있다는 묘한 생각이 크리스파클 씨에게 들었다.

그는 혼자서 추론했다. 그게 무엇이었나? 어디에 있었나? 증거를 제시해 봐. 어떤 감각에 호소했나?

그의 감각 중 어떤 것도 거기에 특별한 것이 있다는 보고를 하지 않았다. 그는 다시 귀를 기울였고, 그의 청각은 다시 한 번 별빛 가득한 추운 밤에 여느 때와 같은 소리를 내며 물이 '보' 위로 올라오는 소리를 확인했다.

자신의 머릿속이 온통 의문의 사건으로 가득 차서 이곳에 으스스한 분위기를 더해 주는 것인지도 모른다고 생각하며 그가 시선을 바로잡으려고 매의 눈을 가늘게 떴다. '보'로 다가가서 익숙한 기둥들과 입목들을 응시했다. 특이한 기미는 조금도 보이지 않았다. 그는 아침 일찍 다시 오기로 마음먹었다.

'보'에 대한 생각으로 밤새 잠을 설친 그는 해가 뜰 무렵 다시 그곳으로 갔다. 맑고 쌀쌀한 아침이었다. 그가 어젯밤에 갔던 곳에 섰을 때 눈앞에 펼쳐진 전경에서는 아주 작은 부분까지도 뚜렷이 구분할 수 있었다. 그가 몇 분간 그곳을 자세히 둘러보고 눈을 돌리기 바로 직전 한 지점에 눈길이 쏠렸다.

그는 '보'를 등지고 서서 먼 하늘과 땅을 바라본 후 다시 그 지점을 응시했다. 그 지점은 즉시 그의 시선을 붙잡았고, 그는 그곳에 집중했다. 비록 전체 경관의 한 점에 불과했지만, 지금 그걸 놓칠 순 없었다. 그 점이 그의 시선을 사로잡았다. 그가 외투를 쥐어뜯듯 벗었다. 그 지점—'보'의 모퉁이—에서 반짝이는 무언가를 보았기 때문이다. 그 무언가는 움직이지도 않았고, 반짝이는 강물이 위로 올라와도 여전히 그대로 있었다.

이를 확신한 그가 옷을 벗어던지고 얼음물로 뛰어들어 그 지점을 향해 헤엄쳐 갔다. 입목들 위로 올라가 시계 줄이 걸린 틈에서, 뒤쪽에 E. D.라는 머리글자가 새겨진 금시계를 집어 든다.

시계를 강둑으로 가져온 그가 다시 헤엄쳐 가서 '보' 위로 올라갔다가 물로 뛰어든다. '보'의 여러 깊이에 있는 구멍들과 구석구석을 모두 알고 있었던 그는 더는 차가워 견딜 수 없을 때까지 계속해서 잠수를 거듭했다. 그의 의도는 시신을 찾는 것이었지만, 그가 발견한 건 진흙과 연니[25] 사이에 낀 셔츠 핀뿐이었다.

이렇게 발견한 것들을 가지고 클로이스터햄으로 돌아온 그는 네빌 랜들레스를 데리고 곧장 시장에게로 갔다. 재스퍼 씨를 불러 시계와 셔츠 핀을 확인했고, 네빌은 구금되었다. 네빌에 대한, 터무니없는 광기와 아둔함으로 가득한 악의에 찬 말들이 생겨나기 시작했다. 그는 천성이 앙심을 품고 폭력을 휘두르는 사람이었다. 그가 영향을 받는 오직 한 사람인 그의 가엾은 여동생이 없었다면, 그가 그녀의 시야에서 벗어난다면, 그는 결코 믿을 수 없는 사람이고 날마다 살인을 저지를 사람이었다. 그가 영국으로 오기 전에는 그로 인해 다양한 '원주민들'—지금 아시아에서, 지금 아프리카에서, 지금 서인도제도에서, 지금 북극에서 야영하는 유목민들—이 죽도록 매를 맞는 일이 발생했었다. 클로이스터햄에서는 그 '원주민들'을 항상 흑인으로 여기고, 항상 대단한 미덕을 지닌 것으로 여기고, 항상 자신을 '나를'이라고만 부르고 타인들은 모두 '마사'[26] 아니면 '미시'[27]라고(성별에 따라) 부른다고 여기고, 항상 애매한 뜻을 가진 소책자들을 더듬거리는 영어로 읽지만 항상 순수 모국어로는 정확하게 이해한다고 여긴다. 네빌은 크리스파클 부인의 흰머리를 슬픔으로 거의 무덤까지 몰아넣었다. (이 창의적인 표현은 삽시 씨의 표현이었다.) 그는 여러 번 크리스파클 씨의 목숨을 앗아가겠다고 말했다. 그는 여러 번 모든 이의 목숨을 앗아가서 실제로 지상 최후의 인간이 되겠다고 말했다. 한 저명한 '박애주의자'가 그를 런던에서 클로이스터햄으로 데려왔다. 왜 그랬을까? 그 '박애주의자'는 "내가 내 동족에 대한 의무를 다하려면 벤담의 말에 따라, 그를 최소 소수에 대한 최대 위험을 야기할 곳에 두어야 하기 때문이다."라고 분명히 주장했다.

이러한 얼간이들이 멍청하게 쏘아대는 낙하 탄환들은 네빌의 급소를 맞히지 못했을지도 모른다. 하지만 그는 숙련되고 잘 조준된 정밀한 화기에서 나오는 총탄에도 맞서야 했다. 그가 저 실종된 젊은이를 위협했다는 소문이 자자하고, 그를 위해 그토록 애를 쓴 그의 충실한 친구이자 스승의 말에 따르면 그는 저 불행한 운명을 지닌 친구에게 지독한 원한(자신이 만들고 자신이 고백한)이 있었다. 그는 저 운명의 밤에 공격용 무기로 자신을 무장했으며 출발을 위한 준비를 마친 뒤 아침 일찍 잠적했다. 발견 당시 그에게는 핏자국이 있었다. 실제로 그의 주장대로 생긴 것일 수도 있지만, 그렇지 않을 수도 있다. 그의 방과 옷가지 등을 조사하기 위해 수색영장을 발부한 결과 실종 당일 오후에 그가 자신의 글들을 모두 없애 버리고 자신의 물품들을 모두 재배치했다는 사실이 밝혀졌다. '보'에서 발견된 시계는 저 보석상이 에드윈 드루드를 위해 그날 오후 2시 20분에 태엽을 감아 준 것이라는 주장이 제기되었다. 시계가 강물에 던져지기 전에는 계속 작동했으며, 그 이후 한 번도 다시 태엽을 감지 않았다는 것이 보석상의 확고한 의견이었다. 이는 자정에 에드윈과 마지막으로 함께 목격된 그의 동행자와 에드윈이, 재스퍼 씨의 집에서 나온 지 얼마 안 돼 누군가가 시계를 가져갔고, 얼마 안 있어 시계가 강물에 던져졌다는 가설을 지지하는 것으로 보였다. 시계가 던져진 이유는 무엇인가? 만약 그를 살해하고 착용한 것 외에는 신원확인이 불가능할 정도로 교묘하게 외관을 손상시켰거나 시신을 숨겼거나 아니면 양자 모두의 경우라면, 살인자는 분명 시신에서 가장 오래 지속되고 가장 잘 알려져서 가장 쉽게 식별할 수 있는 것들을 제거하려 했을 것이다. 그것들이 바로 시계와 셔츠 핀일 것이다. 그것들을 강에 던져버릴 기회에 관해서는, 만약 네빌이 이 혐의의 대상이라면, 그가 그 기회를 찾기는 쉬웠다. 왜냐하면 그가 그동안 '보'가 있는 쪽을—사실 도시의 모든 곳을—반쯤 정신나간 사람처럼 비참한 모습으로 돌아다니는 걸 많은 사람들이 목격했기 때문이다. 그 지점에 버린 이유는, 그런 유죄의 증거는, 자신이 착용하거나 소유하는 것보다는 다른 곳에서 발견되는 것이 확실히 낫기 때문이다. 그 두 젊은이 사이에 약속됐던 화해의 성격을 지닌 만남에 대해서 보자면, 젊은 랜들레스에게 유리할 게 거의 없다. 그 만남은 그가 아닌 크리스파클 씨가 주선한 데다 크리스파클 씨가 종용해서 이루어진 것이 확실해 보이기 때문이다. 그에게 이를 강요받은 제자가 얼마나 마지못해, 또는 얼마나 기분 나쁜 상태에서 만남으로 향했는지는 아무도 알 수 없지 않겠는가? 이 사건을 들여다보면 볼수록 모든 점에서 그에게 불리했다. 심지어 저 젊은이의 실종이 사실은 몰래 한 도망이라는 막연한 암시마저도 그가 최근에 이별한 저 어린 숙녀의 진술로 역시 가능성이 사라졌다. 그 이유는 그녀가 심문을 받을 때 대단히 진솔하면서도 서글퍼하며 했던 말, 그게 무엇이었더라? 에드윈이 그녀의 후견인인 그루져스 씨의 도착을 기다리겠다고 분명하고도 열정적으로 자신과 함께 계획했다는 것이다. 하지만 실제로 일어난 일은 그와 정반대로 저 신사 분이 나타나기도 전에 그가 사라졌다는 것이다.

그러므로 제청해서 확인한 혐의로 인해 네빌은 구금되고 재 구금되었다. 모든 이가 수색에 동원되었고, 재스퍼는 밤낮을 가리지 않고 수색에 힘썼다. 하지만 더는 아무것도 발견하지 못했다. 실종된 사람의 죽음을 증명할 수 있는 것이 아무것도 발견되지 않자 결국 살해 혐의를 받은 사람의 석방이 불가피했다. 네빌은 자유로운 몸으로 풀려났다. 그러자 크리스파클 씨가 너무도 잘 예견했던 결과가 뒤따랐다. 클로이스터햄이 그를 배척하고 따돌렸기 때문에 네빌은 그곳을 떠나야 했다. 비록 그런 일이 없었다 하더라도 저 어여쁜 늙은 양치기 도자기 인형은 자신의 아들에 대한 걱정으로, 그와 한 지붕 밑에서 지내는 것에 대한 전반적인 공포로 죽을 지경이 되었을 것이다. 비록 그런 일이 없었다 하더라도 소참사회원에게서 공식적으로 권한을 양도받은 당국이 그 문제를 해결했을 것이다.

"크리스파클 씨." 수석사제가 말했다. "인간 세상의 정의에는 실수가 있을 수 있지만, 그 정의의 빛에 따라 처신해야 하네. 교회가 피난처가 되는 시절은 지났어. 이 젊은이가 우리에게서 피난처를 구해선 안 되네."

"수석사제님, 그가 제 집을 떠나야 한다는 말씀이십니까?"

"크리스파클 씨." 신중한 수석사제가 대답했다. "자네 집에 대해서 내가 주장할 권한은 없네. 그저 자네가 겪는 이 힘든 상황에서, 그 젊은이로부터 자네의 충고와 지도를 거두는 것에 대해 논의하는 걸세."

"그건 정말 안타까운 일입니다, 수석사제님." 크리스파클 씨가 의사를 표명했다.

"정말 그러네." 수석사제가 동의했다.

"그리고 만약 그게 필요하다면……." 크리스파클 씨가 말을 더듬었다.

"안타깝게도 자네가 깨달은 것과 같네." 수석사제가 대꾸했다.

크리스파클 씨가 순종적으로 고개를 숙였다. "수석사제님. 이 사건을 미리 판단하기는 어렵지만, 저도 이해……."

"그러네. 바로 그거야. 자네가 말한 것처럼, 크리스파클 씨." 수석사제가 고개를 부드럽게 끄덕이며 말을 끊고 끼어든다. "다른 방도가 없네. 확실하네. 자네의 분별력을 통해 깨달은 것처럼 대안이 없네."

"그렇지만, 선생님. 저는 그가 완전 무죄라는 것에 대해 추호의 의심도 없습니다."

"그~을~쎄!" 수석사제가 좀 더 은밀한 목소리로 주위를 살피시 돌아보며 말했다. "나라면 그렇게 얘기하지 않을 걸세. 그렇게 말하긴 어렵지. 그에 대한 충분한 혐의가……. 아니, 그렇게 말하지는 않을 걸세."

크리스파클 씨가 다시 고개 숙여 절을 했다.

"어쩌면 한쪽 편을 드는 건," 수석사제가 계속했다. "우리에게 어울리지 않는 것 같네. 편은 들지 마세. 우리 성직자들은 가슴은 따뜻하게 머리는 차갑고 현명하게 중도를 유지해야 하네."

"선생님. 제가 단호하게 공개적으로, 새로운 혐의가 생기거나 이 이례적인 문제에 있어 새로운 정황이 밝혀질 때는 언제든 그가 이곳으로 다시 올 거라고 말한 것에 대해서는 반대가 없으시길 바랍니다."

"전혀 없네." 수석사제가 대꾸했다. "하지만, 알다시피 나라면 그걸 단호하게 말하지 않을 걸세." 이 두 단어를 멋지게 강조하며 "말을 하는 것? 그건 조~오~치! 하지만 단호하게? 아~니~지. 아니라고 생각하네. 중요한 건 크리스파클 씨. 우리 성직자들은 가슴은 따뜻하게 머리는 차갑게 유지하며 어떤 것에도 단호하지 않을 필요가 있네."

이리하여 '소참사회원 거리'는 이제 네빌 랜들레스에게 낯선 곳이 되었다. 그가 어디를 가려고 하든, 어디를 갈 수 있던 그의 이름과 명성에는 역병이 붙어 다녔다.

이때가 되자 비로소 존 재스퍼는 성가대의 자신의 위치로 조용히 복귀했다. 초췌하고 충혈된 눈에다 누가 봐도 희망은 그를 버렸고, 그의 활기찬 기운은 온데간데없었으며, 그의 최악의 의혹들도 모두 제자리로 돌아왔다. 하루나 이틀이 지난 후, 가운을 벗으며 자신의 외투 주머니에서 일기를 꺼내 페이지를 넘기던 그가 한 곳을 보더니 아무 말 없이 의미심장한 표정으로 크리스파클 씨에게 읽어보라며 그걸 건네주었다.

'나의 소중한 에디가 살해되었다. 시계와 셔츠 핀의 발견은 내게 그가 그날 밤 살해되었고, 그의 보석은 신원 확인을 막기 위해 가져갔다는 확신을 주었다. 그의 약혼녀와의 이별을 토대로 한 모든 그릇된 희망을 나는 바람에게 보낸다. 그것들은 이 치명적인 발견 앞에서 사라진다. 나는 이제 이 페이지에 기록하며 맹세한다. 내 손에 단서를 쥘 때까지 어느 누구와도 이 의문의 사건에 대해 얘기하지 않겠다. 나의 비밀과 조사를 절대로 늦추지 않을 것이다. 내 소중한 죽은 아이를 살해한 범죄를 그 살인자에게 못 박을 것이다. 그리고 그를 파멸시키는 데 나를 헌신할 것이다.'

5부

폭풍이 다가온다고 하녀들이 말한다.
덥고 숨 막힐 듯한 공기 때문에 이 어여쁜 아가씨가 쓰러졌어.
무리도 아니지.
그들도 하루 종일 무릎이 후들거린다고 느꼈다.

17장
박애주의, 프로 그리고 프로의식의 결여

그로부터 반년이 꼬박 지나, 크리스파클 씨는 '박애주의의 안식처' 런던 본부의 대기실에 앉아 허니썬더 씨와의 접견을 기다렸다.

크리스파클 씨는 대학시절 운동 경기를 하며 주먹 싸움의 '고상한 예술'을 하는 프로 선수들을 알게 되었고, 그들의 장갑 낀 모임에도 두세 번 참석했었다. 이제 그는 골상학적 측면에서 '프로 박애주의자들'이 '프로 권투선수들'과 비상하게 닮았다는 걸 자신의 눈으로 확인할 기회가 생겼다. 동족으로 '파고드는' 성향을 구성히기니 그것을 거드는 모든 신체기관들의 발육에서 '박애주의자들'은 '프로권투선수들'보다 훨씬 우위에 있었다. 사무실을 오가는 몇몇 '프로들'은 크리스파클 씨가 '기교파'들 사이에서 자주 보았던, 신참이 누구든 나타나기만 하면 '신인전'을 준비하는 이들의 공격적인 분위기와 똑같은 태도를 보였다. 어딘가 시골 순회 경기장에서는 도덕적인 '박애주의자들'을 생산해 내는

'공장'을 준비 중이었고, 다른 '프로들'이 노름판의 진행자들과 똑같은 방식으로 이런 저런 헤비급 선수를 그렇고 그런 강연의 성공을 위해 지지하는 모습은 의도한 '결의들'을 '라운드들'이라고 해도 손색이 없을 것이다. 크리스파클 씨는 단상용 전술로 칭송이 자자한 이러한 전시의 공식 관리자의 (검은 양복을 입은) 모습이, 저명한 공인으로 한때 '냉랭한 포구Fogo'[28)]로 명성을 떨친, 프로 복싱이 로프와 말뚝으로 형성되기 시작할 때 이를 감독했던, 작고한 권투인들의 은인과 대응관계에 있음을 알아보았다. 이 프로들과 저 프로들 사이에 닮지 않은 부분은 딱 세 가지밖에 없었다. 첫째, 잘못된 훈련을 받은 결과 지나치게 살이 찐 '박애주의자들'은 얼굴과 몸에서 '권투 전문가들' 사이에 '지방 푸딩'이라고 알려진 것이 넘쳐났다. 둘째, '박애주의자들'은 '권투선수들'의 훌륭한 기질을 가지지 못했고, 그들이 구사하는 언어는 더 형편없었다. 셋째, 완전히 개정될 필요가 있는 이들의 싸움 규칙은 상대를 로프로 밀어붙이는 것뿐만 아니라 지루함으로 딴 생각을 하게 만들고, 상대가 다운되면 때리고, 부위와 방법을 가리지 않고 때리고, 발로 차고 밟고, 후벼 파고, 등을 보이면 가차 없이 무차별적인 공격을 가하도록 장려한다. 이 세 가지 사항에서 '고상한 예술의 프로들'은 '박애주의의 프로들'보다 훨씬 고상했다.

크리스파클 씨는 이러한 유사점과 차이점에 대한 생각에 빠져들며, 주는 것 없이 가져가기만 하는 박애주의의 업무로 바삐 오가는 사람들을 바라보느라 자신의 이름이 불리는 것도 모르고 있었다. 마침내 그가 자신의 이름을 듣고 이에 응답하자 초라하기 그지없는 몰골의 박봉의 유급 '박애주의자'(인류의 공적을 위해 일하더라도 이보다는 나을)가 그를 허니썬더 씨의 방으로 안내했다.

"선생." 학교의 교장이, 자신이 안 좋게 보는 학생에게 지시를 내리듯 허니썬더 씨가 우레와 같은 목소리로 말했다. "앉으시오."

크리스파클 씨가 자리에 앉았다.

허니썬더 씨가 형편이 어려운 수천 명의 사람들에게 지금 당장 기부하고 '박애주의자'가 되든지 아니면 '악마'에게 갈 것을 촉구하는 수천 장의 전단지 중 마지막 몇 십 장에 서명을 마쳤을 때, 또 다른 초라한 몰골의 유급 '박애주의자'(성실하지만 무관심한)가 그것들을 바구니에 담아서 밖으로 가지고 나갔다.

"이제, 크리스파클 씨." 둘만 남게 되자 허니썬더 씨가 의자를 반 바퀴 돌려 그를 향하더니, 손을 무릎에 대고 팔을 꼿꼿이 세운 채 이마에 주름을 잡고는 당신을 얼른 해치우려 한다고 덧붙이듯 이렇게 말했다. "자, 크리스파클 씨. 선생과 난 인간 생명의 신성함에 대해 의견차가 있군요."

"그렇습니까?" 소참사회원이 대꾸했다.

"그렇죠, 선생."

"그 주제에 대한 선생의 견해는 어떠신지," 소참사회원이 말했다. "여쭤 봐도 될까요?"

"인간의 생명은 신성하게 다뤄져야 한다는 겁니다, 선생."

"그 주제에 대해 제 견해는 어떻다고 짐작하시는지," 소참사회원이 같은 식으로 계속 물었다. "여쭤 봐도 될까요?"

"맙소사, 선생!" 크리스파클 씨를 향해 한층 더 인상을 찌푸리며 팔을 더욱 뻣뻣하게 놓고 '박애주의자'가 대꾸했다. "그건 본인이 가장 잘 알지 않습니까?"

"물론 인정합니다. 하지만 선생이 먼저 우리가 다른 견해를 가졌다고 말씀하시지 않았습니까? 그러니 (아니라면 그렇게 말씀하시지 않았을 테니까요) 제 견해에 대해 확고한 의견을 가지고 있을 것이 분명합니다. 부탁이니, 제 견해가 뭐라고 믿습니까?"

"여기 한 남자가, 한 젊은 남자가." 허니썬더 씨는 그게 문제를 끝없이 악화시킨다는 듯이, 늙은이를 잃은 거라면 쉽게 넘어갈 수 있다는 듯이 말했다. "폭력으로 지상에서 사라졌습니다. 그걸 뭐라고 부르시겠습니까?"

"살인이죠." 소참사회원이 말했다.

"그 행위를 한 사람을 뭐라고 부르시겠습니까, 선생?"

"살인자죠." 소참사회원이 말했다.

"그 정도 인정하는 걸 보니 다행입니다, 선생." 허니썬더 씨가 아주 모욕적인 태도를 보이며 대꾸했다. "솔직히 말해 거기까진 기대하지 않았습니다." 여기서 그는 크리스파클 씨 쪽으로 다시 몸을 깊숙이 숙였다.

"그렇게 경우에 어긋난 표현은 무엇을 의미하는지 설명해 주시기 바랍니다."

"선생." 박애주의자가 포효하듯 언성을 높이며 응수했다. "그런 공갈 협박이나 들으려고 여기 앉아 있는 게 아닙니다."

"여기 저밖에 없으니, 그건 제가 가장 잘 압니다." 소참사회원이 아주 조용히 대꾸했다. "죄송합니다. 말씀하시는데 끼어들어서."

"살인!" 허니썬더 씨는 단상용 팔짱을 끼고, 감정적인 짧은 단어 하나가 끝날 때마다 끔찍한 표정으로 단상용 고개를 끄덕이며 말을 이어갔다. "유혈! 아벨! 카인! 난 카인과는 상대하지 않습니다. 저 시뻘건 손을 내밀면 난 몸서리치며 거부합니다."

'박애주의' 공개회의장에서는 허니썬더 씨의 이 같은 신호가 떨어지기만 하면 '형제단'이 어김없이 의자에 뛰어올라 목이 쉬도록 그를 성원했었다. 그와 반대로 크리스파클 씨는 그저 조용히 꼬고 있던 다리를 반대로 꼬고 나서 온화하게 말했다. "일단 설명을 시작하시거든, 저는 신경 쓰지 말고 계속 하십시오."

"십계명에는 살인을 금하는 것으로 되어 있습니다. 살인 '금지'입니다, 선생!" 허니썬더 씨는 마치 그 계명에 '약간의 살인은 괜찮고 약간의 살인을 한 후에는 그만두라'라고 적혀 있다고 크리스파클 씨가 주장한다는 듯이 그를 비난하며 단상용으로 잠시 말을 멈췄다.

"계명에는 거짓 증언을 하지 말라고도 되어 있습니다." 크리스파클 씨가 말했다.

"됐소!" 허니썬더 씨가 모임에서 건물을 무너뜨릴 만큼 엄숙하고 맹렬한 기세로 포효했다. "되~었~소! 내 전 피후견인들이 이제 성년이 되어 후견의 위임에서 벗어난다는 생각을 하면 공포로 몸이 오싹합니다. 그동안 선생이 저 남매를 대신해서 떠맡아 왔던 계좌가 있고, 받을 잔고가 있다는 것도 압니다. 곧 정산을 받게 될 겁니다. 진심으로 하는 말인데, 선생. 남자로서도 그렇고 소참사회원으로서도 그렇고, 난 선생이 지금보다 좀 더 나은 일을 했으면 합니다."라고 하며 고개를 한 번 끄덕인다. "더 나은 일을." 다시 한 번 고개를 끄덕인다. "더~어 나~은~일을!" 고개를 한 번 더 끄덕여 총 세 번의 끄덕임이 있었다.

크리스파클 씨는 약간 상기된 표정으로, 하지만 완벽하게 자신을 자제하며 자리에서 일어났다.

"허니썬더 씨." 해당 문서들을 집어 들며 그가 말했다. "제가 지금의 일보다 더 나은 일을 하든 더 안 좋은 일을 하던 그건 취향과 견해의 문제입니다. 선생은 제가 선생의 협회에 회원으로 등록하면 좀 더 나은 일을 하는 것으로 생각하시겠죠."

"아, 물론이죠, 선생!" 위협적인 태도로 머리를 흔들며 허니썬더 씨가 대꾸했다. "진작 그렇게 했더라면 선생에게도 좋았을 겁니다!"

"제 생각은 다릅니다."

"아니면," 허니썬더 씨가 다시 머리를 흔들며 말했다. "선생의 직업에 종사하는 사람들 중 누군가가 죄인의 색출과 처벌의 의무를 일반인들에게 떠넘기는 대신 직접 그 일에 헌신한다면 그게 더 나은 일이 될겁니다."

"전 제 직업의 첫 번째 의무가 도움을 필요로 하고 시련을 겪는 사람들과 외롭고 억압받는 사람들을 돕는 것이라는 견해입니다." 크리스파클 씨가 말했다. "하지만 공언하는 것은 제 직업의 일부가 아니니 더는 이에 대해 말하지 않겠습니다. 하지만 제가 네빌 군과 그의 여동생에 대한 (그리고 미약하나마 나에 대한) 책임감에서 선생께 얘기하고 싶은 건, 그 사건이 일어났을 당시 네빌 군의 생각과 감정을 제가 속속들이 알고 완전히 이해한다는 것과 그의 약점과 개선점을 색칠하거나 감추지 않더라도 전 그의 말이 진실임을 확신한다는 것입니다. 그런 확신이 있기 때문에 저는 그를 도울 것입니다. 그 확신이 지속되는 한 저는 그를 도울 것입니다. 만약 이 결심이 흔들리는 일이 생긴다면 저의 비열함 때문에 너무 수치스러울 겁니다. 그래서 어떤 남자가—그리고 어떤 여자가—저를 훌륭하다고 생각해도 제 자신에 대한 훌륭한 평가를 잃어버린 것에 대한 보상은 될 수 없습니다."

훌륭한 분! 남자다운 분! 그는 아주 겸손하기까지 했다. 그는 산들바람이 부는 운동장에 서서 삼주문을 지키는 크리켓 포수만큼도 자신을 내세우지 않았다. 그는 큰 사건이든 작은 사건이든 똑같이 그저 자신의 의무에 철저히 충실했다. 모든 진실한 영혼들은 항상 그러하다. 모든 진실한 영혼은 과거에도 그랬고 현재에도 그렇고 미래에도 항상 그러할 것이다. 정신적으로 진정 위대한 이에게는 사소한 일이란 없다.

"그렇다면 선생은 누가 했다고 생각하십니까?" 허니썬더 씨가 갑자기 그에게로 향하며 물었다.

"한 사람의 무죄를 증명하려고 경솔하게 다른 사람을 유죄로 만드는 건 말도 안 되는 일입니다! 혐의를 두는 사람은 없습니다."

"체!" 허니썬더 씨가 지독한 경멸을 담아 혀를 찼다. 이는 '박애주의 형제단'이 평소 따르는 원칙과 거리가 멀었기 때문이다. "선생은 본인이 사심 없는 증인이 아니란 걸 기억해야 합니다."

"무슨 사심이 있다는 거죠?" 크리스파클 씨는 짐작할 길이 없어 순진하게 미소를 지으며 물었다.

"선생의 제자에 대해 선생에게 지급되는 일정 급료 때문에 선생의 판단이 약간 왜곡된 것 같습니다." 허니썬더 씨가 천박하게 말했다.

"혹시 그걸 여전히 받을 것으로 기대해도 되겠습니까?" 크리스파클 씨가 현명하게 응수했다. "그런 뜻도 있나요?"

"글쎄요, 선생." '프로 박애주의자'가 자리에서 일어나 바지 주머니에 손을 넣으며 대답했다. "난 모자를 만들기 위해 사람들 머리를 재고 다니는 사람은 아닙니다.[29] 내가 만든 모자가 맘에 들면 그걸 쓰면 됩니다. 그들이 알아서 할 일이지 내가 할 일은 아닙니다."

크리스파클 씨가 응분의 분노를 담아 그를 쳐다보며 이렇게 꾸짖었다. "허니썬더 씨, 선생의 단상용 태도나 술책을 사생활에 끌어들여 제가 지적하는 일이 없기를 바라며 이곳에 왔습니다. 하지만 오늘 선생의 태도는 단상용 태도와 술책의 교과서와 다름없어서 거기에 대해 제가 아무런 말없이 그냥 지나친다면 저도 똑같은 인간이 되고 말 겁니다. 정말 혐오스럽군요."

"분명히 말하는데, 이건 '선생에게' 어울리지 않소."

"정말," 크리스파클 씨는 그가 중간에 끼어든 것도 깨닫지 못하고 같은 말을 되풀이했다. "혐오스럽군요. 그러한 태도와 술책은 크리스천이 가져야 할 정의감과 신사들이 가져야 할 자제력에 모두 위배됩니다. 선생은 내가 정황과 다른 여러 가지 이유로 무죄라고 철저히 믿고 있는 사람이 엄청난 범죄를 저질렀다고 속단하고 있습니다. 이 중대한 부분에 대해 제가 선생과 다른 의견이라고 말했을 때 선생께서 사용한 단상용 무기는 무엇이었나요? 곧바로 제게 화살을 겨냥하며 이 범죄의 심각성에 대한 개념이 없을 뿐만 아니라 공범자이자 사주자라고 저를 비난했습니다! 그리고 지난번에는—다른 측면에서 저를 선생의 적으로 표방하며—말도 안 되는 망상을 강요하고 불화를 조장하는 믿음을 선생 혼자 제안하고, 선생 혼자 제창하고, 선생 혼자 만장일치로 통과까지 시켜 단상용 신앙을 만들어냈죠. 제가 그걸 믿기를 거부하자 선생은 다시 선생의 단상용 무기로 돌아가 제가 선생이 만들어낸 거짓 신에게 머리를 조아리지 않기 때문에 믿음이 없는 데다 진정한 신을 부정한다고 선언했죠! 또 한 번은 '전쟁'은 재앙이라는 단상용 발견을 하더니 연 꼬리처럼 허공에 허무맹랑하게 띄운 가지각색의 비뚤어진 해결책들을 제안했죠. 그게 선생의 발견이라는 것을 인정할 생각은 추호도 없으며, 선생의 해결책에 대해 일말의 믿음도 없습니다. 또 선생의 단상용 무기로 저를 철천지원수의 화신이라도 되는 것처럼 전쟁터의 공포로 흥청댄다고 묘사했습니다. 또 한 번은 선생의 무분별한 단상용 광분의 다른 사례로, 술 취한 이들을 이유로 술 취하지 않은 이들을 벌하려 했습니다. 제가 분별 있는 음주자들의 위안과 편의와 기분 전환을 위한 배려가 필요하다고 주장하자, 제게 천국의 피조물들을 돼지와 야수들로 바꾸려는 사악한 욕구를 가졌다고 단상용 선언을 했죠! 이 모든 경우에서 다양한 제안자들, 제창자들, 지지자들—'박애주의'의 정도에 있어—은 정신 나간 말레이인들처럼 미쳐 날뜁니다. 경솔하게 저급한 이유를 들며 사실을 왜곡하고, (최근 선생에게 일어난 부끄러운 사건을 생각해 보십시오) 채무관계를 따질 때 채권자 편만 들거나 채무자 편만 드는 그런 터무니없는 계산처럼 한쪽 측면만 편향되게 인용합니다. 그러므로 당신이 사용하는 저 단상은 공적인 생활에서도 나쁜 본이 될 뿐만 아니라 사적인 생활에서도 지독한 골칫거리가 된다고 봅니다."

"말씀이 심하십니다, 선생!" '박애주의자'가 소리쳤다.

"그러길 바랍니다." 크리스파클 씨가 말했다. "그럼 안녕히."

'안식처'에서 빠른 속도로 걸어 나왔지만, 그는 곧 평소의 활기찬 걸음으로 돌아왔다. 그는 허니썬더 씨를 납작하게 두들겨 팬 좀 전의 작은 소동을 저 양치기 소녀 도자기 인형이 봤더라면 뭐라고 했을까 궁금해 하며 입가에 미소를 지었다. 왜냐하면 크리스파클 씨의 허영은 자신이 심한 타격을 주었기를 바라는 데다 '박애주의적' 자켓을 상당 부분 쳐냈다는 믿음으로 얼굴이 상기될 만큼 무해했기 때문이다.

그는 스테이플 호텔로 향했다. 하지만 그의 목적지는 P. J. T.와 그루져스 씨가 아니었다. 그는 삐걱거리는 여러 계단을 올라 구석의 다락방들에 이르러 잠기지 않은 문의 손잡이를 돌리고 들어가 네빌 랜들레스의 책상 옆에 섰다.

은둔과 고독의 분위기가 방들과 그것들의 주인을 감쌌다. 그는 무척 지쳐 있었고, 방들도 마찬가지였다. 기울어진 천장, 크고 녹이 슨 자물쇠, 받침쇠들, 천천히 썩어 들어가는 무거운 목재 통들과 들보들은 감옥 같은 모습이었고, 그는 죄수처럼 초췌한 얼굴을 하고 있었다. 그래도 태양은 지붕 옆으로 뚫린, 기와 사이로 달개[30]지붕이 튀어나온 저 추레한 창문을 비추고 있었다. 그 뒤로 보이는 갈라지고 연기에 그을린 흙벽에서는 정신 나간 참새들 몇몇이 둥지에 목발을 두고 나온 날개 달린 작은 절름발이들처럼 절뚝거리며 폴짝거렸다. 손에 닿을 듯한 나뭇잎들의 놀이가 분위기를 바꾸며 시골이었다면 멜로디가 되었을 일종의 불완전한 음악을 만들어냈다.

방들에 가구는 별로 없었지만, 책은 충분히 갖추고 있었다. 모든 것이 가난한 학생의 거처임을 말해 주었다. 크리스파클 씨가 방으로 들어서며, 그 책들을 바라보는 그의 눈에 광채가 어리는 것으로 보아 그가 그 책들을 골라 줬거나, 빌려 줬거나, 기부했거나, 아니면 세 가지 모두를 다 했을 거란 짐작을 쉽게 할 수 있었다.

"어떻게 지내나, 네빌?"

"잘 지냅니다, 선생님. 그리고 열심히 공부하고 있습니다."

"자네 눈이 그렇게 커다랗고 그렇게 반짝이지 않았으면 좋겠네." 소 참사회원이 쥐었던 손을 천천히 놓으며 말했다.

"선생님을 뵈니 눈이 반짝입니다." 네빌이 대꾸했다. "선생님께서 떠나시면 곧 칙칙해질 겁니다."

"힘내게, 힘내!" 격려하는 어조로 그가 다그쳤다. "싸우게, 네빌!"

"만약 제가 죽으면 선생님의 말씀이 제게 힘을 줄 것 같고, 제 맥박이 멈추면 선생님의 손길이 다시 맥박을 뛰게 할 것처럼 느껴집니다."

네빌이 말했다. "하지만 그동안 기운을 내려고 노력해서 지금은 잘 지내고 있습니다."

크리스파클 씨가 햇빛 쪽으로 네빌의 얼굴을 약간 돌렸다.

"여기에 좀 더 붉은 기운이 도는 걸 보고 싶네, 네빌." 그가 자신의 건강한 볼을 가리키며 말했다. "자네가 햇볕을 좀 더 쬈으면 좋겠네."

네빌이 갑자기 의기소침해지며 낮은 목소리로 대꾸했다. "전 아직 그걸 견딜 만큼 튼튼하지 않습니다. 그렇게 될 지도 모르겠지만, 아직은 그걸 견딜 순 없습니다. 만약 선생님께서 저처럼 저 클로이스터햄 거리를 지나가 보셨다면, 만약 선생님께서 저처럼 저 피하는 눈길들, 그렇게까지는 아니더라도 제가 그들에게 닿거나 가까이 다가갈까 봐 조용히 멀리 떨어져서 지나치는 모습을 보셨다면, 제가 낮에 나다닐 수 없다는 걸 터무니없다고 생각하지 않을 겁니다."

"가엾은 친구!" 소참사회원이 너무도 순수한 연민의 어조로 말해서 젊은이가 그의 손을 잡았다. "터무니없다고 하지도 않았고, 그렇게 생각하지도 않았네. 하지만 자네가 낮에 밖에 나가 봤으면 좋겠네."

"그게 저의 가장 큰 동기가 될 겁니다. 하지만 아직은 할 수 없습니다. 이 거대한 도시에서는 지나가는 낯선 이들조차도 의심 없이 저를 바라본다고 제 자신을 설득할 수가 없습니다. 밤에 나갈 때조차도―나가는 건 그게 고작인데―제게 표식이 돼 있고 오점이 있는 것처럼 느껴집니다. 하지만 그때 어둠이 저를 감싸면 거기에서 용기를 얻죠."

크리스파클 씨가 그의 어깨에 손을 얹고 서서 그를 내려다보았다.

"만약 제 이름을 바꿀 수 있었다면," 네빌이 말했다. "그렇게 했을 겁니다. 하지만 선생님께서 현명하게 지적해 주셨듯이, 유죄를 인정하는 것처럼 보일 테니 그렇게 할 수 없죠. 만약 먼 곳으로 갈 수 있다면 그곳에서 안도감을 얻겠지만, 같은 이유로 생각해선 안 될 일이죠. 숨거나 도망치는 것도 마찬가지일 겁니다. 무고한데도 이렇게 말뚝에 묶여 있어야 하는 것이 좀 힘들지만, 불평은 아닙니다."

"기적이 도울 거라고 기대해선 안 되네, 네빌." 크리스파클 씨가 다정하게 말했다.

"네, 선생님. 알고 있습니다. 제가 믿을 수 있는 건 때가 되고 상황이 되는 것뿐입니다."

"결국에는 자네에게 온당한 몫이 돌아갈 걸세, 네빌."

"그렇게 믿고 있습니다. 죽기 전에 그날이 왔으면 좋겠네요."

하지만 자신의 우울한 기분이 소참사회원에게 그늘을 드리우고, (어쩌면) 자신의 어깨에 얹은 그의 손이 처음에 원래 힘으로 얹어 놓았을 때보다 힘이 더 빠졌다고 느껴져서인지 그가 밝은 어조로 말했다.

"어쨌든, 공부하기에는 완벽한 조건들을 갖춘 곳이에요! 아시다시피, 전 항상 공부가 필요한 사람이죠. 특히, 선생님께서 제게 어려운 법률가가 되기 위해 공부하라고 조언해 주셨죠. 물론 그런 친구이자 조력자의 조언이 저를 인도한다는 건 두말할 필요도 없습니다. 선생님께서는 너무도 훌륭한 친구이자 조력자이십니다."

그가 어깨에 얹힌 격려의 손을 끌어내려 입을 맞췄다. 광채가 서린 눈으로 크리스파클 씨가 책들을 쳐다보았지만, 방에 처음 들어왔을 때만큼 초롱초롱하지는 않았다.

"그 주제에 대해 말씀이 없으신 걸 보니 제 전 후견인은 그것에 반대한 것 같군요, 선생님?"

소참사회원이 대답했다. "자네의 전 후견인은 세상에서 가장 불합리한 사람이라서 그가 반대를 하든, 하대를 하든, 천대를 하든 합리적인 사람에겐 전혀 무의미하네."

"제가 학식이 쌓이고 혐의가 풀리기를 기다리는 동안," 네빌이 반쯤은 지치고 반쯤은 쾌활한 모습으로 한숨을 쉬었다. "살아갈 경제적 여유가 있어서 다행이에요! 그렇지 않았다면 풀이 자라는 동안에 말이 굶는다는 속담을 증명할 뻔 했어요!"

이 말을 하며 그가 책을 몇 권 펼치더니 곧 중간 중간 표시를 하고 주석을 달아 둔 문구들에 몰두했다. 크리스파클 씨는 그 옆에 앉아서 자세한 설명과 교정과 조언을 해주었다. 소참사회원의 대성당에서의 임무들로 이런 방문을 수행하기가 어려웠던 그는 몇 주에 한 번씩밖에 이곳에 올 수 없었다. 하지만 네빌 랜들레스에게 그의 방문은 소중하고도 유용했다.

그들은 공부를 마치고 창턱에 기대 서서 작은 정원을 내려다보았다. "다음 주엔," 크리스파클 씨가 말했다. "혼자 지내는 걸 끝내고 헌신적인 벗을 맞을 걸세."

"하지만," 네빌이 대꾸했다. "동생을 데려오기엔 부적절한 곳인 것 같아요."

"내 생각은 다르네." 소참사회원이 말했다. "이곳은 여자의 감성과 감각, 그리고 용기가 필요하네."

"제 말은," 네빌이 설명했다. "환경이 너무 칙칙한 데다 여성스러움과는 거리가 멀어서 헬레나에게 맞는 친구나 모임을 찾을 수 없다는 겁니다."

"자네는 오직 이것만 기억하게." 크리스파클 씨가 말했다. "그녀가 와서 혼자 있는 자네를 햇빛으로 데려가야 하네."

두 사람 모두 잠시 침묵하다 크리스파클 씨가 먼저 말을 꺼냈다.

"우리가 처음 만났을 때, 네빌. 자네가 내게 말하길. 클로이스터햄 대성당 탑이 소참사회원 사택의 굴뚝보다 높은 것처럼, 자네 동생이 자네보다 과거 삶의 역경을 더 잘 헤쳐 나왔다고 했지. 기억하나?"

"생생하게 기억합니다!"

"그때는 자네가 과장해서 말한 건 아닐까 생각했네. 지금 내가 어떻게 생각하는지는 중요하지 않네. 내가 강조하고 싶은 건, '자긍심'의 측면에서 자네 동생은 자네에게 훌륭하고도 적절한 귀감이라는 걸세."

"훌륭한 인격을 구성하는 '모든' 측면에서 그렇습니다."

"그 말이 맞네. 하지만 이 점을 기억하게. 자네 동생은 자신의 본성에서 자긍심을 다스리는 법을 배웠네. 그녀는 자네에 대한 연민을 통해 자신의 자긍심에 상처가 될 때에도 그걸 지배할 수 있네. 자네가 깊이 고통을 겪은 똑같은 거리에서 그녀도 물론 깊이 고통을 겪었네. 자네의 삶에 그림자를 드리운 저 구름에 그녀의 삶도 물론 그늘이 졌네. 하지만 그녀는 오만하지도 공격적이지도 않고, 자네와 진실에 대한 지속적인 신뢰 그 당당함을 통해 자신의 자긍심을 굽히고, 저 거리를 지나는 어느 누구와 비교해도 전반적으로 손색이 없을 정도로 걸을 수 있을 때까지 그 거리에서 자신의 길을 쟁취했네. 에드윈 드루드의 실종 이후 매일 매시간 그녀는 오직 올바른 길을 가는 용감한 성격만이 가능하듯 악의와 몰상식에—자네를 위해—맞서 왔네. 그녀는 끝까지 그렇게 할 걸세. 더 약한 종류의 자긍심이었다면 상심하고 말았을 테지만, 그녀와 같은 이 자긍심은 움츠러드는 법이 없고 그녀를 지배하지 않는 이 자긍심은 결코 움츠러들지도 않을 걸세."

이런 비교와 거기에 내포된 암시로 옆에 있던 창백한 볼이 붉어졌다. "최선을 다해 그녀의 본을 따르겠습니다." 네빌이 말했다.

"그러게, 그리고 그녀가 진정으로 용감한 여자인 것처럼 자네도 진정으로 용감한 남자가 되게." 크리스파클 씨가 결연히 대꾸했다. "날이 어두워지는군. 날이 상당히 어두워질 것 같은데 나와 같이 가주겠나? 그렇지! 여기 어둠을 기다리는 사람이 있었지."

네빌은 바로 그와 걷겠다고 대답했다. 크리스파클 씨는 그루져스 씨한테 잠깐 들러 예의상 인사만 하고 얼른 나오겠다고 하며 네빌에게는 아래 현관에서 만나자고 했다.

그루져스 씨는 평소처럼 자리에 꼿꼿이 앉아 석양이 지는 열린 창가에서 포도주를 마시고 있었다. 원탁 위, 그의 팔꿈치 옆으로 포도주 잔과 포도주 병이 놓여 있었다. 그는 장화를 벗는 데 쓰는 기구처럼 온몸을 한 부위에 지탱하고 있었다.

"안녕하십니까, 신부님?" 그루져스 씨가 지나칠 정도로 정중하게 접대 제의를 했지만, 크리스파클 씨는 그만큼 정중하게 이를 사양했다. "비어 있는 데다 제가 적절하다고 추천했던 거처에 어떤 변화들이 있습니까?"

크리스파클 씨는 적절하다고 대답했다.

"좋게 봐주셔서 다행입니다." 그루져스 씨가 말했다. "왜냐하면 그를 제 눈 아래 둔다는 게 마음에 들거든요."

그 방들은 그루져스 씨의 방보다 높은 곳에 위치해 있었기 때문에 그의 말은 문자 그대로가 아니라 비유적으로 받아들여야 했다.

"그리고 재스퍼 씨는 어떻게 하고 오셨습니까, 신부님?" 그루져스 씨가 물었다. 크리스파클 씨는 그를 잘 두고 왔다.

"그리고 재스퍼 씨를 어디에 두고 오셨습니까, 신부님?" 크리스파클 씨는 그를 클로이스터햄에 두고 왔다.

"그리고 재스퍼 씨를 언제 두고 오셨습니까, 신부님?" 그날 아침이었다.

"저런!" 그루져스 씨가 말했다. "그가 혹시 온다고 말하지 않았나요?"

"어디로 온다고요?"

"그냥, 어디든?" 그루져스 씨가 물었다.

"아니오."

"왜냐하면 그가 이곳에 있습니다." 이 모든 질문을 하고 나서 시선을 밖으로 돌려 창문 하나에 고정시키며 그가 말했다. "그리고 그가 기분이 좋지 않은 것 같아요, 그렇죠?"

크리스파클 씨가 창문 쪽으로 목을 길게 빼자 그루져스 씨가 덧붙였다. "내 뒤쪽 어두운 곳으로 돌아오셔서 저쪽에 있는 집의 2층 창문을 보시면 우리가 잘 아는 친구, 몰래 숨어 있는 사람이 분명히 보일 겁니다."

"맞습니다!" 크리스파클 씨가 외쳤다.

"이런!" 그루져스 씨가 소리쳤다. 고개를 너무 갑작스럽게 돌려 크리스파클 씨와 머리가 부딪힐 뻔 하며 그가 말을 이었다. "우리가 잘 아는 친구가 무슨 일을 계획한다고 보십니까?"

저 일기에 적혀 있던 마지막 구절이 용수철처럼 머리에 떠오른 크리스파클 씨가 그루져스 씨에게 네빌이 감시에 시달리는 것이 가능하다고 생각하는지 물었다.

"감시 말씀입니까?" 그루져스 씨가 생각에 잠기며 되물었다. "네!"

"그 자체로도 계속해서 그의 삶을 괴롭힐 뿐만 아니라," 크리스파클 씨가 따뜻하게 말했다. "그가 무엇을 하든 어디를 가든 끊임없는 고통으로 그를 내몰 겁니다."

"네!" 그루져스 씨가 여전히 생각에 잠겨 말했다. "저기서 네빌이 신부님을 기다리는 것 같은데 맞습니까?"

"네 맞습니다."

"그렇다면 제가 신부님을 배웅해 드리고, 신부님은 그에게 계획대로 가시고, 우리가 잘 아는 친구는 모른 척 하시면 어떻겠습니까?" 그루져스 씨가 물었다. "오늘 밤 '그'를 제 눈 아래 두는 것이 좋겠다고 생각하는 중입니다."

크리스파클 씨는 그 말에 전적으로 공감하며 그에 따랐다. 그는 네빌을 만나 함께 그곳을 떠났다. 두 사람은 함께 식사를 하고 아직 완공되지 않은 기차역에서 헤어져 크리스파클 씨는 집으로 향했다. 네빌은 거리를 걷고, 다리를 건너고, 친근한 어둠 속에서 도시를 크게 한 바퀴 돌며 고단한 몸이 되어 갔다.

그가 고독한 탐험에서 돌아와 계단을 오르기 시작한 건 자정이 다 되어서였다. 무더운 밤이었던 탓에 계단의 창문들이 모두 활짝 열려 있었다. 마침내 꼭대기 층에 이르렀을 때, 그는 창턱에 걸터앉은 낯선 이의 모습을 보고 깜짝 놀라서 온몸에 소름이 돋았다(꼭대기 층에는 자신의 거처 외에는 없기 때문에). 창턱에 대담하게 걸터앉은 낯선 이는 목을 주심하는 평범한 아마추어라기보다 대담한 유리공의 태도를 닮았다. 실제로 그의 몸은 창문 안쪽보다 바깥쪽으로 더 많이 나가 있어서 틀림없이 층계 대신 홈통을 타고 올라왔을 거란 생각이 들게 할 정도였다.

낯선 이는 네빌이 자신의 방문에 열쇠를 꽂을 때까지 아무 말이 없다가 그 행동을 보고 누군지 안 것처럼 이렇게 말했다.

"실례합니다." 창문에서 미소를 띤 채 솔직한 태도로 말하는 그의 목소리가 들렸다. 듣기 좋은 목소리였다. "콩입니다."

네빌은 어안이 벙벙해졌다.

"붉은 강낭콩이에요." 방문자가 말했다. "뒤편 이웃입니다."

"아," 네빌이 대꾸했다. "그리고 목서초와 꽃무도 함께 인가요?"

"그렇습니다." 방문자가 말했다.

"안으로 들어오십시오."

"감사합니다."

네빌이 촛불을 켜자 방문자가 자리에 앉았다. 그는 준수한 용모에 젊어 보이는 얼굴이었지만, 건장한 체격과 넓은 어깨 때문에 나이가 더 들어 보였다. 스물여덟 살이나 많으면 서른 살 정도로 보였고, 넓은 이마에다 영롱한 파란 눈과 건강한 갈색 머리카락을 가졌다. 그리고 웃는 이가 없었다면, 갈색으로 그을린 얼굴과 실외에서 모자 그늘에 가려 하얗게 된 이마와 목수건을 둘러 목에 생긴 하얗게 된 흔적이 대조를 이뤄 우스꽝스러울 지경이었다.

"제가 보기에," 그가 말했다. "아, 제 이름은 타르타르입니다."

네빌이 고개를 숙였다.

"제가 보기에 주로 혼자 집에만 계시던데, 제 정원을 내려다보는 걸 좋아하시는 것 같더군요. 원하시면 제가 제 창문과 당신의 창문 사이에 줄과 지주를 던져서 강낭콩들이 바로 타고 올라가도록 할 수 있습니다. 그리고 목서초와 꽃무를 심은 상자들이 몇 개 있는데, 홈통을 따라 (제가 가진 선박용 갈고리로) 당신 창문까지 밀어 올렸다가 물을 주거나 돌봐야 할 때 다시 밑으로 가져와서 일을 끝낸 후에 다시 밀어 올리면 당신에겐 전혀 문제가 되지 않을 겁니다. 당신 허락 없이 제 맘대로 할 수 없어서 이렇게 실례를 무릅쓰고 여쭙게 됐습니다. 교신 끝, 이웃 타르타르였습니다."

"친절에 감사드립니다."

"천만에요. 이렇게 늦은 시각에 방문해서 제가 죄송하죠. 하지만 당신이 보통 밤에 산책한다는 걸 알기 때문에(죄송합니다), 돌아올 시각에 기다리면 가장 폐가 안 될 것으로 생각했습니다. 제가 한가한 사람이라 바쁜 분들께 폐가 될까 항상 조심스럽습니다."

"겉으로 봐서는 그런 것 같지 않은데요."

"그렇습니까? 칭찬으로 여기겠습니다. 사실, 전 영국 해군에서 잔뼈가 굵었고, 그만 둘 때는 갑판사관이었죠. 하지만 군복무에 실망한 숙부님께서 제가 해군을 떠나는 조건으로 재산을 남기고 돌아가셔서 그 재산을 받고 퇴역했습니다."

"최근인 것 같군요?"

"사실, 처음 12년에서 15년은 여기저기 부딪치며 돌아다녔습니다. 이곳에 온 건 당신이 오기 아홉 달 전쯤이니까, 그 전에 한 번 수확을 했습니다. 이곳을 선택한 이유는, 작은 초계함에서 마지막으로 군복무를 했기 때문에 끊임없이 천장에 머리를 부딪칠 기회가 있는 곳이 편하다는 걸 알았기 때문이죠. 게다가 소년시절부터 배를 탄 사람이 갑작스럽게 호화로운 생활을 하는 경우는 절대 없습니다. 또 한 가지는, 평생 땅이라고는 아주 짧은 기간 동안 이따금씩 밟아 본 것이 전부여서 처음엔 상자에서 시작해서 나중에 사유지를 부릴 때까지 차근차근 밟아가려고 생각했습니다."

이 말에서 색다른 장난기가 느껴졌다. 거기엔 유쾌한 진솔함도 섞여 있어서 색다름이 배로 느껴졌다.

"근데," 사관이 말했다. "내 얘기만 떠들어댔군요. 의도적으로 그런 건 아니고 그저 당신에게 나를 자연스럽게 소개하기 위해서 그랬습니다. 만약 좀 전의 제의를 허락하신다면 제게 도움이 될 겁니다. 뭔가 할 일이 생기니까요. 그리고 그 일이 당신을 방해하거나 침해할 일은 없을 거라고 생각하셔도 됩니다. 그건 제 의도와는 거리가 머니까요."

네빌은 매우 감사하다고 말하고 친절한 제의를 수락하겠다고 대답했다.

"당신 창문을 제 화단과 연결할 수 있게 돼서 정말 기쁩니다." 사관이 말했다. "제가 정원을 가꾸고 있을 때 당신이 계속 내려다보는 모습을 보고 너무나 학구적인 데다 섬세하다고(죄송합니다) 생각했습니다. 혹시, 건강에 영향을 받지는 않으십니까?"

"그동안 정신적인 스트레스를 겪었습니다." 네빌이 당황하며 말했다. "그게 질병을 대신했죠."

"죄송합니다." 타르타르 씨가 말했다.

그가 더할 나위 없이 우아하게 화제를 다시 창문들로 옮기며 그 중 하나를 열어 볼 수 있는지 물었다. 네빌이 창문을 열자 마치 비상시에 모두가 지켜보는 가운데 위로 올라가기 시범을 보이듯 그가 곧바로 밖으로 뛰쳐나갔다.

"맙소사." 네빌이 소리쳤다. "하지 마세요! 어디 가시는 겁니까, 타르타르 씨? 떨어져서 박살이 날 겁니다!"

"무사합니다!" 사관이 지붕 꼭대기에서 침착하게 주위를 둘러보며 말했다. "모두 팽팽하고 정돈이 잘 돼 있군요. 저 줄들과 지주들은 당신이 아침에 창가에 나타나기 전에 설치돼 있을 겁니다. 오늘밤은 작별하고 이 지름길로 돌아가도 되겠습니까?"

"타르타르 씨!" 네빌이 설득했다. "제발! 당신을 보는 것만으로도 아찔합니다!"

하지만 타르타르 씨는 손을 흔들고 고양이처럼 민첩하게 이미 강낭콩이 심어진 석탄 통을 디디며 그 안의 이파리 하나 부러뜨리지 않고 '선실로 내려갔다.'

이때 그루져스 씨는 손으로 침실 창문 블라인드를 옆으로 열어젖히고, 때마침 자기 전에 마지막으로 네빌의 방들을 바라보았다. 다행히 그의 시선은 건물의 뒤쪽이 아니라 앞쪽을 향하고 있었다. 그렇지 않았다면 이 놀라운 출현과 잠적으로 인해 그의 휴식은 순식간에 박살이 났을 것이다. 하지만 거기에 아무것도, 심지어 창가에 불빛조차 보이지 않자 그의 시선은 창문을 떠나 별들에게로 옮겨갔다. 마치 자신에게 숨겨진 뭔가를 별들 속에서 읽으려는 듯했다. 만약 별들을 읽는 것이 가능하다면 많은 사람들이 별들을 읽었을 것이다. 하지만 별의 알파벳도 모르면서—적어도 현재로서는—별들의 언어를 읽는다는 건 불가능하다.

18장
클로이스터 햄의 이 주자

이 무렵 한 낯선 이가 클로이스터햄에 나타났다. 그는 흰머리에 검은 눈썹을 지닌 인물이었다. 몸에 약간 끼는 푸른색 프록코트의 단추를 목까지 채우고 누런색 가죽조끼에다 회색 바지 차림을 한 그는 어딘가 군인의 인상을 풍겼다. 하지만 그는 크로지어 호텔(그가 대형 여행 가방을 가지고 들어온 정통 호텔)에서 자신을 가진 재산에 기대어 사는 게으름뱅이라고 소개했다. 그는 또 이 경치 좋은 오래된 도시에 두세 달 머물 생각이고 아예 정착할 생각까지 있다고 말했다. 이 두 가지 모두는 크로지어 호텔의 다실에서 이뤄졌는데, 그가 아무것도 없는 벽난로를 등지고 서서 서대기 튀김, 송아지 고기 커틀렛, 셰리주를 기다리는 동안 관련이 있거나 없는 모든 이에게 전했다. 관련이 있거나 없는 모든 이들이란 단지 웨이터 한 명뿐이어서 (크로지어 호텔은 만성적 불경기라서) 그는 혼자서 그 정보를 흠뻑 빨아들였다.

이 신사는 머리가 유난히 컸고, 그의 헝클어진 백발은 유난히 굵고 풍성했다. "내 생각엔, 웨이터." 식사를 하려고 자리에 앉기 전에 뉴펀들랜드 강아지처럼 헝클어진 머리를 흔들며 그가 말했다. "주변에 독신자를 위한 괜찮은 하숙집이 있을 것 같은데, 그런가?"

웨이터가 그렇다고 확신하며 대답했다.

"좀 오래된 곳." 신사가 말했다. "거기 걸어 둔 모자 좀 들어 보겠나? 아니, 달라는 게 아니고 그 안을 들여다보게. 거기에 뭐라고 적혔나?"

웨이터가 읽었다. "대처리, 라고 돼 있는데요."

"그게 내 이름이네." 신사가 말했다. "딕 대처리. 다시 걸어 두게. 좀 전에 하려던 말은, 내가 원하는 곳은 뭔가 색다르고 평범하지 않으면서 뭔가 유서 깊고 건축미가 있는 좀 불편한 그런 곳이네."

"제 생각엔 불편한 하숙집이라면 선택의 여지가 많습니다, 선생님." 그런 식의 자원에 대해 어느 정도 자신하며 웨이터가 대답했다. "사실, 선생님께서 어떤 특별한 기호를 가지셨든 그 정도는 분명 충족시켜 드릴 수 있습니다. 하지만 건축미가 있는 하숙집이라면!" 웨이터는 이 생각으로 머리가 복잡해진 듯 자신의 머리를 흔들었다.

"성당 같은 거라면 뭐든 괜찮네." 대처리 씨가 제안했다.

"토프 씨라면," 표정이 밝아진 웨이터가 손으로 턱을 만지면서 말했다. "그런 곳을 알려 줄 수 있을 겁니다."

"토프 씨가 누군가?" 딕 대처리가 질문했다.

웨이터는 그가 성당지기이며 토프 부인은 실제로 전에 하숙집을 운영한 적이 있다고 말했다. 하지만 아무도 집에 들지 않자 클로이스터햄의 오랜 전통인 창에 붙인 그녀의 광고가 사라졌다고 했다. 아마도 어느 날 바람에 날려 떨어졌는데 다시 붙이지 않았을 거라고 설명했다.

"저녁식사 후에," 대처리 씨가 말했다. "토프 부인을 방문하겠네."

그는 식사를 끝내고 그곳을 향해 결연히 떠났다. 하지만 크로지어 호텔이 외진 곳에 있는 데다 웨이터가 알려 준 길은 정확도가 떨어져서 그는 곧 어디가 어딘지 분간하지 못하게 되었다. 토프 부인의 집이 대성당 탑 근처에 있다는 막연한 생각 때문에 그는 탑이 보일 때마다 기대감으로 온 몸을 떨었다. 마치 맛있는 콩과 버터를 보면 즐거워하는 아이들처럼 탑이 보이면 기뻐했다가 탑이 보이지 않으면 시무룩해졌다.

불운한 양 한 마리가 풀을 뜯고 있는 묘지 끝자락에 도착했을 때, 그는 매우 시무룩한 상태였다. 불운하다는 건 끔찍한 모습을 한 남자아이 하나가 철책 사이로 양을 향해 돌을 던져서 양은 이미 다리 하나를 절고 있었고, 소년은 자비로운 스포츠 정신에 입각해서 남은 다리 셋도 부러뜨려 주저앉히겠다는 목표 아래 대단히 흥분한 상태였기 때문이다.

"또 마쳐써!" 저 가엾은 동물이 펄쩍 뛰자 소년이 소리를 질렀다. "양털이 푹 파였네."

"양을 그냥 내버려 둬!" 대처리 씨가 말했다. "너 때문에 절뚝거리는 거 안 보여?"

"어르신 거짓말이야." 스포츠 선수가 대꾸했다. "지가 잘못해서 절뚝끼리는 거야. 그래서 내가 주인 양고기다리에 흠찝내지 말라고 위디 경고를 줘써."

"이리 와."

"싫어. 어르신한테 붙짭히기 전엔 안 가."

"그럼 거기 있어. 그리고 토프 씨 댁이 어딘지 알려 줘."

"저 킨프리더렐 반대쪽, 건널목을 몇 개나 건너고 엄청 많은 모퉁이를 돌아 있는데 내가 여기서 토푸 씨 네가 어딘지 어떠케 가르쳐 줘? 머엉~청 하긴! 그래 멍청해!"

"어딘지 가르쳐 주면 내가 뭘 하나 주지."

"그럼 이리와."

이 활기찬 대화를 마치고 앞장서서 걷던 소년이 멀리 아치형 통로가 보이는 곳을 손가락으로 가리켰다.

"저기 봐. 저기 창문이랑 문이 보이지?"

"저기가 토프 네냐?"

"어르신 거짓말이야. 아니지. 저건 자스퍼 네야."

"정말이냐?" 이 말에 관심을 보이던 대처리 씨가 그곳을 다시 한 번 바라보며 말했다.

"그래. '저 사람' 근처는 절대 안 가."

"왜 그렇지?"

"왜냐하면, 그에게 번쩍 들려서 목뼈가 부러지고 목이 졸리는 건 싫거든. 알고 당하진 않을 거고, 저 사람한테는 안 당할 거야. 내가 언젠간 돌로 저 사람의 늙은 머리통을 제대로 마칠 테니까 기다리기만 해! 이제 반대쪽, 자스퍼 네 문 쪽 말고 저 아치 반대쪽을 봐."

"그래."

"그쪽 안으로 쫌 들어가면 계단 두 개 아래 작은 문이 있어. 둥그스름한 문패에 이름이 적혀 있는데, 그게 토프 네야."

"좋아. 여기 보이지?" 대처리 씨가 1실링을 꺼내 보이며 말했다. "이거 절반은 네가 나한테 빚진 거야."

"어르신 거짓말이야! 난 빚진 거 없어. 어르신을 전에 한 번도 본 적 없는데."

"네가 내게 절반을 빚졌다는 건 지금 내 주머니에 6펜스가 없어서야. 나머지를 갚으려면 다음에 날 만났을 때 내게 뭔가 해주면 돼."

"알았어. 그거 이리 줘."

"네 이름이 뭐냐? 어디 살지?"

"데퓨티야. 저 숲 건너 '여행자의 2페니'에 살아."

동전을 받은 소년은 대처리 씨가 마음을 바꿀까 싶어 쏜살같이 도망갔다. 하지만 안전한 거리에 멈춰 선 소년은, 혹시라도 그가 자신의 결정에 대해 후회할 경우를 대비해서 그에게 돌이킬 수 없다는 걸 보여주려고 귀신 춤을 추며 그의 신경을 긁기 시작했다.

대처리 씨는 모자를 벗고 헝클어진 흰머리를 다시 한 번 흔들더니 체념한 듯 목적지로 향했다.

토프 씨의 집은 재스퍼 씨의 집과 위층이 연결되어 있는데(그 때문에 토프 부인이 그 신사 분 집안일을 해주는데), 아주 소박하면서도 차가운 지하 감옥 같은 인상을 주었다. 오래된 벽은 거대했고, 방들은 사전에 설계해서 지은 것이 아닌 그냥 벽을 파서 만든 것 같았다. 현관은 궁륭[31] 지붕의 뚜렷한 형태가 없는 방으로 바로 연결되었다. 그 방은 또 다른 궁륭 지붕의 뚜렷한 형태가 없는 방으로 연결되었고, 창문은 작고 벽은 두꺼웠다. 답답한 분위기에다 침침한 자연 채광이 들어오는 이 두 개의 방이 토프 부인이 그토록 오랫동안 그 진가를 모르는 마을에 제공해 온 방들이었다. 하지만 대처리 씨는 그 진가를 알아보았다. 현관문을 열어 놓고 그곳에 앉아 있으면 도시의 관문을 오가는 모든 이들을 감상할 수 있는 데다 햇빛도 충분히 든다는 걸 알게 됐다. 게다가 그는 위층에 사는 토프 씨 내외가 '구역들'로 바로 이어지는 작은 출

입용 옆 계단을 통해 밖으로 나가 좁은 길을 지나는 소수의 행인들을 놀라게 하며 그들을 방해하고 나면, 마치 독채에 사는 것처럼 혼자 지낼 수 있다는 것도 알게 됐다. 그는 집세도 적당하고 자신이 바라던 대로 모든 것이 예스럽게 불편하다는 것도 알게 됐다. 그래서 그는 현재 성당지기의 벽 속의 구멍 같은 방에 딸린, 아니 부속된, 관문 반대쪽 게이트하우스에 사는 재스퍼 씨가 신원 보증을 해주는 조건으로 그 자리에서 하숙을 정하기로 하고 계약금을 치른 뒤 다음날 저녁 입주하기로 동의했다.

토프 부인은 저 가엾은 신사 분이 무척 고독한 데다 큰 슬픔에 잠겨 있다고 말했지만, 그녀는 재스퍼 씨가 '그녀의 신원을 보증해 줄' 것으로 확신했다. 혹시 대처리 씨는 지난겨울 이곳에서 일어난 일에 대해 들었나요?

대처리 씨가 그 사건을 기억해 내려고 하자 머릿속이 더할 나위 없이 혼란스러워졌다. 그 사건에 대해 그가 알고 있는 사실들은 제대로 된 게 하나도 없어서 모두 바로잡아야 한다는 걸 토프 부인은 알게 됐다. 그러자 그가 그녀에게 사과하며 자신은 그저 가진 재산에 의지해 사는 게으른 독신자이고, 너무 많은 사람들이 끊임없이 살인을 저지르는 바람에 무난한 성격을 가진 이가 여러 사건들의 정황을 혼동하지 않고 기억하기는 어렵다고 변명했다.

재스퍼 씨가 토프 부인의 신원을 보증해 주기로 하자 자신의 명함을 그에게 올려 보냈던 대처리 씨는 그로부터 뒤쪽 계단으로 올라오라는 초대를 받았다. 그곳에 시장님도 함께 있다고 토프 씨가 말하며 절친한 사이인 그들을 단순한 일행으로 생각해서는 안 된다고 했다.

"실례합니다." 대처리 씨가 모자를 팔 아래에 끼고 두 신사 모두를 향해 물었다. "이게 제 이기적인 사전 조치이며 저 자신 외엔 아무도 관심 없는 일인 줄 압니다. 하지만 가진 재산에 의지해 여생을 조용하고 평화로운 이 아름다운 곳에서 살고자하는 이로서 토프 씨 가족이 믿을 수 있는 분들인지 여쭙고자 합니다."

재스퍼 씨는 한 치의 망설임도 없이 그렇다고 대답했다.

"그걸로 충분합니다, 선생님." 대처리 씨가 말했다.

"제 친구이신 시장님의 추천이," 재스퍼 씨가 저 통치자를 향해 정중히 손을 뻗어 대처리 씨에게 안내하며 덧붙였다. "사실 낯선 이에게는 저 같은 무명의 인간보다 훨씬 더 중요한 분이죠. 분명 시장님께서도 그들 내외에 대해 보증해 주실 겁니다."

"시장 각하의," 대처리 씨가 깊이 머리 숙여 절을 하며 말했다. "말씀에 온전히 의지하겠습니다."

"토프 씨 내외는 아주 좋은 사람들입니다, 선생." 삽시 씨가 생색을 내며 말했다. "아주 좋은 평판을 가진 데다 아주 훌륭하게 처신하고 아주 예의 바르죠. 수석사제님과 참사회도 모두 인정하는 분들입니다."

"시장 각하께서 정말로 자랑스러워할 만한 인품을 그들에게 부여해 주시는군요." 대처리 씨가 말했다. "시장님께 여쭙건대 (만약 허락하신다면) 시장님의 자비로운 통치하에 있는 도시에 대단한 관심거리가 많은지 궁금하옵니다."

"선생, 이곳은," 삽시 씨가 대꾸했다. "오래된 도시이자 교회 도시입니다. 헌법에 입각한 삶을 영위하고자 영광스러운 특권들을 지키고 유지하는 법치 도시입니다."

"시장님께서는," 머리 숙여 절을 하며 대처리 씨가 말했다. "이 도시에 대해 더 알고자 하는 욕구를 제게 불러일으키고, 이 도시에서 생을 마치고자 하는 저의 계획에 확신을 더해 주시는군요."

"육군에서 퇴역하셨습니까, 선생?" 삽시 씨가 물었다.

"시장님께서는 저를 너무 높이 사고 계십니다."

"해군입니까, 선생?" 삽시 씨가 물었다.

"여전히," 대처리가 되풀이했다. "시장님께서는 저를 너무 높이 사고 계십니다."

"외교는 훌륭한 직업이죠." 삽시 씨가 일반적인 언급을 하며 말했다.

"그렇습니다. 고백하지만, 저는 시장님께 상대가 안 됩니다." 대처리 씨가 재치 있게 미소를 짓고 고개를 숙이며 말했다. "외교적인 새조차도 그런 총에는 맞아 떨어질 수밖에 없습니다."

이건 정말 마음이 훈훈해지는 귀감이다. 여기 위대함까진 아닐지라도 훌륭함을 갖춘 높은 계급과 고관에게 말하는 것에 익숙한 신사가 시장 앞에서 어떻게 처신해야 하는지 제대로 모범을 보이고 있다. 삽시 씨는 무엇보다 3인칭으로 자신을 부르는 이 신사의 스타일에서 특히 그의 장점과 견식이 드러난다는 걸 알게 되었다.

"하지만, 한 가지 용서를 빌겠습니다." 대처리 씨가 말했다. "잠시 망령이 들어 시장님의 시간을 뺏다가 제가 묵고 있는 호텔 크로지어에서 해야 할 제 미천한 의무를 잊고 있었던 것에 대해 시장님께 양해를 구합니다."

"천만에요, 선생." 삽시 씨가 말했다. "나도 집으로 돌아가려던 참이니, 가는 길에 대성당 외관을 보고 싶다면 내가 알려 드리겠습니다."

"시장님의," 대처리 씨가 말했다. "친절과 너그러움에 황송할 따름입니다."

재스퍼 씨에게 감사의 인사를 한 대처리 씨가 각하보다 먼저 방에서 나가기를 완곡히 거절하자 각하가 앞서서 아래층으로 내려갔다. 대처리 씨가 팔 아래 모자를 끼고 그를 따라 나오자 저녁 산들바람에 그의 헝클어진 흰머리가 물결쳤다.

"괜찮다면 시장님께 여쭤 봐도 될까요?" 대처리 씨가 말했다. "제가 마을에서 들었는데, 방금 만나고 나온 저 신사 분이 조카를 잃은 고통으로 그에 대한 복수에 전념한다는 그 분입니까?"

"그 신사 분이 맞습니다. 존 재스퍼죠."

"시장님께 폐가 되지 않는다면 강한 의심이 가는 사람이 있는지 여쭤 봐도 될까요?"

"의심뿐 아니라, 선생." 삽시 씨가 대답했다. "확증만 빼고 다 있습니다."

"이제 알겠습니다!" 대처리 씨가 외쳤다.

"하지만 증거란, 선생. 증거란 차곡차곡 쌓아가야 하는 겁니다." 시장이 말했다. "항상 하는 말이지만, 일의 가치는 결과가 좌우합니다. 도덕적으로 확실한 정의로는 충분하지 않습니다. '비'도덕적으로, 즉 법적으로 확실해야 합니다."

"시장님께서," 대처리 씨가 말했다. "법의 본질에 대해 제게 상기시켜 주시는군요. 비도덕적이라. 참으로 옳습니다!"

"항상 하는 말이지만, 선생." 시장이 거만을 떨며 계속했다. "법이 휘두르는 팔은 강한 팔이자 긴 팔입니다. '내'가 보는 관점은 그렇습니다. 강한 팔이자 긴 팔."

"참으로 강력하십니다! 게다가, 참으로 옳습니다!" 대처리 씨가 중얼거렸다.

"내가 감옥의 비밀들이라고 부르는 걸 누설하지 않고," 삽시 씨가 말했다. "감옥의 비밀들이란 용어는 내가 경매할 때 사용하던 겁니다."

"시장님의 용어가 아니라면 그 어떤 용어로 그걸 표현할 수 있겠습니까?" 대처리 씨가 말했다.

"그것들을 누설하지 않고 미래를 예측하자면, 우리가 방금 떠나 온 저 신사 분의 철의 의지를(그 강한 힘 때문에 철이라고 감히 부르는 겁니다) 알기 때문에 긴 팔이 이 사건에 미치고 강한 팔이 내려칠 겁니다……. 여기가 우리 대성당입니다, 선생. 최고의 심사관들이 기뻐하며 칭송하고, 우리 마을 최고의 사람들이 약간은 허영심 섞인 소유 의식을 가진 곳입니다."

그동안 대처리 씨는 계속해서 팔 아래에 모자를 끼고 걸었고, 그의 흰머리는 바람에 날렸다. 삽시 씨가 그 모자를 만지자 순간적으로 대처리 씨가 자신의 모자에 대해 잊고 있었다는 듯이 묘한 표정을 지었다. 그는 마치 또 하나의 모자를 자신의 머리 위에서 찾을 수 있을 거라고 막연히 기대하는 것처럼 손으로 머리 위를 툭 건드렸다.

"모자를 쓰세요." 삽시 씨가 이렇게 부탁하며 "안심하세요. 전 괜찮습니다."라고 대단한 일이라도 되는 것처럼 말했다.

"시장님의 친절에 감사드립니다. 하지만 시원하라고 그렇게 둔 겁니다." 대처리 씨가 말했다.

대처리 씨는 대성당에 감탄사를 퍼부었고, 삽시 씨는 마치 자신이 고안해 내서 지었다는 듯 이런저런 것들을 그에게 알려 주었다. 사실 몇 군데 마음에 들지 않는 구석이 있었지만, 자신이 없는 사이에 일꾼들이 실수를 저질렀다는 듯 얼버무리며 넘어갔다. 대성당 건물을 보고 그가 성당 경내로 대처리 씨를 인도하며—우연히도—저녁의 아름다움을 격찬하려고 삽시 부인의 묘비 바로 근처에서 멈춰 섰다.

"그건 그렇고," 삽시 씨가 아폴로가 잊고 있던 자신의 리라를 가지러 올림포스에서 쏜살같이 내려오듯, 갑자기 기억이 높은 곳에서 내려오는 듯한 모습으로 말했다. "저것이 바로 우리의 작은 사자들 중 하나입니다.[32] 사람들이 아주 좋아합니다. 게다가 외지인들도 때때로 글을 옮겨 적는 걸 봤습니다. 나의 보잘 것 없는 작품이기 때문에 내가 평가할 순 없죠. 하지만 힘든 작업이었고, 고상하게 표현하느라 많은 노력이 든 건 사실입니다."

대처리 씨는 삽시 씨의 작품에 열광적이었다. 만약 그 비석을 만든 더들스가 그들을 향해 걸어오지 않았다면 그 자리에서 수첩을 꺼내 비문을 옮겨 적었을 것이다. 클로이스터햄에서 여생을 마칠 생각이라 비문을 베낄 기회가 많을 텐데도 말이다. 삽시 씨는 더들스에게 윗사람을 대하는 행동의 귀감을 보여 주려고 아무 거리낌 없이 그를 소리쳐 불렀다.

"이보게, 더들스! 선생, 이 사람이 석공입니다. 클로이스터햄의 보물 중 하나죠. 여기 사는 사람들 중 더들스를 모르는 사람은 없죠. 더들스, 이분은 이곳에 살려고 오신 대처리 씨네."

"나라면 여기 안 살 거요." 더들스가 퉁명스럽게 말했다. "우린 무미건조한 사람들이요."

"더들스 씨, 자신은 말할 것도 없고," 대처리 씨가 대꾸했다. "각하께도 좋은 말은 아니군요."

"누가 각하인가요?" 더들스가 따졌다.

"시장 각하 말입니다."

"난 한 번도 그 앞에 불려간 적이 없소." 더들스에게서 시장의 충성스러운 신하라는 표정은 전혀 찾아볼 수 없었다. "그리고 내가 그를 각하로 생각하게 되면 그렇게 부를 시간은 충분할 거요. 그때가 누가 됐든, 그때가 언제가 됐든, 그때가 어느 곳이 됐던 그때까지는,

'그의 이름은 삽시 씨,
그의 나라는 영국,
그가 사는 곳은 클로이스터햄,
그의 직업은 경매인이라오.'

이때 데퓨티가 나타나서 (굴 껍질을 날린 후) 더들스 씨에게 그동안 자신이 그토록 사정해도 주지 않았던, 자신에게 법적으로 미지급된 금액 총 3펜스를 즉시 던지라고 요구했다. 저 신사가 자신의 겨드랑이에다 꾸러미를 끼고 천천히 돈을 세는 동안, 삽시 씨가 이 이주자에게 더들스의 습관과 직업과 거처와 명성에 대해 알려 주었다. "제 생각엔 호기심 많은 한 낯선 이가 당신 작품을 보려고 불쑥 찾아올 것 같은데요, 더들스 씨?" 대처리 씨가 말했다.

"만약 두 사람 분의 술을 가져온다면 어느 저녁이든 누구든 환영이요." 더들스가 이빨 사이에 페니를 끼고 손으로는 반 펜스를 쥔 채 대꾸했다. "아니, 그가 그 두 배를 가져오면 두 배로 환영할 거요."

"나중에 들르겠습니다. 데퓨티 선생, 내게 뭘 빚졌지?"

"일거리."

"내가 더들스 씨 집에 가고 싶어 할 때 그 집을 정직하게 알려 주면 빚은 없어지는 거다."

데퓨티는 모든 지불연체에 대한 영수증의 의미로, 이빨 사이에 난 큰 구멍으로 날카롭게 휘파람을 불며 사라졌다.

'각하'와 '신하'는 함께 걷다가 각하의 현관에서 다양한 이별의 의식을 치루며 헤어졌다. 그 이후에도 '신하'는 모자를 팔 아래 끼고 물결치는 흰머리를 산들바람에 맡겼다.

크로지어 호텔의 다실 벽난로 선반 위에 걸려 있는 가스등 거울에 비친 자신의 흰머리를 바라보며 대처리 씨가 그의 머리를 흔들었다. "가진 재산에 의지해 게으르게 살아가는 무난한 성격의 독신자로서 꽤 바쁜 오후를 보냈군!"

19장
해시계 위의 그림자

미스 트윙클튼은 올해도 백포도주와 파운드케이크를 곁들인 졸업식 연설을 마쳤고, 어린 숙녀들은 각자의 집으로 출발했다. 헬레나 랜들레스는 오빠를 돌보기 위해 떠났고, 어여쁜 로사만 남아 있다.

클로이스터햄은 이 여름날 너무도 밝고 눈부셔서 대성당과 수도원 폐허의 튼튼한 벽들이 투명한 것처럼 보인다. 저 뜨거운 옥수수 밭과 그 사이로 구비 구비 이어지는 열기로 가득한 길을 바라보고 있는 벽은, 부드러운 빛이 벽에 비친다기보다 벽 내부로부터 빛이 부드럽게 흘러나오는 것 같다. 클로이스터햄의 정원들은 익어가는 과일들로 홍조를 띤다. 이 시기는 여행에 지친 순례자들이 무리를 지어 수다스럽게 도시의 반가운 그늘을 찾아 즐기는 때이며, 건초 제조 시기와 수확기 사이에 유랑생활을 하는 여행자들이 땅 먼지로 만들어진 것처럼 먼지투성이가 된 모습으로 시원한 현관 계단 근처에서 빈둥거리며 수리가 불가능한 신발을 수리하려고 하거나, 수리를 포기하고 신발을 도랑에 던져버리고는 아직 한 번도 사용한 적 없는 짚으로 묶은 낫과 함께 그들이 가지고 다니는 꾸러미 속에서 다른 신발을 찾는 때이다. 게다가 공용 펌프에서는 이 베두인족들이 맨발을 식히고 손으로 물을 끼얹고 입으로 물을 뿜어대며 꿀꺽꿀꺽 마시는 동안, 클로이스터햄의 경찰은 순찰 구역에서 그들을 의심의 눈초리로 곁눈질하며 이 침입자들이 도시의 경계선을 벗어나 저 이글거리는 큰길에서 구워지길 초조하게 바란다.

그런 날 오후 대성당의 미사가 모두 끝났을 때, 예스러운 오래된 정원의 나뭇가지들 사이로 서쪽으로 뚫린 곳을 제외하고 '수녀의 집'이 위치한 하이 스트리트 전체에 고마운 그늘이 져 있을 때, 하녀가 로사에게 다가와 재스퍼 씨가 면회하고 싶어 한다는 두려운 말을 전한다.

만약 그가 그녀의 취약한 때를 고른 거라면 이보다 더 나은 선택은 없었을 것이다. 어쩌면 그걸 노렸는지도 모른다. 헬레나 랜들레스는 떠나고 없고, 티셔 부인은 휴가를 갔고, 미스 트윙클튼(아마추어로서)은 그 자신과 송아지 고기 파이를 소풍에 헌납했다.

"아, 왜. 도대체 왜, 내가 집에 있다고 했어!" 로사가 난감해 하며 소리쳤다.

재스퍼 씨는 그 질문을 하지도 않았다고 하녀가 답했다. 재스퍼 씨는 로사가 집에 있다는 걸 이미 알고 있었고, 그녀에게 면회를 청한다고 하녀에게 부탁했다는 것이다.

'어떻게 해야 하지! 어떻게 해야 해!' 로사가 두 손으로 깍지를 끼며 생각한다.

필사적으로 궁리하던 그녀가 한숨을 쉬며 재스퍼 씨를 정원에서 만나겠다고 전했다. 그녀는 집안에서 그와 갇혀 있는 상상을 하며 몸서리를 친다. 하지만 여러 개의 창문이 정원을 내려다보고 있어서 그곳에 있으면 목소리가 잘 들릴 뿐만 아니라 모습도 잘 보이고, 열린 곳에서 비명을 지르고 도망칠 수도 있다. 그런 과격한 생각들이 그녀의 머릿속을 어지럽히며 지나간다.

그녀는 그 운명적인 밤 이래로 그를 본 적이 없다. 단 하나 예외가 있다면 그녀가 시장님 앞에서 조사를 받을 때, 그도 침울하게 주위를 살피며 실종된 조카에 대한 복수에 불타는 모습으로 그 자리에 함께 했었다. 그녀가 정원용 모자를 팔에 걸고 밖으로 나간다. 포치에서 해시계에 기대고 있는 그의 모습을 보는 순간 그에게 강요당하던 예전의 끔찍한 느낌이 그녀를 엄습한다. 돌아갈까 하는 생각마저 들었지만, 그가 그녀의 발걸음을 자신에게 향하도록 한다. 그녀는 저항하지 못하고 해시계 옆 정원 벤치에 고개를 숙이고 앉는다. 그에 대한 혐오로 그를 쳐다볼 수도 없지만, 그녀는 그가 깊은 애도기 중의 복장임을 감지했다. 그녀도 마찬가지다. 처음엔 아니었지만, 이미 오래 전에 에디를 실종이 아닌 사망으로 결론 내리고 체념하며 그를 추모해 온 것이다.

그가 먼저 그녀의 손을 잡으려고 한다. 그녀가 그 의도를 느끼고 손을 뒤로 뺀다. 그러자 그의 눈이 그녀에게 꽂히고, 비록 그녀의 눈에 잔디밖에 들어오지 않지만 그녀는 그 눈길을 의식한다.

"그동안," 그가 입을 뗀다. "로사 곁의 내 의무로 복귀하라는 소환이 떨어지길 기다렸어."

로사는 그가 자신의 입술을 뚫어지게 바라보고 있다는 걸 느낀다. 몇 차례 망설이며 대꾸할 말을 만들어 내려고 입술을 움직이다가 결국 실패하고 그저 "의무라고요, 선생님?" 하고 되물었다.

"로사를 가르치는 의무, 충실한 음악선생으로서 로사에게 행하는 봉사의 의무지."

"그 공부는 그만 뒀어요."

"그만 둔 건 아니라고 생각하는데. 잠시 중단한 거지. 로사의 후견인에게 들은 바로는 우리 모두가 너무나 아프게 겪었던 그 충격 때문에 중단한 거였어. 언제 재개할 거야?"

"영원히 안 할 거예요, 선생님."

"영원히 안 한다고? 내 소중한 에디를 사랑했다면 이러지 않을 텐데."

"전 그를 사랑했어요!" 화가 불끈 치밀어 올라 로사가 소리쳤다.

"맞아, 하지만 완전하지는, 완전히 옳은 방식은 아니었다고 할 수 있지 않을까? 원래 의도와 기대에 맞는 방식은 아니었어. 내 소중한 에디는 불행하게도 너무나 자신을 의식하고 자기만족에 빠져 있었던 거야 (그와 로사를 그 부분에서 비교하는 건 아니야). 그가 했어야 하는 사랑을 하기에는, 아니 그의 입장에 놓인 누구라도 했을, 틀림없이 했을 사랑을 하기에는."

그녀는 여전히 같은 태도로, 하지만 좀 더 움츠린 자세로 앉아 있다.

"그렇다면 로사가 한 나와의 공부를 중지했다는 말은 사실 음악공부를 완전히 포기했다는 말을 공손하게 표현한 거였어?" 그가 물었다.

"네." 로사가 갑자기 기운을 차리며 말했다. "공손함은 내 후견인이 한 거지 제가 한 게 아니에요. 전 그에게 그만두기로 결심했다고, 내 결심을 굽히지 않겠다고 말했어요."

"그 결심은 여전하고?"

"여전해요, 선생님. 그리고 거기에 대해 더는 질문하지 않으셨으면 좋겠어요. 아무튼, 더는 대답하지 않겠어요. 제겐 그럴 권리가 있어요."

그녀 안의 분노의 흔적과 불길 같은 생동감을 본 그가 흡족해 하며 찬탄의 눈길로 그녀를 바라보았다. 그녀는 그의 그런 눈길을 뼈저리게 의식했다. 그러자 그녀의 고조되었던 기분은 다시 침울해졌다. 그녀는 전에 소참사회원 사택의 피아노 앞에서 느꼈던 것과 똑같은 수치심과 모욕감과 공포감을 느끼며 이 감정들과 싸운다.

"로사가 그렇게 반대를 하니 더는 질문하지 않겠어. 고백할 게 있는 데……."

"듣고 싶지 않아요, 선생님." 로사가 자리에서 일어나며 소리쳤다.

이번에는 그가 뻗은 손이 실제로 그녀에게 닿는다. 그 손길을 피하며 그녀가 다시 자리에 앉는다.

"때로 우린 바라는 바와 반대로 행동해야 해." 그가 낮은 목소리로 말한다. "이제 그렇게 해야 해, 그렇지 않으면 영원히 바로잡을 수 없을 만큼 다른 사람들에게 해를 끼치게 될 거야."

"해라니, 무슨 말씀이세요?"

"이것 봐, 바로 지금 로사가 '내게는' 질문을 하고 있잖아. 내게는 질문을 못하게 하면서, 그건 분명 공정치 않아. 그래도 그 질문에는 대답하겠어. 소중한 로사! 아름다운 로사!"

그녀가 다시 일어서기 시작한다.

이번에는 그가 그녀에게 손을 뻗지 않는다. 하지만 그가 해시계 판 위로 몸을 기울이고 서 있는 동안, 그의 얼굴은 너무도 사악하고 험악해 보였다. 마치 그의 검은 그림자가 하루를 어둡게 뒤덮은 것 같았다. 공포에 떨며 그 자리에 얼어붙은 그녀는 도망가지 못하고 그를 쳐다본다.

"우리 위로 몇 개의 창문이 이쪽을 향하고 있는지 잊지 않고 있어." 그가 창문들을 힐끗 쳐다보며 말한다. "로사에게 다시 손을 대지 않겠어. 더는 다가가지 않을게. 앉아, 그러면 로사의 음악선생이 한가롭게 이 받침대에 기대고 서서 여태까지 일어난 일들을 상기하며 로사와 얘기를 나누는 것이 조금도 이상하지 않지. 앉아, 내 사랑."

그녀가 다시 한 번 떠나려고 했는데—거의 떠나다시피 했는데—다시 한 번 그의 얼굴이 그녀가 떠나면 무슨 일이 일어날지 험악하게 위협하며 그녀를 가로막았다. 그 순간 얼어붙은 듯한 표정으로 그를 쳐다보며 그녀가 다시 자리에 앉는다.

"로사, 내 소중한 에디가 로사와 약혼 상태에 있을 때조차도 난 미치도록 로사를 사랑했어. 로사를 그의 아내로 삼는 것이 분명 그의 행복이라고 생각할 때조차도 난 미치도록 로사를 사랑했어. 그가 로사에게 더욱 헌신하도록 내가 도울 때조차도 난 로사를 미치도록 사랑했어. 항상 내 눈 앞에 걸어두려고 내 속마음을 감추고 고통스럽게 숭배하던, 로사의 사랑스러운 얼굴을 그토록 함부로 망쳐놓은 그림을 그가 내게 줬을 때조차도 난 미치도록 로사를 사랑했어. 추한 현실에 얽매여 낮엔 지겨운 일 속에서, 밤엔 잠 못 이루는 고통 속에서, 아니면 로사의 모습을 머릿속에 간직하며 낙원과 지옥의 환영으로 뛰어들어 하던 방황 속에서 나는 미치도록 로사를 사랑했어."

이 끔찍한 말을 더 끔찍하게 만든 것이 있다면, 그의 표정과 전달에 깃든 폭력성과 그가 가장하는 침착한 태도 사이의 대비일 것이다.

"난 그 모든 걸 아무런 말없이 견뎠어. 로사가 그의 것인 한, 또한 내가 로사를 그의 것이라고 여기는 한 난 내 비밀을 충실히 감춰야 했어. 사실이잖아?"

그 안에 포함된 말이 문자 그대로는 사실이지만, 이건 너무도 엄청 난 거짓말이어서 로사의 인내의 한계를 넘어섰다. 분노에 불타서 그녀 가 이렇게 대답했다. "선생님, 선생님은 지금도 그렇고 그동안에도 계 속 거짓으로만 일관했어요. 매일 매시간 그를 속였어요. 제게 구애함 으로써 제 삶을 불행하게 만들었다는 걸 선생님은 알아요. 두려움 때 문에 제가 너그러운 마음을 지닌 그에게 사실을 밝힐 수 없었다는 것 도 선생님은 알아요! 그리고 그가 선생님을 신뢰하기 때문에 선생님이 나쁜 인간이라는 사실을 그에게 감출 수밖에 없었다는 것도 선생님은 알아요!"

그의 침착한 태도로 인해 그의 모습과 특히 떨리는 그의 손이 더없 이 사악해 보였다. 이때 그가 열광적으로 감탄하며 말했다.

"로사는 너무 아름다워! 편안히 있을 때보다 화가 나 있을 때 훨씬 아름다워. 로사의 사랑을 청하지 않아, 로사와 로사의 증오를 내게 줘. 로사와 그 예쁜 격렬한 분노를 내게 줘. 로사와 그 황홀한 경멸을 내게 줘. 내겐 그걸로 충분해."

그녀의 얼굴이 불타듯 달아올랐다. 그녀가 치밀어 오르는 분노를 참 지 못하고 집안에 있는 사람들에게 보호를 청하려고 일어나자 그가 그 녀를 인도하듯 현관을 향해 손을 뻗었다.

"내가 말했잖아. 이 매력덩어리, 이 기여운 미녀야. 여기 남아서 내 말을 듣지 않으면 돌이킬 수 없는 해를 끼치겠다고. 무슨 해냐고 물었 지. 가지 말고 여기 있어, 그러면 내가 말해 줄게. 가, 그러면 난 일을 저지르고 말 거야!"

가라는 말을 듣고도 로사는 재스퍼의 위협적인 표정에 다시 움찔하 며 움직이지 않았다. 그녀의 헐떡임은 마치 질식할 것처럼 나타났다 사라지곤 하지만, 그녀는 가슴에 손을 대고 그걸 억누르며 그대로 있다.

"내 사랑은 미친 사랑이라고 이미 고백했어. 너무 미쳐 있어서 만약 나와 내 소중한 에디 사이의 유대가 실낱 하나 만큼이라도 덜했다면, 로사가 그에게 호의를 보였을 때 로사 곁에서 에디마저도 쓸어버렸을 거야."

그의 말을 듣고 로사는 거의 기절할 뻔 했다. 그 순간 그를 올려다보던 그녀는 눈앞이 하얗게 변하는 것처럼 느껴진다.

"심지어 그까지도." 그가 되풀이 한다. "그래, 심지어 그까지도! 로사, 나를 봐. 그리고 내 말을 들어. 로사를 흠모하는 사람의 목숨이 내 손안에 있는데, 그가 로사를 사랑하면서 목숨을 부지할 수 있을지 스스로 판단해 봐."

"무슨 말씀이세요, 선생님?"

"로사에게 내 사랑이 얼마나 미치도록 강렬한 것인지 보여 주려는 거야. 예전에 크리스파클 씨가 날카롭게 질문했을 때 네빌 랜들레스는 자신이 에디의 경쟁자였다고 고백했어. 내게 이건 속죄할 길 없는 대죄야. 내가 살인자가 누구든 찾아내서 파멸시키는데 헌신하겠다고, 그 살인자를 그물로 얽어맬 단서를 쥘 때까지 아무에게도 그 비밀을 얘기하지 않겠다고 맹세한 걸 크리스파클 씨는 알고 있어. 그때 이후로 난 끈질기게 그의 주위를 맴돌며 단서를 좁혀 왔고 내가 말하고 있는 지금 천천히 결말이 나는 중이야."

"만약 랜들레스 군의 유죄를 믿는다면 선생님이 믿는 건 크리스파클 씨가 믿는 것과 달라요. 그는 훌륭한 분이세요." 로사가 응답한다.

"난 내 믿음을 고수할 거야. 로사! 나의 우상이여! '죄가 없는 사람도' 정황적 증거가 지나치게 강하면 사형으로 이끌 수 있어. 빠져 있던 연결고리 하나만 발견된다면 죄가 있는 사람은 말할 것도 없지. 그 연결고리 하나가 사소한 증거일지라도 그는 사형에 처해질 거야. 젊은 랜들레스는 큰 위험에 처한 거지."

"만약 선생님께서," 로사가 더욱 창백해지며 그를 설득한다. "제가 랜들레스 군에게 호감을 가지고 있다거나 그가 제게 한번이라도 어떤 식으로든 자신의 마음을 얘기했다고 생각하신다면, 그건 잘못된 생각이에요."

대수롭지 않다고 손을 들어 표시한 그가 입 꼬리를 치켜 올리며 말한다.

"미치도록 사랑하고 있어. 내 삶에 오직 로사만이 존재하도록 로사와 나 사이를 가로막는 방해물을 없애고 말 거야. 내 삶에 나타난 이 두 번째 방해물을 없앨 거야. 난 그럴 용의가 있어. 랜들레스 양은 로사의 절친한 친구가 됐지? 그녀의 마음이 평화롭기를 원하지?"

"전 그녀를 아주 사랑해요."

"로사는 그녀가 훌륭한 평판을 가지길 원하지?"

"선생님, 이미 그녀를 아주 사랑한다고 말했어요."

"내가 무의식적으로," 그가 미소를 지으며 손을 해시계 위로 포개고 턱을 그 위에 올린다. 그래서 누군가가 창문으로 내다보면 (가끔 창문에 얼굴들이 나타났다가 사라지곤 하는데) 우아하면서도 장난스럽게 로사에게 말하는 것처럼 보이도록 하며 그가 말한다. "내가 깜박하고 다시 질문하는 우를 범했군. 이제 질문은 하지 않고 단순히 진술만 하겠어. 로사는 절친한 친구의 평판이 나빠지고 마음의 평화가 깨지는 걸 원치 않을 거야. 그렇다면 그녀에게서 교수대의 그림자를 없애 줘, 소중한 사람!"

"감히 내게 청혼하는…….."

"자기, 내가 감히 청혼하는 거야. 더는 말하지 마. 만약 로사를 숭배하는 것이 나쁜 거라면 난 최고로 나쁜 인간이야. 만약 그게 좋은 거라면 난 최고로 좋은 인간이고. 로사에 대한 내 사랑은 다른 모든 사랑 위에 있고, 로사에 대한 나의 진실은 다른 모든 진실 위에 있어. 내게 희망과 호의를 베푼다면 로사를 위해 거짓 증언을 하겠어."

로사는 이마에 손을 대고 머리카락을 뒤로 쓸어내리며, 마치 그가 그녀에게 오직 단편들만 보여 주는 심오한 이유가 무엇인지 이리저리 끼워 맞춰 알아내겠다는 듯, 그를 거칠고 혐오스러운 눈초리로 바라보았다.

"나의 천사 로사. 지금 이 순간 이것저것 궁리해 봐도 나올 건, 내가 이 어여쁜 발—세상 가장 더러운 재가 묻어 있어도 입 맞출 수 있고, 가엾은 야만인처럼 머리 위에 올려놓을 수도 있는 그 발—앞에 놓아둔 제물뿐이야. 죽은 내 소중한 에디에 대한 신의가 있지. 그건 짓밟아 버려!"

마치 소중한 것을 던져 버리는 듯한 손동작을 취하며.

"로사에 대한 나의 사랑을 위협하는 저 속죄할 수 없는 죄가 있지. 그건 걷어 차 버려!"

똑같은 동작을 취하며.

"정의로운 복수라는 대의를 위해 바쳤던 나의 6개월간의 고달픈 노력이 있지. 그건 부숴 버려!"

그 동작을 또 한 번 반복하며.

"과거에, 그리고 현재에 허비한 나의 삶이 있지. 내 마음과 영혼의 황폐함이 있지. 나의 평화가 있고, 나의 절망이 있지. 비록 날 죽을 만큼 미워할지라도 로사가 날 데려갈 수 있게 먼지가 되도록 짓밟아버려!"

절정에 이른 이 남자의 무시무시한 격정이 그녀를 더욱 공포에 떨게 만들어서, 그녀를 그 자리에서 움직이지 못하게 고정시켰던 주문을 깨버린다. 그녀가 재빨리 현관을 향해 움직인다. 하지만 그가 곧바로 옆으로 다가와서 그녀의 귀에 대고 말한다.

"로사, 난 다시 자제하고 있어. 로사 옆에서 걸으며 차분하게 집으로 가고 있어. 약간의 격려와 희망을 기다리겠어. 너무 조급하게 하진 않을 거야. 내 말을 이해했다는 신호를 보여 줘."

그녀가 마지못해 손을 약간 움직인다.

"오늘 얘긴 누구에게도 하면 안 돼. 만약 어길 시엔, 밤이 낮을 따르듯 분명히 일이 벌어지고 말 거야. 내 말을 이해했다는 신호를 다시 보여 줘."

그녀가 다시 한 번 손을 움직인다.

"사랑해, 사랑해, 사랑해! 만약 지금 날 버린다면, 하지만 로사는 그러지 않을 거야. 로사는 절대 날 떠나지 않을 거야. 어느 누구도 우리 사이에 끼어 들 수 없어. 난 로사를 죽음까지 쫓아갈 거야."

하녀가 그에게 문을 열어 주려고 나오자 그가 조용히 모자를 들어 인사하고 길 건너편에 서 있는 삽시 씨 부친의 조각상이 보이는 정도의 동요만 보이고 멀어져 간다. 층계를 오르다가 실신한 로사는 조심스럽게 그녀의 방으로 옮겨져 침대에 눕혀진다. 폭풍이 다가온다고 하녀들이 말한다. 덥고 숨 막힐 듯한 공기 때문에 이 어여쁜 아가씨가 쓰러졌어. 무리도 아니지. 그들도 하루 종일 무릎이 후들거린다고 느꼈다.

20장
도주

로사가 정신을 차렸을 때, 조금 전 재스퍼와 나눈 면담이 고스란히 그녀 앞에 도사리고 있었다. 심지어 그녀의 무의식까지 쫓아와서 한순간도 그게 느껴지지 않는 때가 없는 것 같았다. 그녀는 두려움으로 어쩔 줄 몰라 했지만, 머릿속에 드는 단 한 가지 분명한 생각은 이 끔찍한 남자에게서 도망쳐야 한다는 것이었다.

하지만 어디로 도망칠 것이며, 어떻게 도망칠 것인가? 그녀는 헬레나 외엔 누구에게도 그에 대한 두려움을 털어놓은 적이 없다. 만약 헬레나에게 가서 방금 일어난 일을 말한다면, 그 자체만으로 그가 위협했던 돌이킬 수 없는 해악을 불러올지도 모른다. 그에게 그럴 의지가 있다는 것도 로사는 알고 있었다. 흥분한 그녀의 기억과 상상력으로 인해 그가 더 두렵게 보일수록 그녀의 책임도 더욱 커 보였다. 그녀가 조금만 실수해도 자신이 취하거나 지연한 행동으로 인해 그의 악의가 재앙이 되어 헬레나의 오빠에게 내려질 것만 같았다.

지난 6개월 내내 로사의 마음은 폭풍에 휘말린 듯 혼란스러웠다. 은연중에 들었던 섣부른 의심은 한 순간 부풀어 올랐다가 다음 순간 바닥으로 꺼졌다. 또 어느 순간 알 수 있을 것 같다가도 다음 순간 뭐가 뭔지 도무지 알 수 없었다. 이곳 사람들의 의식 속에는, 조카가 살아있을 때는 재스퍼가 조카밖에 몰랐고 조카가 죽은 후에는 그가 그 진상을 끈질기게 조사했다는 생각이 팽배해 있다. 그래서 그의 손으로 살인이 저질러졌을 거라고 의심하는 사람은 절대 있을 수 없을 것만 같았다. 그녀는 '내 생각이 너무 사악해서 다른 사람들이 상상할 수 없는 사악한 일을 생각하는 걸까?'라고 자문했다. 자신의 의심이 사실에 기초한 것이라기보다는 전부터 느껴온 그에 대한 혐오감 때문은 아닌지 생각해 보았다. 그렇다면 그 의심은 근거가 없다는 증거 아닌가? 로사는 곰곰이 생각해 본다. '내 의심에 비추어 볼 때, 그의 동기는 무엇일까?' 대답하기가 부끄러웠다. '나를 차지하려는 동기야!' 그녀는 마치 그런 한가로운 허영심을 살인의 동기로 생각, 아니 그 비슷한 생각을 하는 것만으로도 마찬가지의 범죄라는 듯 손으로 얼굴을 감싼다.

그녀는 정원의 해시계 옆에서 재스퍼가 했던 말 전부를 머릿속에 떠올려 보았다. 저 시계와 셔츠 핀이 발견된 이래로 그는 그 전에 자신이 모두에게 했던 주장과 일관되게 실종을 살인으로 봐 왔다. 만약 그가 자신이 범죄자로 지목되는 걸 두려워했다면 조카가 자발적으로 사라졌다는 생각을 조장하지 않았을까? 그는, 자신과 조카 사이의 유대가 조금이라도 덜 했다면 '심지어 그조차도' 그녀 곁에서 쓸어버렸을 거라고 선언했다. 그 말은 실제로 그가 그렇게 했다는 것과 다름없었을까? 그는 정의로운 복수를 위해 헌신한 6개월간의 수고를 그녀의 발 앞에 바치겠다고 했다. 만약 그 말이 가장된 것이었다면 그가 그렇게 격정적이고도 난폭하게 말할 수 있었을까? 그는 자신의 황량한 가슴과 영혼, 자신의 낭비된 삶, 자신의 평화와 절망도 함께 열거했을까? 그가 그녀에게 바친 희생의 첫 제물은 소중한 조카의 죽음 후에 그가 보인 조카에 대한 신의였다. 물론 이러한 사실들은 감히 암시조차 하기 힘든 상상[33]에 강력하게 반하는 것들이었다. 하지만 그는 너무도 끔찍한 남자였다! 다시 말해, 이 가엾은 소녀가 (끊임없이 오류를 범하는 범죄 지능에 대해 그녀가 아는 건 별로 없기 때문이다. 왜냐하면 전문가들조차도 일반 범죄와는 차원이 다른 끔찍한 경이로 보지 않고 평범한 사람들의 평범한 지능이라고 해석하기 때문에) 내릴 수 있는 결론이라고는 그가 정말로 끔찍한 사람이라는 것과 그에게서 도망쳐야 한다는 것뿐이었다.

그동안 로사는 헬레나에게 한결같은 기둥이자 위안이 되는 존재였다. 로사는 그녀의 오빠가 무죄라는 것을 철저히 믿고 있으며, 그의 불행에 대해 연민을 느낀다는 것을 그녀에게 부단히 확신시켰다. 하지만 로사는 실종사건 이후 한 번도 그를 보지 못했을 뿐만 아니라 헬레나는 오빠가 크리스파클 씨에게 로사를 사랑한다고 고백한 것에 대해, 비록 이 사실은 실종사건으로 널리 알려졌지만, 로사에게 한마디도 하지 않았다. 로사에게 그는 그저 헬레나의 불운한 오빠 이상도 그 이하도 아니었다. 그녀가 자신의 역겨운 구혼자에게 헬레나의 오빠에 대해서 한 말은 전적으로 사실이었지만, 그 말을 하지 않았으면 좋았을 거라는 생각이 이제야 그녀에게 들었다. 그가 지능적이고 감이 빠른 자라는 걸 두려워하며, 자신의 입을 통해 직접 그 사실을 그에게 알려 줬다는 생각 때문에, 그녀의 마음은 출렁이기 시작했다.

하지만 어디로 가야 할까? 그가 미칠 수 없는 곳, 이건 좋은 대답이 아니었다. 어디로 갈 것인지 생각해 내야 했다. 그녀는 자신의 후견인에게 가기로, 지금 바로 그에게 가기로 마음을 정했다. 처음 헬레나에게 비밀을 털어놓았을 때의 그 느낌이―그로부터 안전하지 않다는, 그리고 오래된 수녀원의 단단한 벽들도 유령처럼 그녀를 뒤쫓는 그를 막기엔 역부족이라는 느낌이―너무 강하게 들어서 어떠한 논리도 그녀의 두려움을 진정시키지 못했다. 그동안 그녀는 너무 오랜 시간 그에 대한 혐오감에 심취해 있었다. 이제 그 심취가 너무도 어둡게 절정에 달해서 그녀는 마치 그가 자신에게 주문을 걸 능력이 있는 것처럼 느껴졌다. 심지어 옷을 갈아입으려고 자리에서 일어나며 창문을 흘깃 쳐다보는 지금도, 그가 고백하며 기대섰던 해시계의 모습이 그의 본성 가운데 끔찍한 자질을 거기에 불어넣은 것처럼 그녀를 싸늘하게 감싸며 움츠러들게 했다.

그녀는 미스 트윙클튼에게 허둥지둥 쪽지를 써서 남겼다. 후견인을 급하게 만날 일이 생겨서 그에게 간다고, 자신에게는 아무 일도 없으니 걱정하지 말라고 간청하는 글이었다. 그녀는 아주 작은 가방에 딱히 쓸모는 없지만 물품들을 몇 개 서둘러 챙겨 넣고, 쪽지를 눈에 잘 띄는 곳에 놓아두고, 밖으로 나와 현관문을 조용히 닫았다.

그녀가 클로이스터햄의 하이 스트리트로 혼자 외출한 건 이번이 처음이었다. 하지만 구석구석까지 모든 길을 자세히 알고 있었기 때문에, 그녀는 서둘러 승합마차가 출발하는 모퉁이로 갔다. 마침 마차가 막 출발하려던 참이었다.

"잠깐만요. 저도 태워 주세요, 조. 런던에 가야 해요."

1분도 안 돼 그녀는 조의 보호 아래 기차역으로 향했다. 역에 도착해서 그녀를 안전하게 기차 칸에 태운 조는, 마치 그녀는 무슨 일이 있어도 들어선 안 되는 백 파운드가 넘는 어마어마한 트렁크라도 되는 것처럼, 그녀의 아주 작은 가방을 자신이 직접 인계하는 수고를 자청했다.

"조, 돌아가면 미스 트윙클튼에게 내가 무사히 떠났다고 전해 주시겠어요?"

"전해 드릴게요, 아가씨."

"제 사랑도 함께 전해 줘요, 조."

"네, 아가씨. 저에게도 주면 기꺼이 받을게요!" 하지만 마지막 문장은 입 밖에 내지 않고 속으로만 생각했다.

이제 기차가 본격적으로 런던을 향해 질주하고 있었다. 서둘러 떠나느라 잠시 보류했던 생각들을 재개할 여유가 로사에게 생겼다. 그의 사랑 고백이 자신을 더럽혔다는 분한 생각과 그 불결함은 오직 저 정직하고 진실한 분에게 호소함으로써만 정화될 수 있다는 생각이, 두려움에 맞서야 할 이 시간에 그녀를 지탱하며 서둘러 내린 결심에 확신을 더해 주었다. 하지만 날이 점점 어두워지고 저 위대한 도시가 차츰 가까워지면서 그런 경우 주로 생기는 의혹이 다시 고개를 들었다. 이것이 과격한 행동은 아닌지, 그루져스 씨가 어떻게 생각할지, 그를 찾을 수 있을지, 만약 그가 부재중이면 어떻게 할지, 이렇게 낯설고 복잡한 곳에서 혼자 어떻게 되는 건 아닌지, 우선 기다리며 조언을 구했다면 어땠을지, 만약 지금 돌아갈 수 있어도 기꺼이 돌아가지는 않을 거라는 이런 저런 여러 가지 불안한 추측들이 점점 쌓여 그녀는 심란해졌다. 마침내 기차가 지붕들 위를 지나[34] 런던에 도착했다. 저 아래 거친 거리에는 가로등들이 아직은 필요 없는 환한 불빛으로 덥고 옅은 여름밤을 비추고 있었다.

'런던, 스테이플 호텔, 히람 그루져스 씨.' 로사가 자신의 목적지에 대해 아는 건 이게 전부였다. 하지만 덜그럭거리는 이륜마차에 몸을 싣고 거친 거리의 황무지를 통과해서 지나가기에는 이걸로 충분했다. 거리에는 많은 이들이 모퉁이와 골목길에서 바람을 쐬느라 북적였고, 또 다른 많은 이들은 비참하게 다리를 끄는 단조로운 소리를 내며 뜨거운 포석 위를 걷고 있었다. 모든 이와 모든 곳이 너무도 거칠고 너무도 허름했다!

여기저기서 음악을 연주하고 있었지만, 거리에 활기를 더하지는 못했다. 아무리 좋은 손풍금도 이 상황을 호전시키지 못했고, 아무리 큰 북도 침체된 분위기를 두드려 없애지 못했다. 여기저기서 울리는 교회 종소리처럼 그저 벽을 울리며 사방으로 먼지만 일으킬 뿐이었다. 납작한 관악기들에 대해 말하자면, 시골이 그리워 가슴과 영혼이 갈라지는 소리가 나는 것 같았다.

마침내 그녀의 딸랑거리는 이륜마차가 일찍 잠기는 현관 앞에 멈춰 섰는데, 아주 이른 시각에 잠자리에 드는, 주거침입자들을 대단히 두려워하는 누군가의 소유처럼 보였고, 로사가 그녀의 교통수단을 돌려보내고 소심하게 문을 두드리자 경비원이 그녀의 작은 가방을 포함한 모두를 들여보냈다.

"그루져스 씨가 여기 사시나요?"

"그루져스 씨는 저기에 사십니다. 아가씨." 경비원이 저 안쪽 깊숙한 곳을 가리키며 말했다. 로사는 저 안쪽으로 더 들어갔고, 열 시를 알리는 종소리가 울렸을 때 P. J. T.가 그의 현관으로 뭘 했을까 궁금해 하며 P. J. T.의 현관 앞에 서 있었다.

그녀는 페인트로 칠해진 그루져스 씨의 이름을 따라 위층으로 올라가 가볍게 문을 몇 번 두드렸다. 하지만 아무런 대답이 없어서 그루져스 씨의 방문 손잡이를 돌렸더니 문이 열렸다. 그녀는 안으로 들어가 자신의 후견인이 열린 창가에 앉아 있고, 갓이 달린 램프가 그에게서 멀리 떨어진 탁자 구석에 놓여 있는 것을 보았다.

로사는 방 안의 어스름한 빛 속에서 그에게 가까이 다가갔다. 그녀를 보더니 그가 낮은 목소리로 "맙소사!"라고 말했다.

로사가 눈물을 흘리며 그의 목을 끌어안자 그가 그녀를 껴안으며 이렇게 말했다. "아가, 내 아가! 난 네가 네 엄마인 줄 알았다! …근데, 무슨, 무슨," 그가 달래듯이 덧붙였다. "무슨 일이 생긴 거냐? 얘야, 무슨 일로 여기 온 거냐? 누가 널 여기로 데려 왔느냐?"

"저 혼자 왔어요."

"이런 놀라운 일이!" 그루져스 씨가 소리쳤다. "혼자 오다니! 왜 내게 데리러 오라고 전갈을 주지 않았느냐?"

"시간이 없었어요. 갑자기 결심했거든요. 가엾은, 가엾은 에디!"

"아, 가엾은 친구. 가엾은 친구야!"

"그의 삼촌이 제게 사랑 고백을 했어요. 전 참을 수가 없었어요." 로사가 울음을 터뜨리며 그와 동시에 작은 발을 구르며 말했다. "그가 너무 무서워서 저와 우리 모두를 그에게서 보호해 달라고 요청하기 위해 왔어요. 그렇게 해주실 거죠?"

"그래, 보호해 주마." 그루져스 씨는 갑자기 놀라운 에너지가 솟구쳐서 소리쳤다. "그 몹쓸 인간!

'그의 정치를 물리쳐라!
그의 부정한 술수를 꺾어 버려라!

너에게 그의 희망을 묶으려고?

정말, 몹쓸 인간!'"

　평소와 너무 다른 모습으로 분노를 폭발한 그루져스 씨가 미친 듯이 방을 이리저리 돌아다녔는데, 그가 충성의 열정으로 발작을 일으킨 것인지 아니면 공격성 비난을 하는 것인지 도무지 분간하기가 어려웠다.

　그가 멈춰 서더니 얼굴을 닦으며 말했다. "미안하다, 얘야. 이제 좀 나아졌으니 다행이지? 좀 전의 얘기는 잠시 잊자. 안 그러면 내가 다시 날뛸지도 모르겠다. 뭔가를 좀 먹고 기운을 차려야지. 마지막으로 식사한 게 언제냐? 아침, 점심, 정찬, 홍차, 아니면 간단한 저녁식사. 어떤 거였지? 뭘 먹고 싶으냐? 아침, 점심, 정찬, 홍차, 아니면 간단한 저녁식사. 어떤 거지?"

　그가 그녀 앞에 한 쪽 무릎을 꿇고, 그녀가 모자를 벗으며 모자에 엉킨 자신의 예쁜 머리카락을 떼어 내는 것을 존중과 애정을 담아 돕는 모습은 참으로 기사답다. 하지만 그루져스 씨를 그저 표면적으로만 알고 있었다면 어느 누가 그에게서 기사도를—특히, 겉으로만 그럴싸한 기사도가 아닌 진정한 기사도를—기대할 수 있었겠는가?

　"휴식도 취해야지." 그가 말을 계속했다. "퍼니발에서 가장 예쁜 방에 묵어야지. 세면도구도 있어야 하고, '무한' 객실담당 메이드 수임이—경비를 무한정으로 쓸 수 있는 객실담당 메이드 수임을 말하는 거야—구할 수 있는 건 모두 있어야지. 그건 가방이냐?" 그가 가방을 자세히 바라보았다. 사실 어슴푸레한 방에서는 집중해서 봐야만 간신히 알아볼 수 있었다. "근데 그게 네 짐이냐, 얘야?"

　"네, 선생님. 제가 가져온 거예요."

"크기가 작구나." 그루져스 씨가 솔직하게 말했다. "하지만 카나리아가 하루 동안 필요한 것들을 제대로 담을 수 있을 만한 크기구나. 혹시, 카나리아를 가져왔니?"

로사가 미소를 지으며 고개를 저었다.

"카나리아가 함께 왔으면 환영받았을 거야." 그루져스 씨가 말했다. "바깥에 걸린 새장 안에서 마음만큼 실력이 따르지 않는 여기 스테이플 참새들과 즐거이 경쟁했을 거다. 우리 인간들에게도 충분히 해당되는 얘기지! 애야, 어떤 식사를 할 건지 말을 안 하는구나. 그럼 여러 가지 식사를 이것저것 섞어서 먹어 보렴."

로사가 그에게 감사의 뜻을 표하고 자신은 차 한 잔만 할 수 있을 것 같다고 말했다. 그루져스 씨는 마말레이드, 계란, 물 냉이, 간이 된 생선, 구은 햄 같은 것들을 주문하려고 몇 번을 들락날락거리며, 여러 가지 요청사항을 전달하기 위해 모자도 쓰지 않은 채 퍼니발로 달려갔다. 얼마 지나지 않아 주문한 식사가 식탁에 차려졌다.

"이런 경사가 있나!" 그루져스 씨가 램프를 식탁에 올려놓고 로사의 맞은편에 앉으며 소리쳤다. "이 불쌍한 늙은 고지식한 독신남이 이런 느낌을 경험하게 될 줄이야!"

풍부한 표현력을 지닌 로사의 눈썹이 그에게 물었다. 무슨 의미인가요?

"다정한 젊은이가 이곳을 방문해서 회반죽을 입히고, 페인트칠을 하고, 벽지를 바르고, 금박 장식을 해서 '영예롭게' 만드는 것 같은 그런 느낌이란다!" 그루져스 씨가 말했다. "아, 내게! 내게 이런!"

그의 한숨 속에 무언가 탄식 같은 것이 깃들어 있어서 로사가 그에게 찻잔을 건네며 용기를 내어 그녀의 작은 손으로 그의 손을 잡았다.

"고맙다, 얘야." 그루져스 씨가 말했다. "에헴! 이제 얘기를 해보도록 하자!"

"선생님, 항상 이곳에서 지내시나요?" 로사가 물었다.

"그렇단다, 얘야."

"그리고 항상 혼자 계시고요?"

"항상 혼자인데, 예외가 있다면 내 조수 버저드란 신사가 매일 와서 함께 하지."

"'그는' 여기 살지 않나요?"

"그래, 근무가 끝나면 돌아간단다. 사실, 지금은 그가 아예 일을 쉬는 중이라 나와 거래를 하는 아래층 사무소에서 대체 직원을 보내 준단다. 하지만 버저드 씨를 대체한다는 건 지극히 어려운 일이야."

"그가 선생님을 정말 좋아할 것 같아요." 로사가 말했다.

"만약 그렇다면 그가 놀라운 힘으로 자제하고 있나 보구나." 그루져스 씨가 그것에 대해 생각해 보고 대꾸했다. "하지만, 내 생각엔 그가 날 좋아하는 것 같지는 않다. 딱히 그런 것 같진 않아. 사실, 그는 만족하지 못하고 있어. 가엾은 친구."

"왜 만족하지 못하나요?"가 이어지는 로사의 당연한 질문이었다.

"맞지 않은 곳인 거지." 그루져스 씨가 수수께끼 같은 말을 했다.

로사의 눈썹이 다시 캐묻는 듯한 어리둥절한 표정으로 돌아갔다.

"너무 맞지 않은 곳이라," 그루져스 씨가 말을 이었다. "항상 그에게 미안해. 그는 그걸 당연하다고 느끼지(비록 말은 안 하지만)."

이때쯤 로사는 그루져스 씨의 말이 너무 수수께끼 같아서 무슨 말을 해야 할지 감이 잡히지 않았다. 그녀가 아직 그 생각에 빠져 있을 때 갑자기 그루져스 씨가 다시 한 번 자신의 생각을 박차고 나왔다.

"얘기를 해보도록 하자. 버저드에 대해 얘기하고 있었지. 이건 비밀인데, 특히 버저드 씨의 비밀이지만, 여기 오늘 저녁 이 식탁에 앉아 있는 사랑스런 존재 때문에 내 마음이 유난히 열려 있어서 이걸 얘기하지 않을 수가 없을 것 같은데, 신성한 비밀이라는 조건하에서 얘기하는 거야. 네 생각엔 버저드 씨가 뭘 했을 것 같으냐?"

"세상에!" 로사가 의자를 좀 더 가까이 끌어당기며 생각이 재스퍼에게 미쳐 소리쳤다. "끔찍한 건 아니겠죠?"

"그가 희곡을 썼단다." 그루져스 씨가 근엄하게 속삭이며 말했다. "비극을 썼지."

로사는 더없이 안도하는 것 같았다.

"그리고 아무도," 그루져스 씨가 같은 어조로 말을 이었다. "그게 무대에 오를 거란 얘기는 절대 듣지 못할 거야."

로사는 생각에 잠기는 것처럼 보였다. 천천히 고개를 끄덕이는 것이 '그런 법이야. 그래, 그런 거지!'라고 말할 것처럼 보였다.

"근데, 너도 알다시피," 그루져스 씨가 말했다. "'나는' 희곡을 쓸 줄 모른단다."

"형편없는 것을요, 선생님?" 로사가 다시 눈썹을 움직이며 순진하게 물었다.

"아니. 만약 참수형에 처해진 내가 참수되기 직전에 급한 전갈이 도착해서, 유죄 선고가 내려진 죄인 그루져스가 희곡을 쓸 경우 사면해 주겠다고 하면, 난 참수대에 올라 사형집행인에게 내 몸의 일부를," 그루져스 씨가 손으로 턱 밑을 그으며 말했다. "이곳을 집행해 달라고 애걸해야 할 거야."

로사는 만약 자신이 그런 어려운 처지에 놓인다면 어떻게 할까, 하고 생각해 보는 것 같았다.

"결과적으로." 그루져스 씨가 말했다. "나는 버저드 씨에게 항상 열등감을 가지게 되겠지. 하지만 내가 그의 상사인 경우엔, 너도 알다시피 상황은 더욱 악화된단다."

그루져스 씨는, 자신이 저지르더라도 그런 사리에 어긋난 일은 너무 심하다는 듯 심각하게 고개를 저었다.

"선생님께서는 어떻게 그의 상사가 되신 건가요?"

"당연히 따라오는 질문이지." 그루져스 씨가 말했다. "얘기를 해보도록 하자. 버저드 씨의 아버지는 노포크에 사는 농부란다. 아들이 희곡을 쓰는 기미가 보일 때마다 도리깨, 쇠스랑, 그리고 모든 농기구를 동원해 공격용으로 아들 주변에 놓곤 했지. 그러자 내게 아버지의 임대료(내가 거두는)를 가져다주던 아들이 자신의 비밀을 털어놓으면서, 재능을 쫓겠다는 결심 때문에 자신이 아사지경에 빠질 거라고, 자신은 그 목적을 위해 살아온 것이 아니라고 주장했지."

"재능을 쫓는 목적이요, 선생님?"

"아니, 얘야." 그루져스 씨가 말했다. "아사할 목적을 말한 거란다. 버저드 씨가 아사하려고 자라온 것이 아니라는 그 주장을 난 반박할 수가 없었어. 그러자 버저드 씨는 자신의 형성과정에 너무도 철저하게 부합하지 않는 운명과 자신 사이에 내가 개입하는 것이 바람직하다고 주장했지. 그렇게 해서 버저드 씨는 내 조수가 됐고, 그는 느끼는 것이 많아."

"그가 고마워해서 다행이네요." 로사가 말했다.

"꼭 그런 의미로 말한 건 아니란다, 얘야. 내 말은 그가 모멸감을 느낀다는 거야. 그동안 버저드 씨가 가깝게 지낸 다른 천재들도 있단다.

그들 역시 상연된다는 얘기를 듣지 못하는 비극을 쓰는데, 이 선택받은 영혼들은 자신이 쓴 희곡을 서로에 대한 굉장한 찬사의 의미로 서로에게 헌정한단다. 버저드 씨도 그 중 하나를 헌정 받았어. 자, 알다시피 지금까지 '내게' 헌정된 희곡은 하나도 없었다!"

로사는 그가 천 개의 헌정을 받길 바란다는 듯이 그를 쳐다보았다.

"이것도 당연히 버저드 씨의 성미를 건드리는 거란다." 그루져스 씨가 말했다. "가끔 그가 조바심을 내며 나를 대하는데, 그리고 나서 이런 생각을 하는 것이 느껴져. '이 멍청이가 내 상사라니! 죽음의 고통에 대한 비극 하나 쓸 줄 모르는, 후세에 길이 남을 극작가에 대한 찬사의 의미로 헌정 받은 것이 하나도 없는 사람이라니!' 정말 힘들어. 힘들고 말고. 하지만 그에게 지시할 때 난 미리 생각한단다. '어쩌면 그가 이걸 안 좋아할지도 몰라.' 아니면 '내가 그걸 부탁하면 나쁘게 생각할지도 몰라.' 그래서 우린 좋은 관계로 지내게 돼. 사실, 내가 기대했던 것 이상이야."

"그 비극에 제목이 있나요, 선생님?" 로사가 물었다.

"오직 네게만 알려 주는 건데," 그루져스 씨가 대답했다. "너무도 적절한 이름이 붙어 있지. '불안의 가시'라는 이름이야. 하지만 버저드 씨는—나도 그렇고—언젠가는 상연되길 바란단다."

그루져스 씨가 버저드의 이력을 이렇게 자세하게 얘기한 건 자신의 대화 욕구를 채우기 위한 것뿐만 아니라 피후견인의 마음을, 그녀를 이곳에 오게 된 주제에서 돌리기 위한 목적도 있었다는 걸 어렵지 않게 짐작할 수 있었다.

"자, 이제 얘야." 이 시점에서 그가 말했다. "많이 피곤하지 않으면—하지만 조금이라도 어려우면 말해라—오늘 무슨 일이 있었는지, 난 이제 그 얘기를 듣고 싶구나. 그 얘길 듣고 자면서 생각하면 정리가 잘 될 거야."

이제 진정이 된 로사가 오늘 있었던 재스퍼의 방문에 대해 자세히 설명했다. 그루져스 씨는 얘기하는 도중에 여러 번 머리를 쓸어내리며, 헬레나와 네빌에 관한 부분들에서는 한 번 더 설명해 달라고 부탁했다. 로사의 얘기가 끝나자 그가 잠시 근엄하게 말없이 생각에 잠겼다.

"명료한 설명이군." 마침내 그가 꺼낸 말이었다. "그리고 이제 머릿속이 말끔해졌으면 좋겠구나."라고 하며 다시 머리를 쓸어내린다. "이리로 와서 보렴, 애야." 그녀를 열린 창가로 데려가며 그가 말했다. "그들이 사는 곳을! 저쪽 불 꺼진 창들이란다."

"내일 헬레나에게 가도 될까요?" 로사가 물었다.

"그 질문은 오늘 밤 자면서 생각해 보마." 그가 애매하게 대답했다. "피곤할 테니, 쉴 수 있도록 방으로 데려다주마."

이 말을 하며 그루져스 씨는 그녀가 다시 모자 쓰는 걸 거들고, 실질적으로는 별 소용이 없는 아주 작은 가방을 자신의 팔에 걸고, 그녀의 팔을 이끌며 (마치 미뉴에트에 맞춰 걷는 듯한 어색한 위엄을 보이며) 홀본 거리를 건너 퍼니발 호텔로 그녀를 데려갔다. 호텔 현관에서 그는 그녀를 '무한' 객실담당 메이드 주임에게 부탁하며, 그녀가 방을 보러 올라가는 동안 혹시 그녀가 방을 바꾸기를 원하거나 다른 원하는 것이 있을지도 모르니 자신은 아래층에서 기다리겠다고 했다.

로사의 방은 바람이 잘 통하고, 깨끗하고, 안락하고, 대체로 유쾌한 느낌의 방이었다. '무한' 주임이 그 아주 작은 가방에 없는 모든 것을 (즉, 그녀에게 필요한 모든 것을) 두고 가자 로사는 다시 여러 계단을 내려가 후견인의 사려 깊고 애정 어린 배려에 감사의 뜻을 표했다.

"천만에, 얘야." 그루져스 씨가 더할 나위 없이 흡족해 하며 말했다. "그렇게 사랑스럽게 흉금을 털어놓고 그렇게 사랑스러운 말상대가 돼 줘서 내가 고맙지. 아침식사는 깔끔하고 우아하고 아담한 침실 옆방 (네 모습에 맞는)에 준비될 거고, 아침 열 시에 널 보러 오마. 이 낯선 곳에서 많이 낯설게 느끼지 않았으면 좋겠구나."

"아! 그럼요. 정말 안전하다고 느껴져요!"

"그래, 계단은 방화용이니 안심하고," 그루져스 씨가 말했다. "화재 가 발생하면 경비원이 진압해 줄 거야."

"그런 뜻이 아니었어요." 로사가 대답했다. "제 말은, 그 사람으로부 터 너무 안전하게 느껴진다는 뜻이었어요."

"든든한 철창문이 그가 들어오지 못하게 막아 줄 거고," 그루져스 씨 가 미소를 지으며 말했다. "퍼니발은 화재 방지가 되어 있고, 특별 감 시에다 불도 환하고, 게다가 '내가' 저 건너편에 살고 있단다!" 그는 기 사도 정신을 든든하게 수행하며, 마지막에 얘기한 보호 장치가 특히 충분하다고 생각하는 것 같았다. 이 같은 마음으로 그가 나가면서 정 문 수위에게 말했다. "만약 오늘밤에 한 투숙객이 길 건너편에 사는 내 게 전갈을 보내고 싶어 하는 경우, 그 전갈을 전달해 주는 이에게는 큰 보상이 기다릴 걸세." 이 같은 마음으로 그는 한 시간 가까이 홀로 철 창문 밖을 거닐었는데, 마치 사자 우리 안의 높은 횟대에다 비둘기를 올려놓은 것처럼 이따금 철창 사이로 안을 들여다보며 그녀가 굴러 떨 어질지도 모른다는 생각을 했다.

6부

클로이스터햄에서 온 신사 양반,
당신이 도착하기 전에 그곳으로 먼저 가서
당신을 기다릴 거야.
맹세코, 당신을 두 번 놓치진 않을 거야!

21장
인지

저 지친 비둘기가 놀라 퍼덕거릴 일은 밤새 전혀 일어나지 않았고, 비둘기는 상쾌한 기분으로 잠에서 깨어났다. 시계가 아침 열 시를 알리자 그루져스 씨가 클로이스터햄 강에서 단숨에 헤엄쳐 나온 크리스파클 씨와 함께 나타났다.

"미스 트윙클튼이 걱정을 많이 했어요, 로사 양." 그가 그녀에게 설명했다. "너무 놀란 나머지 그녀가 로사 양이 쓴 쪽지를 가지고 저희 집으로 찾아왔는데, 그녀를 진정시키려고 제가 이렇게 아침 첫 기차로 오는 것을 자청했습니다. 그 당시에는 로사 양이 내게 왔더라면 어땠을까 하고 생각했지만, 나중에 생각해 보니 로사 양이 '한 대로' 후견인에게 온 것이 최선이었다는 생각이 듭니다."

"사실 선생님을 생각했어요." 로사가 그에게 말했다. "하지만 소참사회원 사택이 그의 집과 너무 가까워서……."

"이해합니다. 당연하죠."

"크리스파클 씨에게," 그루져스 씨가 말했다. "어젯밤 네가 내게 한 얘기를 모두 말씀드렸다. 물론 내가 바로 신부님께 전갈을 보냈더라면 좋았겠지. 그래도 신부님이 와 주셔서 정말 다행이야. 특히, 바로 엊그제 다녀가셨는데 다시 와 주셔서 얼마나 감사한지 모르겠다."

"여장은 다 풀었고?" 그루져스 씨가 로사에게 묻고 나서 두 사람을 향해 묻는다. "헬레나와 그녀의 오빠 일을 어떻게 해야 할까요?"

"네, 정말." 크리스파클 씨가 말했다. "굉장히 당혹스럽습니다. 저보다 훨씬 선견지명이 있으시고 저보다 한발 앞서 저녁 내내 궁리하신 그루져스 씨께서도 결정을 못하시는데, 저야 말할 것도 없죠!"

저 '무한' 주임이 방문에서 얼굴을 내밀고—노크한 후에는 방으로 들어오도록 되어 있는데—혹시 크리스파클 씨라는 분이 여기 계시면 어떤 신사 분이 말씀을 나누고 싶어 한다고 전해 주시고, 만약 그런 분이 안 계시면 자신의 실수에 대해 용서를 구한다고 전했다.

"찾는 사람이 여기 있습니다." 크리스파클 씨가 말했다. "하지만 지금 얘기 중입니다."

"피부색이 검은 분인가요?" 로사가 후견인 옆으로 가까이 다가가며 끼어들었다.

"아닙니다, 아가씨. 갈색 피부의 신사 분입니다."

"검은 머리가 아닌 건 확실한가요?" 로사가 용기를 내서 물었다.

"확실합니다, 아가씨. 갈색 머리에 파란 눈이었습니다."

"혹시," 그루져스 씨가 평소처럼 신중하게 제안했다. "괜찮다면 그를 만나보시는 것도 좋을 겁니다, 신부님. 어려움에 처하거나 행보를 정할 수 없을 때는 어느 방향에서 길이 열릴지 모르니까요. 그런 경우 어느 방향도 먼저 차단하지 않고 길이 나타날 수 있는 모든 방향을 주시하는 것이 제 사업 원칙입니다. 관련된 일화를 말씀드릴 수도 있지만, 그럴 필요까지는 없겠죠."

"만일 로사 양이 괜찮다면? 그 신사 분을 안으로 들여보내 주세요." 크리스파클 씨가 말했다.

안으로 들어온 신사 분은 크리스파클 씨 혼자가 아닌 걸 알고 솔직하고도 겸손하게 사과하고 크리스파클 씨를 향해 미소를 지으며 예상치 못한 질문을 던졌다. "제가 누굴까요?"

"몇 분전에 스테이플 호텔의 나무 아래에서 담배를 피우던 분이시군요."

"맞습니다. 거기서 당신을 봤습니다. 그밖에 또?"

크리스파클 씨가 그의 햇볕에 그을린 잘생긴 얼굴에 주의를 집중하자, 방안에서는 언젠가 헤어진 소년의 유령이 희미하게 조금씩 일어서는 것 같았다.

간신히 기억을 떠올리며 조금씩 표정이 밝아지는 소참사회원을 보고 다시 미소를 지으며 그 신사 분이 말했다. "아침으로 뭘 드시겠습니까? 잼이 다 떨어졌군요."

"잠시만 기다리세요!" 크리스파클 씨가 오른손을 들며 소리쳤다. "1초만 더 주세요! 타르타르!"

두 사람은 온 마음을 담아 진심어린 악수를 나누고 꽤 오랫동안—영국인 치고는—서로의 어깨에 손을 얹고 상대의 얼굴을 흐뭇하게 바라보았다.

"나의 예전 후배!" 크리스파클 씨가 말했다.

"나의 예전 선배!" 타르타르 씨가 말했다.

"내가 익사할 뻔 했을 때 구해 줬지!" 크리스파클 씨가 말했다.

"그 이후 수영을 배우셨죠!" 타르타르 씨가 말했다.

"이렇게 기쁠 데가 있나!" 크리스파클 씨가 말했다.

"동감입니다!" 타르타르 씨가 말했다.

두 사람은 다시 한 번 진심어린 악수를 나눴다.

"상상해 보세요." 크리스파클 씨가 눈을 반짝이며 외쳤다. "로사 버드 양과 그루져스 씨. 하급생들 중 제일 왜소한 타르타르 씨가 물로 뛰어들어 크고 무거운 상급생인 내 머리카락을 잡고 수중 거인 같은 나를 강가로 끌어낸 걸 상상해 보세요!"

"하급생인 제가 그가 가라앉게 내버려 두지 않은 걸 상상해 보세요!" 타르타르 씨가 말했다. "하지만 사실 그는 제 최고의 보호자이자 친구였고, 다른 모든 선배들을 다 합친 것보다 더 많은 좋은 일을 제게 해 줬던 터라 생각할 겨를도 없이 갑자기 충동적으로 뛰어들어 그를 붙잡든지 아니면 그와 함께 떠내려가든지 둘 중 하나를 선택할 수밖에 없었죠."

"흐흠! 영광입니다, 선생." 그루져스 씨가 손을 내밀며 말했다. "진정으로 소중하고 영광스럽게 생각합니다. 만나 뵙게 되어 기쁩니다. 감기에 안 걸리셨길 바랍니다. 물을 너무 많이 마셔서 힘들진 않았는지 궁금하군요. 그 후로는 어떻게 지내셨습니까?"

그루져스 씨가 알고 그런 말을 했는지는 아무리 봐도 확실치가 않지만, 뭔가 친절과 감사의 표현을 꼭 하고 싶어서 그랬다는 건 확실했다.

하늘이 그런 용기와 실력을 어머니께 도움으로 내리셨더라면, 하고 로사는 생각했다. 그때 그는 정말 보잘것없는 젊은이였을 것이다!

"칭찬을 바라는 건 아니지만—물론 해주시면 감사하지만—제게 묘안이 하나 있습니다." 그루져스 씨가 방을 가로질러 천천히 한두 번 말처럼 뛰고 나서 이렇게 말했다. 너무 뜻밖이고 영문을 알 수 없어서 그들은 그의 목에 뭐가 걸린 건 아닌지, 배가 아픈 건 아닌지 궁금해 하며 그를 뚫어지게 쳐다보았다. "내 '생각엔' 제게 묘안이 하나 있습니다. 제 기억으론, 타르타르 씨의 이름을 저 모퉁이에 있는 건물 꼭대기 층 세입자로 본 것 같은데요."

"네." 타르타르 씨가 대꾸했다. "선생님 말씀이 맞습니다."

"제가 맞췄군요." 그루져스 씨가 말했다. "그건 확인됐고," 그가 오른손 엄지손가락으로 왼손 엄지손가락을 탁 하고 치며 말했다. "혹시 공유하는 벽의 반대편 꼭대기 층에 사는 이웃의 이름을 아십니까?" 근시인 그가 타르타르 씨의 표정에서 아무것도 놓치지 않으려고 아주 가까이 다가가며 물었다.

"랜들레스입니다."

"확인됐고," 그루져스 씨가 다시 한 번 천천히 뛰고 돌아와서 이렇게 말했다. "그에 대해 개인적으로 아는 건 없으시죠, 선생?"

"별로 없지만, 조금 압니다."

"확인됐고," 그루져스 씨가 다시 천천히 뛰고 돌아와서 말했다. "어떤 걸 아시는지요, 타르타르 씨?"

"힘들어하는 젊은 친구인 것 같다고 생각해서 제 꽃들을 그와 함께 나누고자, 다시 말해 내 화단을 그의 창 쪽으로 넓혀 주려고 바로 하루 전에 그에게 허락을 구했습니다."

"괜찮다면, 자리에 앉으시겠습니까?" 그루져스 씨가 말했다. "제게 정말 묘안이 하나 있습니다!"

그들은 그의 말에 따랐다. 특히, 타르타르 씨는 당황했음에도 흔쾌히 자리에 앉았다. 그루져스 씨는 가운데 자리에 앉아 손을 무릎에 얹고 평소처럼 할 말을 외워 자신의 생각을 얘기했다.

"현재 상황에서는, 이 자리에 있는 훌륭한 아가씨가 네빌 군과 헬레나 양을 공공연하게 만나는 것이 현명한 일인지 아직 결정을 내리지 못하겠습니다. 이리저리 피해 다니며 몰래 왔다 갔다 하는, 우리가 잘 아는 친구 하나(우리 신부님께서 눈감아 주신다면 잠깐이나마 마음껏 욕을 해주고 싶은 사람인데)가 있기 때문이죠. 자신이 직접 하지 않을 때는 경비원이나 짐꾼같이 스테이플에 다니는 사람들을 써서 몰래 염탐꾼을 보내는지도 모릅니다. 반면에 너무도 당연하게 로사 양은 친구인 헬레나 양을 보고 싶어 합니다. 적어도 헬레나 양은 (그녀를 통해 그녀의 오빠도 가능하겠지만) 로사 양의 입을 통해 무슨 일이 있었는지, 어떤 위협을 받았는지 개인적으로 아는 것이 중요할 것 같습니다. 이 점에 대해 모두 제 의견에 동의하십니까?"

"전적으로 동의합니다." 아주 주의 깊게 듣고 있던 크리스파클 씨가 말했다.

"제대로 이해할 수만 있다면," 타르타르 씨가 미소를 지으며 덧붙였다. "저도 분명히 동의할 겁니다."

"선생께서," 그루져스 씨가 말했다. "허락하신다면 모든 내막을 천천히 명쾌하게 알려 드리겠습니다. 자, 우리가 잘 아는 친구가 이곳에 염탐꾼을 두고 있다면, 그 사람은 네빌 군의 거처만 감시하도록 돼 있을 게 어느 정도 확실합니다. 그 사람이 우리가 잘 아는 친구에게 누가 오고 가는지 보고하면, 우리가 잘 아는 친구는 자신이 기존에 알고 있는 사실에 비춰 그 사람들의 신원을 파악할 수 있을 겁니다. 스테이플 전체를 감시하라고 했거나 다른 방들에, 사실 내 방이라면 그럴 수도 있겠지만, 드나드는 사람들을 신경 쓰라고 했을 리는 없습니다."

"선생님의 의도가 무엇인지 이제 이해가 됩니다." 크리스파클 씨가 말했다. "신중을 기해야 한다는데 전적으로 찬성합니다."

"아직 이유와 연고에 대해 아무것도 모른다는 걸 자꾸 말씀드릴 필요는 없겠지만," 타르타르 씨가 말했다. "저도 선생님의 의도가 이해되니 그냥 말씀드리겠습니다. 제 거처를 원하시는 대로 쓰십시오."

"바로 그겁니다!" 그루져스 씨가 의기양양하게 머리를 쓸어내리며 외쳤다. "이제 우리 모두 이해가 된 겁니다. 너도 이해했지, 애야?"

"이해한 것 같아요." 타르타르 씨가 갑자기 자신을 쳐다보자 로사가 얼굴을 붉히며 말했다.

"알겠지, 크리스파클 씨와 타르타르 씨와 함께 스테이플로 가거라." 그루져스 씨가 말했다. "내가 평소처럼 혼자 다니는 동안, 너는 이분들과 함께 타르타르 씨의 거처로 가서 그의 화단을 들여다보며 헬레나 양이 그곳에 나타나길 기다리거나 헬레나 양에게 네가 근처에 있다는 걸 표시해서 그녀와 자유롭게 얘기를 나눈다면 어떤 스파이도 알아채지 못할 거야."

"제가 걱정하는 건 혹시 제가……."

"뭐가 걱정되니, 애야?" 그녀가 망설이자 그루져스 씨가 물었다. "무서운 건 아니고?"

"아니, 그건 아니에요." 로사가 수줍어하며 말했다. "타르타르 씨께 폐가 될까 걱정이에요. 우리가 타르타르 씨의 거처를 너무 이기적으로 이용하는 것 같아서요."

"그런 말씀이라면," 그 신사 분이 대꾸했다. "만일 로사 양의 목소리가 제 거처에서 한 번이라도 들린다면 그야말로 대단한 발전이라고 항상 생각할 겁니다."

로사는 그 말에 뭐라고 답해야 할지 몰라서 아래를 내려다보다가 그루져스 씨에게 모자를 쓰고 가는 것이 좋을지 공손하게 물었다. 그루져스 씨의 의견은 그보다 나을 건 없다는 의견이어서 그녀는 모자를 가져오기 위해 자리에서 물러났다. 크리스파클 씨는 이 기회를 틈타 타르타르 씨에게 네빌과 그의 여동생이 겪고 있는 고충에 대해 간략하게 설명했다. 모자를 쓰는 데 시간이 좀 걸렸기 때문에 얘기하기에는 충분한 시간이었다.

타르타르 씨가 로사에게 팔을 내주었고, 크리스파클 씨는 혼자 앞서서 걸었다.

'가엾은, 가엾은 에디!' 그들과 함께 걸으며 로사는 생각했다.

타르타르 씨는 활기차게 얘기하며 로사의 머리 위로 고개를 약간 숙이고 오른손을 흔들었다.

'크리스파클 씨를 구조했을 때는 저 손이 저렇게 힘이 있거나 햇볕에 그을린 손은 아니었겠지.' 로사가 그 손을 힐끗 보며 생각했다. '하지만, 그때도 분명 흔들림 없이 아주 단호했을 거야.'

타르타르 씨는 그녀에게 자신은 해군에서 수병으로 오랜 기간 방방곡곡을 돌아다녔다고 말했다.

"언제 다시 바다로 돌아가시나요?" 로사가 물었다.

"이젠 갈 일 없습니다!"

로사는 자신이 수병의 팔에 이끌려 넓은 대로를 건너는 모습을 여자애들이 본다면 뭐라고 할까 궁금해 했다. 그리고 그녀는, 그녀를 모든 위험에서 번쩍 들어 멈추지 않고 수 마일을 벗어난 곳까지 데려갈 수 있을 것 같은 강한 인물과는 대조적으로 자신은 아주 작고 힘이 없다고 지나가는 사람들이 생각할까 두려워했다.

그녀의 생각은 꼬리에 꼬리를 물고 이어졌다. 그녀는 먼 곳을 바라보는 듯한 그의 파란 눈이, 마치 저 먼 곳의 위험을 지켜보며 위험이 점점 가까이 다가와도 눈 하나 깜짝하지 않고 지켜보는 것에 익숙한 것 같다고 생각했다. 우연히 눈을 들어 그를 쳐다보던 로사는 그가 자신의 눈에 대해 뭔가 생각하는 것 같다는 걸 깨달았다.

이 때문에 약간 혼란스러워진 로즈버드는 나중에 어떻게 그의 공중 정원으로 올라갔는지(그의 도움을 받아) 잘 기억하지 못하게 됐는지도 모른다. 그리고 그녀는 마법의 콩나무 정상에 있는 나라처럼 예기치 않은 꽃으로 만발한 경이로운 나라에 들어가는 것 같은 느낌을 받았다. 영원토록 무성하길!

22장
거친 시기가 닥쳐오다

　타르타르 씨의 거처는 해와 달과 별 아래 가장 깨끗하고 가장 단정하고 가장 잘 정돈된 곳이었다. 바닥은 런던이 석탄검댕으로부터 영원히 자유로워졌나보다, 하는 생각이 들게 할 정도로 박박 문질러 닦아놓았다. 타르타르 씨 소유의 놋 세공품들은 구석구석까지 반질반질하게 윤이 나서 놋쇠거울처럼 빛이 났다. 점 하나 얼룩 하나도 크거나 작거나 중간 크기의 타르타르 씨의 집 수호신들의 순결함을 더럽히지 않았다. 거실은 제독의 선실 같았고, 욕실은 낙농장 같았다. 침실은 사물함과 서랍장으로 채워져 씨앗 가게 같았고, 균형이 제대로 잡힌 그물 침대는 마치 숨을 쉬 듯 방 한가운데서 흔들렸다. 타르타르 씨의 물건들은 모두 제 자리가 정해져 있었다. 지도와 도표들도 제 자리가 있었고, 책들도 제 자리가 있었고, 브러시들도 제 자리가 있었고, 장화들도 제 자리가 있었고, 옷가지들도 제 자리가 있었고, 모난 병들도 제 자리가 있었고, 망원경들과 다른 장치들도 제 자리가 있었다. 모두가 접근이 용이했다. 선반, 선반 받침대, 사물함, 벽에 달린 옷걸이와 서랍장은 오직 그 자리에만 꼭 들어맞을 정도의 공간을 차지하며 똑같이 손이 닿는 곳에 똑같이 공간의 낭비를 줄이도록 꾸며 놓았다. 반짝반짝 빛을 선사하는 식기들은 식기 보관대에 너무도 잘 배열되어 있어서 부주의한 소금용 스푼이 눈에 바로 띌 정도였고, 몸단장을 하는 용구들도 칠칠치 못한 이쑤시개 하나까지 한 눈에 들어올 정도로 화장대에 잘 정돈되어 있었다. 다양한 항해에서 가져온 신기한 물건들도 마찬가지였다. 각각의 종류에 맞게 박제하거나 건조하거나 광택제를 여러 번 바르거나 방부제를 사용한 새들, 물고기들, 파충류들, 무기들, 옷들, 조개껍데기들, 해초들, 풀잎들, 그리고 산호의 일부분들이 각자 특별히 정해진 자리에 진열되어 있었다. 모두가 그보다 더 나은 자리는 찾을 수 없었으리라. 페인트와 니스는, 타르타르 씨 집에서 손자국 하나라도 보이면 그걸 말살하려고 항상 대기 상태로 눈에 보이지 않는 어딘가에 보관되어 있는 것 같았다. 역사상 어느 군함도 부주의한 흔적 하나 없이 이보다 더 말끔하진 않았으리라. 이 청명한 여름날, 단정한 차양이 오직 수병만이 할 수 있는 방식으로 타르타르 씨의 화단 위로 드리워졌고, 전체적으로 항해하는 분위기가 유쾌할 정도로 너무 뚜렷해서 화단은 떠다니는 선미의 창에 속한다. 타르타르 씨가 저 구석에 걸린 확성기에 입을 대고 '닻을 올려라, 모두 서둘러라, 돛을 활짝 펼쳐라!' 하고 거친 목소리로 명령을 내리기만 하면 승선한 이들과 함께 모든 근심이 씩씩하게 사라져 버렸을 것이다.

이 씩씩한 취미를 거행하는 타르타르 씨는 나머지와 더불어 전체를 이루는 한 부분이었다. 한 남자가 그 무엇도 두려워하지 않고 누구도 걷어차지 않는 성격 좋은 취미마를 타고 있다면,[35] 그 말의 익살스러운 유머감각으로 타고 있다고 볼 수밖에 없다. 그 남자가 천성이 정중하고 진솔하며 그에 못지않게 더없이 젊고 진실하다면 지금처럼 훌륭해 보여서 좋을 때는 없을 것이다. 그래서 당연히 로사는 (제독의 부인이나 바다의 요정으로 존경 받으며 배를 지휘해 본 적은 없지만) 타르타르 씨가 자신이 고안한 장치들을 조롱 반 흐뭇함 반으로 대하는 모습을 보고 그를 매력적이라고 생각했을 것이다. 그래서 당연히 로사는 집을 모두 둘러보고 나서 그가 자신에게 이곳의 여왕처럼 여기라고 부탁한 뒤, 크리스파클 씨의 생명을 쥐었던 손을 흔들며 그의 화단에 자신을 두고 제독의 선실에서 사려 깊게 물러났을 때, 그 햇볕에 그을린 수병이 대단히 훌륭해 보인다고 어쨌든 생각했을 것이다.

"헬레나! 헬레나 랜들레스! 거기 있어?"

"누구지? 로사 아니야?" 그때 또 하나의 아름다운 얼굴이 나타난다.

"맞아, 헬레나!"

"아니 여긴 어떻게 왔어, 로사?"

"나도…나도 잘 모르겠어." 로사가 얼굴을 붉히며 말했다. "꿈은 아닌지!"

왜 얼굴을 붉혔을까? 두 사람 외엔 꽃들뿐인데. 얼굴에 나타난 홍조는 저 마법의 콩나무 나라의 과일 중 하나인가?

"'난' 꿈이 아닌데." 헬레나가 미소를 지으며 말했다. "만약 꿈이라면 더 꿀 거야. 어떻게 우리가 이렇게 너무도 뜻밖에―너무도 가까이에서―만나게 된 거지?"

저 우중충한 P. J. T.에 연결된 건물들의 박공지붕들과 굴뚝 통풍관들과 소금 바다에서 솟아난 꽃들 사이에서는, 정말 예상하지 못한 일이었다. 하지만 로사는 정신을 가다듬고 어떻게 이렇게 서로 만나게 됐는지, 그 이유와 연고는 무엇인지 서둘러 얘기했다.

"그리고 크리스파클 씨도 여기에 오셨어." 로사가 갑자기 하던 얘기를 마무리 지으며 말했다. "그리고 믿을 수 있겠어? 오래 전에 그가 그의 목숨을 구했다니!"

"크리스파클 씨가 그런 일을 했다면 믿을 수 있지." 헬레나가 얼굴을 붉히며 대답했다.

(콩나무 나라에 늘어난 홍조!)

"그래, 하지만 그건 크리스파클 씨가 아니었어." 로사가 재빨리 정정하며 말했다.

"이해가 안 되는데, 로사?"

"크리스파클 씨가 구조된 건 정말 다행이고," 로사가 말했다. "그가 타르타르 씨에 대해 더할 나위 없이 분명하게 찬사를 보낸 것도 사실이지만, 그를 구한 사람은 타르타르 씨였어."

헬레나의 검은 눈동자가 나뭇잎들 사이로 보이는 로사의 밝은 표정을 진지하게 주시하는 가운데 그녀가 좀 더 느리고 사려 깊은 목소리로 물었다. "타르타르 씨가 지금 네 옆에 있어, 로사?"

"아니, 내게―내말은, 우리에게―그의 집을 내줬거든. 이곳은 '정말' 아름다운 곳이야!"

"그래?"

"지금껏 항해했던 배들 중 가장 아름다운 배 안에 있는 것 같아. 마치……. 마치……."

"꿈같아?" 헬레나가 대신 말했다.

로사가 대답으로 고개를 약간 끄덕이고 꽃향기를 맡았다.

헬레나가 누군가에 대해 측은한 생각이 든 것처럼 잠시 말이 없다가 계속했다. "가엾은 오빠는 방에서 독서 중이야. 이 시간이면 오빠 방에 해가 환하게 들거든. 네가 이렇게 가까이 있다는 걸 오빠는 모르는 편이 나을 것 같아."

"아, 동감이야!" 로사가 바로 큰소리로 찬성했다.

"아마," 헬레나가 애매한 태도로 말을 이었다. "머지않아 네가 한 얘기를 오빠에게도 모두 알려 주겠지만, 확실히 모르겠어. 로사, 크리스파클 씨께 조언을 구해 줘. 네가 말한 걸 오빠에게 가능한 한 많이 알려 주는 것이 좋을지, 조금 알려 주는 것이 좋을지 여쭤 봐 줘."

로사가 자신이 통치하는 선실로 가라앉아 그 질문을 제기했다. 소참사위원은 헬레나가 자신의 판단을 자유롭게 행사하는 것이 좋겠다는 의견이었다.

"정말 고마워." 로사가 나타나서 보고하자 헬레나가 말했다. "그에게 다시 가서 네빌을 향한 이 악마 같은 인간의 새로운 괴롭힘과 추적이 드러날 때까지 기다리는 것이 좋을지, 아니면 그걸 예측하려고 하는 것이, 내 말은 우리에게 그런 위협이 일어나고 있는지 알아보는 것이 좋을지 여쭤 봐줄래?"

이 질문에 답하려고 두세 차례 시도와 실패를 거듭하던 소참사회원은 자신 있는 대답을 주기가 너무 어렵다고 판단하고 그루져스 씨의 의견을 구하자고 제안했다. 헬레나가 이에 동의하자 그가 마지못해 (한가로운 무관심을 가장했지만, 조금의 성공도 거두지 못하고) 안뜰을 가로질러 P. J. T.로 가서 질문했다. 그루져스 씨는 일반 원칙의 측면에서는 강도나 야수를 앞지를 수 있다면 그렇게 하는 것이 좋겠다고 단호하게 주장했고, 특정 경우의 측면에서는 존 재스퍼가 강도와 야수를 '모두' 섞어 놓은 존재라고 단호하게 주장했다.

그렇게 조언을 구하고 돌아온 크리스파클 씨가 로사에게 보고하자 그녀가 다시 헬레나에게 보고했다. 이제 헬레나는 창가에서 자신의 생각의 고리를 쫓아 이르게 된 결론을 곰곰이 생각해 보았다.

"로사, 타르타르 씨가 우리를 기꺼이 도와줄 것으로 믿어도 될까?" 그녀가 물었다.

물론이지! 로사는 수줍어하며 이렇게 생각했다. 물론이야. 로사는 수줍어하며 자신이 거의 이렇게 대답할 수 있다고 믿었다. 하지만 크리스파클 씨에게 여쭤 봐야 할까? "내 생각엔 이 점에 대해서는 네 의견이 그의 의견만큼이나 권위 있을 것 같아, 로사." 헬레나가 침착하게 말했다. "그리고 그 때문에 다시 갈 필요는 없을 것 같아." 이해할 수 없는 헬레나!

"있잖아, 네빌은," 헬레나가 좀 더 생각해 보더니 계속했다. "여기에 아는 사람이 하나도 없고, 그동안 다른 사람과는 말 한마디도 해본 적이 없어. 만약 타르타르 씨가 그를 공개적으로 자주 방문한다면, 만약 그 목적으로 단 1분이라도 자주 시간을 할애해 준다면, 만약 거의 매일 그렇게 해준다면 뭔가 나올 수도 있어."

"뭔가 나올 수도 있다고, 헬레나?" 로사가 어리둥절한 표정으로 친구의 아름다운 모습을 훑어보며 되물었다. "뭔가가?"

"만약 누군가가 네빌의 행동을 정말 감시한다면, 만약 그 목적이 정말 그를 친구들과 아는 사람들로부터 고립시켜서 매일 그의 삶을 야금야금 좀먹게 하는 거라면(그게 네가 들은 위협인 것 같은데)," 헬레나가 말했다. "어떤 식으로든 네빌에게서 멀어지라고 그의 적이 타르타르 씨에게 경고하지 않을까? 그렇다면, 우린 그 사실에 대해서 확인할 수 있을 뿐만 아니라 타르타르 씨를 통해 그가 한 얘기의 내용이 무엇인지도 알 수 있을 거야."

"이제 알겠어!" 로사가 소리쳤다. 그리고는 바로 그녀가 다스리는 선실로 다시 돌진했다.

이제 빨간빛이 더욱 짙어진 그녀의 예쁜 얼굴이 다시 나타났다. 그녀는 크리스파클 씨에게 그 얘기를 전했고, 크리스파클 씨는 타르타르 씨를 불러 와서 얘기했고, 타르타르 씨는—'혹시 네가 찾을 경우를 대비해서 지금 대기 중'이라고 그가 말했다며, 자신이 통치하는 선실 안과 바깥 사이에서 조금의 현기증도 느끼지 않고 반쯤 뒤를 돌아보며 로사가 덧붙였다—그녀가 제안한 대로 할, 그리고 바로 그날 자신의 임무에 착수할 준비가 되어 있다고 선포했다고 로사가 전했다.

"그에게 진심으로 감사해." 헬레나가 말했다. "그에게 꼭 그렇게 전해 줘."

다시 한 번 화단과 선실 사이에서 조금의 현기증도 느끼지 않고, 로사가 그녀의 전갈을 가지고 선실 안으로 몸을 담갔다가 타르타르 씨로부터 추가적으로 보장해 주는 전갈을 받아가지고 나와서, 그와 헬레나 사이에서 그 둘을 앙분한 상태로 흔들거리며 서 있었다. 그녀는 이러한 현기증이 꼭 이상한 것만은 아니며 오히려 가끔은 아주 기분 좋게 나타날 수도 있음을 보여 주었다.

"자 이제, 로사." 헬레나가 말했다. "우린 조심해야 하니까, 여기서 헤어지자. 오빠도 움직이는 소리가 들려. 넌 돌아갈 거야?"

"미스 트윙클튼의 시설로?" 로사가 물었다.

"응."

"아, 거긴 절대 갈 수 없어. 그런 끔찍한 만남이 있은 후엔 정말 그곳에 갈 수가 없어."

"그럼 어디로 갈 예정이야, 로사?"

"나도 모르겠어." 로사가 말했다. "아직 정해진 건 없지만, 내 후견인이 돌봐줄 거야. 걱정 마, 헬레나. 어딘가 분명 갈 곳이 있을 거야."

(그럴 것 같았다.)

"그리고 타르타르 씨를 통해서 우리 로즈버드 소식을 듣게 될까?"

"응, 그럴 거야, 그⋯⋯." 로사가 이름을 말하는 대신 다시 당황하며 뒤를 돌아보았다. "하지만 헤어지기 전에 한 가지만 말해 줘, 헬레나. 말해 줘. 네 생각엔 분명 내가 피할 수 없는 건지."

"피할 수 없다니, 로사?"

"그를 악의적이고 앙심을 품은 사람으로밖에 만들 수 없는 건지. 그와의 합의는 불가능한 건지?"

"로사, 내가 널 얼마나 사랑하는지 알 거야." 헬레나가 분노에 차서 대답했다. "차라리 네가 그의 사악한 발 앞에 죽어 있는 모습을 보는 게 나아."

"그렇다면 다행이야! 네 가엾은 오빠에게 그렇게 말해 줄 거지? 내가 그를 기억하고 연민을 느낀다고 전해 줄 거지? 날 미워하지 말라고 전해 줄 거지?"

그런 부탁은 할 필요가 없다는 듯 애잔하게 고개를 저으며 헬레나가 친구에게 사랑을 담아 두 손으로 키스를 보내자 친구도 그녀에게 두 손으로 키스를 보냈다. 그러자 세 번째 손(갈색으로 그을린)이 꽃과 꽃잎 사이에서 나타나더니 친구를 도와 시야에서 사라졌다.

제독의 선실에서는, 타르타르 씨가 사물함과 서랍장의 용수철 손잡이를 그저 건드리기만 했는데도 휘황찬란한 다과가 마련되었다. 훌륭한 마카룬 과자, 영롱한 빛이 도는 달콤한 술, 마법으로 말린 듯한 열대 향신료와 천상의 열대 과일 젤리들이 주문하는 대로 풍성하게 차려졌다. 하지만 타르타르 씨도 시간을 멈출 수는 없었다. 시간은 인정사정없이 순식간에 흘러 로사는 콩나무 나라에서 지상으로, 그녀의 후견인의 거처로 내려와야 했다.

"얘야, 이제," 그루져스 씨가 말했다. "다음은 뭘 해야 할까? 다시 말해, 널 어떻게 해야 할까?"

로사는 자신과 다른 모든 이들에게 방해가 된다는 걸 의식하며 미안해 할 따름이었다. 그녀에게 떠오른 계획이라곤 방화용 계단이 있는 퍼니발 호텔에서 일생을 보낼까 하는 스쳐가는 생각이 전부였다.

"생각해 봤는데," 그루져스 씨가 말했다. "훌륭하신 미스 트윙클튼이 방학 기간에 인맥을 넓히려고, 도시 부모들이 원한다면 만나려고 런던에 온단다. 미스 트윙클튼을 초대해서 우리의 일이 진전을 보일 때까지 이곳에서 한 달간 너와 함께 지낼 것을 부탁하면 어떨까?"

"어디에서 지낼까요, 선생님?"

"살림살이가 갖춰진 숙소를 한 달간 얻어서," 그루져스 씨가 설명했다. "미스 트윙클튼에게 그 기간 동안 널 맡아 달라고 부탁할 수 있을 것 같은데?"

"그 후에는?" 로사가 넌지시 물었다.

"그 후엔," 그루져스 씨가 말했다. "지금보다는 더 나아져 있겠지."

"그렇게 하면 일이 순조롭겠네요." 로사가 찬성했다.

"그럼," 그루져스 씨가 일어서며 말했다. "가서 세간이 있는 하숙집을 찾아보자. 아마도 어제 저녁 같은 다정한 시간만큼 좋은 일은 평생 없겠지만, 이곳은 젊은 숙녀에게 적합한 환경이 아니야. 그런 하숙집을 찾아 모험을 떠나보자. 그동안, 여기 계신 크리스파클 씨는 바로 돌아가셔서 미스 트윙클튼을 만나 우리의 계획에 협조해 달라고 제의하실 거야."

그 임무를 기꺼이 수락한 크리스파클 씨는 그곳을 떠났고, 그루져스 씨와 피후견인은 탐험에 나섰다.

적당한 광고 문구가 붙은 집을 건너편에서 바라보고 구불구불한 길을 따라 집 뒤쪽으로 가서 다시 한 번 바라보는 것이 그루져스 씨가 하숙집을 둘러보는 방식이다. 이걸 집집마다 하느라 일이 더디게 진행되었다. 다행히도 그가 버저드 씨의 사촌 미망인을 생각해 내서 이 일을 여러 차례 거듭하는 수고를 덜었다. 전에 그루져스 씨의 하숙인 세계에 대한 영향력을 청한 적이 있는 이 여인은 사우스햄튼 가 블룸스베리 스퀘어에 살고 있었다. 이 여인의 이름은 놋쇠 문패에 크게 대문자로 확실하게, 하지만 성별과 결혼 여부는 분명치 않게 적어 놓은 '빌리킨'이었다.

기절을 잘하고 지나치게 솔직하다는 것이 빌리킨 부인의 기질 중 두드러진 특징이다. 그녀가, 여러 번 기절하다가 특별히 이 일을 위해 깨어난 듯한 태도로 자신만이 사용하는 뒤쪽 거실에서 비틀거리며 나왔다.

"건강히 잘 지내십니까, 선생님?" 빌리킨 부인이 방문객에게 허리를 굽혀 인사했다.

"네, 잘 지냅니다. 감사합니다. 부인도 건강하십니까?" 그루져스 씨가 대꾸했다.

"건강할 수," 빌리킨 부인은 너무 어지러워서 숨을 가쁘게 쉬며 말했다. "있을 만큼 건강합니다."

"제 피후견인과 중년 부인이," 그루져스 씨가 말했다. "한 달 정도 지낼 고상한 하숙집을 찾고 있습니다. 빈 방이 있습니까, 부인?"

"그루져스 씨." 빌리킨이 대답했다. "선생님께 거짓말은 절대 안 하겠습니다. 빈 방들이 '있습니다.'"

그녀는 이 말을 '날 화형 시키고 싶으면 그렇게 하십시오. 하지만 살아 있는 한 난 솔직할 겁니다'라고 말하는 것처럼 했다.

"자 그럼 어떤 방들입니까, 부인?" 그루져스 씨가 빌리킨 부인의 강경한 태도를 달래기 위해 부드럽게 물었다.

"이 거실이 있습니다. 뭐라고 부르든 그건 자유지만, 이 방은 앞쪽 거실입니다." 빌리킨 부인이 로사를 이렇게 설득하며 말했다. "저 뒤쪽 거실은 제가 좋아하는 방이어서 내줄 수가 없고, 가스가 들어오는 방 두 개가 꼭대기 층에 있습니다. 이 방의 바닥이 튼튼하다고는 얘기하지 않겠습니다. 왜냐하면 튼튼하지 않은 게 사실이니까요. 가스 수리공도 제대로 수리하려면 들보를 들어내고 안으로 들어가 봐야 한다고 하는데, 1년 사는 세입자로서 그 비용을 들일만한 가치는 없습니다. 파이프는 들보 위에 놓여 있는데, 이걸 아가씨가 모두 알고 있는 게 좋습니다."

그루져스 씨와 로사가 약간 황당한 표정으로 서로를 쳐다보았지만, 이 파이프들이 어떤 골칫거리를 가져올 것인지에 대해서는 전혀 짐작하지 못했다. 빌리킨 부인은 마음의 큰 짐을 덜었다는 듯 손으로 가슴을 쓸어내렸다.

"자 그럼! 지붕은 문제없겠죠." 그루져스 씨가 조금 용기를 내어 말했다.

"그루져스 씨," 빌리킨 부인이 대꾸했다. "만약 제가 위층에 아무것도 없는데 한 층이 더 있다고 하면 선생님을 속이는 것이 되는데, 거짓말은 안 하겠습니다. 아닙니다, 선생님. 이 높이에서는 바람 부는 날씨에 슬레이트가 '반드시' 느슨하게 덜거덕거리니, 극최선이든 최선이든 최악이든 다하십시오. 선생님, 무엇을 하든 간에 어떤 식으로든 슬레이트가 움직이지 않게 하십시오." 그동안 그루져스 씨에게 흥분해서 말하던 빌리킨 부인이 이 말을 하며 그에 대한 도덕적 우위를 남용하지 않기 위해 강도를 조금 낮췄다. "그렇지 않으면," 빌리킨 부인이 조금 약해지긴 했지만, 여전히 흔들리지 않는 정직성을 확고하게 지키면서 말을 계속했다. "쓸데없이 선생님과 집 꼭대기로 올라가서 선생님이 '빌리킨 부인, 크기가 얼마나 되어야 얼룩이라고 할 수 있나요?'하고 물으면 제가 '선생님, 무슨 말씀인지 모르겠네요'라고 대답하는 것보다 더 나쁜 결과를 초래하게 될 겁니다. 선생님이 지적하기도 전에 전 무슨 말인지 '확실히' 알아듣습니다. 젖어서 생긴 자국이죠, 선생님. 비가 새기도 하고 안 새기도 합니다. 반평생 그곳에 살면서 물이 새는 경우 없이 살 수 있을지 모르겠지만 언젠가는 샐 것이고, 물에 빠진 생쥐 꼴은 선생님께 어울리지 않으니 선생님께서 미리 알고 계시는 것이 좋습니다."

그루져스 씨는 이런 곤경에 빠진 자신의 모습이 그려져 민망해 하는 것 같았다.

"다른 방들도 있습니까, 부인?" 그가 물었다.

"그루져스 씨," 빌리킨 부인이 굉장히 엄숙하게 대답했다. "있습니다. 있느냐고 물으셨으니 저의 숨김없는 정직한 대답은 있다, 입니다. 2층과 3층이 비었죠. 예쁜 방들입니다."

"잘됐군요! '그 방들에' 반대할 이유는 없죠." 그루져스 씨가 안도하며 말했다.

"그루져스 씨." 빌리킨 부인이 대꾸했다. "죄송하지만, 계단을 올라가야 합니다. 계단을 각오하지 않으면 분명 실망하실 겁니다. 아가씨, 3층은 물론이고 2층을 1층과 비교할 순 없습니다." 빌리킨 부인이 꾸짖듯이 로사를 향해 말했다. "그럴 순 없죠, 아가씨. 그건 아가씨의 능력 밖의 일이에요. 그런데, 왜 시도를 하겠어요?"

빌리킨 부인이 마치 로사가 거주할 수 없는 위치를 잡으려고 고집불통의 결정을 보여 준다는 듯이 매우 감정적으로 말했다.

"그 방들을 볼 수 있을까요, 부인?" 그녀의 후견인이 질문했다.

"그루져스 씨," 빌리킨 부인이 대답했다. "보실 수 있습니다. 방을 숨기지는 않으니 보실 수 있습니다."

그런 후에 숄을 가져 오라고 조수를 뒤쪽 거실로 보낸 (숄을 두르지 않고는 아무 데도 가지 않는다는 이야기가 태고 적부터 있었다) 빌리킨 부인이 가져온 숄을 두르고 앞장서 갔다. 그녀는 계단을 오르며 숨을 고르려고 고상한 척 여러 번 멈춰 섰고, 거실에 이르러서는 달아날 것 같은 심장을 와락 움켜쥐었다. 그리고 그녀는 심장이 날개를 펴는 순간 붙잡았다.

"그리고 3층은?" 그루져스 씨가 2층 방에 만족하며 말했다.

"그루져스 씨." 빌리킨 부인이 격식을 차리고 그를 향해, 마치 이제 난제에 대해 확실히 이해해야 할, 엄숙한 신뢰를 수립할 시간이 도래했다는 듯 대답했다. "3층은 이 위에 있습니다."

"그것도 볼 수 있을까요, 부인?"

"네, 선생님." 빌리킨 부인이 대답했다. "화창한 날처럼 활짝 열려 있습니다."

그 방도 만족스럽다고 판단되자 그루져스 씨가 로사와 함께 창가로

가서 의논을 하더니 돌아와서는 펜과 잉크를 요청해서 계약서를 한두 줄 작성했다. 그동안 빌리킨 부인은 의자에 앉아 기본적인 질문의 목록 또는 요약을 말하기 시작했다.

"주당 45실링을 매월 일정 시기에 지불하는 것이," 빌리킨 부인이 말했다. "쌍방 모두에게 합당할 겁니다. 본드 가도 세인트 제임스 궁전도 아니지만, 그렇다고 한 적도 없습니다. 아치를 지나가면 마차용 여인숙이 있다는 것도 부정하지 않으며 부정할 이유도 없습니다. 마차용 여인숙도 없으면 안 되니까요. 청소와 요리를 위해 하녀도 충분한 급료를 주며 고용하고 있습니다. 행상인들에 대한 요청이 과거에도 있었지만, 그들이 깨끗한 바닥에 더러운 신발을 신고 들어오는 것에 대해 세입자에게 추가요금을 받고 싶지는 않았어요. 석탄 요금은 불을 '한 번' 지피는데, 아니면 석탄 통 '당'으로 계산합니다." 그녀는 이 말을 미묘하지만 어마어마한 차이를 만든다는 듯 강조했다. "개들은 환영하지 않습니다. 배변 문제뿐만 아니라 도난 사건도 발생하고, 그러면 의심이 퍼지면서 불미스러운 일들이 발생합니다."

이때 그루져스 씨는 계약서 문구를 완성하고 계약금을 준비해 놓고 있었다. "세입자 두 숙녀 분들에 대해서는 제가 대신 서명했습니다, 부인." 그가 말했다. "이제 부인께서 서명해 주시면 감사하겠습니다. 이름과 성을 여기에 적어 주십시오."

"그루져스 씨." 빌리킨 부인이 새롭게 솔직함을 터뜨리며 말했다. "안 됩니다, 선생님! 이름은 빼 주셔야 합니다."

그루져스 씨가 그녀를 응시했다.

"문패는 보호용으로," 빌리킨 부인이 말했다. "그 역할을 잘 해내고 있는데, 그와 다르게는 못하겠습니다."

그루져스 씨가 로사를 응시했다.

"안 됩니다, 그루져스 씨. 양해해 주셔야 합니다. 이 집에 자세한 설명 없이 그냥 빌리킨이라고만 되어 있는 한, 별 볼일 없는 인간들이 빌리킨이 어디에 숨어 있는지, 현관문 근처인지, 지하로 통하는 마당 근처인지, 체중과 키는 얼마나 되는지 모르는 한, 전 안전하다고 느낍니다. 하지만 혼자 사는 여자라고 밝히는 건 안 됩니다, 아가씨!" 빌리킨 부인이 크게 상처를 받고 말했다. "만약 아가씨가 배려 없는 사람을 본받은 것이 아니라면, 여자를 이용하려는 마음은 한순간도 품지 않았을 겁니다."

로사는 마치 저 선량한 부인에게 파렴치하게 지나친 요구라도 한 것처럼 얼굴이 빨개져서 그루져스 씨에게 아무 서명이나 괜찮다고 해달라고 간청했다. 이에 따라 남작에게나 어울릴법한 빌리킨이라는 독특한 서명이 문서에 달리게 되었다.

세부사항으로는, 미스 트윙클튼이 도착할 것으로 예상되는 이틀 후부터 방을 사용하기로 하고 로사는 피후견인의 팔에 이끌려 퍼니발 호텔로 돌아왔다.

퍼니발 호텔을 이리저리 거닐다가 두 사람이 오는 걸 발견하고 자신의 모습을 살펴 본 후에 그들에게로 향하는 타르타르 씨를 보라!

"문득 드는 생각인데," 타르타르 씨가 제안했다. "날씨도 너무 좋고 조수도 따라 주니 강을 타고 상류로 가보면 어떨까 합니다. 템플 스테어스 부두에 제 배가 있습니다."

"이곳에서 지내며 여태껏 한 번도 강 상류로 올라가 본 적이 없습니다." 그루져스 씨가 마음이 동해서 말했다.

"저도 강 상류로 올라가 본 적이 없어요." 로사가 덧붙였다.

30분도 채 안 돼 그들은 강을 타고 올라가며 이 문제를 바로잡고 있었다. 강물은 배가 가는 방향으로 흘렀고, 오후는 매력을 발산했다. 타르타르 씨의 보트는 더할 나위 없이 완벽했다. 타르타르 씨와 로블리(타르타르 씨의 고용인)가 노를 저었다. 타르타르 씨는 강 하류 그린하이드 근처에 요트를 가지고 있는 것 같다. 타르타르 씨의 고용인이 이 요트를 관리하며, 지금은 그가 이곳에 와서 서비스를 제공하는 중이었다. 로블리는 쾌활한 성격에다 황갈색 머리와 구레나룻을 기른 크고 붉은 얼굴을 한 남자였다. 그는 고대 목각 태양 그대로의 이미지로, 그의 머리카락과 구레나룻이 그를 둘러싼 빛줄기를 대신했다. 뱃머리에서 찬란하게 수병의 셔츠를 걸치고—의견에 따라 벗었다고 볼 수도 있지만—팔과 가슴에 다양한 모양의 문신을 새긴 그의 모습은 눈이 부셨다. 로블리도 타르타르 씨도 한가로워 보이긴 마찬가지였지만, 그들이 노를 당기면 휠 지경이었고 보트는 쑥쑥 앞으로 나갔다. 타르타르 씨는 아무것도 안 하는 것처럼 실제로 아무것도 안 하고 있는 로사에게, 그리고 엉터리로 배를 조종하는 그루져스 씨에게 말을 건네고 있었다. 정말 중요한 일들은 모두 타르타르 씨의 숙련된 손놀림이나 뱃머리 위에서 로블리 씨가 그저 싱긋 웃는 웃음만으로 만사해결이었다! 조수는 그들이 이름을 말할 필요도 없는 영원토록 푸른 정원에서 식사를 하려고 멈출 때까지 더할 나위 없이 유쾌하고 생기발랄한 물보라를 일으키며 그들을 실어 보냈고, 식사가 끝나자 그날은 오직 이 일행에게만 전념하며 친절하게 방향을 바꿨다. 어딘가 고리버들 밭 사이에서 한가로이 떠다닐 때 로사가 배를 저으려는 시도를 했다. 그녀는 많은 도움을 받아 그 일을 훌륭하게 해냈다. 그루져스 씨도 최선을 다했지만, 도움은 전혀 받지 못하고 노가 턱에 닿도록 몸을 구부렸다가 나가떨어지고 말았다. 그리고는 나뭇가지 아래서 휴식(너무나 훌륭한 휴식!)을 취하는 동안 로블리 씨는 바닥을 닦고, 쿠션과 발판 등을 정리하고, 신발은 미신이고 양말은 구속인 남자처럼 보트 전체를 줄타기했다. 곧이어 만발한 라임나무의 달콤한 향기와 노래하는 물결 사이로 기분 좋게 돌아오는 길에 이 위대한 검은 도시는 너무도 빨리 그 그림자를 물 위로 드리웠고, 어두운 다리들은 죽음이 삶을 뒤덮듯 그들 위로 날개를 펼치며 지나갔다. 영원토록 푸른 정원은 영원토록 지속되지만, 되돌아갈 수 없는 훨씬 먼 곳 같아 보였다.

'거친 시기 없이 삶을 지나갈 순 없을까?' 다음날 다시 도시가 아주 거칠어지고 모든 것이 오지 않을 뭔가를 기다리는 것처럼 이상하고 불편한 모습일 때, 로사는 생각했다. '없어.' 이제 클로이스터햄 학창시절은 과거로 흘러갔고, 거친 시기들이 사이사이 들어오며 그 존재를 지겹도록 드러내기 시작할 것이다!

하지만 로사는 무엇을 기대한 걸까? 미스 트윙클튼을 기대했을까? 미스 트윙클튼은 제때 도착했다. 저 빌리킨이 미스 트윙클튼을 맞으려고 뒤쪽 거실에서 나오는 바로 그 순간부터 빌리킨의 눈에서는 전쟁이 시작되었다.

미스 트윙클튼은 어마어마한 짐들과 함께 도착했는데, 로사의 짐과 자신의 짐을 합친 것이었다. 빌리킨은 미스 트윙클튼이 이 짐들로 인해 정신이 몹시 산란해져서 누군지 신원을 알려 달라는 말을 분명히 인지했음에도 신원 제공을 하지 않은 것을 기분나빠했다. 그 결과 빌리킨의 이마 위 어두운 왕좌에 엄숙함이 자리 잡았다. 미스 트윙클튼이 안절부절 못하며 트렁크와 상자들의 수를 센 후 열일곱 개라고 말하자 열한 개로 센 빌리킨은 반박할 필요가 있다고 판단했다.

"물건들을 빨리 치우는 것이 좋습니다." 그녀의 솔직함이 너무 확연하게 드러나서 거의 무례할 지경이었다. "이 집의 주인은 상자도 꾸러미도 여행 가방도 아니니까요. 미스 트윙클튼, 난 당신에게 빚진 것도 없고 거지는 더더욱 아닙니다."

이 마지막 진술은 미스 트윙클튼이 2실링 6펜스를 마부 대신 그녀의 손에 정신이 나갈 정도로 꼭 쥐어 준 것에 대한 언급이었다.

한마디로 일축을 당한 미스 트윙클튼은 어쩔 줄 몰라 하며 '어느 분께' 돈을 지불해야 하는지를 물었다. 그 자리에 있던 두 명의 마부는(미스 트윙클튼은 마차 두 대로 왔다), 미스 트윙클튼이 그들의 손바닥에 올려놓은 2실링 6펜스를 입을 떡 벌린 채 할 말을 잃고 바라보았다. 이 놀라운 광경에 당황한 미스 트윙클튼은 각자의 손에 1실링씩을 더 건네고 황망히 법을 들먹이며 그녀의 짐들을 이 두 신사 분들과 다시 셌는데, 이 때문에 합계를 내기가 더 어려워졌다. 한편 두 신사 분은 마지막으로 받은 1실링을 마치 계속 지켜보면 18펜스로 바뀔 것처럼 뚫어지게 응시하다가 모자 상자 위에 앉아 눈물을 글썽이는 미스 트윙클튼을 남겨 두고 현관 계단을 내려가 마차에 오른 뒤 떠나갔다.

빌리킨은 이 나약함의 징후를 동정심 없이 바라보다가 한 젊은이에게 짐과 씨름하도록 지시했다. 이 검투사가 경기장에서 사라진 후 평화가 뒤따랐고, 새 하숙인들은 만찬을 들었다.

하지만 빌리킨은 미스 트윙클튼이 학교를 운영한다는 사실을 알게 되었다. 이 정보를 접한 그녀가 미스 트윙클튼이 '자신'에게 뭔가 가르치려 한다는 추론으로 도약하기는 어렵지 않았다. "하지만 그렇게는 못할 걸." 빌리킨이 혼잣말을 했다. "저 가엾은 아가씨는," 로사를 두고 "어떨지 모르겠지만, '나는' 당신의 학생이 아니야!"

반면 드레스를 갈아입고 평소의 생기를 회복한 미스 트윙클튼은 모든 면에서 상황을 개선하려는, 가능한 한 평온함의 본보기를 보이려는 막연한 의욕에 힘입어 활기를 띠었다. 이 두 가지 상태 사이의 적절한 타협을 통해 그녀는 이미 업무 바구니를 앞에 둔 채 정보의 현명함을 약간 풍기며 한결같은 명랑한 대화상대가 되어 있었다. 이때 빌리킨이 들어와서 말했다.

"두 분을 피하진 않겠습니다, 숙녀 분들." 위엄 있는 솔을 두른 '빌'이 말했다. "저의 동기나 행동을 숨기는 건 제 성격이 아니니까요. 그래서 두 분의 식사가 마음에 들었기를 바라는 제 마음을 표현하고자 자발적으로 들렀습니다. 저희 요리사는 전문요리사가 아닌 일반요리사지만, 급료 덕분에 평범한 구이와 삶은 고기 요리 이상은 하려고 할 겁니다."

"훌륭한 식사였어요." 로사가 말했다. "고맙습니다."

"후하고," 미스 트윙클튼은 점잖은 태도로 말했지만, 빌리킨의 시샘하는 귀에는 '착한 여인이여'[36]라는 말이 따라오는 것 같았다. "후하고 영양분이 많지만, 비록 저 오래된 도시와 질서정연한 집안에서의 조용한 일과가 여기까지 그 그림자를 드리우지만, 평범하고 건강에 좋은 식단에 익숙한 저희는 그곳을 떠다온 걸 슬퍼할 이유가 전혀 없음을 깨달았습니다."

"우리 요리사에게 말하길 잘한 것 같습니다." 듣고 있던 빌리킨이 솔직함을 분출하며 말했다. "미스 트윙클튼의 동의를 구하며 말씀드립니다. 이 젊은 숙녀가 여기서 우리가 빈약한 식단이라고 부르는 것에 익숙해져 있으니, 조금씩 변화를 주는 것이 좋겠다는 제 생각은 적절했습니다. 조금씩 먹다가 갑자기 푸짐하게 먹거나 당신이 엉망이라고 부르는 것에서 정석이라고 부르는 것으로 갑자기 바꾸면, 특히 기숙학교에서 쇠약해진 젊은이들에게서는 좀처럼 찾아볼 수 없는 체질의 힘이 필요하기 때문입니다!"

이제 빌리킨이 자신의 천적이라고 확신한 미스 트윙클튼을 상대로 공개적인 싸움을 걸고 있는 것이 보일 것이다.

"당신이," 저 높은 곳에서 도덕적 우월을 과시하며 미스 트윙클튼이 대꾸했다. "좋은 의도로 한 말임에는 의심의 여지가 없습니다. 하지만 제 의견을 나눠도 괜찮다면, 제 생각엔 그런 말로 인해 이 주제에 대한 잘못된 견해가 생길 수 있어서 정확한 정보가 극도로 부족하다는 결론이 나오는군요."

"제 저엉보는," 빌리킨이 공손함과 영향력 모두를 강조하기 위해 음절을 추가하며 대꾸했다. "제 저엉보는, 미스 트윙클튼. 제 경험입니다. 전 이걸 대체로 훌륭한 안내자라고 여기죠. 하지만 그렇든 그렇지 않던 전 어렸을 때 아주 고상한 기숙학교로 보내졌습니다. 그곳의 교장은 당신만한 나이이거나 그보다 몇 살 더 어린 나이의 당신 못지않은 숙녀로, 그곳의 식탁에서 흘러나온 피의 결핍이 제 인생 전체에 배어 있습니다."

"정말 그랬을 것 같군요." 미스 트윙클튼이 여전히 저 높은 곳에서 내려다보며 말했다. "그리고 정말 안타까운 일이에요. 로사, 공부는 어떻게 진행돼 가느냐?"

"미스 트윙클튼," 빌리킨이 항의하는 어조로 다시 말했다. "눈치를 주니 물러나겠지만, 그 전에 숙녀 대 숙녀로서 당신에게 묻고 싶습니다. 제 말에 의심이 간다는 말씀이십니까?"

"무슨 근거로 그런 주장을 하는지 모르겠군요." 미스 트윙클튼이 말을 시작하자 빌리킨이 솜씨 좋게 그녀의 말을 가로챘다.

"제 입에서 나가지도 않은 주장을 제 입에 갖다 붙이지 마세요. 미스 트윙클튼, 유창하게 말씀하시는데 그게 학생들이 당신에게 기대하는 것이고, 금전적인 가치가 있을 것도 분명합니다. 분명하다고 확신합니다. 하지만 유창한 언변에 돈을 지불하는 것도 아니고 여기서 그런 말씀을 해달라고 부탁한 것도 아니니까, 제 질문을 되풀이하겠습니다."

"만약 당신의 순환계의 결핍에 대해 말하는 거라면," 미스 트윙클튼이 말하기 시작하자 다시 빌리킨이 솜씨 좋게 그녀의 말을 가로챘다.

"그런 표현은 쓴 적 없습니다."

"피의 결핍을 말하는 거라면⋯⋯."

"기숙학교에서," 빌리킨이 강조하며 명시했다. "받은 겁니다."

"그렇다면," 미스 트윙클튼이 말을 계속했다. "제가 말할 수 있는 건, 전 당신 주장에 따라 피가 아주 부족하다고 믿을 수밖에 없죠. 만약 그 불행한 상황이 당신의 대화에 영향을 미친다면 정말 안타깝고, 당신의 피가 더 풍성해지길 바란다고 말씀드리지 않을 수 없습니다. 로사, 공부는 어떻게 진행돼 가느냐?"

"흥! 물러가기 전에, 아가씨." 빌리킨이 미스 트윙클튼을 고고하게 무시하고 로사를 향해 선포했다. "앞으로는 아가씨만 상대할 거란 것을 우리 사이에 분명히 하고 싶군요. 저는 아가씨 외에 여기 나이든 숙녀 분, 아가씨보다 나이 많은 사람은 모릅니다."

"아주 바람직한 계획이구나, 로사." 미스 트윙클튼이 듣고 있다가 말했다.

"아가씨." 빌리킨이 냉소적인 미소를 띠며 말했다. "저는 제가 언젠가 들어 본 적 있는, 노처녀를 집어넣으면 기계에 갈려 젊어져서 나온다는 (우리 중 몇몇에겐 얼마나 좋은 선물일지) 공장을 소유하고 있는 것이 아니기 때문에, 전적으로 아가씨만 상대합니다."

"로사야, 내가 집주인에게 요청하고 싶은 것이 있으면," 듣고 있던 미스 트윙클튼이 당당하고도 쾌활하게 말했다. "네게 알려 주마. 그게 번지수를 잘 찾아가서 제대로 전달될 수 있도록 네가 수고해 주리라 믿는다."

"좋은 저녁시간 되길 바랍니다. 아가씨." 빌리킨이 다정하면서도 냉담하게 말했다. "제 눈에는 홀로 있는 아가씨가 좋은 저녁시간 갖길 바라며 아가씨에겐 안 된 일이지만, 아가씨에게 속한 사람한테—이 말을 하게 돼서 다행인데—경멸을 표하는 일은 없길 바랍니다."

빌리킨은 이 고별사와 함께 우아하게 물러났다. 이 시점부터 로사는 이 두 배틀도어[37] 라켓 사이에서 쉴 새 없이 공 노릇을 하게 되었다. 지능적인 경기를 펼치지 않으면 되는 일이 없었다. 그리하여 매일 일어나는 저녁식사에 대한 질문에서 세 사람이 함께 있을 때 미스 트윙클튼은 이런 식으로 말하곤 했다.

"애야, 집주인에게 새끼 양고기 튀김이나 그게 안 되면 새 구이를 구해 줄 수 있는지 물어 보렴."

이 말에 빌리킨은 이렇게 대답했다(로사는 아직 한마디도 하지 않았다). "만약 고깃간의 고기에 대해 잘 안다면, 아가씨. 새끼 양고기 튀김은 생각하지 않을 겁니다. 첫째는 새끼 양 대신 다 자란 양을 사용한 지 오래됐고, 둘째는 도살하는 날과 하지 않는 날이란 것이 정해져 있기 때문이죠. 새 구이는 아가씨가 직접 시장에 가면, 싼 걸 고르는데 익숙하다는 듯 발 껍질은 제일 두껍고 고기는 제일 오래된 걸로 살 게 뻔합니다. 게다가 그건 질리도록 드셨을 텐데요. 새로운 걸 좀 드셔 보세요, 아가씨. 집안일을 좀 해보세요. 이제 다른 걸 생각해 보세요."

현명하고 후한 전문가가 관대하게 눈감아 주며 하는 이 격려의 말에 미스 트윙클튼은 얼굴이 빨개져서 끼어들곤 했다.

"아니면, 로사야. 집주인에게 오리 요리를 여쭤 보렴."

"글쎄요, 아가씨!" 빌리킨은 이렇게 소리치곤 했다(여전히 로사는 한 마디도 하지 않았다). "오리를 얘기하다니 놀랍군요! 오리는 철이 거의 지난 데다 아주 비싸죠. 무엇보다 아가씨가 오리 먹을 생각을 해서 마음이 아프네요. 오리에서 부드러운 부위는 가슴뿐인데, 제가 상상조차 할 수 없는 곳으로 항상 가버려서 접시에는 한심하게도 뼈와 껍질밖에 없을 거예요! 딴 걸 골라 보세요, 아가씨. 다른 사람 생각하지 말고 자신이나 신경 쓰세요. 송아지 췌장 요리나 양고기. 그 정도면 같은 효과를 볼 수 있을 거예요."

가끔 이 경기는 정말 순식간에 고조되곤 했고, 저런 만남은 아주 순하게 느껴질 정도로 머리싸움이 지속되곤 했다. 하지만 지금까지 빌리킨은 거의 예외 없이 높은 점수를 얻었다. 승산이 없어 보이는 경우에도 전혀 예상치 못한 기발한 표현으로 측면을 공격하곤 했다.

이 모든 것들도 런던에서의 거친 시기를, 혹은 로사의 눈에 절대 오지 않을 어떤 것을 기다리는 것처럼 보이는 런던의 분위기를 개선하지는 못했다. 공부가 지겨워진 로사가 미스 트윙클튼과 이야기를 나누다가 그녀에게 공부와 독서의 병행을 제안하자 훌륭한 애독가인 미스 트윙클튼은 이를 흔쾌히 승낙했다. 하지만 로사는 미스 트윙클튼이 공정하게 책을 읽어 주지 않는다는 사실을 깨달았다. 그녀는 사랑의 장면은 잘라 버리고 여자의 금욕을 찬양하는 구절들을 집어넣었으며 다른 뻔한 경건한 속임수들을 저질렀다. 가령, 이 열렬한 구절을 보라. "'영원토록 소중한 사모하는 이여.' 에드워드가 말했다. 저 사랑스러운 머리를 그의 가슴에 끌어안고, 그녀의 비단결 같은 머리카락을 그의 애무하는 손가락으로 풀어버리자 머리카락이 황금빛 비처럼 흘러내렸다. '영원토록 소중한 사모하는 이여, 이 무정한 세계와 돌 같은 마음의 불모의 냉기에서 벗어나 신뢰와 사랑의 풍요롭고 따사로운 낙원으로 날아가자.'" 미스 트윙클튼의 속임수로 바뀐 구절은 다음과 같이 평범하게 읽혔다. "'양쪽 부모님들의 동의와 은발의 교구신부님의 승인 하에 영원까지 약혼한 이여.' 에드워드가 말했다. 자수와 탬부어 레이스와 크로셰 뜨개질과 다른 진정한 여성의 예술들에 그토록 능숙한 저 가녀린 손가락을 그의 입술에 공손하게 가져가며. '내일 새벽이 서쪽으로 가라앉기 전에 당신의 아버지를 방문하겠소. 그리고 보잘것없지만, 우리 사정에 맞는 교외의 거처를 제안하겠소. 당신의 아버지가 항상 저녁 손님으로 환영받을 곳이고, 모든 일이 경제성에 따라 이루어지며, 끊임없이 학업과 가사의 축복을 관장하는 천사의 속성이 교류하는 곳이오.'"

시간이 흘러 아무 일도 일어나지 않음에 따라 이웃들은 그토록 그리움에 젖은 것처럼 보이는, 응접실의 거친 창문과도 너무 어울리지 않는 것처럼 보이는, 빌리킨 댁의 예쁜 소녀가 생기를 잃어가는 것 같다고 얘기하기 시작했다. 항해와 바다 모험에 관한 책들을 우연히 발견하지 않았다면, 그 예쁜 소녀는 생기를 잃었을지도 모른다. 연애소설에 대한 보상으로 미스 트윙클튼은 이 책들을 낭송하며 경도와 위도, 방위법, 바람, 조류, 축적, 그리고 다른 통계들(이쨌든 그깃들은 그녀에게 아무런 의미가 없기 때문에 그녀는 그 편이 더 낫다고 느꼈다)을 최대한 활용하는 한편, 로사는 이를 주의 깊게 들으며 자신에게 소중한 것을 최대한 활용했다. 이리하여 두 사람 모두는 전보다 더 나아졌다.

23장
다시 새벽

크리스파클 씨와 존 재스퍼는 대성당 지붕 밑에서 매일 만났다. 하지만 반 년 전 재스퍼가 일기에 쓴 결론과 결심을 소참사회원에게 말 없이 보여 준 이래로 두 사람은 단 한 번도 에드윈 드루드에 대해 언급하지 않았다. 그들은 그렇게 자주 만나면서도 각자가 그 주제에 대한 생각 없이 만난 적은 없는 것 같다. 그들은 그렇게 자주 만나면서도 상대가 알 수 없는 수수께끼라는 느낌 없이 만난 적은 없는 것 같다. 네빌 랜들레스의 고발자이자 추적자인 재스퍼와 그 청년의 변함없는 옹호자이자 보호자인 크리스파클 씨는, 적어도 대립적인 입장에서, 그동안 상대방의 계획의 지속성과 이후 향방에 대해 비상한 관심을 가지고 추측해 왔을 것이 틀림없다. 하지만 두 사람은 단 한 번도 그 주제를 입 밖에 내지 않았다.

기만은 소참사회원의 천성이 아니었기 때문에 그는 언제라도 그 주제를 되살리겠다고, 심지어 그 주제를 논의하고 싶다고 공공연히 표명했다. 그러나 재스퍼의 완고한 침묵은 접근 불가능이었다. 무표정에다 울적하고, 홀로 단호하게 한 가지 생각에만 몰두하고, 그에 따른 흔들리지 않는 목적에 온전히 집중하며 재스퍼는 어느 누구에게도 마음을 터놓지 않은 채 인간 세계와 떨어져 살았다. 그는 그에게 타인과의 기계적인 조화를 이루게 하고, 그와 타인들이 최상의 기계적 관계와 일치를 이루지 않으면 가능하지 않은 예술을 끊임없이 수행했다. 주위의 어떤 것과도 도덕적인 일치나 교류가 없었던 그 남자의 정신을 고려하면 이건 신기한 일이다. 실제로 그는 지금처럼 경직되기 전에 이 점을 실종된 조카에게 털어놓았다.

로사가 갑자기 떠나버렸다는 사실을 그가 틀림없이 알고 있다는 것과 그 이유도 그가 틀림없이 예측하고 있다는 것은 의심의 여지가 없었다. 그는 자신이 그녀를 두렵게 해서 침묵으로 몰아넣었다는 걸 짐작했을까? 아니면 그는 그녀와의 마지막 면담의 자세한 내용을 그녀가 누군가에게, 가령 크리스파클 씨에게 알렸다는 걸 짐작했을까? 크리스파클 씨는 이에 대해 결정을 내릴 수가 없었다. 하지만 공정한 성격의 그는, 사랑을 복수 위에 두겠다는 것이 죄가 아니듯 로사와 사랑에 빠지는 것도 그 자체로는 죄가 아니란 것을 인정할 수밖에 없었다.

로사가 경악하며 상상했던 재스퍼의 끔찍한 혐의를 크리스파클 씨는 전혀 마음에 품지 않은 듯했다. 그런 혐의가 헬레나와 네빌의 머릿속을 떠나지 않았다 하더라도, 어쨌든 그들 중 누구도 그 혐의에 대해 한마디의 언급도 하지 않았다. 그루져스 씨는 재스퍼에 대한 자신의 그칠 줄 모르는 혐오를 감추려고 노력하지 않았지만, 그 혐오의 이유가 의심 때문이라고 한 적은 한 번도 없었다. 하지만 그는 유별나면서도 과묵한 사람이었다. 그는 게이트하우스에서 난롯불에 손을 녹이며 바닥에 놓인 찢어져서 진창이 된 옷 무더기를 물끄러미 바라보던 어느 저녁에 대해 말하지 않았다.

졸음에 겨운 클로이스터햄은 6개월 전 법정에서 기각된 이야기를 언뜻 회고하려고 깰 때마다, 존 재스퍼의 사랑하는 조카가 열정적인 경쟁자의 배신이나 공개적인 싸움으로 살해됐는지 아니면 스스로 몰래 사라졌는지에 대해 의견이 명확하게 반으로 갈렸다. 그리고 고개를 든 클로이스터햄은 슬픔에 젖은 재스퍼가 여전히 죄인을 찾아 복수하는 데 전념하고 있음을 깨닫고 다시 졸음으로 꾸벅거렸다. 이것이 바로 현재의 상황으로 이끈 배경이자 지금까지 일어난 일들이다.

저녁이 되자 대성당의 문들이 모두 닫혔다. 성가대 지휘자는 이후 두세 개의 미사에서 잠시 휴가를 얻어 런던으로 향한다. 그는 로사가 덥고 먼지 나는 저녁의 런던까지 타고 간 그 교통수단을 이용해 여행한다.

손쉽게 여행 가방을 손에 든 그가 걸어서 중앙우체국 근처 올더스게이트 가 뒤편의 조그만 광장에 있는 한 다목적 호텔로 향한다. 이곳은 손님이 원하는 대로 호텔방이나 고급 하숙방 또는 값싼 하숙방을 선택할 수 있는 곳이다. 조심스럽게 생기기 시작한 이 신종 숙박업소를 신간 '철도 광고인'에 광고하고 있다. 부끄러워하는, 거의 사과하다시피 하는 문구는 옛 시절의 전통적인 호텔 요금제에 따라 싸구려 '구두약 술' 1파인트를 주문하고는 못 먹고 버리는 걸 바라지 않는다고 여행자들을 이해시킨다. 하지만 위 대신 부츠가 검어지고 어쩌면 일정 금액에 침대와 아침식사, 그리고 하녀와 짐꾼을 밤새 이용할 수 있다고도 암시한다. 이런 광고나 그와 유사한 광고를 보고 기운이 빠져 있는 여러 진짜 영국인들은, 영국에서 하나도 남김없이 곧 사라지게 될 저 큰 길에 다니는 걸 제외하고는[38] 평등의 시기가 도래한다고 추측한다.

별다른 식욕을 보이지 않고 식사를 마친 그가 곧장 다시 출발한다. 썩은 남새가 진동하는 거리들을 지나 계속 동쪽으로 향하다 목적지인 한 추레한 골목길, 그 비슷한 곳들 중에서도 특히 추레한 골목길에 다다른다.

부서진 계단을 올라가 문을 열고 어둡고 답답한 방안을 들여다보며 그가 말한다. "혼자 있어?"

"혼자야, 자기. 나한텐 안 된 일이지만 당신에겐 행운이지." 갈라진 목소리로 여자가 대답한다. "들어와, 들어와 봐, 누군지 모르겠지만. 성냥을 켜야 알 수 있겠지만, 목소리는 익숙한 것 같은데. 아는 사람 맞지?"

"성냥을 켜고 직접 봐."

"알았어, 자기. 성냥불을 붙여야지. 근데 손이 떨려서 성냥을 한 번에 못 그어. 거기다 기침이 너무 심해서 성냥을 내려놓으면 절대 못 찾아. 기침을 할 때마다 성냥이 살아서 도망 다니거든. 항해는 끝났어, 자기?"

"아니."

"배 안타?"

"아니."

"뭐, 육지 손님도 있고 바다 손님도 있어. 난 양쪽 모두에게 엄마야. 골목길 맞은편의 중국인 객과는 달라. 그는 어느 쪽의 아빠도 아니지. 그이한테는 그런 게 없어. 거기다 그이는 나만큼 돈을 받지만, 진짜 혼합비법은 몰라. 알면 더 받을 거야. 여기 성냥이 하나 있군, 초가 어디

있나? 지금 기침을 하면 불을 붙이기도 전에 스무 개비는 날아갈 거
야."

하지만 기침이 나기 전에 여자가 초를 찾아 불을 붙인다. 그걸 성공
하는 순간 기침이 그녀를 덮쳐서 헐떡거리다 앞뒤로 몸을 흔들며 주저
앉는다. "아이고, 폐가 끔찍하게 나빠졌어! 닳고 닳아서 거름망이 됐
어!" 그러더니 발작적인 기침이 멈춘다. 기침이 계속되는 동안 몸부림
을 쳐서 시력이나 다른 감각들이 모두 무뎌졌던 여자는 기침이 멈추자
눈을 가늘게 뜨고 앞을 보기 시작한다. 말을 할 수 있게 된 여자가 그
를 노려보며 소리친다.

"아니, 당신이잖아!"

"날 보는 게 그렇게 놀라워?"

"자기 다시 못 볼 줄 알았어. 죽어서 천국 간 줄 알았지."

"왜?"

"진짜 혼합비법을 가진 이 불쌍한 늙은 영혼한테서 그렇게 오랫동안
떨어져 있을 줄 몰랐어. 거기다 상중이군 그래! 왜 와서 한두 모금 하
지 않았어? 혹시 재산을 상속 받아서 위로가 필요 없었나?"

"아니."

"누가 죽었어, 자기?"

"친척."

"뭣 때문에 죽었어, 자기?"

"사신[39] 때문이겠지."

"오늘밤엔 무뚝뚝하군!" 여자가 비위를 맞추듯 웃으며 소리친다. "무
뚝뚝하고 딱딱거리고! 한 모금을 안 해서 그래. 그래서 기분이 좋지 않
은 거야. 너무 불안하구먼, 그렇지 자기? 하지만 이곳이 그걸 치료하는

데야, 이곳이 그 불안을 모두 피워 없애는 데라고."

"그럼 편한 대로 가능한 한 빨리," 손님이 대답한다. "준비해 봐."

그가 신발을 벗고, 목에 둘렀던 스카프를 느슨하게 풀고, 지저분한 침대 아래쪽에 가로로 누워 왼손으로 머리를 괸다.

"이제야 당신 같아 보이는구먼." 여자가 이렇게 인정하며 말한다. "이제야 내 오랜 고객인 줄 알겠어! 그동안 쭉 혼자 만들어 피웠어, 자기?"

"그동안 가끔 내 방식으로 했지."

"당신 방식으로는 절대 하지 마. 장사에도 안 좋지만, 당신한테도 안 좋아. 내 잉크병, 내 골무, 내 작은 숟가락은 어디 있는 거야? 이제 기막히게 피울 거야, 자기!"

자신만의 과정에 돌입해서 두 손안의 빈 공간에 피운 가냘픈 불꽃을 입으로 불기 시작하며 쉴 새 없이 만족스러운 듯 코를 훌쩍이다 가끔 그녀가 말을 한다. 그가 그녀를 쳐다보지 않고 말할 때면, 마치 기대로 그의 생각들이 이미 떠돌아다니기 시작한 것 같다.

"이봐, 여기 첫 번째 거, 맨 마지막 거, 여러 번 피울 수 있도록 준비해 놓은 거 보이지?

"여러 개군."

"당신 여기 처음 왔을 땐 경험이 없었지?"

"그래, 그땐 쉽게 나가떨어졌지."

"하지만 그 세계로 들어가면서 금방 최고수들이랑 피울 수 있게 되지 않았어?"

"아, 그리고 최하수들이랑도."

"이제 준비됐어. 당신 처음 왔을 땐 정말 달콤한 목소리를 가진 가수

였는데! 고개를 숙이고 새처럼 마음껏 노래하곤 했지! 이제 준비됐어, 자기.”

그가 그걸 아주 조심스럽게 받아들고 파이프 주둥이를 입에 문다. 그녀는 파이프를 채울 준비를 하고 그 옆에 앉는다.

말없이 몇 번 뻐끔거리고 나서 그가 미심쩍어하며 그녀에게 말한다.

“이거 예전 것만큼 센 거야?”

“무슨 말이야, 자기?”

“내 입 안에 있는 거 말이야.”

“똑같은 거야. 항상 똑같아.”

“그 맛이 아니야. 그리고 더 느려.”

“그동안 더 익숙해진 거야, 알잖아.”

“확실히 그 때문인 것 같긴 하군. 여기 봐.” 그가 몽롱해지며 말을 멈추더니 여기 보라고 했던 걸 잊어버린 것 같다. 그녀가 그에게로 몸을 숙이고 그의 귀에 대고 말한다.

“나 여기 옆에 있어. 여기 보라고 방금 말했잖아. 나 여기 옆에 있다고 말하고 있어. 방금 당신이 이것에 익숙해졌다고 얘기했어.”

“다 알아. 그냥 생각하고 있었어. 여기 봐. 맘속에서 뭔가를, 하려고 했던 뭔가를 생각해 봐.”

“그래, 자기. 내가 하려고 했던 뭔가라고?”

“하지만 확실히 결심하지 못했던 것.”

“그래, 자기.”

“할지도 모르고, 안 할지도 모르는, 무슨 말인지 알 거야.”

“그래.” 그녀가 바늘 끝으로 용기의 내용물을 젓는다.

“당신이 이걸 하면서 여기 누워 있을 때 당신은 상상 속에서 그걸 해야만 하는 거지?"

그녀가 고개를 끄덕인다. "계속 되풀이하며."

"나랑 똑같아! 난 그걸 계속 되풀이했어. 이 방에서 그걸 수십만 번 했어."

"기분 좋은 일이었길 바라, 자기."

"분명 기분 좋은 일이었어!"

그가 야수처럼, 그녀에게 달려들 것처럼 이 말을 했다. 그녀는 평온하게 약숟가락으로 용기의 내용물을 매만지고 채웠다. 그녀가 일에 집중하는 걸 보고 그가 이전의 태도로 돌아간다.

"그건 하나의 여정이었어, 어렵고 위험한 여정. 그게 내 마음속의 주제였어. 삐끗하면 파멸하고 말, 심연 위를 지나는 위태롭고 아슬아슬한 여정. 내려다봐, 저길 내려다봐! 저기 바닥에 뭐가 놓여 있는지 보여?"

그가 갑자기 자리에서 일어나더니 마치 저 아래의 어떤 가상의 물체를 가리키듯 바닥을 가리키며 말했다. 여자는 경련이 일고 있는 그의 얼굴이 자신에게 다가오자 그가 가리키는 곳 대신 그를 쳐다본다. 그녀는 자신의 완벽한 평정이 어떤 효과를 불러오는지 아는 것 같았다. 그녀의 계산은 정확히 맞아 떨어져서 그가 다시 진정되었다.

"흠, 그걸 내가 여기서 수십만 번 했다고 이미 말했지. 지금은 뭐라고 할까? 수백만 번 수십억 번 했어. 니무 자주, 그렇게 오랜 기간 동안 해서 그 일을 실제로 했을 땐 할 만한 가치가 없어 보였어. 너무 빨리 끝나버렸어."

"그게 그동안 떠났던 여정이야?" 그녀가 조용히 말한다.

한 모금을 마시며 그녀를 노려보던 그가 곧 눈에 엷은 막이 덮이면서 대답한다. "그게 그 여정이야."

침묵이 뒤따른다. 그의 눈이 가끔 열렸다 닫혔다 한다. 여자는 그동안 계속 그의 입에 물린 파이프에 주의를 기울이며 그 옆에 앉아 있다.

"틀림없이," 듣고 있던 여자가 몇 초 간 그의 눈이, 자신을 그렇게 가까이에서가 아니라 저 멀리서 보는 것 같은 그런 특이한 모습으로 자신에게 고정되어 있는 동안 말한다. "그 여정을 그렇게 자주 했으면 틀림없이 여러 갈래의 여정을 했겠지?"

"아니, 항상 한 갈래였어."

"항상 똑같은 길로?"

"응."

"마침내 실제가 된 그 길로?"

"응."

"그걸 되풀이하면서 항상 똑같은 즐거움을 얻고?"

"응."

이때 그는 이 게으른 한 음절의 동의밖에 할 수 없는 것처럼 보인다. 이 동의가 단순히 기계적인 것이 아니란 것을 확인하기 위해 그녀가 그 다음 질문의 형태를 바꾼 것 같다.

"그게 지겨워져서 다른 걸 불러낸 적은 없어?"

그가 간신히 일어나 앉더니 그녀의 질문에 답한다. "무슨 소리야? 내가 뭘 원했는데? 내가 무슨 목적으로 여길 왔는데?"

그녀가 다시 그를 살며시 눕히더니, 그가 떨어뜨린 파이프를 돌려주기 전에 숨을 불어넣어 불을 다시 살리고는 달래듯이 그에게 말한다.

"물론이지, 물론이지! 그렇고말고, 그렇고말고! 이제야 당신과 호흡이 맞는군. 아까는 너무 빨랐어. 이제 알았어. 당신은 여정을 떠날 목적으로 여기에 오는 거야. 그래, 당신 옆에 버젓이 서 있는 그걸 보고 서야 내가 알았는지도 모르지."

그가 처음에는 웃으며 다음에는 이를 악물며 격하게 대답한다. "그래, 목적이 있어서 일부러 왔어. 내 삶을 참을 수 없을 때 위안을 얻으려고 와서 위안을 얻었어. '그게 바로' 그 목적이었어! '그게 바로' 그 목적이었다고!" 늑대가 으르렁거리듯이 너무도 격하게 그가 이 말을 되풀이한다.

그녀가 그를 아주 찬찬히 쳐다본다. 마치 다음에 할 말을 머릿속에서 더듬어 가는 것처럼. 그 말은 이렇다.

"길동무가 있었어, 자기."

"하하하!" 그가 너털웃음을 터뜨리지만, 오히려 고함소리 같다.

"생각해 보면," 그가 외쳤다. "수많은 길동무가 있었는데도 그걸 어떻게 몰랐는지! 수없이 여정을 떠났으면서도 어떻게 그 길을 전혀 보지 못했는지!"

여자가 그의 바로 옆 바닥에 무릎을 꿇고 침대보 위에다 팔짱을 끼더니 그 위에 턱을 고인다. 이렇게 웅크린 자세로 그녀가 그를 지켜본다. 파이프가 그의 입에서 떨어진다. 그녀가 그걸 다시 그의 입에 물려주고, 그의 가슴에 자신의 손을 얹고, 그를 좌우로 약간 흔든다. 그러자 마치 그녀가 말을 한 것처럼 그가 말한다.

"그래! 난 항상 빛깔이 바뀌고, 저 위대한 경관과 화려한 행렬이 시작되기 전에 먼저 여정을 떠났어. 내 머릿속에서 그게 사라지기 전엔 다른 것들은 시작될 수가 없었어. 그때까지는 다른 어떤 것도 들어올 여유가 없었어."

다시 한 번 그가 침묵에 빠진다. 다시 한 번 그녀가 자신의 손을 그의 가슴에 얹고 마치 고양이가 반쯤 죽인 쥐를 자극하듯 그를 좌우로 약간 흔든다. 다시 한 번 그녀가 말을 한 것처럼 그가 말한다.

"뭐? 내가 그렇다고 했잖아. 마침내 그게 실제로 일어났을 때는 너무 짧아서 처음으로 실제가 아닌 것 같았어. 들어 봐!"

"그래, 자기. 듣고 있어."

"시간과 장소 모두가 손에 잡힐 듯 가까이 다가왔어."

그가 마치 암흑 속에 있는 것처럼 속삭이며 일어섰다.

"시간, 장소, 그리고 길동무." 그녀가 그의 말투를 따라하며, 그의 팔을 살며시 잡으며 암시한다.

"길동무가 없었다면 어떻게 시간이 가까이 다가올 수 있었겠어? 쉿! 여정이 끝났어."

"그렇게 빨리?"

"내 말이 그 말이야. 그렇게 빨리. 조금만 기다려. 이건 환영이야. 잠을 자면서 없애 버려야겠어. 너무 짧고 쉬웠어. 이보다 나은 환영을 꿔야 해. 이건 여태까지 중에서 최악이야. 힘든 싸움도 없고, 위험도 안느껴지고, 애원하는 것도 없고……. 그런데 '저건' 전에 한 번도 본 적이 없어." 그가 흠칫 놀란다.

"뭘 봤어, 자기?"

"저걸 봐! 저게 얼마나 불쌍하고, 비열하고, 비참한 건지 봐! '저건' 틀림없이 실제일 거야. 끝났어."

그가 과격하게 의미 없는 몸짓을 하며 이렇게 횡설수설했지만, 점점 정신이 혼미해지더니 아무런 움직임도 없이 침대 위에 통나무처럼 누워 있다.

하지만 여자는 여전히 알고 싶어 한다. 그녀가 고양이 같은 행동을 반복하며 다시 그의 몸을 약간 흔들고는 귀를 기울이고, 다시 몸을 흔들고는 귀를 기울이고, 속삭이고 귀를 기울인다. 더는 줄 수 있는 자극이 없다는 걸 깨달은 여자가 실망한 듯 천천히 일어서더니 돌아서면서 손등으로 그의 얼굴을 툭 건드렸다.

하지만 그녀는 난로 옆 의자까지밖에 가지 않는다. 여자는 거기 앉아서 팔걸이에 한쪽 팔꿈치를 걸치고, 손으로 턱을 괴고, 그를 뚫어지게 바라본다. "당신이 전에 한 번 말하는 걸 들었어." 그녀가 낮고 갈라진 목소리로 말했다. "당신이 전에 한 번 말하는 걸 들었어. 당신이 누워 있는 그 자리에 전에 내가 누워 있었을 때, 나에 대해서 당신이 넘겨짚었지. '알아들을 수가 없어!'라며. 나 외에 나머지 두 사람에게도 그렇게 말하는 걸 들었어. 하지만 항상 너무 확신하지는 마. 너무 확신하지 말라고, 잘난 양반아!"

눈 한 번 깜박이지 않고 고양이처럼 뚫어지게 바라보며 그녀가 바로 덧붙인다. "전처럼 세지가 않다고? 아! 아마 처음엔 안 그랬겠지. 당신 말이 맞을지도 몰라. 연습하면 잘 하게 돼. 당신이 말하도록 만드는 비결을 내가 알아냈는지도 모르지."

그는, 맞는지 틀린지에 대해 더는 말이 없다. 가끔 얼굴과 사지를 흉한 모습으로 뒤틀며 무겁게 그리고 조용하게 누워 있다. 추레한 양초는 다 타버렸다. 여자가 손가락 사이로 다해가는 양초 끝을 잡고 또 다른 양초를 갖다 대어서 불을 붙이고는 흘러내리며 타들어가는 양초 한 토막을 촛대에 깊숙이 밀어 넣고, 마치 악취 나는 꼴사나운 요술 무기를 장착하듯 그 위에 새 양초를 꽂아 꾹꾹 누른다. 자신의 차례를 맞은 새 양초가 타서 없어지는데도 그는 여전히 의식 없이 누워 있다. 마침내 남은 두 번째 양초도 꺼져 버리고 햇빛이 방안을 들여다본다.

한기에 몸을 떨며 자리에서 일어나 앉은 그가, 자신이 어디에 있는지에 대해 천천히 의식을 회복한 뒤 떠날 채비를 하는 데는 그리 오랜 시간이 걸리지 않은 것 같다. 그가 돈을 지불하자 여자가 고마워하며 "복 받으쇼, 복 받아, 자기!"라고 한다. 그가 방을 나갈 때 그녀는 지쳐 잠을 청하기 시작하는 것처럼 보인다.

하지만 겉으로 보이는 건 사실일 수도 있고 거짓일 수도 있다. 이 경우엔 거짓인데, 그의 발밑으로 계단이 삐걱거리는 소리를 멈추자마자 여자가 미끄러지듯 그를 뒤쫓으며 힘주어 혼잣말을 한다. "당신을 두 번 놓치진 않을 거야!"

골목 입구 외에 이 골목길을 빠져나가는 방법은 없다. 그녀가 문간에서 묘한 눈초리로 엿보며 그가 뒤돌아보지는 않는지 지켜본다. 그는 뒤돌아보지 않고 비틀거리며 사라진다. 그녀는 그를 뒤따르며 골목에서 엿보고, 그가 뒤돌아보지 않고 여전히 비틀거리며 가는 모습에서 눈을 떼지 않는다.

올더스게이트 가의 뒤편으로 향하던 그가 그곳에서 한 곳의 문을 두드리자 바로 문이 열린다. 그곳을 바라보던 여자는 그가 그 집에서 임시로 묵고 있다는 걸 깨닫고 다른 건물의 문간에 쭈그리고 앉는다. 많은 시간이 지나도 그녀의 인내심은 동이 나지 않는다. 여자는 굶주림을 채우려고 빵은 백 야드 못 미친 곳에서, 우유는 지나가는 행상에게서 산다.

정오가 되자 그가 다른 옷으로 갈아입고 다시 밖으로 나오는데, 손에 든 것도 없고 사람을 시켜 들린 것도 없다. 그러므로 그가 아직은 시골로 돌아가지 않을 것이다. 잠시 그를 따라가다가 망설이던 여자가 바로 자신 있게 방향을 바꿔 곧장 방금 그가 나왔던 집 쪽으로 향한다.

"클로이스터햄에서 오신 신사 분이 안에 계신가요?"

"방금 나가셨습니다."

"운이 없군요. 언제 그 분이 클로이스터햄으로 돌아가시나요?"

"오늘 저녁 여섯 시에요."

"복 받으세요. 고맙습니다. 불쌍한 영혼이 하는 정중한 질문에 이렇게 정중히 응답해 주시는 업소가 번창하길!"

"당신을 두 번 놓치진 않을 거야!" 이 불쌍한 영혼이 길에서 그다지 정중하지 않게 되뇐다. "지난번엔, 당신의 여행이 끝날 무렵 역과 그 장소 사이 승합마차를 타는 곳에서 당신을 놓쳐 버렸지. 당신이 그곳으로 곧장 갔는지에 대해서도 확신이 서질 않았어. 지금은 당신이 그곳으로 곧장 갔다는 걸 알아. 클로이스터햄에서 온 신사 양반, 당신이 도착하기 전에 그곳으로 먼저 가서 당신을 기다릴 거야. 맹세코, 당신을 두 번 놓치진 않을 거야!"

이에 따라 그날 저녁 이 불쌍한 영혼은 클로이스터햄의 하이 스트리트에 서서 '수녀의 집'의 예스러운 여러 박공들을 쳐다보며 아홉 시가 될 때까지 최선을 다해 시간을 보낸다. 아홉 시에 도착하는 승합마차 승객 중에 그녀가 관심을 갖는 승객이 분명히 있을 것이다. 이 시간 다정한 어둠이 그 추측이 맞는지 틀린지 쉽게 확인할 수 있도록 해준다. 추측은 맞아떨어져서 두 번 다시 놓치지 않을 승객이 다른 승객들과 함께 도착한다.

"이제 당신이 어떻게 되는지 보겠어. 가 봐!"

이 말은 허공에 대고 한 말이었다. 하지만 이 말을 그 승객에게 했는지도 모를 일이어서 그는 고분고분 하이 스트리트를 따라 가다가 아치형의 관문에 다다른다. 여기서 예기치 않게 그가 사라져버린다. 이 불쌍한 영혼이 속도를 내서 재빨리 관문 아래로 들어가 보지만, 한 쪽으로는 뒤쪽의 계단만 보이고 다른 한 쪽으로는 고대 아치형 천장의 방하나가 보일 뿐이다. 그 방에는 두상이 큰 백발의 한 신사가 관문의 통행료 징수인처럼 큰길을 향하고 앉아서 지나가는 모든 이에게 눈길을주는 기이한 상황 아래 글을 쓰고 있었다. 사실 이 길은 무료다.

"안녕하세요!" 그녀가 꼼짝 않고 서 있자 그가 낮은 목소리로 외친다. "누굴 찾으세요?"

"방금 신사 분이 지나갔는데요, 선생님. 상복 입은 신사 분요."

"물론 있었죠. 그에게 뭘 원하세요?"

"그가 어디에 살죠?"

"어디 사느냐고요? 저 계단 위에."

"복 받으세요! 작게 말할게요. 그 사람 이름이 뭐죠?"

"성은 재스퍼, 이름은 존. 존 재스퍼 씨."

"직업이 있나요, 착한 신사 양반?"

"직업? 네. 성가대에서 노래를 합니다."

"성바대에서요?"

"성가대요."

"그게 뭐죠?"

대처리 씨가 글쓰기를 멈추고 자리에서 일어나 현관으로 향한다. "대성당이 뭔지는 아세요?" 그가 익살맞게 묻는다.

여자가 고개를 끄덕인다.

"뭐죠?"

그녀가 어리둥절한 표정으로 그 정의를 찾아내려고 머릿속을 둘러보다가 검푸른 하늘과 일찍 뜬 별들을 배경으로 거대하게 서 있는 실물을 가리키는 것이 더 쉽겠다고 생각한다.

"저게 답이에요. 내일 아침 일곱 시에 저곳에 가면 존 재스퍼 씨를 볼 수 있어요. 그의 목소리를 들을 수도 있을 겁니다."

"고마워요! 고마워!"

그녀가 고마워하며 보인 작열하는 승리감을, 가진 재산에 의지해 한가롭게 사는 무난한 성격의 독신자는 놓치지 않았다. 그가 그녀를 힐끗 쳐다보고는 그런 사람들의 습관처럼 뒷짐을 지고 그녀 옆에서 소리가 울려 퍼지는 '구역들'을 따라 거닌다.

"아니면," 그가 머리로 뒤쪽을 가리키며 제안한다. "저기 재스퍼 씨의 거처에 바로 올라가 볼 수도 있어요."

여자가 교활하게 웃으며 그를 쳐다보고 고개를 젓는다.

"아! 그와 얘기하고 싶지 않으세요?"

그녀가 말없는 대답을 되풀이하며 입술로 '아니요'라는 모양을 만든다.

"원할 때마다 하루 세 번 멀리서 그를 흠모할 수 있죠. 하지만 그걸 위해 먼 길을 오셨군요."

여자가 재빨리 그를 올려다본다. 만일 그녀가 이 말에 유도되어 자신이 어디에서 왔는지 얘기할 거라고 생각한다면 대처리 씨의 성격은 그녀보다 훨씬 무난할 것이다. 하지만 그가 모자를 쓰지 않은 흰머리를 흩날리며, 바지 주머니의 동전들을 하릴없이 손으로 짤랑거리며 이 도시가 전세 낸 따분함처럼 옆에서 거닐자 그녀는 그에게서 그런 약삭빠른 생각에 대한 혐의를 거둔다.

짤랑거리는 동전 소리가 그녀의 탐욕스러운 귀를 유인한다. "존경하는 신사님, 제 여인숙 비용과 차비를 도와주시지 않겠어요? 정말 불쌍한 영혼이에요. 기침이 심해서 너무 힘들어요."

"내 생각에 당신은 이미 그 여인숙을 알고 있는 것 같군요. 곧장 거기로 가고 있고."가 대처리 씨가 여전히 동전을 짤랑거리며 무심히 던진 한마디다. "여기에 자주 오셨나요, 착한 여자분?"

"일생에 딱 한 번이요."

"아, 그래요?"

그들은 '수도승의 포도원' 입구에 이르렀다. 이 장소를 보자 여자의 머릿속에 적절한 기억 하나가 떠오르며 모방할 귀감을 제시한다. 그녀가 입구에서 멈추더니 흥분해서 말한다.

"이곳을 보니 생각나는 것이, 안 믿으실지 모르겠지만, 내가 바로 이 풀밭에서 기침으로 숨을 쉬기 힘들어할 때 젊은 신사 분이 3실링 6펜스를 내게 줬어요. 내가 3실링 6펜스를 달라고 부탁하자 그가 줬어요."

"금액을 부르는 건 좀 각박하지 않나요?" 여전히 동전을 짤랑거리며 그가 슬쩍 말한다. "금액은 정하지 않는 것이 일반적이지 않나요? 그 젊은 신사에게 요구한다는 인상을—단지 인상만—주지 않았을까요?"

"이봐요, 자기." 그녀가 은밀하게 설득하는 어조로 대답한다. "나한테 잘 듣는 약을 사려고 그 돈을 요구했던 거예요. 그 젊은 신사에게 그렇게 말했더니 그가 나한테 그 돈을 줘서 마지막 한 푼까지 모두 거기에다 정직하게 썼어요. 이제 똑같은 금액을 쓰려고 해요. 만약 당신이 나한테 그 돈을 주면, 다시 마지막 한 푼까지 모두 정직하게 거기에 쓰겠다고 내 영혼을 걸고 맹세해요!"

"그 약이 뭐죠?"

"전에도 그랬지만, 정직하게 말할게요. 아편이에요."

대처리 씨의 표정이 돌변하면서 놀랍다는 눈초리로 그녀를 바라본다.

"아편이에요, 자기. 그 이상도 그 이하도 아니죠. 그것에 반대하는 소리는 항상 들리지만, 좋다는 얘기는 거의 듣지 못하죠. 그런 면에서 어느 정도 인간과 비슷해요."

대처리 씨가 요구한 금액을 아주 천천히 세기 시작한다. 그의 손을 탐욕스럽게 지켜보며 그녀가 그의 본보기에 대해 계속해서 장황하게 늘어놓는다.

"그 젊은 신사가 3실링 6펜스를 준 건 내가 여기에 딱 한 번 왔을 때, 작년 크리스마스 이브였는데, 해가 막 졌을 때였어요." 돈을 세던 대처리 씨가 잘못 셌다는 걸 깨닫고 돈을 섞어 다시 세기 시작한다.

"그리고 그 젊은 신사의 이름은," 그녀가 덧붙인다. "에드윈이었어요."

대처리 씨가 동전을 몇 개 떨어뜨려 그걸 주우려고 허리를 숙였다. 그 노력으로 얼굴이 빨개져서 그가 묻는다.

"그 젊은 신사의 이름을 당신이 어떻게 압니까?"

"내가 물어봤죠. 그랬더니 그가 말해 줬어요. 딱 두 가지만 물어봤죠. 이름이 뭔가요, 애인은 있나요? 그러자 그가 대답했어요. 이름은 에드윈이고 애인은 없다고."

대처리 씨는, 손에 쥔 동전들의 가치를 따져보며 이걸 떠나보내는 건 참을 수 없다는 듯 그 동전들을 손에 쥐고 아무 말이 없다. 여자는 이 선물에 대해 주저하는 그의 모습에 화가 치밀어 그를 의심의 눈초리로 쳐다본다. 하지만 그가 이 제물에서 그의 마음을 추출해 내듯 그녀에게 돈을 하사한다. 그러자 굽실거리며 고마움을 표하고 그녀는 갈 길을 간다.

홀로 남은 대처리 씨가 존 재스퍼의 집 쪽으로 고개를 돌렸을 때, 그의 램프가 빛나고 그의 등대가 반짝인다. 위험한 항해에 오른 뱃사람들이 바위투성이의 해안에 접근하며 절대로 닿을 수 없는 피난처 앞에 놓인 경고등의 빛줄기를 따르듯이, 대처리 씨의 동경하는 눈빛도 이 불빛과 그 뒤를 향해 있다.

그가 자신의 숙소를 재방문하는 목적은 단지 그의 복장에서 너무나 불필요해 보이는 모자를 쓰기 위해서다. 그가 '구역들로' 다시 걸어 들어가자 대성당의 시계가 열 시 반을 알린다. 더들스 씨가 돌에 맞아 집으로 향할지도 모르는 마법의 시각인 것처럼 그가 서성거리며 주위를 둘러본다. 그에게는, 더들스에게 돌팔매의 임무를 부여받은 저 꼬마도깨비를 보리라는 약간의 기대도 있었다.

정말 '악의 세력'이 돌아다닌다. 이 순간 녀석은 돌팔매질할 살아 있는 목표가 없어서 성당 묘지의 철책 사이로 불경스럽게 고인들에게 돌팔매질을 하다가 대처리 씨의 눈에 띈다. 꼬마도깨비는 이게 즐거우면서도 짜릿한 일이라고 느낀다. 그 첫째 이유는 그들의 무덤이 신성하다고 공표하기 때문이고, 둘째는 돌에 맞을 때 사람들이 아파하는 달콤한 상상을 정당화시키는, 어둠속에서 들리는 키 큰 묘비들의 울림이 사람과 유사하기 때문이다.

대처리 씨가 "안녕, 윙크스!" 하며 그에게 큰소리로 인사한다.

그가 "안녕, 딕!" 하며 답례한다. 그들은 그동안 친해진 것처럼 보인다.

"하지만," 그가 충고한다. "내 이름을 사람들에게 공개하면 안 돼. 어떤 이름도 내 이름이라고 말하지 않을 테니까. 철창 안에 있을 때 책에다 내 이름을 올리려고 사람들이 나한테 '이름이 뭐냐?'고 물으면 나는

'알아봐'라고 말해. 마찬가지로 사람들이 '종교가 뭐냐?'고 물으면 나는 '알아봐'라고 말해." 지나가는 얘기지만, 아무리 통계라도 국가가 하기에 이건 엄청나게 어려운 일일 것이다.[40]

"게다가," 소년이 덧붙인다. "윙크스란 가문은 없어."

"내 생각엔 분명히 있을 거야."

"어르신 거짓말이야, 없어. 내가 밤에 깊은 잠을 잘 새도 없이 사람들이 계속 문을 두드려서 한 쪽 눈을 감기도 전에 다른 쪽 눈을 뜨는 걸 보고 여행자들이 그 이름을 지어 준 거야. 그게 윙크스의 뜻이야. 데퓨티가 나를 가리키기에는 젤 좋은 이름이지만, 내가 그 이름을 주장하는 것도 못 볼 거야."

"그럼 항상 데퓨티인 걸로 하지. 우린 좋은 친구야. 그렇지, 데퓨티?"

"아주 좋지."

"우리가 처음 만났을 때 네가 나한테 빚진 건 내가 없애 줬고, 그 후로도 내가 여러 번 6펜스씩을 줬어. 그렇지, 데퓨티?"

"아! 거기다가 어르신은 자스퍼의 친구가 아니야. 그는 왜 내 다리를 부러뜨리려고 했을까?"

"정말 왜! 하지만 지금은 그에게 신경 쓰지 마. 데퓨티 오늘밤 네게 1실링을 주겠어. 방금 나와 얘기 나눴던 사람을 투숙객으로 받았지? 기침하는 병든 여자."

"뻐끔이." 데퓨티가 알아차렸다는 눈짓을 하며 약삭빠르게 동의하더니 가상의 파이프를 뻐끔거리고, 머리를 한쪽으로 기울이고, 눈을 아래위로 굴린다. "하편[41] 뻐끔이."

"그녀의 이름이 뭐지?"

"뻐끔 공주 마마."

"그것 말고 다른 이름이 있어. 그녀가 어디에 살지?"

"런던. 배꾼들 사이에."

"선원들?"

"말했잖아, 배꾼들이라고. 그리고 쫑궁인들이랑 칼잽이들."

"그녀가 정확히 어디에 사는지 네가 알아봐 줘야겠어."

"좋아. 금와 하나 줘."

1실링이 건네지고, 원금 간 모든 거래에 배인 저 명예라는 신뢰의 정신에 따라 이 거래는 성사된 걸로 간주된다.

"근데, 여기 꼭두새벽 인간이 있어!" 데퓨티가 소리친다. "마마가 내일 아침 어디 가는지 알아? 안 가면 다행이지, 킨~프리~더~렐~에!" 황홀경에 빠져 이 단어를 길게 늘어뜨리던 그가 다리를 탁 치더니 배꼽을 잡고 비명을 지르며 웃는다.

"그걸 어떻게 알지, 데퓨티?"

"방금 나한테 그렇게 말했거든. 힐부러 힐어나 나가야 한다고 했어. 이렇게 말했어. '데퓨티, 아침에 일찍 씻고 최고로 예쁘게 단장해야 해. 왜냐하면 가는 데가 킨~프리~더~렐이거든!'" 그기 껀처럼 생기 있게 음절 하나하나를 따로 발음하며 포석에 발을 쾅쾅 굴러도 우스운 느낌이 해소되지 않자 수석사제나 출 것 같은 느리고 장중한 춤을 추기 시작한다.

대처리 씨는 매우 흡족해 하는, 그러나 곰곰이 생각하는 표정으로 이 소식을 듣고 회의를 해산한다. 자신의 예스러운 하숙집으로 돌아온 그가 오랫동안 자리에 앉아서 토프 부인이 그를 위해 준비해 놓은 치즈를 곁들인 빵과 샐러드와 에일[42]로 저녁식사를 하고, 식사가 끝났지만 여전히 자리에 앉아 있다. 마침내 자리에서 일어난 그가 구석에 있는 찬장 문을 열고 안쪽에 투박하게 분필로 쓴 표시들을 바라본다.

"난," 대처리 씨가 말한다. "옛날 술집에서 점수 매기던 방식이 좋아. 기록하는 사람 외엔 아무도 알아볼 수 없지. 기록하는 사람은 어느 편에도 속하지 않고, 점수가 매겨지는 사람은 자신에게 불리한 경우 점수가 빠져 나가는 거야. 흠, 이런! 아주 낮은 점수군, 아주 형편없는 점수야!"

그가 빈약한 점수를 생각하며 한숨을 쉬더니 찬장 선반에서 분필 조각을 가져온다. 그는 표에 뭘 추가해야 할지 몰라 그걸 손에 들고 가만히 서 있다.

"내 생각엔 중간 크기로 하나 긋는 게," 그가 결론을 내린다. "내가 지금 최대로 줄 수 있는 가산점인 것 같군." 그래서 그에 해당하는 행동이 따르고, 그는 찬장 문을 닫고 잠자리에 든다.

눈부신 아침이 오래된 도시를 비춘다. 유적과 유물들은 햇빛을 받아 반짝이는 싱그러운 담쟁이와 부드러운 바람에게 손짓하는 풍성한 나무들로 빼어난 아름다움을 자랑한다. 흔들리는 나뭇가지 사이로 비치는 찬란한 빛줄기의 변화, 새들의 노랫소리, 정원과 숲과 들판—아니면 오히려 수확기 전체 농경지의 저 하나 된 위대한 정원—의 향기가 대성당 안을 파고 들어와 흙냄새를 짓누르며 '부활과 생명'을 설교한다. 수세기 전의 차가운 돌무덤들이 따뜻해지고, 얼룩덜룩한 빛이 건물의 가장 근엄한 대리석 구석으로 달려가 그곳에서 날개처럼 퍼덕인다.

토프 씨가 커다란 열쇠들을 가지고 온다. 그가 하품을 하며 열쇠를 돌려 문을 연다. 토프 부인과 수행하는 청소 요정들이 온다. 시간에 맞취 오르간 주자와 그 조수가 온다. 그들은 오르간 석의 빨간 커튼 사이로 아래를 빼꼼이 내려다보며 저 높은 곳에 있는 책들에서 대담하게 먼지를 펄럭이고 오르간 스톱과 페달에서 먼지를 털어낸다. 온갖 떼까마귀들이 하늘 구석구석에서 이 위대한 탑으로 돌아온다. 진동을 즐길 것으로 추정되는 그들은 종과 오르간이 자신들에게 진동을 주리라는 걸 알고 있다. 아주 적은 수의 뒤쳐진 신자들이 주로 소참사회원 사택과 '구역들'에서 오는 것도 사실이다. 산뜻하고 밝은 크리스파클 씨와 그리 산뜻하지도 밝지도 않은 그의 사목형제들이 온다. 성가대(취침 전의 아이들처럼 항상 허둥대고, 시간에 임박해 기를 쓰며 잠옷 가운으로 갈아입는)가 허둥지둥 오고 그들 맨 앞에서 존 재스퍼가 온다. 마지막으로 대처리 씨가 들어와서 신도석에 대기 중인 괜찮은 남은 자리 중 하나를 차지한다. 그가 빼꼼 공주 마마를 찾아 주위를 훑어본다.

미사가 한참 진행된 후에도 그는 공주 마마를 분간해 낼 수가 없다. 하지만 바로 그때 어두운 곳에서 그녀를 찾아낸다. 그녀는 성가대 지휘자의 시야에서 조심스럽게 벗어나 기둥 뒤에 있지만, 비상하게 주의를 집중하며 지휘자를 바라본다. 그녀의 존재를 전혀 의식하지 못하고 그가 찬양가를 부른다. 그가 가장 열정적으로 노래할 때 그녀가 씩 웃으며—그렇다, 대처리 씨가 그녀의 행동을 본다!—기둥의 친절한 보호 아래 지휘자를 향해 주먹을 흔든다.

대처리 씨가 확인 차 그녀를 다시 바라본다. 그렇다, 또 다시! 신도석 아래 받침대에 새겨진 상상의 이미지 중 하나처럼 보기 흉하고 시든, '악마'처럼 악의에 차 있는, 저 신성한 책들을 날개로 떠받치고 있는 거대한 청동 독수리처럼 단단한(그 조각가가 표현한 사나운 속성으로 보아, 책들의 감화를 전혀 받지 못한), 그녀가 스스로를 자신의 가는 팔로 감싸 안더니 곧 성가대의 지휘자를 향해 두 주먹을 흔든다.

그 순간 성가대의 창살 문 밖에서는, 자신이 잘하는 속임수로 토프 씨의 경계를 피한 데퓨티가 눈을 가늘게 뜨고 창살 사이로 안을 엿본다. 그는 이 위협하는 이를 보다가 위협받는 이에게로 눈길을 돌리며 아연실색한다.

미사가 끝나고 하인들이 아침식사를 준비하려고 흩어진다. 대처리 씨는 성가대가 (잠옷 가운을 입을 때와 마찬가지로 헐레벌떡 벗으며) 허둥지둥 사라지자 바깥에서 그가 가장 최근에 알게 된 지인에게 말을 건다.

"부인, 안녕하세요. 그를 보셨습니까?"

"'내가' 그를 봤어요, 자기. '내가' 그를 봤다고요!"

"그리고 그를 아시고요?"

"그를 알죠! 교구 신부들을 다 합쳐도 그에 대해 나만큼은 모를 거예요."

집에는 토프 부인이 하숙인을 위해 미리 차려놓은 아주 근사하고 깔끔한 아침식사가 준비되어 있었다. 식사를 하려고 자리에 앉기 전, 그가 구석에 놓인 자신의 찬장 문을 열고 선반에서 분필 조각을 꺼내 찬장 문 꼭대기에서 바닥까지 굵은 선 하나를 길게 그어 점수에 보탠다. 그리고 넘치는 식욕으로 식사를 시작한다.

부　록

'샵시' 미완의 유고

　디킨스 사망 후, 그가 남긴 원고들 사이에서 발견된 몇 장의 종이에
는 샵시 씨가 주인공으로 등장하는 이야기가 적혀 있었다. 이 다섯 장
의 종이 각각에는 페이지 번호로 추정되는 6부터 10까지의 번호도 붙
어 있었다. 1페이지부터 5페이지에 해당되는 부분은 발견되지 않았다.
6페이지가 새로운 단락으로 시작하는 반면 10페이지의 마지막 부분
은 미완성 문장으로 끝난다. 이 유고가 『로스트 : 에드윈 드루드의 미스
터리』와 어떤 연관성을 갖는지에 대해서는 몇 가지 추측이 있다. 그 중
가장 설득력 있는 가설은, 디킨스가 『로스트 : 에드윈 드루드의 미스터
리』를 연재하던 중 탐정 역할(18장에 등장하는 대처리의 역할)의 인물
을 등장시키기 위해 시험적인 아이디어를 정리해본 것이라는 주장이
다. 유고의 본문은 다음과 같다.

***

오늘 매주 만나는 저녁 모임이 있었던 나는 클럽에 가는 길에 바람을 좀 쐬기 위해 우회로를 택했다. 모임은 각 구성원이 온 힘을 기울여 만든 결과였다. 우리는 이 모임을 '8인회'라고 이름 붙였다. 우리는 여덟 명의 구성원으로 이루어졌고, 매년 8월 한 달 동안 여덟 시에 만났으며, 1년 회비는 1인당 8실링이었고, 크리비지 카드게임을 여덟 차례 했다. 우리의 검소한 저녁식사는 여덟 개의 롤빵, 양고기 여덟 조각, 소시지 여덟 개, 구운 감자 여덟 개, 사골 여덟 개, 토스트 여덟 조각, 에일 여덟 병으로 차려졌다. 이러한 다채로운 아이디어들이 (재기발랄한 이웃들의 표현을 빌리자면) 조화를 이루는지는 분명치가 않다. 적어도 나의 아이디어들과는 달랐다.

이 '8인회'에서 비교적 인기가 있는 인물로 킴버라는 사람이 있었다. 직업은 무용 교사였다. 평범한 인물로서 위엄이나 세상에 대한 지식은 전혀 없는 사람이었다.

내가 클럽으로 들어섰을 때, 킴버가 이렇게 말하고 있었다. "그리고 그는 여전히 교회에서 자신이 어느 정도 높은 위치에 있다고 믿는다."

모자를 분 옆의 여덟 번째 모자걸이에 걸고 있는 나를 킴버가 계속해서 바라보았다. 마침내 시선을 거둔 그가 달의 변화에 대해 말하기 시작했다. 이에 대해 나는 특별히 주의를 기울이지 않았다. 왜냐하면 세상은 대개 내 앞에서 천상의 주제에 대해 이야기하는 것을 삼가며, 교회와 국가의 영광스러운 법이라고 부르는 것을 대표하기 위해 내가 선택되었다고 (아마도 우연이겠지만) 느끼기 때문이었다.

8인회의 또 다른 멤버는 페어트리라는 사람으로 왕립외과의협회 일원이었다. 페어트리 씨가 내게 자신의 견해를 이야기 한 적은 없지만, 나는 그가 교구 담당 의사가 아닌데도 가난한 이들이 필요로 할 때면 언제나 그들을 무료로 치료해 준다는 것을 알고 있었다. 실제 담당자에게 수치심을 불러일으키기 위해 시민들에게 최선을 다한다며 페어트리 씨가 자신의 행동을 정당화할지도 모른다. 페어트리 씨의 그런 행동을 나는 절대 이해할 수 없다.

페어트리와 킴버 사이에는 저능한 인간들 간의 동맹관계가 형성되어 있었다. 나는 킴버의 물건들을 경매할 때 이 사실을 알아차렸다. 흰색 조끼와 리본이 달린 별 볼일 없는 신발을 신은 킴버는 추녀가 아닌 두 딸을 거느린 홀아비였다. 사실 추녀와는 정반대다. 두 딸 모두 여학교에서 무용을 가르쳤는데—삽시 부인의 학교에서, 아니 트윙클튼의 학교—둘 다 작은 바이올린을 턱 아래 고정시키고 숙녀답지 않은 모습으로 수업을 했다. 그럼에도 불구하고 만약 이들이 내가 평범한 무리들이라고 부르는 사람들의 마음상태를 갖지 않았다면, 털끝만큼의 존경심도 없는 우스꽝스러운 인간들이 아니었다면, 두 딸 중 적어도 동생만은 그들의 모욕적인 오점을 극복하고 더 나은 삶을 영위했을 거란 소문(사실은 내가 알기로)이 있었다.

내가 값에 제한을 두지 않고 킴버의 물건들을 경매 처리했을 때, 페어트리는 (자신도 근근이 살아갈 정도로 가난한 주제에) 훌륭한 경매 물품 몇 개를 낙찰 받았다. 나도 눈이 있고, 그가 가무잡잡한 피부에 거대한 몸집을 가진 인물로서 인도에서 군인들과 함께 혁명에 가담한 적이 있는 데다 (이 사회를 위해) 목이 부러지는 것을 마땅하게 생각하는 사람이기 때문에, 그가 그 경매물품들을 어떻게 할지는 뻔했다. 얼마 지나지 않아 나는 그 물건들이 킴버의 거처로 돌아와 있는 것—유리창을 통해—을 보았다. 킴버의 상황이 나아질 때까지 빌려주는 체하려는 것임을 쉽게 알 수 있었다. 나만큼 세상에 대한 지식이 많지 않은 사람이라면, 킴버가 자신의 채권자로부터 돈을 빌려 그 물건들을 다시 사는 사기극을 벌였다고 의심할지도 모른다. 하지만 나는 그가 돈이 없다는 걸 알고 있었다. 이런 사기극을 벌이려면 사전계획이 필요한데 생계를 위해 경박스럽게 여기저기 기웃거리는 사람들은 할 수 없는 일이란 것도 나는 알고 있었다.

그 경매 이래로 그들을 오늘 처음 보기 때문에, 나는 좀 더 '지켜보자'는 마음가짐을 가지고 있었다. 킴버의 경매일에 나는 경매장에 모인 이들 앞에서 그에 대한 간단한 연설을—짧은 설교라고도 할 수 있을 것 같은데—했는데, 평소보다 많은 관심과 평가를 받았다. 내가 단상에 오르자, 내가 입을 열기도 전에 평소와 다르게 사람들이 나를 알아보고 너도나도 직함을 (누구의 직함인지는 밝히지 않겠지만) 수군거렸다고 한다. 나는 참석한 모든 사람들에게 그들 앞에 놓인 안내책자의 첫 페이지의 마지막 단락을 보라고 말하며 "채권자가 발행한 집행 명령에 따라 판매함."이라고 선언했다. 그리고 나는 내 친구들에게 다음을 상기시킨다. '어떤 사람이 그의 물건들을 제아무리 천박한 (한심하시는 않더라도) 거래를 통해 모았다 힐지라도, 그의 물건들은 그 자신에게 여전히 소중하며 사회에는 싼 값에 주어진다(만일 값에 제한을 두지 않는다면).' 나는 나의 텍스트(이렇게 불러도 된다면)를 세 가지의 화두로 나누었다. 첫 번째는 '낙찰'이고, 두 번째는 '집행명령에 따라'이고, 세 번째는 '채권자의 발행'이었다. 각각에 도덕적 고찰을 추가했다. 연설의 마지막에는 '이제 첫 번째 물품으로'라는 말을 특별한 방식으로 했는데, 나중에 사람들은 이 방식에 대해 내게 찬사를 보냈다.

현재 킴버와 나의 관계가 정확히 어떤 상태인지 알 수 없었던 나는 진지하면서도 차분한 태도를 유지했다. 킴버가 내게로 다가오자 나도 킴버 쪽으로 다가갔다. (경매집행 명령을 내린 채권자는 나였다. 중요한 건 아니겠지만.)

"삽시 씨." 킴버가 말했다. "클럽으로 오는 길에 나와 얘기를 나눴던 한 낯선 이에게 내가 말해 줬습니다. 좀 전에 교회묘지 옆에서 당신이 그와 얘기를 나누는 것 같더군요. 당신이 그에게 당신이 누군지 얘길 했을 텐데도, 내가 아무리 얘길 해도 그는 당신이 교회에서 높은 위치에 있다는 생각을 바꾸지 않더군요."

"멍청이군!" 페어트리가 말했다.

"얼간이지!" 킴버가 말했다.

"멍청이에다 얼간이군!" 다른 다섯 명이 말했다.

"여러분, 멍청이에다 얼간이라는 말은," 내가 그들을 둘러보며 질책했다. "훌륭한 외모와 말 잘하는 젊은이를 지칭하기에는 지나치게 강한 표현이군요." 나는 관대함이 발동해서 그렇게 말했다.

"그가 분명 바보일거라는 건 인정해야죠." 페어트리가 말했다.

"그가 머저리라는 걸 부정할 순 없을 겁니다." 킴버가 말했다.

그들의 혐오 섞인 어조는 거의 모욕적이었다. 이 젊은이가 왜 이런 비방에 시달려야 하는가? 그가 뭘 잘못했는가? 그는 그저 순수하고도 자연스러운 실수를 했을 뿐이다. 나는 관용이 섞인 분노를 자제하고 그렇게 말했다.

"자연스럽다고?" 킴버가 반문했다. "그가 자연스럽다니!"

'8인회'의 나머지 여섯 명은 모두 웃음을 터뜨렸다. 그 웃음은 비수처럼 내 가슴을 찔렀다. 조롱의 비웃음이었다. 나의 분노는 이 자리에 한 명의 친구도 없는 그 낯선 이를 대신해 불타올랐다. 나는 자리에서 일어섰다.

"여러분." 나는 위엄 있게 말했다. "나는 공격도 하지 않고 이 자리에도 없는 사람에게 비난을 하는 이 클럽의 일원으로 남지 않겠습니다. 나는 내가 친절함의 신성한 의식이라고 부르는 것을 그렇게 침해하지 않겠습니다. 여러분들이 더 잘 처신하려면 어떻게 해야 하는지 알게 될 때까지 나는 여러분들을 떠나 있겠습니다. 여러분, 그때까지 나는 내가 이 모임에 개인적으로 기여한 부분을 철회하겠습니다. 여러분, 이제 여러분은 8인회가 아니고 7인회가 되기 위해 최선을 다하십시오."

나는 모자를 쓰고 방에서 나갔다. 아래층으로 내려가는 도중에 그들이 소리죽여 만세를 부르는 소리를 똑똑히 들었다. 그들의 품행과 인류에 대한 지식은 그 정도였다. 나로 인해 그 부분이 드러났던 것이다.

II

그 모임이 열리던 호텔의 정문으로부터 몇 야드 떨어지지 않은 곳에서, 나는 내가 방금 그렇게 열렬히 옹호했던—그리고 너무나 사심 없이 옹호했던—바로 그 청년을 만났다.

"삽시 씨이신가요?" 그가 자신이 없는 듯 물었다. "아니면 혹시……."

"맞습니다." 내가 대답했다.

"죄송합니다, 삽시 씨. 격앙되어 계시군요."

"격앙되어 있었습니다."라고 나는 말했다. "설명을 해드리자면……." 자세하게 상황을 이야기하고 나서(나의 배려에 그는 감명을 받았다), 그의 이름을 물었다.

"삽시 씨." 그가 바닥을 내려다보며 대답했다. "선생님의 통찰력이 너무나 뛰어나신 데다 사람들의 영혼까지 꿰뚫어보시니, 제 이름이 포커라는 걸 감춘들 무슨 소용이 있겠습니까?"

그의 이름이 포커라는 사실을 정확하게 꿰뚫어보았는지 모르겠지만, 거의 알아맞힐 뻔했다고 감히 자신할 수 있었다.

"자, 자. 자네 이름이 포커라는 건 문제될 게 전혀 없네." 나는 달래듯이 고개를 끄덕이며 그의 마음을 편하게 해주려고 이렇게 말했다.

"아, 삽시 씨!" 그 청년이 예의바른 태도로 외쳤다. "그렇게 말씀해주시니 감사합니다!" 그러고 나서 그는 마치 자신의 감정을 드러내서 당혹스럽다는 듯이 바닥을 내려다보았다.

"이리 오게, 포커." 내가 말했다. "자네에 대해 더 알려주게나. 말해보게. 어디를 가는 중인가? 그리고 어디에서 오는 길인가?"

"아, 삽시 씨!" 청년이 소리쳤다. "당신에게 숨기는 건 불가능합니다. 제가 어딘가에서 오는 길이었다는 것을, 그리고 제가 어딘가로 가는 중이었다는 것을, 당신은 이미 알고 있군요. 제가 이를 부정한들 무슨 소용이 있겠습니까?"

"그렇다면 부정하지 말게." 내가 대답했다.

"혹은," 포커는 일종의 황홀경에 빠져 말을 계속했다. "혹은, 제가 선생님을 뵙고 선생님의 말씀을 듣고자 이 마을에 왔다는 걸 부정한들 무슨 소용이 있겠습니까? 아니면 내가 부정한들

창작노트

『로스트 : 에드윈 드루드의 미스터리』의 창작노트는 이전에 디킨스가
월간지에 게재했던 다른 소설들을 창작할 때 만들었던 창작노트들과 비
슷한 형식을 띤다. 월간지의 각 호마다 종이 한 장을 안배하고, 그 각각
의 종이를 반으로 접어 왼쪽에는 각 호에 해당하는 전반적인 사항들을,
오른쪽에는 각 호에 해당하는 몇 개의 챕터들에 대해 좀 더 체계적으로
정리하고 있다. 왼쪽에 정리한 사항에는 아이디어, 인물의 이름, 대사
등이 포함되어 있으며, 특히 스스로 질문하고 대답하는 부분은 작문에
들어가기에 앞서 생각의 흐름이 어떻게 진행되었는지를 보여준다. 종
이의 오른쪽에 포함된 메모에는 각 챕터의 방향성과 주 내용이 정리되
어 있다. 챕터의 번호와 제목 등에서 창작노트와 실제 소설 사이의 차이
점이 보이는데, 그 주요 원인은 디킨스가 월간지에 배정된 페이지 수에
따라 원고의 길이를 조정해야 했고, 이에 따라 뒤에 나올 챕터를 앞으
로 끌어오거나 한 챕터를 두 챕터로 나누는 등의 수정을 했기 때문이다.
『로스트 : 에드윈 드루드의 미스터리』 창작노트의 내용은 다음과 같다.

***

(인물명과 제목)

<u>1869년 8월 20일 금요일.</u>

길버트 알프레드

에드윈

재스퍼 에드윈

마이클 오스왈드

아서

제임스 웨이크필드의 실종   셀윈

에드윈   에드거

허니썬더 씨

허니블래스트 씨

제임스의 실종

수석사제

수석사제 부인

수석사제의 딸

도주와 추적

복수를 맹세함

삶의 단 하나의 목표

친족의 헌신

두 명의 친족

에드윈 브루드의 실종

에드윈 브러드의 실종

드루드 가족의 비밀

에드윈 드루드의 실종

에드윈 드루드의 도주

에드윈 드루드의 잠적

에드윈 드루드의 실종

에드윈 드루드의 사라짐

에드윈 드루드의 미스터리

죽음? 아니면 생존?

✳✳✳

(왼쪽)

아편 복용
　　기본방향을 언급
　　　"악을 행하는 자는" ―
삼촌과 조카:
　　　'이쁜이의' 초상
그럼 경고를 듣지 않겠어요?

수석사제　　　　　　　　　　　　재스퍼 씨
　　소참사회원 크리스파클 씨　　성당지기
　　삼촌과 조카　　　　　　　　토프에게로 전환

'수녀의 집' 용 장갑
　　대성당 모지
　　대성당 마을에 대한 전반적 묘사

'수녀의 집' 내부
　　미스 트윙클톤과 그녀의 이중생활
　　　　티셔 부인
　　　　로즈버드
약혼한 젊은이들.　　이들의 연애 장면은 항상
　　　　　　　　　티격태격

　　삽시 씨.　늙고 보수적인 형편없는 인간
　　　　　　　　　그의 아내의 묘비

　　재스퍼와 열쇠들
　　　　더들스는 지하 납골당으로 내려가 무덤
사이에. 그의 저녁식사 꾸러미.

(오른쪽)

<u>(로스트 : 에드윈 드루드의 미스터리—제1호)</u>

1장.

<u>서문</u>　　<u>새벽</u>

제목을 새벽으로 변경

아편복용과 재스퍼

대성당에 가기 직전까지

제2장.

<u>수석사제 그리고 참사회</u>

대성당과 성당 마을　　/ 크리스파클 씨

그리고 수석사제. 삼촌과 조카.

살인과 전혀 관계가 없는

에드윈의 이야기와 이쁜이

제3장

<u>수녀의 집</u>

아직 성당 마을의 그림처럼 아름다운 느낌

'수녀의 집'과 젊은 커플의 첫 번째 애정의 장면

제4장

<u>삽시 씨</u>

재스퍼와 그들 연결.　　　　　(후에 그는 허세부리는 쓸모없는 인간이 필요할 것이다.)

모비로 인해 그들이 만나고,

더들스로 그들과 만남

열쇠들　　　　스토니 <u>더들스</u>

또 하나의 젊은 커플을 포함할 것.   그래

                                       혹은
네 번과 올림피아 케이릿지 ── 케이포트?

소참사회원 사택의 박애주의

네 번과 헬레나 랜들레스

동양의 혈통이 섞임 - 아니면 불완전하게
얽은 혼합. 맞아

                                              아니야

(로스트 : 에드윈 드루드의 미스터리—제2호)

5장.

소참사회원 사택의 박애주의

송통치노 박애주의자
허니썬더 씨

크리스파클 노부인
양치기 소녀 도자기 인형

소참사회원 사택

6장.

비밀이야기들

네빌이 크리스파클 씨에게
로사가 헬레나에게 / 재스퍼와 함께하는 피아노 장면
그녀는 노래하고,
그는 그녀의 입술을 지켜본다.

7장.

단검을 뽑다

다툼

(재스퍼의 초장) 술잔. 그리고 나서
크리스파클 씨에게 고백
재스퍼는 훗일을 위한 기초를 다지다

8장.

더들스 씨와 친구

데퓨터는 매일 밤 더들스에게 돌을 던진다.
1장의 여인을 다시 들여올 것
더들스 부르기—그리고
꾸러미와 열쇠들
좀 재스퍼는 자고 있는 에드윈을 바라본다

에드윈 드루드와 로사에 대해 계속 이야기할까?
그리고 나서 마지막 장면까지 제5호에서 이어갈까? 아니면 제4호에서?

<u>그래</u>

그 사이에 장면을 몇 개 더 넣을까?
그들의 결혼으로 이끌 방법 –
------그리고 이별 이전에 대신에.　　<u>그래</u>

미스 트윙클톤의?　　　아니.　　　다음 호
로사의 후견인?　　<u>제2호에서 할 것</u>

삽시 씨?　　　　그래.　　마지막 장

크리스파클 씨의 집에서 네빌 랜들레스 ⌉
　　　　　　그리고 헬레나? ⌋　　<u>그래</u>

　　네빌은 로사를 흠모한다. 그에게서
　　그게 흘러나온다.

〈로스트 : 에드윈 드루드의 미스터리―제3호〉

9·10장

앞길을 다지다

----즉, 재스퍼의 계획에 대해서는, 네빌이 털어놓은 비밀을
기반으로 새로운 국면으로 진입하는 크리스파클 씨를
통해.
소참사회원 사택. 내 어린 시절 기억에
있는 찬장.
크리스마스 이브로 정한 에드윈의 약속

11장

그림과 반지
P.
J.   T.
1747

드루드의 방문.
조수 배저드
그루저스 씨의 과거사.

두 웨이터들

'다이아몬드와 루비가 정교하게 금 안에 박힌 반지.'

에드윈이 그걸 받는다.

12장

더틀스와의 밤

결국 밝혀질 살인의 방법에 대한 작업을
해나간다.
소년의 운명에 대한 긴장감을 유지.
대성당의 밤 풍경.

에드윈과 로사를 다시 한 번 들여와 진행할까?

아니면 최후로? 최후로

그들이 한 번 더 만나면 마지막.

그리고 나서 바깥에서

로사와 에드윈의 마지막 만남은 대성당 안에서?

그래

이별하면서 키스.

'쪽.'

에드윈은 저녁식사에 갔다.

바람이 강한 저녁.

놀람과 충격.

하나의 위대한 목적에 있어서의 재스퍼의
실패가 그루저스 씨에 의해 드러난다.

재스퍼의 일기? 맞아

13장.

<u>최고조의 두 사람</u>

마지막 만남

그리고 이별

14장.

언제 이 세 사람이 다시 만날까?

각자가 어떻게 하루를 보내는지.

시계와 셔츠핀 에드윈 귀중품 전부

네빌
에드윈
재스퍼

시계를 보석상에게

'이렇게 그는 <u>뒤쪽계단을</u> 올라간다'

폭풍 같은 바람

15장.

<u>기소</u>

네빌은 일찍 떠난다.

추격해서 다시 데려온다.

그루져스 씨의 전언 :

그리고 그가 재스퍼와 만나는 장면

16장.

<u>헌신</u>

재스퍼가 회복한 후 보여주는 놀라운 대화술.

클로이스터햄 보, 크리스파클 씨, 그리고 시계와 셔츠핀.

재스퍼의 기술적 발전

<u>수석사제.</u>   추방되는 네빌.

재스퍼의 일기. '그를 파멸시키는데 나는 헌신할 것이다.'

마지막으로 에드윈과 로사가 만나는 장면?   이전에 이미 했음.

킨프리더럴

에드윈의 실종 ⎫
          ⎬   이미 했음
비밀   ⎭

(로스트 : 에드윈 드루드의 미스터리—제5호)

17장.

직업과
다양한 곳에서의 박애주의 직업정신의 결여

18장.

해시계 위의 그림자
클로이스터햄의 이주자

19장.

클로이스터햄의 이주자
해시계 위의 그림자

20장

'이야기를 해보자.'
여러 가지의 조주   다양한 조주

〈월간지 제6호분에 대해서, 디킨스는 메모를 하지 않았다.〉

21장.

거친 시기가 닥쳐오다

22장.

다시 새벽

23장.

| 표지화

찰스 디킨스 연보

1812년 2월 7일 영국 포츠머스에서 해군 경리국 하급 관리의 아들로 태어
남. 8남매 중 장남.

1817년 켄트 주 로체스터 근처의 채텀에 정착.

1821년 채텀의 윌리엄 자일스 학교 입학.

1824년 2월~5월까지 디킨스의 부친 채무자 감옥에 수감. 이 기간 동안 디
킨스는 구두약 공장에서 일함.

1827년 집안 형편 때문에 학교를 그만두고 법무사 사환으로 취업.

1832년 배우가 되려고 극장 오디션을 보려 했으나 심한 감기로 참가 못함.

1833년 『먼슬리 매거진Monthly Magazine』에 「포플러 거리에서의 산책A Dinner
at Poplar Walk」을 게재.

1834년 『모닝 크로니클Morning Chronicle』의 기자가 됨.

1836년 2월 그 동안 쓴 기사들을 모아 『보즈의 스케치Sketches by Boz』로 출간.
캐서린 호가스와 결혼. 존 포스터와 만남.

1837년 1월 『벤틀리스 미셀러니Bently's Miscellany』 창간호 발간. 『픽윅 페이퍼
Pickwick Papers』 단행본으로 출간.

1838년 『올리버 트위스트Oliver Twist』 출간.

1839년 『니컬러스 니클비Nicholas Nickleby』 출간.

1841년 1840~1841년까지 『마스터 험프리의 시계』에 연재했던 『오래된 골동
품 상점』과 『바너비 러지Barnaby Rudge』 출간. 『오래된 골동품 상점』은
당시 판매고가 10만부에 이름.

1842년 1~6월 미국을 여행하고 『미국 여행기American Notes』 출간.

1843년 『크리스마스 캐럴』 출간.

1844년	1843~1844년 월간지에 연재한『마틴 처즐윗Martin Chuzzlewit』출간.
1845년	가족과 함께 약 1년 동안 이탈리아를 여행함.
1846년	잠시『데일리 뉴스Daily News』의 편집장을 맡음.『이탈리아의 초상 Pictures from Italy』출간.
1848년	1846~1848년 월간지에 발표한『돔비와 아들Dombey and Son』출간.
1850년	주간지『하우스홀드 워즈Household Words』창간. 1849~1850년 월간지 에 연재한『데이비드 코퍼필드David Copperfield』출간.
1851년	부친과 딸 도라 사망.
1853년	1852~1853년 월간지에 연재한『황폐한 집Bleak House』출간.
1857년	1855~1857년 월간지에 연재한『리틀 도릿Little Dorrit』출간.
1859년	새 주간지『올 더 이어 라운드All the Year Round』창간. 여기에 31주 동 안『두 도시 이야기A Tale of Two City』연재.
1861년	『위대한 유산Great Expectations』출간.
1863년	모친과 아들 월터 사망.
1865년	1864~1865년 월간지에 연재한『우리 모두의 친구Our Mutual Friend』 출간.
1867년	두 번째 미국 여행. 잉글랜드와 아일랜드에 이어 보스턴과 뉴욕, 워 싱턴 등지에서 낭송회 개최.
1868년	4월까지 미국 동부 낭송회 개최. 이후 영국으로 돌아와 낭송회 이어 감.
1870년	런던에서 12회에 걸친 고별 낭송회 개최.『로스트 : 에드윈 드루드의 미스터리』집필 도중 6월 9일 뇌출혈로 세상을 떠남. 웨스트민스터 사원 '시인의 묘역'에 묻힘.

주해

1장

1) 소설 속 지명인 클로이스터햄을 의미한다. 소설의 실제 배경이 된 곳은 영국의 로체스터이다. 소설에서 저자는 이곳을 Town과 City로 번갈아 부르고 있는데, City는 아마도 이곳이 중세시대의 도시였기 때문인 것으로 보인다.

2장

2) Pussy는 고양이라는 뜻으로 여성을 부르는 애칭으로도 쓰인다.

4장

3) 열대지방에서 자생하는 나무로 여기에서 채취하는 기름은 향수의 원료로 쓰인다.

5장

4) 부관이라는 뜻.
5) 숲에 버려져서 야생에서 자라다가 구출된 아이.

7장

6) 스리랑카의 옛 이름.

9장

7) 네 사람 또는 여덟 사람이 추는 프랑스에서 발생한 활발한 춤.
8) 일치의 의미도 있음.

11장

9) 박공지붕의 옆면 지붕 끝머리에 'ㅅ' 모양으로 붙여 놓은 두꺼운 널빤지.
10) 셰익스피어 원저의 『즐거운 아낙네들』인용구.
11) 알라딘의 램프의 요정 지니.
12) 이쁜이라는 단어 pussy에 고양이란 뜻도 있음.
13) 문文도 번거롭고 예禮도 번거롭다는 뜻으로 규칙, 예절, 절차 따위가 번거롭고 까다로움.
14) 건강에 대한 음식 준비의 중요성을 주장한 식도락가.

12장

15) 묘지 파 시인들의 작품들.
16) 기름램프와 가스램프 사이의 논란.

13장

17) 밤에 하는 개인적인 만남.

18) 건물의 입구나 현관에 지붕을 갖추어 잠시 차를 대거나 사람들이 비바람을 피하도록 만든 곳.

19) '파란수염'의 아내가 자신을 살해하려는 남편의 의도를 알아채고 포탑 밖을 쳐다보며 구원을 기다리는 이야기에서 인용함.

14장

20) 전통적으로 크리스마스 기간의 끝을 장식하는 큰 케이크.

21) 4분의 1페니.

22) 미사 중 성찬식을 시작하기 전에 신자들이 사제에게 응답하는 말.

15장

23) 성경에서 카인의 이마에 남긴 표식의 인용구.

24) 버드나뭇과의 낙엽 관목.

16장

25) 바다에서 나는 플랑크톤의 유해가 대양 바닥에 쌓여 생긴 무른 흙.

26) 남자주인.

27) 여자주인.

17장

28) 카보베르데 남부의 주.

29) '모자가 맞으면 써라'라는 영국 속담은, 잘못을 했으면 그 결과를 받아들이라는 의미.

30) 원채의 처마 끝에 잇대어 늘여 짓거나 차양을 달아 잇대어 지은 의지간(倚支間).

18장

31) 활이나 무지개같이 한가운데가 높고 길게 굽은 형상. 또는 그렇게 만든 천장이나 지붕.

32) 과거에 런던탑 동물원에 사자들을 전시했음.

20장

33) 그가 에디를 살해했다는 의혹.

34) 런던 중심부로 가는 기차들은 고가교를 통과했음.

22장

35) 축제나 기념행사에서 말에 탄 것처럼 특별 의상을 입은 인물.

36) 거만하게 깔보며 사용하는 호칭.

37) 배드민턴의 전신.

38) 사회적 우월감을 자랑하는 이들이 철도 여행에 의한 마차 여행의 대치 등으로 대표되는 이 시대의 평등정신을 한탄함.

39) 죽음을 지배하는 신.

40) 빅토리아 왕조의 경제 및 인구학적 정보를 수집하려는 노력에 대한 풍자.

41) 아편을 하편으로 발음하고 있다.

42) 주로 병이나 캔으로 파는 맥주의 일종.